Het strandhuis

Van dezelfde auteur

All-inclusive
De vlucht
Zomertijd
Cruise
Après-ski
De suite
Zwarte piste
Bella Italia
Noorderlicht
Bon Bini Beach
Het chalet
Route du soleil
Winterberg
Goudkust
Mont Blanc
Costa del Sol
Sneeuwengelen
Hittegolf
Lawinegevaar
Het paradijs
Winternacht
Super de luxe
IJskoud

Volg Suzanne Vermeer op:
Facebook.com/SuzanneVermeerFanpage
www.suzannevermeer.nl
www.awbruna.nl

Suzanne Vermeer

Het strandhuis

A.W. Bruna Uitgevers

Omslagbeeld
Wil Immink Design
Omslagontwerp
Wil Immink Design

ISBN 978 94 005 1007 4
NUR 332

Disclaimer
Dit verhaal is fictie. Namen, personages, plaatsen en gebeurtenissen zijn een product van de fantasie van de auteur of zijn gebruikt in een fictionele omgeving. Elke gelijkenis met bestaande personen of organisaties berust op toeval.

Teresa

1

Teresa Maas hangt achter haar bureau op de redactie van *Het Nieuwsblad van Midden-Nederland.* Haar elleboog steunt op het werkblad en haar linkerwang op de kom van haar hand. Met een schuin hoofd kijkt ze ongeïnteresseerd naar het grote breedbeeldscherm dat midden op de redactie hangt. Een verslaggever van de NOS staat bij een onbewaakte spoorwegovergang waar recentelijk een dodelijk ongeluk is gebeurd en duwt zijn microfoon onder de neus van de topman van ProRail.

'Onbewaakte overgangen zijn niet meer van deze tijd. Treinen worden steeds sneller en stiller en dat leidt tot steeds meer onveilige situaties. Daarom gaan we er topprioriteit aan geven om alle onbewaakte overgangen die we nog in Nederland hebben om te zetten in bewaakte overgangen. We hopen deze omvangrijke operatie eind 2019 klaar te hebben en rekenen op steun van provincies en gemeenten.'

Vanuit haar ooghoek ziet Teresa de deur van het kantoor van Vincent, haar hoofdredacteur, opengaan. Hij loert met samengeknepen ogen over de vrijwel lege redactie. Het gros van haar collega's viert paasvakantie of is op pad voor een verhaal. Vlug neemt ze een actieve houding aan en begint als een bezetene op haar toetsenbord te rammelen. Willekeurige letters die geen enkele samenhang hebben vullen het witte scherm van het tekstverwerkingsprogramma. Ze duimt dat haar baas niet dichterbij komt en meekijkt over haar schouder zoals hij wel vaker doet. Zijn brilletje op die puntige neus, dat zuinige mondje met smalle lippen, die paar resterende dunne flossen grijs haar op zijn eivormige schedel: Teresa krijgt er de kriebels van. En dan zijn kleding. Dat eeuwige overhemd onder die spencer, de ribbroek, bruine leren loafers met pedante kwastjes. Om over zijn geur nog maar te zwijgen. Alsof hij te lang opgesloten heeft gezeten in een archief zonder ramen of ventilatieroosters. Van de zware aftershave en deodorant waarmee hij dat probeert te verbloemen wordt ze misselijk. Maar hij is en blijft haar baas, dus ze zal ermee moeten leven.

De vaste banen in de journalistiek liggen niet voor het oprapen en hoewel *Het Nieuwsblad van Midden-Nederland* niet in de buurt komt van de NRC of *de Volkskrant*, is het nou ook weer geen sufferdje. Een overstap maken naar televisiejournalistiek ziet ze niet zitten. Ze blijft liever achter de schermen, specifiek het scherm van haar eigen computer. Maar tien jaar regionaal nieuws is haar niet in de koude kleren gaan zitten. Ze merkt dat ze steeds meer op de automatische piloot draait als ze weer een stukje tikt over de zoveelste winkeldiefstal, het tigste brandje of de zoveelste protestactie. Het kost haar steeds meer moeite om nog een beetje creatief te zijn. Het komt uiteindelijk allemaal op hetzelfde neer. De meeste van haar artikelen zijn onderling uitwisselbaar. Ze mist de creativiteit in haar schrijven, de uitdaging, de spanning. Daarom werkt ze sinds een paar maanden in de avonduren aan een boek. Niet met de intentie om het uit te laten geven. Ze weet dat dat niet kan. Ook niet als ze bij hoog en bij laag volhoudt dat het fictie is, een thriller, ontsproten aan haar fantasie. Ze schrijft het boek voor zichzelf, zoals andere mensen een dagboek of een blog bijhouden. Soms steekt het dat ze het aan niemand kan laten lezen, zeker omdat ze weet dat het goed is. Een bestseller in de dop die de boekwinkel nooit zal bereiken. 'Wen er maar aan dat je nooit een Gemma Kastelijn wordt,' zegt ze regelmatig tegen zichzelf. Gemma is al jarenlang de bestverkopende thrillerauteur van Nederland. Ze is goed, maar zeker niet beter dan Teresa zelf. Teresa heeft al Gemma's boeken meerdere keren gelezen. Ze blinken niet uit in originaliteit, maar zijn wel spannend. Over een halfjaar verschijnt er weer een nieuw boek. Het zal ongetwijfeld weer een bestseller worden en Gemma's gezicht zal dan, nog meer dan nu, continu voorbijkomen op televisie en in de bladen. Eerlijk gezegd kan ze die kop en al die interviews nu al niet meer zien. Net als haar werk voor de krant, komt het allemaal op hetzelfde neer, maar het is meer dan dat. Als Teresa heel eerlijk tegen zichzelf is moet ze toegeven dat ze stinkend jaloers is op Gemma. Op haar succes, haar geld, op haar talent om geëngageerde gesprekken met wildvreemden te voeren, op alles wat ze heeft en wat Teresa nooit ten deel zal vallen. Sommige mensen lijken voor het geluk geboren, terwijl anderen vanaf hun geboorte moeten vechten voor hun bestaan. Ploeteren en zwoegen om overeind te blijven en niet ten onder te gaan aan de harde werkelijkheid.

Eén keer is Teresa naar een signeersessie van Gemma in een boekhandel gegaan. Uit nieuwsgierigheid. Luisteren naar haar stem als ze voorleest uit eigen werk. Het is nooit tot een handtekening gekomen. Teresa had het niet op kunnen brengen om aan te sluiten in de lange rij fans die naast een handtekening natuurlijk ook een foto met hun favoriete auteur wilden. Van een afstandje had ze Gemma gadegeslagen, stiekem hopend dat ze haar pen liet vallen, haar beker thee omgooide als ze iets te enthousiast haar zwierige handtekening zette, of dat haar stem het begaf tijdens het voorlezen. Toen niets van dat alles gebeurde was ze maar naar huis gegaan. Terug naar haar eigen bescheiden flatje, waar ze zich behielp met een zeer minimalistische inrichting die door de meeste mensen niet bepaald als comfortabel bestempeld zou worden. De enkele keren dat ze mensen bij haar thuis uitnodigde, begonnen ze na een uur al te schuiven op de harde houten stoelen met ongemakkelijke rugleuningen die geen enkele steun gaven. Er was weleens een scharrel geweest die om een kussentje had gevraagd, maar die had ze moeten teleurstellen. De avond was op een fiasco uitgelopen. Toch was Teresa niet bereid om haar sterke overtuiging van 'Wie weinig heeft kan ook weinig verliezen' te herzien. Het gros van haar leven had ze naar de pijpen van anderen moeten dansen en nu was het haar beurt. Aan het thuis dat ze voor zichzelf had gecreëerd, mocht niemand komen.

Plots beseft ze dat Vincent haar kant op komt en vlug klikt ze het tekstdocument met de brij aan onzinletters weg. Haar telefoon piept omdat er een appje binnenkomt. Ze grist hem van haar bureau en kijkt gretig naar het scherm. Haar gezicht betrekt. Leest ze het goed?

'Wat zit je nou te niksen, Maas? Daar betaal ik je toch niet voor.'

Verbitterde ouwe zak. Teresa houdt haar telefoon in de lucht. 'Scoopje. Ik moet op pad.'

'Waar gaat het over?'

'Dat hoor je vanzelf. Ik ga eerst checken of de tip klopt.'

'En jij bent de enige die getipt is?'

'Als ik mijn bron mag geloven wel.'

'Nou, wat sta je hier dan nog? Straks loopt het nieuws weg.'

Teresa pakt haar tas, trekt haar jas van de rugleuning van haar bureaustoel af en grist haar bijna lege flesje water mee. Ze loopt linea recta naar het kleine keukentje om het bij te vullen. Haar collega Janko staat bij de spoelbak en laat een teiltje met afwasmiddel vollopen. De hete damp slaat van het water. Teresa zet het teiltje aan de kant, houdt haar flesje onder de kraan en wast dan uitgebreid haar handen.

'Joh, gek, dat water is gloeiend heet. Je brandt je handen.'

Janko wil een slinger aan de hendel geven, maar Teresa houdt hem tegen.

'Prima temperatuurtje, niks meer aan doen.'

Ze zet het teiltje weer op zijn plek en Janko kijkt vol afschuw naar de vurig rode sporen die het hete water op haar huid heeft achtergelaten.

'Ben jij van staal of zo? Dat moet toch hartstikke zeer doen!'

'Welnee, watje.'

Teresa voelt het verschil niet tussen warm en koud. Ze voelt ook geen pijn. Meestal is dat een zegen.

2

Er hangt een waterig zonnetje als Teresa naar het Spanderswoud rijdt. Ze heeft haar kantooroutfit voor haar vertrek omgeruild voor de hardloopkleding die ze altijd in haar auto heeft liggen. Ze parkeert op het Noordereinde, stopt haar lange blonde krullen onder een baseballcap en trekt de klep zo ver mogelijk naar beneden om haar gezicht te verbergen. Vervolgens steekt ze via de Spanderslaan door naar het wandelbos achter het landhuis. Over een slingerend pad dat langs een kronkelig riviertje loopt wandelt ze richting het oude scoutingterrein en na enkele kilometers bereikt ze het rood-witte afzetlint. Verderop, waar recent nog een oude loods stond, is er een enorme bedrijvigheid.

Ze hurkt achter een dikke boom en slaat het tafereel gaande. Mensen in witte pakken met slofjes om hun schoenen lopen via een witte tent de loods, of wat er nog van over is, in en uit. Hun gezichten zijn grotendeels verborgen achter paarse mondkappen, hun handen gehuld in paarse steriele handschoenen. Uit haar rugzakje haalt ze haar camera tevoorschijn en ze begint foto's te maken en een paar korte filmpjes. Het is lastig om goede plaatjes te schieten vanuit haar positie, maar het is beter dan niets – ze zal de eerste zijn die beelden heeft. Als ze voldoende materiaal heeft, vervangt ze haar SD-kaart door een ander, leeg exemplaar. De kaart waar de foto's en filmpjes op staan, stopt ze in haar bh. Het is haar een keer gebeurd dat haar foto's zijn afgenomen op een plaats delict en dat is een keer te veel. Langzaam komt ze omhoog uit haar gehurkte positie en kruipt nonchalant en zelfverzekerd onder het afzetlint door. Het duurt niet lang voordat ze wordt opgemerkt.

‘Hé, u mag hier niet komen. Hebt u de afzetting niet gezien?’ Een politieman komt op haar aflopen. Hij houdt zijn handen op zijn koppel, waar onder andere handboeien, een pepperspray en zijn dienstwapen aan hangen. Zwarte krullen piepen onder zijn donkerblauwe cap met geel politielogo uit. Net als de mensen van de technische recherche draagt hij hoesjes over zijn schoenen en latex handschoenen.

In plaats van om te draaien zet Teresa juist een extra stap in zijn richting, haar ogen gebiologeerd op de loods achter hem gericht.

‘Kom, wegwezen. We zijn hier bezig met sporenonderzoek en u vervuilt de plaats delict.’

‘Plaats delict? Is er iets ergs gebeurd?’ houdt ze zich van de domme. ‘Is er... is er een moord gepleegd? Die mannen in witte pakken, dat is niet goed, hè? Die zie je ook altijd in van die detectiveseries. O mijn god.’ Theatraal slaat ze haar hand voor haar mond.

‘U loopt nu met me mee tot achter het afzetlint en dan wil ik uw legitimatie zien.’

De politieman komt verder op haar aflopen en drijft haar naar achteren. Gewillig laat ze zich meevoeren en neemt de rol van de naïeve voorbijganger aan.

‘Ik was gewoon aan het joggen, ik loop hier wel vaker.’ Ze steekt haar handen in de lucht om aan te geven dat ze het ook niet kan helpen, maar de politieman is niet onder de indruk. Hij legt zijn hand tegen haar onderrug en duwt haar richting de afzetting, waarna hij het rood-witte lint voor haar omhooghoudt zodat ze eronderdoor kan lopen. In plaats van zelf achter het lint te blijven te staan, volgt hij haar echter.

Teresa knikt met haar hoofd naar rechts en loopt vastberaden richting een partij hoge struiken. Ze verdwijnt erachter en het duurt niet lang voordat de politieman naast haar staat. Volledig uit het zicht van zijn collega’s. Teresa pakt zijn cap en zet hem achterstevoren op zijn hoofd. Haar eigen pet zet ze af. Haar haren vallen in een golvende weelderige massa over haar schouders. Terwijl de agent een blonde streng om zijn vinger windt, legt ze haar hand in zijn nek en trekt hem naar zich toe totdat zijn lippen de hare bijna raken. Zo plotseling als ze hem vastpakt, laat ze hem ook weer los. Legt haar handen tegen zijn borst en duwt hem een stukje bij haar vandaan. Hij zucht.

'Je weet dat ik niks voor niks doe, schatje. Als je meer wilt, dan moet je ook meer geven. Een appje alleen is niet genoeg. Dat is de deal.'

'Heeft iemand je gezien?'

'Nee, dat denk ik niet. Iedereen was nogal druk met zijn eigen zaakjes. Vertel eens, wat hebben jullie gevonden?'

'Kom je vanavond langs?'

'Dat is geen antwoord op mijn vraag. Je moet me eerst verdienen, Bas.'

'Je maakt me helemaal gek, Teresa, weet je dat?'

'Geef me de informatie die ik wil en ik maak je nog gekker.'

'Vanavond?'

'Vanavond.'

'Oké.' Hij kijkt schichtig om zich heen om zeker te weten dat hij veilig kan praten. 'Je moet me opvoeren als anonieme bron en je mag me niet quoten.'

Teresa knikt instemmend en trekt een aantekenblokje en een pen uit haar broekzak. 'Vertel, wat hebben jullie gevonden?'

'Je hebt die loods gezien, hè?'

'Ja. Die staat toch op het oude scoutingterrein?'

'Klopt. Het terrein is onlangs verkocht aan Natuurmonumenten. Na dat incident op het zomerkamp was die scoutingclub niet levensvatbaar meer.'

'Wat was het ook alweer? Iets met een uit de hand gelopen ontgroening, toch?'

'Ja, en door alle negatieve publiciteit liep het ledenaantal van de scoutingclub razendsnel terug, tot ze uiteindelijk niet meer levensvatbaar waren. Die plek is besmet. Natuurmonumenten wilde het terrein graag kopen omdat ze hier op het landgoed al het gros van de parkbossen, de tuinen en de bijbehorende gebouwen onderhouden. Nu ze het scoutingterrein ook in hun bezit hebben, zijn ze begonnen om de loods af te breken.'

Hij zwijgt en even lijkt het erop dat hij uitverteld is. Teresa kijkt hem vragend aan. 'En?'

'Bij het verwijderen van de vloer zijn ze op botten gestuit.'

'Menselijke?'

'Dat lijkt er wel op. Ze zijn het skelet nu aan het veiligstellen.'

'Maar het is dus nog niet zeker of het om menselijke resten gaat?'

'Officieel niet, officieus durf ik te zeggen van wel.'

'Man of vrouw?'

'Weet ik niet. Dat zal hopelijk later duidelijk worden, als ze het skelet nader onderzoeken. De technische recherche is nu bezig.'

'De vloer waar de botresten onder zijn gevonden was van beton, neem ik aan?'

'Nee, van stoeptegels. Degene die het lichaam daar begraven heeft, heeft zonder al te veel moeite een paar meter aan tegels weg kunnen halen, een graf kunnen graven en er weer een keurig stoepje overheen kunnen leggen.'

'Dat is natuurlijk nog de vraag. Je weet niet hoe lang dat skelet daar al ligt. Misschien was het skelet er eerder dan het stoepje? Heeft iemand daar een lichaam begraven voordat die loods er stond?'

'Je bedoelt dat die loods en de stoeptegelvloer er later overheen zijn geplaatst door de scouting zonder dat ze wisten dat er wat onder lag?'

'Heel goed, Einstein. Dat zou toch kunnen, wat ik zeg? Ik neem aan dat jullie de leeftijd van de botten op de een of andere manier aardig nauwkeurig kunnen bepalen. Dan is de vraag: wat was er eerder, de loods of de botten?'

'Ik moet toegeven dat dat een interessante vraag is. Die zal ik zeker inbrengen in de teambespreking.'

'Je had hier zelf toch ook wel aan gedacht?'

'Ik zat zelf meer te denken in de richting van de eerste theorie die ik je heb verteld.'

'Je moet echt eens wat doen aan die tunnelvisie van je, Bas. Maar ik weet het goed gemaakt. Laten we elkaar een beetje helpen.'

Hij gaat tegen haar aan staan en legt zijn handen op haar billen. 'Ik wil jou heel graag helpen,' fluistert hij in haar oor.

Ze duwt hem weg. 'Niet op die manier. Ik bedoel het zakelijk. Jij vertelt mij alles over de zaak en dan denk ik met je mee zodat je af en toe wat slims kunt roepen in die teambesprekingen van je.'

'Ben je me nou aan het beledigen? Denk je dat ik dom ben of zo?'

'Nee, nee, zo bedoel ik het helemaal niet. Ik kan gewoon een frisse blik op de zaak werpen vanuit mijn expertise. Als we jouw visie en de mijne bundelen, dan kunnen daar mooie dingen uit ontstaan, denk je niet? Jij krijgt de credits op je werk en ik kan mijn baas weer een tijdje tevreden houden met een paar mooie artikelen.'

'Als je het zo bedoelt...'

'Zo bedoel ik het.'

'Je vraagt me dus eigenlijk om ver buiten mijn boekje te gaan? Als iemand er ooit achter komt dan kan ik wel fluiten naar mijn baan.'

'Kom op, Bas, wie waagt, die wint. Van mij zal niemand wat horen. Bronbescherming is heilig voor mij.'

'En is er dan na dat zakelijke ook nog wat ruimte voor privé?'

'Werk gaat voor het meisje, maar na het werk blijft het meisje misschien nog wel even hangen.'

'Zie ik je vanavond?'

Ze knipoogt naar hem.

3

Teresa fietst met een sixpack bier achter op haar bagagedrager naar het huis van Bas, dat op zo'n twintig minuten fietsen van het hare ligt. Het is al 22.00 uur, veel later dan gepland. Ze heeft nog het nodige moeten uitzoeken en het schrijven van haar artikel ging moeizaam, maar het staat online en morgenochtend weten álle lezers van *Het Nieuwsblad van Midden-Nederland* dat er een lichaam is gevonden op het oude scoutingterrein van het Spanderswoud. Vanavond hoopt ze nog wat extra info los te peuteren uit Bas. Wat heeft de politie precies gevonden? En hebben ze al enig idee waarmee ze te maken hebben? Bas moet natuurlijk wel willen meewerken, maar misschien kan ze hem over de streep trekken door hem een blik te laten werpen op het sexy kanten lingeriesetje dat ze speciaal voor hem heeft aangetrokken. Bas is net als alle andere mannen die ze in haar leven heeft ontmoet: voorspelbaar en hitsiger dan gezond voor hem is. Ze kan er nog steeds niet bij dat mannen volledig hun verstand verliezen als hun kruis begint op te spelen. Kan zich er ook niks bij voorstellen, hoewel ze wel haar best heeft gedaan om het te begrijpen. Zich inleven in een ander vindt ze moeilijk, het is al ingewikkeld genoeg om zichzelf te snappen.

Als ze de Diependaalselaan verlaat en de bocht naar de Crocusstraat neemt, gaat haar telefoon. Ze hoeft niet te kijken om te weten dat het Bas is. Hij heeft al vijf keer gebeld om te vragen waar ze blijft. Misschien moet ze hem toch voorzichtig duidelijk maken dat zijn gesmacht niet echt aantrekkelijk is. Eerst maar eens kijken hoe de avond verloopt. Haar telefoon rinkelt nog steeds als ze voor zijn huis in de remmen knijpt. Hij woont aan het begin van de straat. Ze zet haar fiets aan de boom voor zijn huis vast, schakelt het hinderlijke geluid van haar telefoon uit, pakt het bier en belt aan. De groene voordeur gaat vrijwel meteen open, alsof hij erachter stond om haar op te wachten. Op zijn gezicht leest ze opluchting als ze langs hem heen naar binnen stapt.

'Ik begon me al zorgen te maken,' zegt hij, terwijl hij haar jas aanpakt en deze aan de houten staande kapstok hangt, die topzwaar is van de bomber- en trainingsjacks.

'Heb je al je vrienden ook uitgenodigd?' vraagt ze, met haar hand langs de jassen strijkend. 'Ik heb maar zes biertjes bij me.' Ze geeft hem het sixpack, dat nog steeds koel aanvoelt.

'Ik heb iets met jassen. Allemaal van mij.' Ze ziet dat hij lichtjes bloost.

'Ach, ieder zijn afwijking,' zegt ze grinnikend.

'Wat is jouw afwijking?'

'Dat wil je niet weten.'

'Toch wel.'

'Misschien vertel ik je dat nog weleens.'

Ze loopt langs hem heen over het beukenhouten laminaat naar de bescheiden woon- annex eetkamer en ploft neer op de donkerbruine chesterfield die veel te pompeus is voor de ruimte. Ze schopt haar teenslippers uit en laat haar voeten wegzinken in het zachte camelkleurige kleed dat voor de bank ligt. Daarna klopt ze uitnodigend met haar hand op de plek naast zich.

'Even het bier koud zetten.'

Hij loopt door naar de Smeg-koelkast die naast het vanillekleurige keukenblokje staat. Mannen en hun obsessie voor koud bier. Zelf maakt het haar geen bal uit. Koud, lauw, warm, in haar ogen blijft het bier en smaakt het allemaal hetzelfde. Een glimp in de koelkast laat zien dat de inhoud niet veel verschilt van de hare. Wat kant-en-klaarmaaltijden, een pak melk, bier en wijn. Ook bij hem ontbreekt de koffiemelk. Net als zij drinkt hij zijn koffie zwart. Het huis van Bas is iets groter dan het hare. Hij heeft twee slaapkamers, zij maar één. Toch voelt haar eigen appartement op de Larenseweg ruimer aan. Dat komt door de lichtinval. De grote ramen en het licht dat erdoor komt waren de voornaamste reden om het appartement tien jaar geleden te kopen. Teresa houdt niet van de duisternis. In haar hoofd is het al zo vaak donker dat het om haar heen licht moet zijn. Het lampje naast haar bed brandt ook 's nachts en haar huis is overwegend wit. De muren, de meubels, het beddengoed. Wit en puur, in staat om de lichtinval maximaal te reflecteren. Slapen doet ze altijd alleen. In haar eenpersoonsbed. 's Nachts, als ze op haar kwetsbaarst is, duldt ze niemand naast zich.

Bas komt met twee opengemaakte bierflesjes naar haar toe lopen. 'Wil je er een glas bij?'

'Nee hoor. Ik dronk als baby al uit de fles en dat bevalt me nog steeds prima.' Ze tikt haar flesje tegen dat van Bas. 'Cheers.'

Ze tuit haar lippen en duwt de flessenhals ertegenaan. Neemt een paar slokken en onderdrukt een boer. Bas drinkt gulzig en er ontsnapt een tevreden zucht uit zijn mond. Ze kan de bierwalm ruiken.

'Mijn leven is compleet. Een koud biertje en een mooie meid naast me op de bank. Wat wil een man nog meer?'

'Poeh, dat klinkt wel heel erg cliché.'

Bas trommelt met zijn vingers op zijn knie. De sfeer is een beetje ongemakkelijk en ze trekt met haar wijsvinger een spoor van zijn knie naar zijn bovenbeen om hem een beetje in de stemming te brengen. Misschien dat dat hem wat loslippiger zal maken. Hij laat de arm die hij seminonchalant op de rugleuning van de bank heeft liggen zakken tot hij om haar schouder ligt en trekt haar tegen zich aan. Zijn vingers kroelen door haar volle krullen en masseren voorzichtig haar hoofdhuid. Ze kreunt zachtjes. Zijn gezicht komt dichter bij het hare en ze denkt dat ze zijn lippen voelt op haar wang. Abrupt trekt ze zich terug.

'Eerst het werk, dan het meisje,' helpt ze hem herinneren.

'Laten we het omdraaien,' stelt hij voor. 'Ik kan veel beter nadenken als ik niet meer word afgeleid door, eh...'

'Deze jongen?' Plagend laat ze haar hand boven zijn kruis

zweven. Hij drukt zijn heupen omhoog en slaakt een gefrustreerde kreet als ze haar hand weghaalt.

'Kom nou, Teresa, je maakt me helemaal gek.'

Als hij zich over haar heen buigt, wurmt ze zich behendig onder hem vandaan en loopt naar de matgelakte eiken eettafel met industrieel onderstel. 'Heb je een schrijfblok en een pen?'

'Je meent het serieus, hè?'

'Zie ik eruit alsof ik een grap maak?'

Hij zucht en staat op. Loopt naar het dressoir en trekt een smalle la open. Rommelt wat en komt dan aanzetten met een stapel witte A4'tjes en een *Frozen*-etui. 'Van mijn nichtje. Als het goed is zit er ook een gewoon potlood in.'

'Ik wist niet dat jij een nichtje had.'

'Ja. Ze heet Melanie en is drie jaar oud. Leuk kind.'

'Zus of broer?'

'Oudere zus.'

'Hou je van kinderen?'

'Ik zou wel graag vader willen worden. Niet meteen, hoor, maar over een paar jaar of zo. En jij?'

'Ik? Moeder? Ik moet er niet aan denken om een kind in deze wereld te laten opgroeien. Zoveel ellende, zoveel geweld. Heb jij dat niet? Jij komt in je werk toch ook regelmatig in aanraking met de slechtheid van de mens.'

'Klopt, en je hebt ook gelijk, er is een hoop ellende op de wereld, maar ik probeer me daar toch niet volledig door te laten meeslepen. Er gebeuren ook een boel mooie dingen. Je kunt je kind niet beschermen tegen al het kwaad op de wereld, maar je kunt hem of haar wel zo veel mogelijk moois laten zien, normen en waarden bijbrengen et cetera. Voor mij zou een kind echt een verrijking van mijn leven zijn.'

'Nu nog een vrouw vinden die er ook zo over denkt.' Teresa knipoogt naar Bas en hij kijkt haar zo lang aan dat het ongemakkelijk wordt. Ze voelt zich verplicht om zijn verwachtingen wat te temperen. 'Ik ben niet echt het type voor een vaste relatie. Enkelvoud is meer mijn ding.'

De twinkeling in zijn ogen dooft een beetje.

'Maar wie weet...' laat ze het in het midden om hem niet meteen te laten afhaken. Ze heeft hem nog een tijdje nodig.

Na enkele pijnlijke seconden opent ze het etui en haalt er een potlood met een stompe punt uit. 'Aan het werk dan maar?' Ze heft haar bierflesje als een aanmoedigende proost en neemt een slok. Hij gaat tegenover haar zitten.

'Ik heb het in de teambespreking geroepen, dat idee van jou dat de botten al stammen uit de tijd voordat de loods er stond.'

'En? Hoe waren de reacties?'

'Het is niet heel waarschijnlijk. Het graf is niet heel diep. Bij het bouwen van die loods zouden die botten hoogstwaarschijnlijk ontdekt zijn. Aangezien dat niet gebeurd is, lijkt het logischer dat de loods er al stond toen het lichaam daar begraven werd. De theorie die we oorspronkelijk hadden blijft dus overeind totdat het tegendeel bewezen is.'

'En ik neem aan dat jullie nog niet weten wie het slachtoffer is?'

'Inderdaad.'

'Weten jullie al wel of het een man is of een vrouw?'

'Een man, aan het bekken te zien.'

Teresa knikt en maakt wat aantekeningen. 'Ik neem aan dat de leeftijd van de botten wordt onderzocht?'

'Absoluut. Leeftijd is een van de indicatoren die we nodig hebben voor een identificatie.'

'En zijn er ook gebitsresten gevonden?'

'Ja. Het gebit is nog bijna volledig intact en in een paar kiezen zitten amalgaamvullingen.'

'Die lelijke zilverkleurige?'

Bas knikt en Teresa pakt haar telefoon. Ze googelt wat en vindt al snel haar antwoord.

'Amalgaam wordt sinds 1830 gebruikt als vulmateriaal, tegenwoordig wordt meestal composiet gebruikt omdat amalgaam kwikhoudend is. Composietvullingen werden in 1962 geïntroduceerd. Wanneer is die loods precies gebouwd, weet je dat?'

'1979.'

'Oké. In die zin zou het dus nog steeds kunnen dat het lichaam daar al lange tijd ligt. Grof gezegd zou het er ergens tussen 1830 en 1962 begraven kunnen zijn, als we het materiaal van de gebitsvullingen als leidraad nemen.'

'Slim geconcludeerd, maar niet per se waar. Amalgaam wordt nog steeds gebruikt door tandartsen. Het is de goedkoopste manier van vullen en een interessante keus voor mensen die het niet zo breed hebben. Onze onbekende dode zou dus ook heel goed iemand kunnen zijn uit een sociaal lagere klasse die geen geld had voor composietvullingen. Dat betekent ook dat hij er helemaal nog niet zo lang begraven hoeft te liggen.'

'Oké, laten we dan doorgaan op theorie 1. Het slachtoffer is begraven nadat de loods gebouwd is. Dat kan dan zijn in de tijd dat de scouting daar actief was óf nadat de scouting daar de boel had opgedoekt en het terrein niet meer actief werd gebruikt.'

Bas knikt instemmend.

'Gaan jullie uit van een natuurlijke doodsoorzaak of van een misdrijf?'

'Gezien de plek waar het lichaam begraven is, is een misdrijf zeer aannemelijk. Bij een natuurlijke dood kiezen mensen toch meestal voor de oven of een reguliere begraafplaats.' Bas grinnikt.

'Misschien had hij mooie herinneringen aan zijn tijd bij de scouting en was het zijn laatste wens om daar begraven te worden,' zegt Teresa en ze grinnikt terug. Bas glimlacht mee.

'We gaan dus uit van moord?'

Bas neemt een slok bier voordat hij antwoord geeft. 'Kan net zo goed doodslag zijn. Het onderzoek naar de botten werpt hopelijk wat licht op de doodsoorzaak.'

'En hebben jullie verder nog iets gevonden op het terrein? Iets wat duidelijkheid kan verschaffen over de identiteit van het slachtoffer?'

Bas aarzelt en schuift ongemakkelijk heen en weer op zijn

stoel. 'Daar kan ik eigenlijk niets over zeggen. Als dat in de media verschijnt, dan is meteen duidelijk dat er iemand gelekt heeft en volgt er een intern onderzoek.'

'Maar jullie hebben dus iets gevonden?'

'Daar kan ik ontkennend noch bevestigend op antwoorden,' zegt hij terwijl zijn hoofd ja knikt.

'Zeg, neem jij eigenlijk weleens een dossier mee naar huis?' vraagt ze hem met haar onschuldigste gezicht.

Bas is even van zijn à propos. Eh... ja. Hoezo?'

'Stel nou, hè, jij zit met een dossier aan deze tafel. Een toegewijde politie-inspecteur die 24/7 met zijn werk bezig is en probeert zaken op te lossen. Dan gaat de bel. Je klapt het dossier dicht en laat het op tafel liggen. Je doet open. Het is die leuke vrouw met wie je zo af en toe een *fling* hebt. Je laat haar binnen, jullie drinken een drankje en zoenen wat. Jullie nemen nog een drankje en het wordt steeds gezelliger. Je bent helemaal vergeten dat het dossier nog steeds op tafel ligt en je denkt er niet aan het op te bergen. Dan ga je naar de wc...' Teresa kijkt Bas verwachtingsvol aan.

'Teresa...'

'Ach, kom op, Bas, als er ooit iemand achter komt dan krijg je hooguit een berisping. Ja baas, dat was heel slordig, zal nooit meer gebeuren enzovoorts.'

'Er komt sowieso iemand achter als jij informatie publiceert die strikt vertrouwelijk is. Onze kopieerapparaten werken met pasjes, alles wordt geregistreerd, dus ze hoeven alleen maar uit te lezen wie een kopie van het dossier heeft gemaakt.'

'Je zult vast niet de enige zijn die dat gedaan heeft. Gewoon blijven ontkennen tot het echt niet meer gaat en anders vertellen dat je zo afgeleid was door mijn schoonheid dat je even wat onachtzaam was. Iedere man zal dat begrijpen.'

'Mijn baas is een vrouw.'

'O ja, dat detail was me even ontschoten. En wat nou als ik beloof dat ik het niet publiceer? Voorlopig althans. Dat ik het gewoon bekijk ter achtergrondinformatie.'

'Mijn ervaring is dat journalisten niet te vertrouwen zijn als ze een scoop ruiken.'

'Hé, we hebben een erecode, hoor. Dat heet "off the record": niet bestemd voor publicatie totdat er groen licht is gegeven. Bovendien, geef me één voorbeeld waarbij ik me niet aan mijn afspraken heb gehouden.' Het bleef stil. 'Niemand weet dat wij elkaar af en toe spreken en weleens een drankje doen, Bas. Ik heb het aan niemand verteld. Ik wil dat dossier gewoon zien ter achtergrond, op vertrouwelijke basis. Niets meer dan dat.'

'Wat heb je eraan om het te zien als je er niet uit kunt publiceren?'

'Heel veel. Simpelweg het verkrijgen van zo veel mogelijk achtergrondinformatie geeft mij al een enorme voorsprong op mijn collega's bij andere media, laat staan als ik op de hoogte ben van de bevindingen die jullie doen. Op het moment dat andere journalisten zich gaan inlezen en eens wat vragen gaan stellen, heb ik al gepubliceerd. In mijn vak telt alleen de eerste plaats. Ik ben net als jij afhankelijk van mijn werk en er is veel concurrentie van jonge guppy's die net van de School voor Journalistiek af komen rollen. Goedkope krachten, grote bekken, en mijn baas heeft een enorm zwak voor ze.'

'Staat je baan op de tocht?'

'Niet meteen van vandaag op morgen, maar er komt weer een flinke bezuinigingsronde aan. Het is niet uitgesloten dat uiteindelijk ook mijn kop gaat rollen en dat ik word vervangen door een goedkopere kracht.'

'Maar je vindt toch zeker zo een nieuwe baan?'

Teresa grinnikt. 'Bij de politie zijn misschien tekorten, maar in mijn vak liggen de banen echt niet voor het oprapen. Ik moet dus blijven presteren op de toppen van mijn kunnen om binnenboord te blijven. Deze zaak zou me erg helpen...' Ze slaat haar ogen neer en laat haar schouders zakken. Dan haalt ze diep adem. 'Maar goed, laten we het daar niet over hebben. Als jij terug bent van de wc dan gooien we alle spullen aan de kant en dan zien we wel waar we uitkomen.'

Als zij Bas was, dan zou ze zeggen dat ze de pot op kon. Maar zij is Bas niet. Bas wil iets van haar en hij weet dat hij dat niet zomaar krijgt. Gespannen wacht ze zijn reactie af. Ze pakt een flinke lok haar en gooit deze over haar schouder, streelt er met haar hand overheen. Zorgt dat haar shirt met wijde hals haar linkerschouder zo ver ontbloot dat haar met kant afgezette bh-bandje te zien is.

Bas staat op en loopt naar het dressoir. Deze keer trekt hij een kastje open en pakt er een blauwe dossiermap uit. Hij legt hem zonder haar aan te kijken midden op tafel neer. 'Ik trek me even terug op het toilet, volgens mij heb ik iets verkeerds gegeten. Kan wel even duren.'

Hij draait zich om en verlaat de kamer, Teresa alleen achterlatend met het dossier.

Gespannen trekt ze de map naar zich toe en opent hem. De map bevat wat handgeschreven aantekeningen, maar vooral veel foto's. Het begint met een totaalplaatje van het hele skelet. De benige handen houden iets vast. Het is gedeeltelijk vergaan, vuil en het lijkt van stof. Wat het precies is, valt uit deze foto niet op te maken. Ze fronst even. Misschien dat de detailfoto's meer duidelijkheid geven. Ze slaat de pagina om en stuit op de van dichtbij gefotografeerde schedel. Bot zonder ziel, bot zonder huid, bot door de tand des tijds ontdaan van zijn persoonlijkheid en gezicht. Het heeft niets menselijks. Toch is het ooit een levend wezen geweest. Het gebit is op twee kiezen en een hoektand na intact. Ze pakt de volgende foto, waar de achterkant van de schedel op staat. Met een rode pijl is een beschadiging aangegeven en eromheen is een donkere verkleuring op het bot te zien. *Breuk door klap*, staat bij de rode pijl. *Stomp voorwerp?* is erbij gekrabbeld met zwarte pen. *Dood door hersenletsel???* staat eronder. Teresa pakt de volgende foto. Een close-up van het strottenhoofd en het tongbeen. Bij beide zijn beschadigingen omcirkeld met rood. Zowel in het strottenhoofd als in het tongbeen zit een duidelijke breuk. *Verwurging?* is de vraagstelling in zwarte letters.

Teresa legt de foto's neer en staart voor zich uit. In de gang hoort ze Bas het toilet doortrekken. Haar tijd alleen met het dossier zit er bijna op en vluchtig bladert ze door de overige foto's van het skelet. Op het eerste gezicht geen interessante dingen meer. Na de laatste foto zit een geel tabblad. Er staat niets op geschreven, maar als Teresa erachter kijkt, ziet ze dat dit is waar ze naar op zoek was. Overige bewijsstukken en voorwerpen die op en rond de plaats delict zijn gevonden. Op de eerste foto staat een bewijszakje waar een door corrosie aangetaste sleutel in zit. Er loopt een rilling over haar rug. Is het een huissleutel? Of kan het iets anders zijn? Ze kan het niet goed zien, maar de politie zal daar ongetwijfeld onderzoek naar doen. Ze kijkt nog een keer goed en concentreert zich dan op de andere foto. Het is een uitvergroting van een halfvergaan knuffelbeest, het voorwerp dat het skelet in zijn handen hield. Een lang hangend oor dat zichtbaar is aan de rechterkant van de aangevreten kop zegt dat het om een konijn gaat. De oorspronkelijke kleur van de knuffel valt op de foto niet te zien. Verwijst de knuffel de theorie dat het skelet misschien ouder is dan de voormalige scoutingloods naar het rijk der fabelen? Hoe lang bestaan knuffeldieren eigenlijk al? Ze googelt naar de geschiedenis van de knuffel en ziet dat er verhalen gaan dat ze in de middeleeuwen al gebruikt werden in toneelstukken ter vervanging van echte dieren. Het zou dus nog steeds kunnen dat het lichaam een aantal decennia in het Spanderswoud heeft gelegen en dat het stamt uit een tijd waarin er nog geen scoutingactiviteiten op het terrein waren. Het enige wat haar theorie op dit moment in de weg zit, is de diepte van het graf, of de relatieve ondiepte ervan.

Ze sluit het dossier en legt het terug op de plek waar Bas het heeft achtergelaten, en kucht dan luidruchtig zodat hij weet dat ze klaar is. Meteen zwaait de deur open. Zijn ogen gaan naar het dossier dat op tafel ligt alsof het nooit is aangeraakt door vreemde handen en op zijn gezicht ziet Teresa vertwijfeling en spijt. Hij kijkt haar nauwelijks aan als hij het dossier van tafel grist en weer opbergt in de kast. Als hij zich weer naar haar omdraait, maakt ze een gebaar van een draaiend sleuteltje voor haar gesloten mond.

'Je kunt me vertrouwen, Bas. Echt waar,' voegt ze eraan toe, en hij lijkt een beetje te ontspannen.

Ze staat op, loopt naar hem toe en kijkt hem diep in zijn ogen. Bas slaat zijn armen om haar heen, houdt haar vast en duwt zijn lichaam tegen haar aan. Ze blijven zo staan totdat ze zijn lippen in haar nek voelt. Als hij haar lippen wil zoenen, duwt ze hem zachtjes weg, pakt zijn hand en trekt hem mee naar het kleed voor de bank. Ze duwt hem naar beneden en hij gaat liggen. Verlangend steekt hij zijn armen naar haar uit en zijn ogen smeken haar om boven op hem te komen liggen. Ze maakt een schijnbeweging en gaat dan op haar zij naast hem liggen, haar rug naar hem toe. Bas zucht en kreunt wanhopig. Gaat ook op zijn zij liggen en duwt zijn kruis tegen haar billen. Lepeltje-lepeltje blijven ze even liggen, tot zijn hand haar schouder begint te strelen en het sexy bh-bandje even aanraakt. Zijn verlangen drukt dwingend tegen haar billen. Zijn hand zakt verder af en verdwijnt onder haar T-shirt. In een reflex spannen haar buikspieren zich en ze pakt zijn hand en brengt deze naar haar gezicht. Ze drukt er een kus op en legt zijn hand dan op haar buik. De stof van haar shirt blokkeert het contact van blote huid op huid. Haar eigen hand legt ze stevig op de zijne om hem daar te houden. Ze voelt de spanning in zijn lijf verder toenemen, zijn hijgende ademhaling achter in haar nek. Hij kan zich nauwelijks meer beheersen en ze weet dat ze het niet langer uit kan stellen. Ze draait zich naar hem om tot hun voorhoofden elkaar bijna raken. Ze legt haar vinger op zijn lippen om te voorkomen dat hij haar zoent.

'Geloof jij in de theorie van uitgesteld verlangen, Bas?' fluistert ze. 'Dat dingen steeds lekkerder worden als je ze net buiten bereik houdt? En als het dan eenmaal zover is... dan weet je niet wat je meemaakt. Dat gevoel wil ik hebben. Verlangen, smachten, fantaseren, dromen. Als alternatief voorspel.'

'Mijn verlangen is al genoeg op de proef gesteld en een voorspel heb ik niet nodig. Kom, Teresa, ik hou het niet meer.'

Zijn handen gaan naar de sluiting van haar broek, maar ze houdt hem tegen. 'Vrouwen houden wel van voorspel, Bas, en dit zijn de regels van mijn voorspel. Ik wil dat het onvergetelijk wordt tussen ons en dat ik niet zomaar iemand ben voor je. Een van de velen op je lijstje, die je je een paar jaar later niet eens meer herinnert.'

'Geloof me, ik zal jou nooit vergeten. Ik heb nog nooit iemand ontmoet zoals jij.'

'Heb je weleens voor een etalage gestaan, Bas, waar iets lag wat je heel graag wilde hebben, maar wat je niet kon betalen?'

'Ja, natuurlijk. Wie niet?'

'Noem eens een voorbeeld?'

'Een heel mooi horloge.'

'En heb je dat uiteindelijk gekregen?'

'Ja.'

'Hoe dan?'

'Door te sparen.'

'En hoe voelde het toen je dat horloge voor het eerst om je pols deed?'

'Fantastisch, omdat ik er zo naar had uitgekeken en zo mijn best voor had gedaan.'

'Hoe lang bleef dat horloge bijzonder voor je?'

'Het is nog steeds bijzonder voor me. Het is helaas gestolen in de sportschool, maar dat speciale gevoel kan ik nog steeds oproepen.'

'Dat bedoel ik. Dat is nou precies wat ik je duidelijk probeer te maken. Ik ben dat horloge en om me te krijgen moet je sparen. Kijken en niet aankomen totdat je genoeg hebt verzameld. Zoals vanavond met dat dossier, dat was een mooie duit in de spaarpot, maar je hebt nog niet genoeg gespaard.' Ze knipoogt naar hem, geeft hem een zoen op zijn voorhoofd. Ze hangt half over hem heen en haar krullen kriebelen in zijn gezicht. Dan staat ze op.

‘Laat je me hier nou echt zo achter?’ kreunt hij.
‘Welterusten, mooie Bas. Hopelijk tot snel.’
‘Blijf dan in elk geval slapen.’
‘Nee, ik moet nog verder werken aan een artikel. Strakke deadline, wordt nachtwerk.’
Bas vouwt zijn handen achter zijn hoofd en kijkt. Het verlangen in zijn ogen is nog niet gedoofd.
‘Wanneer zie ik je weer?’
‘Ik bel je wel. Of bel mij als je nieuws hebt over de zaak. Nieuwe foto’s, nieuwe inzichten. Je zult er geen spijt van krijgen dat we partners in crime zijn geworden. Denk aan je spaarpot.’
‘Maar...’ Hij wil overeind komen, maar ze houdt hem tegen.
‘Ik kom er zelf wel uit.’
Ze pakt haar tas en blaast een handkus naar hem toe voordat ze achter de deur verdwijnt.

Nog geen uur later zit ze met natte haren van het douchen achter haar oude schoolbureautje dat dienstdoet als werktafel, eettafel, leestafel; waar gebruikt ze het eigenlijk niet voor? Ze pakt haar laptop en opent haar mailbox. Met een geoefend oog scant ze de berichten op onderwerp, het gros verbant ze meteen naar de prullenbak zonder ze te openen. Een aantal berichten moet worden beantwoord en dat doet ze snel en effectief, waarna ze zowel de binnengekomen als verzonden berichten naar de daarvoor bedoelde archiefmappen sleept. Ze houdt van netjes en opgeruimd.
Uiteindelijk blijft er slechts één enkel mailtje over, met het mysterieuze onderwerp ‘Guess who’s back’. Ze opent het en staart naar de tekst die haar vanaf het scherm toeschreeuwt.

Ik heb jou gevonden, nu jij mij nog. xxx S.

Het kan niet. Het is onmogelijk. En toch staat het er. Het bericht heeft een bijlage: een videoclip van Timmy T die ‘One More Try’ zingt. Het was zijn favoriete nummer en herinneringen aan het verleden overspoelen haar. Herinneringen aan iemand die onmogelijk gemaild kan hebben, omdat hij dood is. Maar het bericht doet anders geloven.

Met een klap slaat ze haar laptop dicht. Ze loopt naar het raam en staart naar buiten. Het duurt een paar seconden voor haar ogen aan het donker zijn gewend en dan ziet ze een man staan. Hij zwaait naar haar. Haar hart slaat over en ze zoekt steun bij de vensterbank om niet te vallen. Dan ziet ze dat het de buurman is, die voor het slapengaan de hond nog even uitlaat. Ze zwaait flauwtjes terug en sluit het gordijn. Draait zich om en begint rondjes te lopen door haar kamer, neurotisch als een dier in gevangenschap.

Gemma

4

Als Gemma haar ogen opendoet, ziet ze gezichten. Heel veel gezichten. Ze hangen boven haar, vlak boven haar, maar toch zijn al die mensen die bij die gezichten horen onbereikbaar ver weg. Alsof er een doorzichtig pantser tussen haar en hen in zit waar ze niet doorheen kan breken. Het wazige, verwrongen beeld van opengesperde ogen en bewegende monden maakt haar angstig. Er dreunt iets. Ze voelt het in haar lijf. Ze weet niet of het de beat is van een stevige bas of van haar eigen hart. Haar hoofd gonst en vervormde geluiden dringen langzaam tot haar door. Ze doen haar denken aan een walkman die vertraagd een liedje afspeelt omdat de batterijen ermee op dreigen te houden. Zo voelt zij zich ook. Een lege batterij die vervangen moet worden.

Handen raken haar aan. Tikken tegen haar wang. Ze wil niet aangeraakt worden, maar ze kan het niet tegenhouden. Haar lijf beweegt niet zoals zij dat wil. Ze voelt iets kouds op haar voorhoofd. Iemand checkt haar pols. De knoopjes van haar witte blouse worden opengerukt, de sluiting van haar leren broek ook. Ze is bang, zo bang. De mensen om haar heen kunnen alles met haar doen en ze is niet in staat om zich te verdedigen.

Iemand komt aanlopen. Zet een koffer naast haar neer. Dan verdwijnen eindelijk al die handen, al die gezichten, op twee na. Ze kan weer een beetje ademen. Haar arm wordt opgetild en er wordt iets omheen gedaan. Een band die steeds strakker trekt, totdat een felle steek door haar arm gaat. Ze wil zeggen dat ze moeten ophouden, haar met rust moeten laten, maar er komt geen geluid over haar lippen. Rust, dat is het enige waar ze behoefte aan heeft. Heerlijke, zalige, oneindige rust. Ze heeft het nog niet gedacht of iemand begint aan haar schouders te trekken. Sjort haar in zithouding en ondersteunt haar rug. Het lukt haar niet om op eigen kracht te blijven zitten. Een felle lamp schijnt eerst in haar linker- en dan in haar rechteroog. Ze knippert om de opkomende tranen tegen te houden. Haar nek wordt ondersteund als iemand haar onderkaak een stukje naar beneden trekt en iets met een plastic rand tussen haar lippen duwt. Haar mond wordt vochtig en ze voelt wat water over haar kin lopen. In een reflex probeert ze te drinken.

'Rustig aan, anders verslik je je.'

De stem klinkt dicht bij haar oor en is van een man. Wanneer ze een paar slokjes heeft binnengehouden, vraagt hij haar of ze hem kan zeggen hoe ze heet. Even weet ze niet wat ze moet antwoorden. Wie is ze eigenlijk? Wat is ze eigenlijk? Hoe vaak heeft ze zichzelf de laatste tijd die vragen niet gesteld zonder een bevredigend antwoord te krijgen?

'Gemma. Mijn naam is Gemma Kastelijn.'

'Weet je waar je bent? Weet je wat er gebeurd is?'

Ze steekt haar hand op om het vragenvuur te stoppen. Tast wanhopig naar haar pijnlijke hoofd. De man pakt de hint op.

'Oké, ik zal je helpen. Je was bezig met een optreden op Paaspop toen je onwel werd op het podium.'

Ze wil knikken, maar is daar te duizelig voor. 'Ik las voor uit mijn laatste boek, geloof ik.'

Ze kijkt om zich heen. Ze zit op een modderig, platgetrapt grasveld. Om haar heen tenten en trailers. Mensen lopen af en aan. Sommigen werpen een blik op haar, anderen niet. De lucht is zwaar van bier en sigaretten. Langzaam maar zeker begint ze weer wat helderder te worden.

'Hebt u gedronken?'

'U hebt me net zelf water gegeven.'

'Ik bedoel alcohol. Hebt u alcohol gedronken?'

'Nee. Ik was de hele dag al misselijk. Licht in mijn hoofd. Misschien had ik beter thuis kunnen blijven, maar ik had afgesproken dat ik...' Ze lacht geforceerd.

'Dat u... wat?'
'Dat ik hier zou zijn. Ik móést hier zijn om die lezing te geven.'
'U moest?'
'Ja, zo voelt het altijd wel. Gemma, doe dit. Gemma, doe dat. Gemma, schrijf even een column. Gemma, wanneer is je nieuwe boek klaar? Lezing hier, tv-optreden daar, fotoshoot zus, interview zo. Gemma, Gemma, Gemma.'
'En nu gaan we Gemma naar het ziekenhuis brengen, want Gemma is uitgedroogd. Nachtje aan een vochtinfuus en dan voelt u zich vast een stuk beter. Ah, daar komt de brancard al aan.'
Voordat ze kan protesteren wordt ze door twee mannen opgetild en vastgesnoerd op een brancard.
'Jongens, moet dit echt zo? Er is vast wel iemand die me even naar huis wil brengen. Ik voel me wel weer oké. Beetje last van de warmte. Thuis onder de koude douche en klaar.'
De brancard begint te rijden. In de verte ziet ze Marije van Publiciteit. 'Marije! Hallo!' Gemma zwaait als Marije omkijkt. Het meisje aarzelt, maar komt dan toch haar kant op lopen.
'Gemma, gaat het een beetje?' vraagt ze met een bleek gezicht.
'Ik had wat last van de warmte, maar ik voel me weer prima. Misschien kun jij dat aan deze heren vertellen en me dan even naar huis brengen? Het is echt onzin om me naar het ziekenhuis te brengen.'
'Nou, je ziet er eerlijk gezegd niet heel prima uit. Ik denk dat het beter is als je wel naar het ziekenhuis gaat. Ik zal Duco op de hoogte brengen. Ik bel je morgen om te vragen hoe het gaat, oké?' Marije klopt op haar hand. Het zal bemoedigend bedoeld zijn, maar dat is het niet. Dan loopt ze gehaast weg.
'Laat me maar alleen, hoor, ik red me wel. Ik red me altijd!' roept ze Marije na, terwijl de twee broeders haar de ambulance in schuiven.
'Probeert u zich niet te veel op te winden,' zegt de ene broeder terwijl hij naast haar plaatsneemt. 'Slecht voor uw bloeddruk.'

'Laat het allemaal maar over u heen komen,' vult de ander aan. Hij springt naar buiten, sluit de deuren en neemt plaats naast de chauffeur. Langzaam hobbelt de ambulance het festivalterrein af. De tranen springen in Gemma's ogen. Daar ligt ze dan, sterauteur van uitgeverij Codex. Vastgesnoerd op een brancard met zo'n triest wit laken over zich heen. Wat een afgang.

Duco zit met een ernstig gezicht naast Gemma's bed. Het infuus dat naast haar staat druppelt gestaag. Vol afschuw kijkt ze naar het buisje dat haar hand in gaat en waar de heldere vloeistof doorheen loopt. Ze wil het het liefste uit haar huid trekken. De gaaspleisters loskrabben die het infuus op zijn plek houden. Slechts een dun gordijntje schermt hen af van de andere mensen op de vierpersoonskamer. Echte privacy biedt het niet, maar het is in elk geval een buffer tussen haar en die starende, nieuwsgierige ogen. *Ik ken jou van de televisie... Ik ben toevallig net je boek aan het lezen... Mag ik een handtekening?*

'Wat gebeurde er nou precies?' vraagt Duco.

'Ik stond voor te lezen en ineens viel ik flauw. Last van de warmte, no big deal,' antwoordt ze stoer.

'Ik vind het eerlijk gezegd wel een big deal. Ik maak me zorgen om je.'

'Niet doen, zonde van je energie. Onkruid vergaat niet.' Ze probeert er lollig bij te kijken terwijl ze zich bijna hardop afvraagt of hij zich zorgen maakt om haar of om haar deadlines en de verkoopcijfers. Duco pakt zijn telefoon en maakt een foto.

'Hé, wat doe je nou?'

'Ik hou je een spiegel voor.'

Hij toont haar de foto. Ze ziet een vrouw met futloos rossig haar in een bed zitten. Haar gezicht is bijna nog witter dan de lakens. Het wordt ontsierd door donkere wallen, ingevallen wangen. Bruine ogen die zouden moeten sprankelen staan dof.

'Oké, ik heb er weleens beter uitgezien. Maar ik heb geen

make-up op, hè, dat lijkt me een verzachtende omstandigheid.'

'Hoe gaat het met je nieuwe boek?'

'O, prima, maak je geen zorgen. Ik zit helemaal in het verhaal. Ik wil nog net niet beweren dat het schrijven vanzelf gaat, maar het lijkt er wel op. Ik heb de flow goed te pakken.'

Op haar netvlies verdringt de ene witte pagina de andere. Elke zin die ze de laatste weken heeft geschreven, heeft ze meteen ook weer gedeletet. Geen woord dat klopte of boeiend genoeg was om te blijven staan. *Writer's block*, dreunt door haar hoofd. Niets meer te vertellen.

'De deadline die we contractueel hebben vastgelegd ga je dus halen?'

'Absoluut.' Ze knikt, lacht, steekt de duim van haar infuusloze rechterhand op en hoopt dat hij haar woorden voor zoete koek slikt.

'Wanneer kan ik wat lezen?'

'Nog even niet. Ik lever de eerste versie liever in één keer in. Dan blijft het voor jou ook een beetje spannend en verrassend.'

'Heel lief dat je met me meedenkt, maar ik wil toch liever eerder meelezen. Dan kan ik een beetje inschatten in welke richting we het moeten zoeken met publiciteit en zo.'

'Dat begrijp ik, maar je zult echt nog even geduld moeten hebben.' Ze laat hem haar hand met het infuus zien. 'Zo kan ik toch niet typen?'

Duco grimast.

'Ik heb rust nodig om te schrijven, Duuc. Ik hol van het ene interview naar de volgende spelshow. Ik kan me niet in tienen splitsen.'

'Als je aan de top wilt meespelen, dan ligt de lat nou eenmaal hoog, Gemma.'

'Alsof ik dat niet weet.'

'Kun je het allemaal nog wel aan?'

'Wat is dat nou weer voor vraag? Natuurlijk. Ik heb alles onder controle.'

'Behalve vandaag...'

'Dat was een incident. Niet genoeg tijd genomen om te eten en te drinken. Het was bloedheet. Gewoon stom, zal niet meer gebeuren.'

'Weet je, ik maak me toch een beetje zorgen om je deadline. We hebben een strakke planning qua publiciteit, budgetten gereserveerd, abri's vastgelegd op de stations en in de grote steden... Daarom lijkt het me goed als je je vanaf nu helemaal gaat focussen op het schrijven. Marije gaat morgen al je afspraken voor de komende twee maanden afzeggen.'

'Heb ik daar zelf ook nog wat over te zeggen?'

'Nee, eigenlijk niet. Jouw nieuwe thriller is de speerpunttitel van het najaar en daar hangt veel van af. Ik betaal je een vorstelijk voorschot en daar wil ik ook wat voor terug.'

'En ik bezorg jou vorstelijke winsten.'

'Inderdaad. Daarom ga ik ook iets doen wat ik nog nooit voor een auteur heb gedaan. Ik stel je de komende twee maanden mijn huis op Sardinië ter beschikking zodat je rustig en ongestoord kunt werken. Je vertrekt over twee dagen. Marije heeft je vlucht al geboekt. Het enige wat jij hoeft te doen, is je tandenborstel en je laptop inpakken.'

'Ja, maar...'

'Hier, om je te overtuigen.'

Duco steekt haar een online in elkaar geknutseld fotoalbum toe. Ze pakt het aan en begint te bladeren. Het ene na het andere idyllische plaatje van een romantische villa met zeezicht vult de pagina's. De luchten op de foto's zijn stuk voor stuk wolkeloos en over de tuin en de enorme veranda ligt de gouden gloed van de zon. Gemma kan de warmte en de rust bijna door de pagina's heen voelen. Ineens ziet ze zichzelf zitten op de veranda met terracotta tegels, aan die grote houten tafel met comfortabele stoelen waar dikke witte kussens in liggen. Een fles wijn in een koeler en een kan water met verse blaadjes munt, ernaast. Het geluid van de ruisende golven wordt overstemd door het geratel van haar vingers op een toetsenbord. Zinnen worden aaneengeregen tot een samenhangend verhaal dat zo spannend is dat ze er zelf kippenvel van krijgt...

'Je gaat steeds blijer kijken,' constateert Duco tevreden. 'Betekent dat dat je mijn aanbod accepteert?'

'Volgens mij zijn we dat stadium al gepasseerd, aangezien mijn ticket al geboekt is. Maar oké, ik zal het een week proberen en als het bevalt blijf ik.'

'Mooi, dan is dat geregeld. Marije haalt je hier morgenochtend op en brengt je dinsdag naar het vliegveld.' Duco pakt het fotoalbum uit haar handen. 'Probeer een beetje te slapen. Je ziet eruit alsof je het kunt gebruiken.'

'Ik zal mijn best doen, baas.' Ze steekt haar hand lafjes op ten afscheid en Duco glipt tussen het gordijntje door.

Gemma sluit haar ogen, luistert naar de hakken van zijn luxe instappers die tikken op de gele linoleumvloer. Ze denkt aan het aanbod dat Duco haar zojuist heeft gedaan. Al haar afspraken zijn afgezegd en ze gaat naar Sardinië. Hoewel ze weet dat het geen officiële vakantie is en ze keihard aan de bak moet om haar deadline te halen, komt er een rust over haar die ze lang niet gevoeld heeft. Dit uitstapje is misschien wel precies wat ze nodig heeft om zichzelf weer op de rails te krijgen en haar vastgelopen boek vlot te trekken. De zon die ze zojuist zag op de foto's lijkt ook weer voor haar te gaan schijnen. Tenminste, zodra ze dit vreselijke ziekenhuis heeft verlaten.

Ze probeert wat te slapen, maar het lukt niet. Liggend achter haar gordijn hoort ze dat een van haar kamergenoten naar *Shownieuws* kijkt. Ze kreunt zachtjes als er een reportage voorbijkomt waarin zijzelf de hoofdrol speelt. Gelaten hoort ze aan hoe de verslaggeefster in haar microfoon tettert over het onwel worden van schrijfster Gemma Kastelijn op Paaspop. Ze opent haar ogen als ze de stem van Duco herkent.

'Op dit moment is het nog onduidelijk hoe het met Gemma gaat. Ik sta nu op het punt om haar hier in het ziekenhuis te bezoeken en me te laten informeren over haar toestand. Ik hoop u later meer te kunnen vertellen.'

Die sukkel heeft zich laten interviewen bij de ingang van het ziekenhuis, nu weet iedereen waar ze verblijft. Bovendien verdraait hij ook nog eens de waarheid, want hij wist op dat moment al donders goed hoe het met haar ging. De pr-afdeling heeft hem vast op het hart gedrukt om het allemaal wat vaag te houden zodat het publiek nieuwsgierig blijft naar haar toestand. Reuring is goed voor de verkoop en alle extra aandacht is meegenomen. Waarom heeft hij haar niet laten weten dat er een item in *Shownieuws* zit? Eigenlijk weet ze het antwoord al. Omdat ze niet staat te springen om steeds weer opnieuw geconfronteerd te worden met het moment dat ze onderuitging. Het valt niet bepaald in de categorie glamour.

Ze pakt haar telefoon uit het nachtkastje dat naast haar bed staat. Automatisch opent ze Twitter. Ze heeft al bijna vijfhonderd persoonlijke berichtjes van volgers en terwijl ze kijkt loopt de teller verder op. Ze scrolt scannend door alle lief bedoelde en opbeurende teksten, negeert de cynische, tot haar ogen blijven steken bij een bericht dat een paar minuten geleden is geplaatst: *In twintig jaar nog niks veranderd. Vroeger was je ook al zo'n dramaqueen,* BB. *xxx S.*

Hoe kan dit? Gemma leest en herleest de tekst. Er is ooit maar één iemand in haar leven geweest die haar BB noemde, omdat ze in de verte wat op Brigitte Bardot lijkt. Maar juist die ene persoon kan dit bericht niet geschreven hebben. Toch is elke letter echt. Wat is dit voor zieke grap? En waarom nu? Ze graaft in haar geheugen, moet ver terug in de tijd. Er zijn maar een paar mensen die weten van S. Zit een van hen hierachter? Ze schudt haar hoofd. Onmogelijk. Dat zou betekenen dat afspraken die in een ver verleden zijn gemaakt en in beton zijn gegoten, zijn geschonden. Kunnen geheimen uit het verleden je na zo'n lange tijd nog achtervolgen en een streep door de toekomst trekken? In haar boeken in elk geval wel, daar doet ze niet anders. Als ze schrijft, is ze dol op geheimen uit het verleden die haar personages uiteindelijk na lange tijd alsnog de das omdoen. Ze geniet van het opbouwen van de spanning. Hoofdstuk na hoofdstuk drijft ze haar personages verder in het nauw, tot de daverende climax. Pas als gerechtigheid is geschied en de slechteriken zijn gestraft, kan ze opgelucht ademhalen. Ze weet dat dit rechtvaardigheidsgevoel van haar heel erg misplaatst is. Dat het hypocriet is.

Het schuldgevoel dat ze al twintig jaar probeert te verdringen, overvalt haar in volle hevigheid. Flashbacks naar toen benemen haar de adem en het zweet breekt haar uit. Horrorbeelden trekken als een diavoorstelling aan haar voorbij. Ze wil ze niet zien, maar kan haar ogen er niet voor sluiten. De angst, de schok, de paniek, ze voelt die weer als de dag van gisteren. Ademhalen wordt steeds moeilijker. Haar hart bonkt in haar keel. Ze wordt licht in het hoofd en grijpt zich vast aan het nachtkastje. Het halfgevulde glas dat erop staat valt met een hoop kabaal op de grond en scherven en water spatten op de vloer. Vol afgrijzen kijkt ze naar de rotzooi die ze onbedoeld heeft veroorzaakt. Rennende voetstappen komen haar kant op en het gordijn om haar bed wordt wild aan de kant geschoven door de verpleegster die al eerder aan haar bed stond.

'Alles goed, mevrouw Kastelijn?'

Haar ademhaling is zo van slag dat ze niet kan antwoorden, dus knikt ze maar en steekt haar duim op. De verpleegster duwt haar voorzichtig achterover tegen de kussens, bindt de bloeddrukmeter om haar arm en doet een klemmetje met een rood lampje om haar wijsvinger. Het zenuwachtige gebonk van haar hart wordt door het apparaat waar de vingerklem aan verbonden is vertaald in hysterisch gepiep. Een rood hartje knippert op het ritme van haar hartslag naast het getal 140. Ze neemt aan dat dat het aantal slagen per minuut is.

'Hebt u pijn op de borst?'

Gemma schudt van nee.

'Tintelingen in uw mond, lippen of vingers?'

Ze ontkent wederom.

'Ik denk dat u een paniekaanval hebt. Kunt u me vertellen hoe dat komt?'

Gemma haalt haar schouders op.

'Hebt u al eerder paniekaanvallen gehad of last van hyperventilatie?'

Ze schudt haar hoofd. Nee, nooit.

'Oké. We gaan proberen uw ademhaling weer wat rustiger te krijgen. Leg uw hand maar even op uw onderbuik en luister goed naar mijn aanwijzingen.'

Ze doet wat haar gevraagd wordt en het lijkt een eeuwigheid te duren, maar uiteindelijk krijgt ze haar ademhaling weer onder controle. Haar hartslag zakt terug naar tachtig slagen per minuut. De man in het bed tegenover haar kijkt haar intussen aan alsof ze de hoofdrol speelt in *Grey's Anatomy*. Schaamteloos lijkt hij zich te amuseren met het tafereel dat zich voor zijn ogen afspeelt. Op de eerste rang in het theater van de kwetsbaarheid.

'Mag het gordijn dicht, alsjeblieft,' vraagt ze met hese stem aan de verpleegster. Het dunne stukje stof wordt tussen haar en de pottenkijker in geschoven.

'Alle waarden zijn weer goed. Voelt ú zich ook weer goed?' De verpleegster haalt de band van haar arm en de klem van haar vinger terwijl ze op antwoord wacht.

'Ja, het gaat wel weer. Ik weet ook niet wat er ineens gebeurde. Het zal vast de spanning van vandaag zijn die zich een weg naar buiten baande.'

De verpleegster knikt en controleert het infuus. 'Ik kom zo even een nieuw zakje ophangen en ik zal de schoonmaak vragen of ze de scherven rond uw bed willen opruimen. Nog behoefte aan een nieuw glas water?'

'Ja, graag. Ik moet goed drinken van de dokter,' antwoordt ze met een flauw glimlachje.

Als de verpleegster vertrokken is en ze weer alleen achter haar gordijntje ligt, dringt de tweet zich weer aan haar op. Ze heeft allerlei opties de revue laten passeren, maar eentje heeft ze nog niet onder ogen gezien. Wat als het bericht afkomstig is van S. zelf? Ze weet dat het eigenlijk niet kan, maar de gedachte zet zich vast in haar hoofd. Stel dat het meest onwaarschijnlijke scenario werkelijkheid is, dan zou dat het verleden en de toekomst op hun grondvesten doen schudden. Dan begint het gesodemieter dat ze ver achter zich heeft gelaten weer van voren af aan. Haar leven en alles wat ze heeft opgebouwd komt dan in gevaar. En niet alleen dat van haar. Moet ze de anderen waarschuwen? De afspraak was: geen contact. Doen alsof ze elkaar niet kenden als iemand ernaar vroeg. Ze heeft zich daar altijd aan gehouden, zelfs geen poging gedaan om de anderen op afstand te volgen. Ze heeft geen idee wat er van hen geworden is. Waar ze uiteindelijk terecht zijn gekomen. Of ze een gezin hebben, een goede baan. Ze heeft geen adressen, geen telefoonnummers, en alles in haar schreeuwt dat ze dat zo moet houden. Dat ze de tweet moet beschouwen als een flauwe grap en ze die verder moet negeren. Als ze hem wel serieus neemt, zijn de consequenties namelijk niet te overzien en ze gelooft niet dat ze dat aankan. Ja, het is niks anders dan een grap, een grap die verkeerd viel omdat ze verzwakt is. Ze moet gewoon maken dat ze zo snel mogelijk wegkomt uit dit ziekenhuis en dan snel naar Sardinië gaan om weer de oude te worden. Lekker in haar eigen bubbel, van iedereen afgezonderd, werken aan haar nieuwe boek. Zonnetje, zee, rosé.

Ze kijkt met een schuin oog naar haar telefoon en kan het toch niet laten om hem op te pakken en nogmaals op Twitter te kijken. Geen nieuw bericht van S., ziet ze tot haar opluchting. Wel een kort filmpje van haarzelf in haar ziekenhuisbed met een lijkbleek gezicht, wijd opengesperde ogen en een hijgende ademhaling. Het piepende geluid van de hartslagmeter klinkt op de achtergrond. Het filmpje gaat viral en is trending op Twitter. Het account waarmee het filmpje is geplaatst is van @WillempieW. Op de profielfoto herkent ze het gezicht van haar nieuwsgierige overbuurman. Hij houdt een biertje in de lucht en draagt een of ander idioot carnavalspak. Ze baalt dat ze haar nieuwe glas water nog niet heeft gekregen, anders had ze het naar hem toe gesmeten.

5

Gespannen als een snaar ligt Gemma in haar ziekenhuisbed. Haar ogen onafgebroken gefocust op de dichte deur. In haar ene hand haar telefoon en in de andere de alarmbel om de verpleegster te roepen. Ze is verplaatst naar een privékamer na het akkefietje met @WillempieW. Hij heeft een fikse uitbrander gekregen van de zaalarts over het delen van het filmpje van haar paniekaanval. Daarna heeft ze zelf een excuus gehad van het hoofd van de afdeling en de directeur van het ziekenhuis. Ze hadden haar privacy beter moeten bewaken. Hadden zich beter moeten realiseren dat ze een BN'er is die ze beter niet op zaal kunnen leggen. Er was hun alles aan gelegen dat ze zich veilig voelde in hun ziekenhuis. Blablabla... Maar alle excuses ten spijt, dat filmpje kan niet meer ongedaan gemaakt worden. Vanaf vandaag staat ze niet langer te boek als een succesvolle vrouw, maar als een hysterische gek. De roddelbladen en iedereen die afgunst tegen haar koestert, zullen hiervan smullen. Het zal flink wat inspanning kosten om haar imago weer wat op te poetsen. Nog meer reden om te knallen met het boek waar ze nu aan werkt. Ze kan niet wachten tot ze op Sardinië zit; en niet alleen omdat ze hoopt daar de rust te vinden om te schrijven.

Het bericht van S. spookt onophoudelijk door haar hoofd. Sinds ze het heeft gelezen, zit er een nare spanning in haar buik. Voelt ze zich op de een of andere manier onveilig. De ziekenhuiskamer biedt geen enkele mogelijkheid om de deur op slot te doen en dat maakt het er niet beter op. Iedereen kan hier zomaar binnenlopen, ook degene die als S. – of namens hem – die tweet de wereld in heeft geholpen. Ze doorloopt keer op keer dat ondenkbare scenario en telkens is haar reactie anders. De ene keer verstijft ze en is ze tot niets meer in staat. Laat ze zich overmeesteren. De andere keer springt ze heldhaftig uit haar bed, trekt het infuus uit haar hand en vecht. Krabbend, krijsend, met gebalde vuisten. In dat scenario wint ze het gevecht niet – ze zal het nooit kunnen winnen – maar ze verdedigt zich in elk geval met hand en tand.

Ze knijpt in haar telefoon. Kan de neiging niet bedwingen om nogmaals op Twitter te kijken. Ze weet dat ze het beter niet kan doen, maar de drang is te groot, bijna dwangmatig. Ze moet weten of S. nog een nieuw bericht heeft gestuurd. Het ontgrendelen van haar toestel gaat door haar trillende handen niet vlekkeloos. Ze raakt een verkeerde toets en moet de code opnieuw invoeren. Houdt haar adem in tot het openingsscherm verschijnt met een foto van haar laatste boek. Gemma heeft er nooit moeite mee gehad om met zichzelf te dwepen. Ze werkt er toch ook hard genoeg voor? Haar vinger tikt op het witte vogeltje in het blauwe vierkantje met stompe hoeken. Als haar tijdlijn opent, begint haar hart sneller te kloppen. Tweehonderd nieuwe berichten. Zit er eentje bij van hem? Als een bezetene scrolt ze langs alle beterschapswensen, flauwe grappen, scheldwoorden en een enkele doodsbedreiging. Niks van S. Opgelucht zakt ze terug in de kussens, haar hand ontspant zich en haar telefoon valt op het witte laken. Ze ademt een paar keer diep door en krijgt dan de slappe lach. Als @WillempieW haar nu zou zien, zou hij denken dat ze gek was. Misschien is dat ook wel zo. Er moet toch wel ergens een steekje loszitten om die zieke verhalen die ze verzint te kunnen schrijven.

Gemma sluit haar ogen en plaatst zichzelf met haar ziekenhuisbed in een fictief verhaal. Verzint en creëert de ene spannende scène na de andere en gaat zo op in haar fantasie dat ze begint te gillen als er op haar deur wordt geklopt. Een verpleegkundige. Het is maar een verpleegkundige, stelt ze zichzelf gerust. Met bloemen.

'Hoorde ik u nou gillen, mevrouw Kastelijn?'

'Nee hoor. Waarom zou ik?' liegt ze. Straks willen ze haar nog naar de afdeling Psychiatrie verplaatsen.

'Deze prachtige bloemen zijn net voor u gebracht. Vast van een bewonderaar.' De verpleegster zet de vaas in de vensterbank, peutert het ijzerdraadje waar een kaartje aan zit van een steel en geeft het aan Gemma. Haar ogen snellen over de handgeschreven tekst:

Ik weet je overal te vinden, BB, net als vroeger.
XXX S.

Gemma's eerste neiging is om het kaartje te verscheuren in kleinere dan kleine snippers, zodat zelfs met een hoop gepuzzel de letters niet meer aaneengeregen kunnen worden tot een zin. Uit ervaring weet ze dat een reactie ingegeven door een impuls meestal niet de beste is. Daarom bedwingt ze zich en stopt het kaartje in de la van haar nachtkastje.

'Hebt u toevallig gezien wie deze bloemen heeft gebracht?' vraagt ze met redelijk vaste stem.

'Een koerier. Die jongen bezorgt hier wel vaker op de afdeling.'

'Hoe ziet hij eruit?'

'Lang, dun, donker kort haar, brilletje. Heeft wel wat weg van Harry Potter. Jong, ik schat hem zeker niet ouder dan twintig.'

De omschrijving doet geen belletje rinkelen, maar dat zegt niks. S. heeft haar gevonden en dat betekent dat ze hier niet veilig is.

'Zuster, ik voel me eigenlijk wel weer goed genoeg om naar huis te gaan. Waarschijnlijk is dat zelfs beter voor me, want ik ben een moeilijke slaper en buiten de deur lukt het al helemaal niet. Ik denk dat ik van een nachtje in mijn eigen bed enorm zou opknappen.'

'Naast uw eigen bed staat geen infuus, mevrouw Kastelijn, en dat hebt u toch echt tot morgen nodig. Doktersvoorschrift waar niet van afgeweken mag worden. Morgenochtend wordt de boel opnieuw bekeken en dan mag u vast naar huis.'

Gemma zucht en bekijkt de pleisters op haar hand waarmee het infuus op zijn plek wordt gehouden. Hoe moeilijk zou het zijn om dat ding er zelf uit te trekken? Bij het idee wordt ze een beetje misselijk. Ze is niet half zo stoer als de heldinnen in haar boeken. De verpleegster ziet haar kijken en schudt haar hoofd.

'Dat zou ik niet doen als ik u was. Eén nachtje, mevrouw Kastelijn, dat is toch een klein offer voor uw gezondheid? Als u me het kaartje geeft dat bij de bloemen zat, dan hang ik het weer terug.'

'Ik hou het liever in mijn la. Dan kan ik het nog eens lezen.'

'Wat u wilt. Kan ik verder nog iets voor u doen?'

Me met rust laten zodat ik kan nadenken.

'Nee, dank u, ik red me zo wel.'

De vrouw vertrekt en Gemma pakt meteen het kaartje weer uit haar la. De bloemen zijn besteld bij Bloemisterij De Pioenroos. Het adres en telefoonnummer staan achter op het kaartje. Ze belt het nummer en krijgt een vriendelijke Thea aan de lijn.

'U spreekt met Gemma Kastelijn. Er is zojuist een bos bloemen voor mij bezorgd in het ziekenhuis en ik kan de afzender op het kaartje niet goed lezen. Ik zou de persoon die me dit prachtige boeket heeft gestuurd graag persoonlijk bedanken. Hebt u wat gegevens voor me? Een naam of een telefoonnummer misschien?'

'Kastelijn, zei u? Even kijken. Ah, ik zie het al, de bestelling is online gedaan en de afzender is ene S. Er staat specifiek bij in het vakje voor opmerkingen dat de afzender anoniem wil blijven, ook als mevrouw Kastelijn gegevens probeert te achterhalen en het niet wil laten rusten. Nou, dat lijkt me een heldere boodschap van iemand die u goed lijkt te kennen.' De vrouw grinnikt en Gemma knarst op haar tanden.

'Dus u wilt mij niet helpen?'

'U zult de identiteit van S. zonder mij moeten achterhalen. De klant is koning en zijn wil is wet, anders kan ik mijn zaak wel opdoeken. Geniet van de bloemen en een fijne dag.' Ze hangt op.

Gemma staat perplex. Ze maakt het weinig mee dat mensen niet voor haar vliegen omdat ze 'bekend' is. Bekendheid opent deuren die voor andere mensen gesloten blijven. Maar blijkbaar niet in ziekenhuizen en niet bij bloemisterijen. De bloemen in de vaas lijken haar uit te lachen en ineens wil ze die dingen haar kamer uit hebben. Ze krijgt er de kriebels van. Ze pakt het zakje peper dat is overgebleven van haar warme maaltijd van haar nachtkastje. Opent het zakje en inhaleert voorzichtig. Ze niest en de tranen springen haar in de ogen, ze inhaleert dan nog een beetje en drukt hoestend en proestend op de bel terwijl ze het restant peper wegmoffelt in haar latje. De verpleegster die haar eerder de bloemen heeft gebracht, komt na een paar minuten haar kamer binnen.

'Ik geloof dat ik allergisch ben voor die bloemen.' Ze niest hard. En opnieuw. 'Misschien... misschien kunt u er iemand anders blij mee maken?'

Luidruchtig haalt ze haar neus op en wrijft langs haar rode, betraande ogen. Knijpt in haar neus om een opkomende nies te onderdrukken.

'Het lijkt me inderdaad beter als we de bloemen van uw kamer halen. Ik zet ze wel op de verpleegstersbalie neer. Kunnen we er allemaal een beetje van genieten.'

'Doet u dat vooral.' *Hatsjoe!*

De verpleegster spoedt zich met de vaas in haar armen geklemd de kamer uit. Gemma geniet even van de lege vensterbank en dan slaat de paniek weer toe. Als S. haar rechtstreeks bloemen kan sturen, dan weet hij ook waar ze zich bevindt. Dat betekent dat hij – of iemand die zich als hem voordoet – in theorie elk moment haar kamer kan binnenwandelen. Geen fijn gevoel. Ze heeft niets om zich mee te verdedigen. Ze vervloekt Duco omdat hij zo stom is geweest een interview te geven bij de ingang van het ziekenhuis. Hij heeft er natuurlijk geen seconde bij stilgestaan dat hij daarmee haar privacy ernstig heeft geschonden. Niet alleen S., maar iedereen weet nu waar ze is. Ook andere mafkezen waar ze weleens mee te maken heeft kunnen haar probleemloos vinden. Ze moet hier weg, maar hoe krijgt ze dat voor elkaar?

Ze schopt de lakens van zich af en gaat op de rand van het bed zitten. Ze laat haar benen zachtjes heen en weer bungelen. Dat laten ze patiënten in ziekenhuisseries ook altijd doen om te testen of ze zelfstandig overeind kunnen blijven zitten. Ze heeft het de hoofdpersoon uit haar voorlaatste boek ook laten doen nadat ze een operatie had ondergaan. Diep in- en uitademen en bungelen, draagt ze zichzelf op. Terwijl ze dat geconcentreerd doet, begint de kamer een beetje te draaien. Klam zweet verspreidt zich over haar lichaam. Ze gaat snel weer liggen, bang om flauw te vallen. Als ze haar bewusteloos van de ziekenhuisvloer moeten plukken, dan willen ze haar vast nog langer hier houden. Dan krijgt ze het helemaal nooit voor elkaar om het ziekenhuis morgen te verlaten. Wat nu?

Gefrustreerd bijt ze een stuk van de lange nagel van haar wijsvinger. De rode nagellak bladdert verder af en ze haalt de schilfers van haar tong. Misschien moet ze de verpleegster nog even oproepen en haar nogmaals op het hart drukken dat ze niemand wil zien. Dat alleen medisch personeel haar kamer mag binnenkomen.

Kom op, Gemma, wat heeft dat nou voor zin? Iedereen kan een witte jas aantrekken en onder valse voorwendselen je kamer binnenlopen.

Soms wenst ze dat ze geen thrillerschrijfster is, maar voor een normaal beroep had gekozen. Iets rationeels waar je fantasie niet van op hol slaat. Maar hoewel de schrijfster in haar inderdaad overal gevaar en misdaad ziet, wil dat niet zeggen dat alles altijd en onherroepelijk moet worden weggezet als 'beroepsdeformatie'. Dit dreigement is reëel. *Ik weet je overal te vinden.* Haar eerste prioriteit moet dan ook zijn deze nacht zonder kleerscheuren door te komen. Van slapen zal niet veel komen – ze moet wakker blijven, anders is ze te kwetsbaar –

maar pitten doet ze wel in het vliegtuig naar Sardinië of later op het strand. Op dit moment kan ze haar tijd nuttiger besteden, zoals aan online proberen uit te vinden hoe het de anderen vergaat.

Als ze boodschappen blijft ontvangen van S., zal ze tegen alle afspraken in toch contact met de anderen moeten opnemen. Ze heeft geen zin om dit in haar eentje op te lossen. Dat zou ook niet terecht zijn. Gedeelde schuld is halve schuld, hoewel er op dit moment ineens genoeg redenen zijn om aan die schuld te twijfelen. Het maakt het allemaal niet minder erg. Kan S. echt zijn opgestaan uit de dood? Moet ze vanaf nu elk moment over haar schouder kijken om het gevaar voor te blijven? Bij de gedachte alleen al schiet haar hele lijf in een kramp. Ze denkt niet dat haar zenuwen daartegen bestand zijn. Die verlammende angst die bezit neemt van alles, ze kan hem niet weer toelaten in haar leven. Niet nu ze alles zo goed voor elkaar heeft en haar carrière een vlucht heeft genomen naar grotere hoogten. Niemand gaat haar dat afpakken. De vraag is alleen: hoever is ze bereid te gaan om alles wat haar heilig is te verdedigen? En moet ze dat in haar eentje doen, of moet ze tegen alle afspraken in hulp vragen?

Om vast een voorschot te nemen op mogelijke acties in de toekomst begint ze te googelen. Het lukt haar vrij snel om alle personen die ze zoekt te vinden. Zijzelf is niet de enige met een succesvolle carrière. Het zien van de gezichten die ze al die jaren uit haar geheugen heeft proberen te bannen, roept vreemde gevoelens bij haar op. Alsof de geheime aantekeningen die ze van een whiteboard heeft gewist ineens weer tevoorschijn komen in dik gedrukte letters. Voor iedereen zichtbaar en met geen mogelijkheid te verwijderen. Ze voelt zich naakt, kwetsbaar. Alsof iedereen rechtstreeks in haar ziel kan kijken en alle zonden en elke lelijke gedachte die ze ooit heeft gehad, openbaar worden. Alsof haar diepste zielenroerselen niet meer van haar zijn, maar van iedereen. Gemeengoed waar een hoge prijs voor betaald moet worden.

Ze klikt alle geopende internetpagina's weg. Uit haar leven. Weer terug in die put waar ze zoveel jaar geleden een deksel op heeft gedaan met het voornemen hem nooit meer te lichten. Maar diep vanbinnen weet ze dat ze zichzelf voor de gek houdt. Als de geest uit de fles is, laat deze zich niet meer terugstoppen. Niet deze geest, die twittert en bloemen stuurt. Is zij de enige of hebben de anderen ook iets ontvangen? Ze wil die vraag niet stellen, wil niet aan vroeger denken, maar van struisvogelpolitiek is nog nooit iemand wijzer geworden. Toch gaat zij proberen om de eerste te zijn. Ze vlucht morgenochtend vroeg dit ziekenhuis uit en gaat dan naar Sardinië, waar niemand haar kan vinden. Ze zal Duco op het hart drukken dat hij haar locatie voor iedereen geheimhoudt. Zeker nu de pers zo achter haar aan zit. Een vluchtige blik op Twitter laat zien dat de speculaties over haar mentale toestand niet van de lucht zijn. Iedereen wil haar spreken. Uit bezorgdheid, uit leedvermaak, uit nieuwsgierigheid. Voorlopig geeft ze niet thuis. Eerst moet alles maar eens een beetje overwaaien. En met alles bedoelt ze ook alles. Ze verscheurt alsnog het kaartje dat bij de bloemen zat en verwijdert de tweet die ze eerder ontving. Als statement.

Hij is er niet meer.

Punt.

6

Met twee zware koffers en haar laptoptas loopt Gemma naar de aankomsthal op luchthaven Olbia-Costa Smeralda. Haar twee uur durende vlucht is goed verlopen. Geen vertraging, geen huilende kinderen, geen vervelende medepassagiers. De grote zonnehoed waar haar gezicht bijna in verdwijnt heeft zijn werk gedaan. Geen oehs en ahs van herkenning, geen dwepende of medelijdende blikken toen ze in de lucht was. Hier op Sardinië is ze een onbekende, een anonieme toerist, en dat bevalt haar prima. Gewoon een vrouw met een te grote hoed op haar hoofd die loopt te zeulen met haar overschot aan bagage.

In de aankomsthal houden taxichauffeurs bordjes met namen op. Ze speurt naar een bordje waar de hare op staat. Ene Francesco zou hier klaar moeten staan om haar naar Duco's Villa Rosa in de plaats Porto Cervo aan de noordkant van Sardinië te brengen. Een ritje van niks vanaf de luchthaven, als ze Duco mag geloven. Maar Duco kletst wel vaker uit zijn nek als hij denkt dat hem dat beter uitkomt. Hij heeft haar één ding op het hart gedrukt: laat je niet te veel afleiden door Francesco. Schrijven moet je, dat is het allerbelangrijkste. En weer op krachten komen. Dat kwam er voor de vorm nog mompelend achteraan. Het was leuk geweest als ze het idee had gekregen dat Duco het ook meende.

Gemma staat even stil en kijkt nog eens goed om zich heen. Omdat ze zich nog steeds een beetje wankel voelt, heeft ze moeite met scherpstellen. Pas als ze haar ogen tot spleetjes knijpt, ontdekt ze een bordje waar de vijf letters van haar naam op staan. Het prototype knappe Italiaan houdt het bordje in de lucht en ze kan de woorden van Duco over afleiding ineens veel beter plaatsen. Ze trekt die idiote hoed van haar hoofd en tovert haar mooiste lach op haar gezicht. Zwaait enthousiast en hoopt dat Francesco het ziet. Dat doet hij. De heerlijke Italiaan komt haar kant op lopen; op zijn gezicht de schaduw van een gemillimeterd baardje dat het gebied rond zijn bovenlip ook meepakt. Gemma voelt zich al wankel, maar nu krijgt ze echt slappe benen. Hoe lang is het al geleden dat ze...

Laat je niet afleiden door Francesco!

Twee donkere ogen die bijna gitzwart zijn kijken haar aan. 'Aaaaah, *bella* Gemma!' De Italiaan pakt haar hand en drukt er een kus op. Gemma siddert als zijn lippen haar huid raken. Als hij zich weer terugtrekt en rechtop gaat staan, ziet ze bij de aanzet van zijn vingers kleine zwarte haartjes die doorlopen over zijn handpalmen naar zijn onderarmen. Zijn gebruinde huid steekt flink af tegen het felgele T-shirt dat hij draagt.

'Hallo, jij bent vast Francesco,' begroet ze hem in het Engels.

'*Mi chiamo* Frrrancesco.' Hij laat de 'r' langer dan nodig is door zijn mond rollen en rekt de uitspraak van de 'e' in zijn naam. Het heeft iets heerlijk theatraals. Hij pakt haar koffers aan en loopt lichtvoetig naar de uitgang van de aankomsthal, met zijn hoofd gebarend dat ze hem moet volgen. Twee flinke biceps rekken de mouwen van zijn shirtje op en de spieren op zijn rug tekenen door de dunne stof heen. Het is allemaal vreselijk cliché, maar Gemma vindt het heerlijk.

Ze huppelt bijna achter Francesco aan naar een verbleekte groene Fiat Punto met een ster in de voorruit en een deukje in de passagiersdeur. Een blik op de afgesleten banden en de roestige uitlaat stemt Gemma ineens een stuk minder vrolijk.

'Is dat ding wel veilig?'

'Natuurlijk, natuurlijk. *Don't judge a book by its cover.*' Hij trekt zijn lippen op in een stralende lach. 'Mister Duco heeft me verteld dat je een schrijfster bent.'

Ai, een man die zijn eigen grapjes uitlegt, dat is nou jammer. Minpuntje.

Gemma lacht wat besmuikt om hem niet in verlegenheid te brengen. 'Ken je Duco al lang?'

Hij knikt terwijl hij haar koffers op de achterbank gooit. 'Toch zeker tien jaar. Ik raakte bevriend met zijn zoon en sinds een paar jaar ben ik de beheerder van Villa Rosa. Ik doe klusjes, onderhoud het huis, het zwembad en de tuin, of speel chauffeur voor zijn gasten.'

'Hoe oud ben je eigenlijk?'

'Vijfentwintig.'

Gemma krimpt in gedachten ineen. *Gemma, ouwe taart, gedraag je! Hij is net uit de luiers, terwijl jij al in de categorie overrijp valt.*

Francesco merkt dat ze stilvalt en opent galant de passagiersdeur om haar te helpen instappen. '*Signora...*'

Ze gaat zitten en gooit haar hoed met een zwaai op de achterbank. Francesco neemt plaats achter het stuur en de auto komt puffend tot leven als hij de sleutel omdraait in het contactslot. Hortend en stotend verlaten ze het parkeerterrein en het duurt even voordat de Fiat een soepele gang te pakken heeft. Gemma moet zich bedwingen om niet zelf achter het stuur te kruipen. Dat Francesco bepaalde kwaliteiten heeft is duidelijk, maar op het gebied van autorijden valt nog wel wat bij te schaven.

'Kan ik daar in Porto Cervo ook een autootje huren?' vraagt ze langs haar neus weg.

'Niet nodig. Je kunt deze gebruiken. Hij hoort bij het huis.'

Francesco geeft een liefkozende klap op het dashboard en Gemma krijgt het niet voor elkaar om te glimlachen. Als dit afgetrapte ding haar veilig naar Villa Rosa weet te brengen, zal ze het voordeel van de twijfel uit de kast trekken. Iets is beter dan niets en ze wil Francesco ook niet beledigen door te zeggen dat ze de auto waar hij klaarblijkelijk zo dol op is, rijp vindt voor de sloop. 'We gaan naar het noorden, toch?' vraagt ze dan maar om het gesprek gaande te houden.

'Klopt. Porto Cervo ligt aan de noordkant van het eiland in de provincie Olbia Tempio en is vooral bekend om zijn Costa

Smeralda, oftewel Smaragdkust. Witte zandstranden, idyllische baaien...'

'En grillige rotsen?' Gemma wijst naar buiten.

'Die ook.'

Gemma laat het landschap dat aan hen voorbijglijdt op zich inwerken. Naast indrukwekkende rotsen ziet ze ook voldoende bomen waar ze de namen van wil weten. Ze vraagt Francesco ernaar.

'We hebben hier net als in Portugal kurkeiken, maar ook mediterrane eiken en johannesbrood- en olijfbomen, om maar wat te noemen.'

'En palmbomen,' verzucht Gemma. 'Die vond ik als kind al fascinerend. Een palmboom betekent voor mij vakantie.'

'In Duco's tuin staat er ook eentje. Ik heb pas de dode bladeren er nog uit gesnoeid dus hij staat er weer prachtig bij. Och, er is hier nog zoveel moois te ontdekken...' Francesco laat een stilte vallen die insinuerend opgevat zou kunnen worden. 'Jammer dat je daar geen tijd voor hebt omdat je moet werken...'

'Buiten kantooruren blijft er vast nog genoeg tijd over om ook een beetje te genieten.' Gemma laat ook een stilte vallen, maar die van haar voelt in tegenstelling tot die van Francesco ongemakkelijk. Zeker als hij er niet op reageert en haar zelfs niet even aankijkt.

Ze heeft het warm gekregen en dat komt niet alleen door de zon die door de voorruit schijnt. Haar hand grijpt naar de zonnebril die nog nonchalant in haar haren zit geschoven en ze zet hem op haar neus. Met haar ogen verborgen achter de donkere glazen voelt ze zich iets minder opgelaten. Wat verbeeldt ze zich nou toch allemaal? Ze is hier om te werken, in alle rust en zonder afleiding. *Deadline, Gemma, denk aan je deadline.* Haar ogen worden zwaar en ze voelt zich ineens heel moe. Voor haar ogen dansen een tweet en een kaartje van een bloemist. Ze focust op de kustlijn en verzuipt de plaatjes op haar netvlies in de azuurblauwe zee. Laat ze wegdrijven op de golven, kopjeonder gaand tot ze helemaal verdwijnen en ze weer een beetje adem kan halen.

'Voel je je wel goed?' vraagt Francesco bezorgd.

'Beetje wagenziek.'

'We zijn er bijna, nog even volhouden.'

Even later rijdt Francesco het oude autootje de houten carport bij Duco's vakantiehuis in en Gemma gooit de deur open en stapt naar buiten. De zon staat hoog aan de hemel flink te branden en ze houdt haar hand boven haar ogen tegen het felle licht. De grote palmboom in de tuin biedt wat schaduw en ze gaat met haar rug tegen de ruwe bast staan. Het zachte ruisen van de bladeren boven haar hoofd heeft iets kalmerends en ze haalt een paar keer diep adem, en langzaam maar zeker begint de misselijkheid iets te zakken. Ze laat de omgeving even op zich inwerken. Het huis is opgetrokken uit grof gemetselde natuursteen in de kleuren geel, terracotta en crèmewit. Allemaal zachte pastelkleuren, net zoals de huizen die ze onderweg hiernaartoe heeft gezien. Aan de voorkant van het huis ligt de veranda die ze ook al op Duco's foto's heeft bewonderd. Het uitzicht op de azuurblauwe zee beneden is adembenemend.

Haar oog valt op het schelpenpaadje dat vanuit de tuin helemaal naar beneden slingert tot aan het witte zandstrand. Aan de rechterkant van het paadje is een houten reling getimmerd die tot vlak bij het strand doorloopt. Ze weet nu al dat ze dat paadje minstens één keer per dag zal volgen. Wandelen door het ragfijne zand en met haar blote voeten door de branding lopen, is goed voor de inspiratie. Er begint iets te bruisen in haar. Levenslust, enthousiasme, hernieuwde energie. Als het op deze plek niet lukt om haar boek vlot te trekken, dan lukt het nergens. Duco had dat ongetwijfeld ook gedacht. Als ze de tuin wat beter in zich opneemt, ziet ze gras dat verrassend groen is en felgekleurde tropische bloemen langs de randen, die bij nader onderzoek heerlijk zoet blijken te ruiken. Ze is onder de indruk van de dikke stammen van de olijfbomen en denkt aan het sprieterige boompje dat al jaren in haar eigen tuin staat en nog nooit vruchten heeft gegeven.

Francesco heeft haar koffers uit de auto gesjouwd en loopt naar haar toe. 'Vind je het wat?'

'Het is prachtig,' verzucht ze. Een eigen tweede huisje op dit zonnige eiland is ineens een erg aanlokkelijke gedachte. Een plek om rustig te schrijven, te ontsnappen uit de gekte die altijd om haar heen hangt. Je moet af en toe ook eens opladen, en in een privéambiance gaat dat beter dan in een willekeurig huurhuis. Niemand die in je bed slaapt, op je wc zit, of uren onder de douche staat zonder rekening te houden met de kostbaarheid van water. Een gevoel van thuiskomen met je eigen spullen om je heen, niemand die je vertelt dat je pas na drieën in mag checken en weer voor tienen uit moet checken. Ze snapt Duco wel en voor het eerst sinds ze hem kent, is ze een beetje jaloers. Als haar nieuwe boek een succes wordt, moet ze zichzelf misschien ook maar eens zo'n gouden plekje gunnen. Ze heeft er nooit echt over nagedacht om ook eens buiten Nederland te kijken. Toen het succes begon en het geld binnenstroomde, had ze een veel te duur en te groot grachtenpand in Amsterdam gekocht, van drie verdiepingen, met een binnentuin. Ze kon haar geluk niet op toen ze het goudkleurige naamplaatje met GEMMA KASTELIJN naast de voordeur schroefde. Nu realiseert ze zich dat ze ook voor een appartement had kunnen kiezen, met daarnaast nog een schrijfhuis in de zon. Misschien moet ze de komende tijd ook maar eens gebruiken om wat dingen te heroverwegen, haar leven onder de loep te nemen.

'Zal ik je het huis even laten zien, uitleggen hoe alles werkt?' haalt Francesco haar uit haar dagdromen.

'Graag.' Met moeite maakt ze zich los van het ideaalplaatje van zon, zee en strand, en volgt hem naar de voordeur. Zowel binnen als buiten ligt een harige kokosmat. Schuin tegen de muur staat een bezem met zachte haren.

'Daaronder vind je een reservesleutel.' Hij wijst naar de aardewerken pot naast de deur, waar een cactus in staat. Ze volgt hem naar binnen over de koele terracottakleurige vloertegels waar de sporen van een dweil nog op te zien zijn. Het huis ruikt fris en schoon, oogt ruim en licht. Tussen twee lichtbeige banken met grote, comfortabel ogende kussens staat een salontafel van bamboe. Op de legplank halverwege de poten liggen twee keurige stapels glossy tijdschriften. Op de witte houten eettafel staat een groot windlicht met stompkaarsen in verschillende schakeringen groen en blauw tussen zes bamboe placemats. De open keuken heeft matte ivoorkleurige deurtjes en lades en een houtlook aanrechtblad in de kleur kersen. De dubbele spoelbak blinkt en toont geen aanslag van thee of vettigheid die erdoorheen gespoeld is. Een halfgevuld zeeppompje staat naast de kraan. De afwasborstel die ernaast ligt ziet eruit als een te lang gebruikte tandenborstel, met naar buiten gebogen haren. Ondanks zijn duidelijk verlopen houdbaarheid ziet hij er niet smoezelig uit.

Francesco trekt het kastje onder de spoelbakken open en wijst haar op de handdoeken, schoonmaakmiddelen en dergelijke. 'Als dingen op beginnen te raken, moet je me even een seintje geven. Duco heeft me opgedragen om je boodschappen te doen zodat jij je helemaal kunt concentreren op het schrijven. Ik kom bijna dagelijks in een supermarkt, dus als je de avond ervoor je lijstje aan me appt, dan komt het goed.' Hij trekt de grote koelkast open. 'Ik heb nu voor een dag of drie voor je ingeslagen.'

Gemma ziet in een eerste oogopslag tomaten, mozzarella, prosciutto, chorizo, sla, meloen en sinaasappels, verse pasta, tonijn, olijven, pijnboompitten. Boven op de koelkast ligt een doorzichtige zak met *pane carasau*, de kenmerkende flinterdunne, platte, bijna doorschijnende broden die bij elke maaltijd worden geserveerd en wat *ciabatta crocante* om af te bakken. In de deur staan een pot Nutella, een pot jam en een aantal flessen water en vruchtensap. Op een apart kastje van gebleekt hout staat een espressomachine. Een grote glazen pot met plastic draaidop zit tot aan de rand vol met koffiebonen en een tweede, veel kleinere pot is gevuld met suiker.

'Melk om cappuccino te maken staat samen met het koffieservies achter deze deurtjes.' Francesco trekt het kastje kort open en doet het zo snel weer dicht dat Gemma er nauwelijks een glimp van opvangt.

'Loop je mee naar de slaapkamer?'

Ze knikt en volgt hem het ruime, van daglicht doordrenkte vertrek in. De vaasjes met verse paarse takjes op de nachtkastjes geven een kenmerkende lavendelgeur af. Ze is er dol op, evenals op het prachtige uitzicht door het grote raam. Vanuit het royale tweepersoonsbed kun je de zee zien. Gemma herschikt de aardetinten kussens en kan alleen maar denken: *dat bed is veel te groot voor mij alleen.* Met een schuin oog kijkt ze naar Francesco, die met zijn handen in zijn zakken voor het raam naar buiten staat te kijken. Op dat moment draait hij zich om en ze loopt blozend naar de boekenkast die de hele wand tegenover het bed bestrijkt. Teleurgesteld ziet ze dat haar boeken er niet in staan.

Ze vervolgen de rondleiding en Francesco laat haar bij een tweede en derde slaapkamer naar binnen gluren, en neemt haar dan mee terug naar de woonkamer, waar een glazen pui toegang verschaft tot het gedeeltelijk overdekte terras. De overkapping is gemaakt van hout en bamboematten. De terracottategels die binnen liggen lopen door op het terras, waardoor het aanvoelt als het verlengde van de woonkamer. Een lage tafel staat voor een comfortabel ogende loungeset. Ook hier weer grote, dikke kussens. Duco maakt het zichzelf graag makkelijk, dat heeft ze inmiddels wel door. En eigenlijk is dat ook geen verrassing.

Ineens voelt ze een enorme behoefte om alleen te zijn. Deze omgeving in haar eigen tempo op zich in laten werken met de fles witte wijn die ze net koud zag staan in de koelkast. De afgelopen rare dagen overdenken, misschien een stukje schrijven.

'Gaat het lukken zo?' Francesco lijkt haar aan te voelen. 'Ik heb nog wat dingen te doen, moet mijn hond uitlaten...'

'Ik ga me hier prima redden. Mocht er wat zijn, dan heb ik je nummer.'

'Schroom niet om me te bellen of te appen. Het is geen straf om de komende tijd een oogje op je te houden.'

Francesco lacht en Gemma lacht terug. Hij pakt haar hand en legt de sleutel van het huis erin. Daarna vouwt hij haar vingers eromheen, samen met die van hem. Als ze hem in zijn ogen kijkt, laat hij haar los, zwaait nog een keer, en dan is hij verdwenen.

Gemma blijft staan, haar vingers nog steeds stevig om de sleutel heen geklemd. Ze hoeft niet in de spiegel te kijken om te weten dat ze een dromerige blik in haar ogen heeft. Met een ontspannen lach op haar gezicht pakt ze de fles wijn uit de koelkast en ontkurkt hem. Ze schenkt een glas tot de rand toe vol, pakt haar laptop en ploft neer op de loungebank op het terras. Terwijl ze de wijn in haar mond laat rondgaan, volgt ze met haar ogen een golf tot hij uitrolt op het strand beneden haar. Ze voelt een rust over zich heen komen die ze al lang niet meer heeft gevoeld. Haar lijf en haar hoofd staan altijd in de jakkerstand. Het altijd maar moeten presteren, aan de verwachtingen van de buitenwereld moeten voldoen, heeft een grotere tol geëist dan ze dacht. Deze plek, deze omgeving, gaat ervoor zorgen dat ze niet onder de druk bezwijkt. Dat ze tot rust komt en haar creativiteit weer kan laten stromen. Op dit moment is dat het enige wat ze wil. De rest kan haar gestolen worden.

Ze klapt haar laptop open en stelt de wificode in die Duco haar heeft geappt. Tijdens het schrijven heeft ze het internet altijd openstaan om informatie en feiten op te zoeken en online spelling te checken. Ze klikt het bestand met werktitel 'Als ze zwijgt' aan op haar bureaublad. Leest het laatste hoofdstuk door, dat ze alweer weken geleden heeft geschreven. Haar vingers zweven boven het toetsenbord en dalen dan neer om de eerste zin van een nieuw hoofdstuk te typen:

Het was de negende dag dat ze wakker werd naast de man met wie ze vijf jaar geleden was getrouwd. De negende dag in het bed dat van hem en haar was. De negende dag dat ze zich totaal verloren en ontheemd voelde, want de man naast haar was een vreemde. Als ze naar hem keek, was er niets wat ze herkende. Niet de beginnende rimpeltjes rond zijn blauwe ogen, niet zijn gemillimeterde blonde haren, niet zijn smalle lippen. Zijn lijf onder haar handen, zijn geur, zijn naam: het riep niets bij haar op. Geen verlangen, geen behoefte om te ontdekken, geen geborgenheid. Ze kon zich slechts negen dagen met hem herinneren. Alles wat daarvoor had plaatsgevonden, was een groot vraagteken in haar hoofd of had ze van horen zeggen. Alle dagen daarvoor waren weg. En wat haar het meest beangstigde, was dat ze niet wist of ze hem kon vertrouwen. Telkens als ze bij hem in de buurt was, voelde ze angst, maar ze wist niet waarom. Hij was lief voor haar, zorgzaam, zijn aanrakingen waren voorzichtig, haast teder. Toch kon ze er niet van genieten, zich niet aan hem overgeven. Er knaagde iets waar ze geen vat op kon krijgen. Ze ademde, ze at, ze dronk, maar ze bestond niet. Niet echt. Ze had geen idee wie de vrouw met dat verband om haar hoofd was die haar elke ochtend vanuit de spiegel aankeek. Het leek wel of haar 'ik' was achtergebleven op de plaats van het ongeluk. Gisteren had de echtgenoot – wiens naam ze niet eens kon onthouden – haar de boom laten zien waar ze tegenaan was gereden. Ze was erbij gaan staan, had haar hand op de bast gelegd. Die nauwelijks beschadigde bast. Hoe was dat mogelijk, terwijl haar hoofd zo in de kreukels lag en haar auto total loss was? Ze herinnerde zich de weg waar de boom langs stond niet. Wat had ze daar drie weken geleden 's nachts te zoeken? Die vraag bleef maar in haar hoofd rondspoken. Samen met het gevoel dat ze moest vluchten. Wist ze maar waarvoor.

Het waarschuwingsgeluid dat er een nieuw mailtje binnenkomt, haalt Gemma uit haar concentratie. Ze weet dat ze het moet negeren, het straks pas moet lezen, als ze klaar is met schrijven, maar de nieuwsgierigheid wint het van de discipline.

Misschien is het van Duco om te vragen of ze goed is aangekomen in zijn Italiaanse pied-à-terre. Kan ze hem meteen vertellen dat ze al aan het werk is. Ze opent het bericht en ze vergeet adem te halen. Kippenvel trekt van haar kruin naar haar tenen. De afzender is niet Duco, maar stemuithetverleden@hotmail.com. In de onderwerpregel staat: 'Guess who's back'. Ze leest de tekst in de mail. Het zijn slechts een paar regels, afkomstig uit een liedje dat ze ontzettend vaak luidkeels heeft meegezongen 'omdat het zo'n lekker deuntje heeft'. En gedurende een bepaalde periode in haar leven had ze het niet alleen gezongen. Maar dat is lang geleden – na de breuk heeft ze het nooit meer gedraaid. Ze wilde alles vergeten wat met hem te maken had. Later wisselde ze 'willen' in voor 'moeten', om het vol te kunnen houden. En de songtekst die ze ooit zo mooi vond, heeft nu een dreigende toon:

You know, you can run and you can hide, but I'm not leaving 'less you come with me... Geniet je een beetje van de zon, BB? Maybe I'll join you...
xxx S.

Ze springt op van de bank, stoot tegen de tafel en kan nog net voorkomen dat haar glas wijn over het toetsenbord valt. Weet hij waar ze is? Is hij hier? Maar dat kan niet! Iemand speelt een ziek spelletje met haar, dat moet wel. Wie houdt haar in de gaten? Dit is nu al het derde bericht in een paar dagen tijd. Als bijlage is de clip van 'Something Happened on the Way to Heaven' van Phil Collins bijgevoegd. De hit uit 1989, uit de periode dat alles nog normaal was en ze nog geen idee had wat haar te wachten stond. Toen ze nog een ongedwongen puber was die zich voornamelijk druk maakte over make-up, jongens en, oké, een beetje over school.

Hoe lang kan ze het nog uitstellen om de anderen op de hoogte te brengen? Ze tuurt naar het strand. Het strand beneden haar, dat vanaf het moment dat ze hier vanmiddag is neergestreken helemaal leeg is geweest. Maar nu niet meer. Een gestalte in een zwart trainingspak staart haar aan. Haar mond wordt droog. Is hij het? Ze ziet zijn gezicht niet goed door de pet die hij draagt. Maar het zou kunnen. De gedachte alleen al is genoeg om haar volledig overstuur te maken. Ze slaat haar hand voor haar mond om een gil te onderdrukken. Haar hersenen willen dat ze vlucht, maar het signaal dringt niet door tot haar benen. Dus staat ze daar maar, als verlamd, tot de man bukt om zijn veter te strikken en wegrent. Haar ogen kunnen hem niet loslaten, lijken verlijmd met zijn steeds kleiner wordende gestalte. Dan stopt hij, bukt voorover en leunt met zijn handen op zijn knieën om op adem te komen. Het duurt niet langer dan een paar minuten, maar het geeft haar ook een kleine pauze. Hij staat weer rechtop, een zwarte stip met zijn rug naar haar toe. Hij tilt de pet van zijn hoofd, veegt het zweet van zijn voorhoofd met zijn mouw en draait zich om. Zwarte krullen. Het kan. Nu de schaduw van de pet niet meer over zijn gezicht valt, spant ze zich tot het uiterste in om zijn gelaat te zien. Ze zoekt herkenning. Vindt die niet. Of toch wel? De afstand is te groot. De pet gaat weer op, het moment is voorbij. De man rent verder en zij staat stil. Herinneringen die ze zorgvuldig heeft bevroren beginnen te ontdooien.

Patricia

7

Op de automatische piloot werkt Patricia van Santen de ene na de andere lepel Griekse yoghurt met ontbijtgranen naar binnen, tot haar lepel zinloos tegen de lege bodem van het diepe bord tikt. Ze schuift het bord van zich af. Haar maag voelt voller en knort niet meer. Eten is een functionaliteit waar ze zichzelf elke dag drie keer toe dwingt, maar genieten doet ze er niet van. Het is een moetje, zoals eigenlijk alles in haar leven op dit moment een moetje is. Ademen, haar bed uit komen als de wekker gaat, douchen, boodschappen doen en sinds een paar dagen weer stukken voorbereiden om eindeloze en veelvuldige gesprekken over te voeren.

Ze maakt deel uit van de lobbyistencarrousel die ronddraait in de Brusselse achterkamertjes van de Europese Unie. Haar beroep bestaat uit kneden, boetseren, paaien, soms een beetje pushen; maar nooit te veel, nooit te opzichtig, want dan komt het als een boemerang terug. Ooit vond ze dit leuk, haar werk. Ooit is nog niet zo lang geleden. Slechts een paar weken. In een paar weken kan heel veel veranderen. Álles kan veranderen. Twee ogen, gebroken door de dood, hebben haar wereld volledig op zijn kop gezet. De leegte die ze in die ogen zag, heeft bezit van haar genomen. Haar leven, de wereld om haar heen; het is nu allemaal zo inhoudsloos. Waar gaat het in vredesnaam over?

Het is niet de eerste keer dat ze zulke ogen heeft gezien, misschien dat het daarom dubbel zo hard aankomt. Herinneringen uit een ver verleden vermengen zich met de gebeurtenissen van nog maar kortgeleden en elke dag groeit het monster dat daaruit voortkomt uit tot een groter gedrocht. In sprookjes wint het goede van het kwade, komt er altijd wel een held om de hoek die zorgt dat alles weer goed komt. Maar haar verhaal is geen sprookje en de held moet ze zelf spelen. Ze weet niet of ze dat kan. Ze voelt zich zwak, kwetsbaar, en altijd zijn daar die dode ogen die haar achtervolgen en als een schaduw over alles heen hangen. Nu meer dan ooit.

Ze bladert door de stapel papier die naast haar op tafel ligt. Het eerste blad is ontsierd door een grote koffievlek. Het neemt de aandacht een beetje weg van de ezelsoren en kreukels op de rest van de gedeeltelijk gehighlighte vellen. Nog geen maand geleden kende ze elke zin, elk woord en elke letter op deze papieren uit haar hoofd. Vandaag lijkt het of ze ze voor de eerste keer doorleest. Het onderwerp, het doel, het komt haar allemaal vreemd voor. Ingewikkelde woorden, loze kreten en een broeinest vol onmogelijkheden waar zij een helder en succesvol verhaal van moet maken. Er hangen levens van af, maar ze voelt het belang er niet meer van nu de dood haar en alles wat ze doet omringt. Alles heeft zijn glans verloren en ze betwijfelt sterk of dit nog recht te poetsen valt.

'Je bent gewoon depressief, Patricia,' had haar zus Birgit gezegd. 'Niets meer en niets minder. Depressief, en daar moet je wat mee.' Van Birgit 'moet' iedereen altijd van alles en zij in het bijzonder. Ze spreekt in dictaten, verwacht ook opvolging, en vroeger ging Patricia daarin mee voor de lieve vrede. Maar ze heeft er geen zin meer in. Ze doet het niet meer. Sinds die ene grote fout heeft ze niets anders gedaan dan haar best. Het gedane ongedaan proberen te maken. En wat heeft het haar opgeleverd? Een blinde vlek en verder helemaal niets.

Ze moet eraan denken dat ze vandaag tussen de bedrijven door de afspraak afzegt die Birgit voor haar heeft gemaakt bij een psycholoog. 'Met voorrang omdat ik hem goed ken.' De lijst met mannen die haar zus 'goed kent' wordt langer en langer. Sinds haar scheiding van Ted – alias Teddybeer – begeeft ze zich volop in het uitgaanscircuit. Patricia denkt weleens dat ze geen nacht alleen slaapt. Patricia zelf slaapt wel alleen. Sinds een paar weken. Sinds ze wakker werd naast de dode man met wie ze al ruim tien jaar haar lakens en leven deelde. Hartstilstand in zijn slaap. Komt in de beste families voor. En Michael kwam uit een beste familie. Een familie die haar de schuld geeft en twijfelt aan de natuurlijke dood die is geconstateerd door zowel de schouwarts als de patholoog. Ze zal wel gelobbyd hebben voor die uitslagen. Haar vlotte babbel hebben gebruikt om zichzelf vrij te pleiten.

Het was een bloedpropje!

Hoe vaak heeft ze dat niet geschreeuwd. Legio verwijten zijn de revue al gepasseerd en haar schoonmoeder blijft maar nieuwe verzinnen waar ze haar mee om de oren slaat:

Ze heeft te vet gekookt, waardoor zijn aderen zijn dichtgeslibd.

Ze is niet lief genoeg geweest en maakte te veel ruzie met hem.

De stress is hem fataal geworden.

Ze was veel te veeleisend.

Zat ze soms achter zijn geld aan? Nou, pech gehad, want ze krijgt helemaal niets!

De telefoon neemt ze niet meer op; de boodschappen op haar antwoordapparaat wist ze zonder ze af te luisteren. Delete gewauwel, delete schoonfamilie. Ze heeft ze nooit gemogen en dat was wederzijds. Een verlies boven op het verlies is het dus niet.

Een lullig bloedpropje dat zich in zijn hart heeft genesteld en een einde aan alles maakte. Voor Patricia wás Michael alles, ís hij alles, en daarom is ze gereduceerd tot niets. Toen hij in haar leven kwam, leek alles ten goede te keren. Het verleden mocht rusten en zij kon weer ademen. Maar haar geluk mocht niet eeuwig duren, daarvoor was haar zonde te groot. Dat weet ze nu, door het verlies van Michael vergeet ze dat nooit meer. Een hogere macht vermomd als een stom stolsel heeft orde op zaken gesteld. Haar gestraft door het leven te nemen van de persoon die haar het meest dierbaar was.

Het voelt alsof haar eigen leven ook voorbij is. De pijn van het verlies doet haar verlangen naar het grote zwarte gat waar Michael in is gezogen. Ze wil niets liever dan daar samen met hem zweven, zijn handen vasthouden, nieuw leven in hem blazen.

Als ze maar samen zijn, verbonden, dan kan ze door. Maar ze is alleen, zo vreselijk alleen, en zijn geur trekt al uit de zon-gele sloop die nog steeds om zijn hoofdkussen zit. Ze kan het niet over haar hart verkrijgen om hem te wassen. Voorlopig nog niet.

De zon brandt op Patricia's gezicht en ze kan er niet tegen, al dat licht zorgt ervoor dat ze zich niet kan verstoppen. De glazen voorgevel van het ambassadegebouw aan de Kortenberglaan slaat haar met haar eigen spiegelbeeld om haar oren: een donkerharige vrouw van gemiddelde lengte, slank postuur, met een smal, bleek gezicht en een zorgelijke blik. Wit mantelpakje waarvan de schouders te ruim lijken en de rok niet goed aansluit op de heupen. Opvallende rode pumps die er niet in slagen om nog wat kleur aan het geheel te geven. Een vrouw voor wie de mannen op straat zich niet meer omdraaien, omdat ze niet meer uitstijgt boven hun eigen vrouwen.

Ze verdraagt haar eigen aanblik niet en vlucht het gebouw in. Ze is een maand weg geweest, maar alles lijkt anders. De atmosfeer, de geluiden, de mensen. Ze past er niet meer tussen, voelt zich een vreemde eend in de bijt. Alsof ze helemaal opnieuw moet beginnen en weer moet leren lopen en fietsen. Ze betwijfelt of ze er de kracht nog voor heeft. Onbewust klemt ze haar hand nog vaster om het handvat van haar attachékoffertje als ze wat bekende gezichten ziet. Stanford maakt zich los uit een clubje pratende mensen en loopt met haar mee naar de lift.

'Patricia, ik heb het gehoord. Ik weet eigenlijk niet zo goed wat ik moet zeggen.'

'Gecondoleerd, veel sterkte of een ander cliché?' doet ze hem een paar suggesties aan de hand, wat ze niet onvriendelijk bedoelt, maar wat wel zo klinkt.

Hij glimlacht ongemakkelijk en slaat zijn ogen neer. De lift kondigt zich aan met een belletje en ze stappen in. Stanford drukt op knopje 3, Patricia op 4. Ze staan naast elkaar tegen de achterwand als de lift bijna geluidloos omhoogzoeft.

'Drukke dag vandaag?' vraagt ze hem.

'Ja, afschuwelijk. Jij?'

'Vandaag is mijn eerste werkdag na... nou ja, dat ik weer terug ben. Ik heb één afspraak, kijken hoe het gaat. Mijn concentratie is niet al te best.'

Stanford knikt begrijpend. 'Ik vind het echt rot voor je. Als er iets is wat ik voor je kan doen...' Hij imiteert een telefoon met zijn duim en pink.

Patricia begint meteen met prakkeseren. Ze wil hem iets vragen om te testen of hij het echt meent, maar wat?

'Ben je een beetje handig? Ik heb nog wat klusjes in huis die Michael niet heeft kunnen afmaken en zelf krijg ik het niet voor elkaar.'

'Ik ben absoluut niet handig, dus ik vrees dat je op dat gebied niets aan me hebt.'

Patricia trekt een beteuterd gezicht.

'Ik kan mijn broer eens vragen, die heeft het klus-gen wel meegekregen.' De bel van de lift gaat en Stanford weet niet hoe snel hij naar buiten moet stappen. 'Ik kom erop terug.'

Jaja, het zal wel.

Hij geeft een halfbakken zwaai in de lucht en weg is hij. Ze moet er maar aan wennen dat dit haar nieuwe werkelijkheid is. Ze is een paria, iemand om wie mensen het liefste met een boog heen lopen. Mensen houden niet van de dood en mijden het liefste alles wat daarmee geassocieerd wordt. De dood is niet oppervlakkig en dat matcht niet met een wereld die diepgang veelal vermijdt. Onbeholpenheid en ongemak, dat is wat ze bij de meeste mensen zal oproepen als ze moet afgaan op de blog van een collega-weduwe. De enige die snapt wat ze doormaakt is Stephanie, maar die wil ze ook niet steeds lastigvallen met haar gejammer en gezeur. Stephanie is net moeder geworden en ze gunt haar haar roze wolk.

De lift is bij de vierde verdieping aangekomen en de deuren gaan open. Ze zet een knop in haar hoofd om en stapt uit. Ze kan dit! Iets wat je op het lijf is geschreven, verdwijnt niet in twee weken. Ze recht haar rug en maakt zichzelf groter. De kantoren op de afdeling bevinden zich aan weerszijden langs de gevels. Daartussenin bevinden zich vergaderkamers, kopieerruimtes en informele plekken met leestafels.

Het kantoor van de Nederlandse ambassadeur Paul Bruintjes ligt aan de linkerkant. Zijn deur staat op een kier en Patricia vermoedt dat hij met een stopwatch achter zijn bureau zit te wachten op haar komst. Zijn bijnaam is 'het tijdmannetje', want voor elke minuut die je te laat komt, gaan er twee minuten af van de gesprekstijd. Zonder uitzondering hanteert hij die gouden regel al sinds de eerste dag van zijn aantreden en hoewel Patricia zeker weet dat ze zich geen zorgen hoeft te maken, kijkt ze toch nog even op haar horloge. Kwartier te vroeg.

Ze neemt plaats op een stoel naast zijn kantoor en kondigt met een luidruchtige kuch haar aanwezigheid aan. Ze hoopt dat hij haar eerder naar binnen roept en haar wellicht extra tijd gunt. Vrijwel meteen wordt haar wens vervuld. Bruintjes steekt zijn hoofd om de deur en steekt haar joviaal zijn kolenschop toe. Haar smalle hand verdwijnt volledig in de zijne.

'Mevrouw Van Santen.'

'Meneer Bruintjes.'

Hij legt zijn andere hand op de rug van haar hand en zijn blik wordt ernstig. 'Patricia. Mijn oprechte deelneming voor je grote verlies. Het zal niet gemakkelijk zijn om de draad weer op te pakken in je eentje.'

'Dank je wel, Paul.'

Haar hand rust nog steeds in de kom van de zijne. Het liefste trekt ze hem terug, het begint ongemakkelijk te voelen. Ze is van zichzelf niet zo aanrakerig en al helemaal niet in een zakelijke setting, maar toch laat ze het initiatief bij Bruintjes. Ze wil hem niet beledigen of ontstemmen voordat ze überhaupt met hem in gesprek is. Laveren, balanceren, op eieren lopen en paaien om de sfeer zo goed mogelijk te houden. Dat is eigenlijk al het halve werk. Argumenten komen vaak pas op het tweede plan en dat Bruintjes enige clementie met haar lijkt te hebben, is een mooi startpunt. Nu kan ze haar eigen ervaringen met de dood gebruiken en inzetten voor de zaak waar ze voor pleit.

Eindelijk laat hij haar hand los en wijst uitnodigend naar het zitje in de hoek van de kamer waar die hatelijke leren bank staat waar je zo ver in wegzakt. Bruintjes neemt er zelf nooit op plaats. Hij zit altijd in een stevige, comfortabele stoel, die recht tegenover de bank staat en ook een stuk hoger is. Het is allemaal tactiek, dat weet ze. Als je je gesprekspartners zo ongemakkelijk mogelijk neerzet, dan verzwak je al bij voorbaat hun zelfvertrouwen en win je zelf aan overwicht. Bruintjes melkt dat nog eens extra uit via de lange poten van zijn stoel, die hem de kans geven om op de mensen op de bank neer te kijken. Patricia is vastbesloten, ze laat zich niet uit het veld slaan. Door de dood van Michael is alles relatief geworden en dingen waar ze zich voorheen druk om maakte, lijken nu zo onbelangrijk.

Bruintjes slaat zijn rechterbeen over zijn linker en duwt de toppen van zijn vingers tegen elkaar. 'Goed, waar gaan we het over hebben? Mustrofix, geloof ik, daar kwam je toch voor?'

Patricia knikt. Ze heeft het gesprek met de Nederlandse ambassadeur aangevraagd namens haar cliënt, een grote medicijnfabrikant. Het gaat om toelating op de Europese en – in navolging daarvan – Nederlandse markt van Mustrofix, een geneesmiddel dat aantoonbaar levensverlengend werkt voor mensen met een spierziekte en hun kwaliteit van leven drastisch verbetert. De prijs van het medicijn is het grootste struikelblok. Doordat er veel onderzoek aan vooraf is gegaan, zet de fabrikant hoog in om de investeringen terug te verdienen. Levens redden is mooi, maar het moet natuurlijk wel winstgevend zijn. Dat mag Patricia allemaal gaan uitleggen. Bruintjes is slechts een pion in dit spel, maar wel een belangrijke. Hij ligt goed in Europa en heeft uitstekende contacten bij het ministerie van vws en Zorginstituut Nederland. Als hij zich positief uitspreekt en zich achter het medicijn schaart, dan is de kans groot dat het op de markt komt. De fabrikant heeft haar een aanlokkelijk 'drukmiddel' meegegeven, mocht ze het idee hebben dat het gesprek de verkeerde kant op dreigt te gaan. Een 'drukmiddel' waar rasopportunist Bruintjes zeker gevoelig voor zal zijn.

'Ja. Allereerst dank dat je tijd voor me vrijmaakt, dat waardeer ik zeer.'

'Mijn tijd is schaars, dus zullen we maar meteen ter zake komen en de beleefdheden achterwege laten?'

Patricia's tong plakt aan haar gehemelte en maakt onbedoeld een klakkend geluid als ze antwoord wil geven. Bruintjes buigt zich voorover en pakt de kan water die op de tafel tussen hen in staat. Hij schenkt twee glazen vol en ze drinkt gretig een paar slokken voordat ze zich verontschuldigt.

'Vergeef me dat ik niet helemaal mezelf ben vandaag.'

Bruintjes geeft een knikje met zijn hoofd, wat de indruk moet wekken dat hij begrip voor haar situatie heeft, maar Patricia betwijfelt of hij het echt meent. Ze denkt ongeduld te zien opvlammen in zijn ogen en ze moet voorkomen dat die uitgroeit tot ergernis.

'Mustrofix. Ik ben hier om in vertrouwen wat dingen toe te lichten over Mustrofix.' Ze noemt de naam van het medicijn bewust twee keer kort achter elkaar en dat zal ze gedurende het gesprek zo veel mogelijk blijven doen. Hoe meer herhaling, hoe meer de naam van het middel raakt ingebed in het overvolle brein van Bruintjes. 'Mustrofix is dé doorbraak op het gebied van revolutionaire medicijnen van de afgelopen decennia.'

'Dat is nogal een uitspraak. Eentje waar ik voortdurend mee om de oren word geslagen door collega's van je.'

'Ik erken dat het nogal een uitspraak is, maar wel eentje waar ik volledig achter sta en die ik graag wil onderbouwen.'

Ze pakt een brochure uit haar aktetas en voelt haar rok opkruipen als ze opstaat en iets naar voren helt om Bruintjes de brochure te overhandigen. Traag steekt hij zijn hand uit en hij laat haar onnodig lang in haar ongemakkelijke positie staan. Hij bladert wat zonder echt te kijken. Patricia gaat zitten en pakt zelf ook een brochure, en aan de hand daarvan neemt ze hem mee langs de voordelen van het medicijn, beargumenteert en benadrukt ze de noodzaak van toelating van Mustrofix op de Europese markt en laat ze hem mooi vormgegeven grafieken met resultaten zien. Daarna vertelt ze hem de positieve en persoonlijke verhalen van een paar mensen uit de trialgroep die verbluffende gezondheidsverbeteringen ervaren sinds ze het medicijn gebruiken. Bruintjes stelt geen enkele vraag en laat haar helemaal leeglopen. Nul interactie, alsof ze tegen zijn stoel praat in plaats van tegen hem. Ze peilt zijn gezichtsuitdrukking en daar leest ze nog geen spoortje interesse op. Pas als de financiën ter sprake komen – en met name de hoge vraagprijs die de fabrikant in gedachten heeft – trekt hij een wenkbrauw op en kijkt haar aan.

'Maar Patricia, we moeten wel realistisch blijven en ons niet mee laten slepen door emoties. We hebben het over heel veel geld dat maar ten goede komt aan een relatief kleine groep burgers. We moeten ons afvragen of we een paar ton willen neertellen per gewonnen levensjaar. Hoeveel is een leven ons waard? Dat is een ethische discussie die veel weerstand oproept in de maatschappij, maar die we wel een keer moeten voeren. Financiële middelen zijn niet onbeperkt, daar zit een plafond aan. En zeker nu medicijnfabrikanten steeds exorbitantere bedragen gaan vragen om maar zo veel mogelijk winst te maken...'

'Sorry Paul, maar nu moet ik je toch even onderbreken. Er zullen absoluut fabrikanten zijn die niet vanuit moreel, maar vanuit winstoogmerk werken, maar ik kan je verzekeren dat dat hierbij absoluut niet het geval is. Ik erken dat anderhalve ton per patiënt per jaar in eerste instantie absurd veel geld lijkt, maar als je het afzet tegen de kosten die zijn gemaakt om Mustrofix te ontwikkelen, dan is de prijs heel goed te verklaren. Medifarm is op dit moment een verliesgevend bedrijf dat voor zijn voortbestaan afhankelijk is van brede toelating van Mustrofix op de Europese markt...'

'Ik zit hier niet om een commercieel bedrijf in de lucht te houden. Commercieel betekent op eigen benen staan, met eigen verantwoordelijkheid om niet alleen de beoogde patiënten, maar ook de financiën gezond te houden. Sec gezien levert dit medicijn gezondheidsverlies op voor de Europese burger.'

'Sorry, maar dat moet je me even uitleggen.'

'Als dit dure medicijn breed wordt toegelaten en beschikbaar komt voor alle Europese patiënten met een spierziekte, dan betekent dat dat er minder geld over is voor andere patiëntengroepen. In de praktijk betekent het dat jouw Mustrofix medicijnen verdringt voor andere ziektes. Medicijnen die misschien wel meer gezondheidswinst opleveren dan Mustrofix. En wat betreft dat verlies dat Medifarm zou draaien, daar wil ik ook graag een kanttekening bij maken. Ik heb wat rondgebeld en Medifarm heeft alleen het afgelopen jaar al 146 miljoen euro aan aandelenbeloning weggeschreven onder Research & Development. Wie weet wat ze nog meer aan creatief boekhouden hebben gedaan om hun rooskleurige positie wat af te zwakken.'

'Medifarm is een eerlijk bedrijf, daar steek ik mijn handen voor in het vuur.'

'Natuurlijk doe je dat, Patricia. Ze zullen je ongetwijfeld royaal betalen voor je lobbywerk. Royaal maakt loyaal, nietwaar? Met de feiten die ik nu voor me heb liggen, vrees ik dat je met iets beters moet komen dan deze gelikte folder en jouw charmante babbel. Op dit moment kan ik niet veel voor je doen. Ik ben een autoriteit, ik heb een naam hoog te houden en ik wil mijn vingers niet branden aan iets wat in mijn ogen niet genoeg oplevert. De kosten en baten moeten eerst in balans worden gebracht. Ik adviseer Medifarm om opnieuw achter de rekenmachine te gaan zitten en met een eerlijk voorstel te komen.'

'Maar heb je dan helemaal geen oog voor het feit dat Mustrofix levens redt?'

'Blijf bij de feiten, Patricia. Het redt geen levens, het verlengt hooguit levens.'

'Elk jaar is er toch eentje? Driehonderdvijfenzestig waardevolle dagen!'

'Ik begrijp dat jij dat zo ziet, zeker in het kader van het grote verlies dat je hebt geleden, maar ik kijk daar wat zakelijker tegenaan. Het moet allemaal ook een beetje betaalbaar blijven. Ik zie het zo goed mogelijk bedienen van de massa als een van de belangrijkste taken van Europa en zijn individuele landen. Met investeren in een niche, want dat is dit medicijn, wordt die doelstelling niet gehaald.'

Het gebrek aan empathie schokt Patricia en ze doet haar uiterste best dat te verbergen. Bruintjes veegt haar argumenten klakkeloos van tafel en ze mag vanaf nu geen enkele zwakte meer tonen.

Bruintjes kijkt haar met een kille blik aan. 'Hebt u nog meer voor me, mevrouw Van Santen? Want anders ben ik bang dat we een einde moeten maken aan dit gesprek.'

Hij wil zakelijk? Prima, dan krijgt hij zakelijk. Ze opent haar aktetas en haalt er een tweede brochure uit. 'Research & Development,' geeft ze als enige toelichting.

Hij pakt de brochure aan en bladert. Ze staart naar zijn lange, behaarde vingers en walgt van de gouden zegelring om zijn linkerpink, die is ingelegd met een grote groene bloedsteen. *Bloed aan zijn handen*, denkt ze cynisch. De ambassadeur heeft duidelijk meer interesse voor deze brochure dan voor die van Mustrofix, die hij achteloos op tafel heeft gesmeten.

'Deze brochure is een stuk overtuigender dan de vorige. Over deze investering is goed nagedacht en de uitwerking bevalt me. Zeer overtuigend resultaat dat het algemeen belang dient.' Hij knipoogt naar Patricia en verdiept zich met een glimlach weer in de beschrijving en foto's van het luxueuze appartement aan zee.

'Ik ben blij dat u het zo ziet.'

'Mag ik deze brochure en alles wat daarbij hoort houden?'

'Voor een paar telefoontjes naar de juiste mensen is het *all yours, sir*.'

De ambassadeur staat op en geeft met een subtiel gebaar te kennen dat het gesprek is afgelopen. Ze worstelt zich zo elegant mogelijk omhoog uit de doorgezakte bank. Bruintjes steekt zijn hand pas naar haar uit als ze staat en haar rok heeft rechtgetrokken. Ze pakt hem aan en zorgt dat haar lange, scherpe nagels pijnlijk in zijn huid drukken. Terwijl ze zijn hand schudt, blijft ze hem strak aankijken. Bruintjes verblikt of verbloost niet.

'Fijn dat we zo snel tot overeenstemming zijn gekomen. Ik werk altijd graag met je samen, Paul.' Nu is zij degene die niet verblikt of verbloost.

'Misschien moeten we onze samenwerking wat gaan intensiveren.' Bruintjes' ogen gaan naar de brochure van het appartement. 'Wat verder de diepte in om tot bevredigende resultaten te komen. Waarom kom je niet voor mij werken?'

Patricia voelt haar wangen rood kleuren.

'Het zou goed zijn voor je toekomst, Patricia,' laat hij erop volgen.

'Ik moet eerst dit dossier afhandelen' – met haar duim beweegt ze de ring aan haar ringvinger die ze van Michael heeft gekregen – 'voordat er weer ruimte is voor iets nieuws.'

Bruintjes knikt, al is het met duidelijke tegenzin. 'Laat het me weten als je weer om werk verlegen zit, het aanbod blijft voorlopig staan.'

Ze moet er niet aan denken. Op dit moment is ze alles spuugzat. Haar werk en ook zichzelf. Jarenlang heeft ze succesvol meegedraaid in deze nepwereld omdat het lekker verdiende en ze er verdomde goed in was. De dood van Michael zet alles in een ander perspectief. Het stemt tot nadenken, iets wat ze veel te lang niet heeft gedaan. Hoe tevreden is ze met haar leven, met zichzelf, met haar werk? Wie en wat is ze zonder Michael? Een praatjesmaker, een lege huls zonder diepte of inhoud. God, wat verlangt ze naar hem. Naar zijn zachte, troostende handen, naar de stoppels op zijn bovenlip die prikken op haar huid als zijn lippen haar gezicht beroeren, de kuiltjes in zijn wangen als hij lacht, zijn gladde borst en de moedervlek net boven zijn navel. Maar dat alles is verleden tijd.

'Ik hou het in mijn achterhoofd,' liegt ze.

'Je hoort van me, Patricia.' Bruintjes' stem klinkt afgemeten. Hij is zo'n man die vindt dat je hem niks kunt weigeren en die niet tegengesproken wenst te worden. Ze heeft het vandaag allebei gedaan.

Ze pakt haar spullen en vertrekt.

8

Als Patricia een halfuur later haar handtas neerzet op een stoel in haar kantoor, ziet ze tot haar verbazing dat er een kobaltblauwe, papieren tas op haar bureau staat. Vreemd, want pakjes worden nooit zomaar bij haar neergelegd; het is beleid dat een van de secretaresses deze persoonlijk komt afgeven. Ze hangt haar jas op aan de haak aan de binnenkant van de deur en loopt dan, nieuwsgierig geworden, terug naar het bureau. Wanneer ze de tas opendoet, ziet ze een roodfluwelen, hartvormige doos. Om het hart heen zit een rood lint gestrikt met gouden letters. Ze hoeft de letters niet te lezen om te weten dat er 'Leonidas' op staat.

Maagzuur welt op en zoekt zich een weg omhoog. Haar ogen staren naar het witte envelopje dat onder het rode lint is gestoken. Het schreeuwt naar haar dat ze het moet openmaken en het kaartje moet lezen dat er ongetwijfeld in zit. En waarom ook niet? Er is geen reden om het niet te doen. Het kán niet van hem zijn. Maar alleen de aanblik al doet haar maag samentrekken. Ze slikt, en dan nog eens, net zo lang tot het branden in haar keel stopt en alleen de zurige smaak er nog is.

'Kom op, stel je niet aan,' spoort ze zichzelf hardop aan. Resoluut trekt ze het envelopje onder het lint vandaan en haalt de inhoud eruit. Het is geen kaartje maar een klein gevouwen vel wit papier waar een tekst op is geprint. Ze herkent de sierlijke letters en krijgt een déjà vu voordat ze ook maar iets gelezen heeft.

Lieve Patricia,
Nu je weer vrijgezel bent, sta je wellicht weer open voor een andere man.

Haar hart slaat over, het ademen gaat ineens moeizaam. Haar hand grijpt automatisch naar haar borst; ze krijgt bijna geen lucht meer en begint ongecontroleerd te trillen. Met knikkende knieën zakt ze neer in de bureaustoel die vlakbij staat, terwijl de paniek door haar lichaam giert.

Kalm nou, kalm aan. Probeer jezelf weer onder controle te krijgen.

Ze moet zich niks in haar hoofd halen. Rustig verder lezen en zichzelf ervan overtuigen dat het niks te betekenen heeft. Dat het iemand van kantoor is die in het geheim al een tijdje een oogje op haar heeft en met het wegvallen van Michael nu zijn kans schoon ziet. Spontaan slaat haar angst om in woede. Hoe schaamteloos en ongevoelig moet je zijn om haar dit te sturen, terwijl ze haar geliefde pas net heeft begraven! Alsof Michael een wegwerpvoorwerp is dat vervangen kan worden alsof het niks is. Wat denkt deze persoon wel niet?!

De stoom komt zowat uit haar oren en haar vingers knijpen het briefje bijna fijn. Eigenlijk wil ze het helemaal niet verder lezen, maar haar ogen trekken naar de letters en dwingen haar het toch te doen.

Weet je nog dat ik je vroeger altijd deze heerlijke bonbons stuurde? Vroeger is terug. Ík ben terug! Had je niet gedacht, hè? Nu je geen toekomst meer hebt, is het tijd voor het verleden. Er zijn nog open eindjes waarvan jij dacht dat ze voorgoed gesloten waren. Mis poes! Recht lullen wat krom is, daar was je altijd al goed in. Je hebt er zelfs je beroep van gemaakt. Ik volg je, ik zie je en op een dag kom ik je halen, Patricia. Ik laat je niet nog eens ontsnappen.
Liefs, xxx S.

Het papier valt uit haar hand en dwarrelt naar beneden als een herfstblad in een storm. De woede die ze net nog voelde, verlaat haar als lucht uit een lekke ballon, tot er niet meer dan een nietszeggend omhulsel overblijft. Niet een collega die een geheime crush op haar heeft. Natuurlijk niet. Keihard dringt de waarheid bij haar binnen.

Ze grijpt zich met twee handen vast aan haar bureau. De kamer begint te draaien. Ze vecht tegen het duister dat haar wil opslokken en wint uiteindelijk. Zweet loopt in straaltjes over haar lijf. Als de draaierigheid wegtrekt, knijpt ze wat minder hard in de rand van haar bureau. Uiteindelijk maakt ze een hand los en knijpt zichzelf. Ze boort haar nagels in haar huid tot het pijn doet. Sluit haar ogen kort en doet ze weer open. Nu moet alles weer normaal zijn, zo normaal mogelijk gegeven de omstandigheden. Maar haar angst is niet weg en de brief ook niet. Hij ligt nog steeds op de grond.

Ze loopt ernaartoe en stampt met de hakken van haar pumps op het papier tot het scheurt en bruine vegen straatvuil zich aan het verminkte epistel hechten en de woorden onleesbaar maken. Weg! Weg ermee! Als hij niet uit zichzelf verdwijnt, zal zij er wel voor zorgen. Hem vernietigen, alsof hij er nooit is geweest. Want het kan niet, wat ze net gelezen heeft kan simpelweg niet. Er is maar één 'S.' in haar leven geweest, eentje die haar wekelijks hartvormige cadeauverpakkingen met Leonidas-bonbons stuurde. In een ver verleden waar ze nooit meer aan herinnerd wil worden. Maar die S. bestaat niet meer, die is weg. Net zoals Michael weg is. Daar is ze honderd procent zeker van.

Maar als hij niet van S. afkomstig is, van wie dan wel?

Iemand speelt een spelletje met haar. Een heel ziek iemand. Maar wie? Het clubje mensen dat in aanmerking komt is beperkt, zoveel zijn er niet die het verhaal kennen. Collega's hoeft ze dus niet op haar verdachtenlijstje te zetten. Drie andere mensen wel. Drie personen die allang geen deel meer uitmaken van haar leven, die ze nooit meer gesproken of gezien heeft sinds die ene avond. Ze kan geen enkele reden bedenken waarom een van hen haar nu ineens dwars zou willen zitten. Haar dwarszitten betekent namelijk een bom onder hun pact plaatsen, wat hen uiteindelijk stuk voor stuk te gronde zal richten. Niemand heeft daar belang bij. Maar hoe valt dit dan te verklaren? Wie heeft dan deze brief geschreven en waarom?

Zou een van de anderen zijn mond hebben voorbijgepraat? Iemand buiten hun clubje in vertrouwen hebben genomen om een knagend geweten tot rust te brengen? Zo stom zal toch niemand zijn geweest? Aan de andere kant, hoe vaak heeft zijzelf niet op het punt gestaan om Michael in vertrouwen te nemen? Niet met het hele verhaal, maar een stukje, zodat hij wat meer zou begrijpen van haar verleden. Waarom ze is wie ze is en wat haar heeft gevormd. Ze heeft het uiteindelijk nooit gedaan, maar de verleiding was er een aantal keer wel degelijk. Achteraf was ze altijd blij dat ze haar mond had gehouden, dat is ze nog steeds, maar nu het erop lijkt dat iemand anders de verleiding niet heeft kunnen weerstaan, is ze net zo ver van huis. Iemand heeft haar in de problemen gebracht en ze moet weten wie dat is. Ze kan dit er nu echt niet bij hebben. Niet nu het verlies van Michael al haar energie opvreet. Ze wil ongestoord rouwen en nadenken over haar toekomst, is dat nou te veel gevraagd?

Boosheid neemt weer de overhand en drukt alle andere gevoelens naar de achtergrond. Dit laat ze verdomme niet gebeuren. Ze moet de angst die al twintig jaar vlak onder de oppervlakte aanwezig is de kop indrukken en wel voorgoed. Altijd is ze bang geweest dat het verleden haar zou inhalen, maar niet op deze manier. Niet door hem. Zijn gezicht met die smalende lach verschijnt helder voor haar geest. Ze krabt hem het liefste de ogen uit. Die ogen waar ze, toen ze hem net kende, uren in wilde kijken. Verdrinken, weer bovenkomen en weer onderduiken. Eindeloos en steeds opnieuw, tot het verstikkend werd en het onvermijdelijke moest gebeuren om voorgoed te ontsnappen.

Patricia raapt het restant papier van de grond, verfrommelt

het nog verder en propt het in haar tas. Niet iets om hier te laten slingeren in een prullenbak. Straks thuis gooit ze het in de vuurkorf, samen met reclamefolders en andere troep. Ondertussen passeren de mensen die net als zij op de hoogte zijn van het grote geheim een voor een de revue. Als een carrouselletje draaien ze rondjes in haar hoofd. Wie o wie heeft zijn mond voorbijgepraat? Uiteindelijk is er maar één iemand die volgens Patricia in aanmerking komt. Zij was altijd al de labielste van het groepje. Maar met speculeren komt ze niet verder, ze moet het zeker weten. Ze zet haar computer aan en vindt al snel wat ze zoekt. Slaat de gegevens op in haar telefoon en zet de computer weer uit. Dan appt ze haar baas dat ze naar huis gaat – de moed om hem dat persoonlijk te vertellen ontbreekt. Wat als hij zegt dat ze zich niet moet aanstellen en aan het werk moet gaan? Ze kan het niet en ze wil het niet. De kwestie van het rode hart neemt haar helemaal in beslag en dat mag ze niet laten gebeuren. Dat moet eerst opgelost worden, voordat ze weer ruimte in haar hoofd heeft voor andere dingen.

Bruintjes binnen en ik ga naar buiten, appt ze haar baas. *Heb nog iets langer nodig om op adem te komen, voel me nog niet goed genoeg. Sorry. Volgende week probeer ik het opnieuw.*

Mededelen en niet vragen, dan is de slagingskans het grootst. Ze pakt haar spullen bij elkaar, neemt de doos bonbons onder haar arm en sluit haar kamer af. Ze loopt langs de kamer van de afdelingssecretaresse en overhandigt haar de chocolaatjes.

'Een stukje waardering voor je harde werk, Karien. Zonder jou loopt alles in de soep.'

De vrouw begint te stralen, maar voordat ze haar kan bedanken of een praatje kan aanknopen, heeft Patricia het krappe kantoortje alweer verlaten. Tot haar opluchting komt ze op weg naar buiten verder geen directe collega's meer tegen en heeft haar baas haar bericht nog niet gelezen als ze buiten staat. Als hij niet gecharmeerd is van haar mededeling, roept hij haar vandaag in elk geval niet terug, dat weet ze bijna honderd procent zeker. Ze heeft haar gesprek met Bruintjes gevoerd met bevredigend resultaat, dus daar kan niemand iets van zeggen.

Terwijl ze richting metrolijn 1 loopt, zoekt ze in het adressenbestand van haar smartphone het telefoonnummer dat ze net heeft opgeslagen. Een zenuwachtige kriebel raast door haar onderbuik als ze het toestel hoort overgaan. Ze vraagt naar de contactgegevens van de persoon die ze zoekt. Zegt dat ze een oude vriendin is die een reünie organiseert waar ze een uitnodiging voor wil sturen. Als ze het adres van een tussenpersoon krijgt die belooft de uitnodiging door te sturen, schakelt ze snel.

'Dank u wel, maar ik heb hulp nodig bij de organisatie en dat wil ik graag zo snel mogelijk bespreken. Een telefoonnummer zou handig zijn... Nee, ik begrijp dat u nooit rechtstreekse nummers geeft, maar kunt u voor mij een uitzondering maken? ... O, dat is jammer. Een e-mailadres dan? ... Oké, dus u stuurt een mail met het verzoek contact met mij op te nemen. Dat moet dan maar. Er is wel enige haast bij, dat begrijpt u wel, toch? ... Nee, ik zit u niet te pushen, ik begrijp dat u meer te doen hebt en waardeer de moeite die u voor me wilt doen. Ik hoop op een spoedige reactie. Een fijne dag en nogmaals dank.'

Als de verbinding is verbroken, laat Patricia er nog een hartgrondig 'Trut' op volgen. Ze stopt haar telefoon in haar tas en draait zich dan abrupt om. Al een paar minuten heeft ze het gevoel dat iemand haar in de gaten houdt en nu ziet ze een figuur een steeg in lopen. Een man, aan het postuur te zien. Lang. Hij draagt een spijkerbroek, groen poloshirt en donkerblauwe baseballcap. Hield hij haar in de gaten?

Ik volg je, ik zie je en op een dag kom ik je halen.

Bang maar vastberaden loopt ze richting het steegje. Ze is nooit een wegloper geweest, behalve misschien voor die zwarte periode in haar leven. De steeg is leeg. Na zo'n tweehonderd meter buigt hij af naar rechts en de man is kennelijk al de hoek omgeslagen. Het stelt haar gerust dat ze hem niet meer ziet. Dat hij haar niet staat op te wachten.

Gerustgesteld loopt ze de steeg weer uit en vervolgt haar weg naar de metro. Door een wirwar van mensen wringt ze zich naar het gereedstaande metrostel en ze weet nog net een plekje bij het raam te bemachtigen. Ze kijkt naar buiten en ziet een schattig meisje in een roze jurkje met een rode ballon in haar hand. Zonder dat ze weet waarom, ontroert het Patricia. Misschien is het de ongedwongenheid, de onschuld van het kind die haar zo raakt. Door het licht dat op haar valt, straalt ze een gouden gloed uit. Als een engel die de wereld een beetje mooier maakt. Zo'n engel is precies wat Patricia nodig heeft en een glimlach verschijnt op haar gezicht... en verdwijnt weer als sneeuw voor de zon. Een figuur schiet voor het meisje langs en kijkt heel even door het vuile metroraam naar binnen. Zo kort dat Patricia niet de tijd heeft om zijn gezicht goed te bekijken, maar ze herkent hem als dezelfde man die ze net het steegje in zag schieten. Spijkerbroek, groene polo, donkerblauwe baseballcap. Geen twijfel over mogelijk. Ze hapt naar adem, de betovering die het meisje opriep, is verbroken.

De deuren van de metro beginnen krakend te sluiten. Is de man ingestapt? Ze strekt zich uit om te zien waar hij heen is gegaan en ziet hem nog net voor het sluiten van de deuren naar binnen glippen.

Shit!

Ze duikt ineen en draait haar hoofd zo veel mogelijk weg als hij een stukje haar richting op loopt. Ze zou hem moeten aankijken, moeten zien of ze hem kan identificeren, maar ze kan het niet aan. Wat als hij het is? Maar hij kan het niet zijn; hij is een spook, een geest, en die bestaan alleen in verhalen waar ze bij voorkeur niet naar luistert en niet in gelooft. Vanuit haar ooghoek ziet ze de man een stap in haar richting zetten en dan ineens draait hij zich om en zoekt een plek vlak bij de metrobestuurder. Met bonkend hart houdt ze hem minutenlang in de gaten, maar dan stapt hij bij de eerstvolgende halte alweer uit, zonder haar nog een blik waardig te keuren.

Opgelucht haalt Patricia adem. Slaat haar fantasie op hol of is ze deze man niet toevallig tegengekomen? Ze weet niet zeker of ze hem ooit eerder heeft gezien, maar dat hij helblauwe ogen heeft, heeft ze wel opgemerkt. En maar één keer eerder zag ze zulke blauwe ogen.

Claire

9

De kamer is donker, op een streep licht na die tussen de verduisterende gordijnen door komt. In de kamer liggen twee mensen. Een man en een vrouw. Een van hen heeft gisteravond de gordijnen niet goed dichtgedaan. De man ligt op zijn rug en ademt luidruchtig door zijn halfopen mond. Zijn warrige donkerblonde krullen die zij zo charmant vindt, pieken alle kanten op. De vrouw ligt op haar zij. Opgetrokken knieën en een arm onder haar hoofdkussen, waar haar lange zwarte haren op uitwaaieren. Het laken waar ze half onder ligt, beweegt mee op haar diepe, rustige ademhaling.

Het doordringende geluid van een telefoon verstoort het vredige tafereel. Als door een wesp gestoken, schiet de vrouw overeind.

'Claire Verbeek,' fluistert ze in de hoorn terwijl ze struikelend haar bed uit probeert te komen. Ze wil Tobias niet wakker maken. Niet nu hij eindelijk slaapt. Ze sluipt de kamer uit naar de overloop.

'Wat klink je slaperig.'

'Allemachtig, het is vijf uur 's nachts.'

'En wat dan nog?'

Ze zucht. 'Wil je soms dat ik een slaapliedje voor je zing?'

Ze gaat tegen de muur staan om wat houvast te hebben. Van te snel opstaan word je duizelig, zij in elk geval wel.

'De business gaat 24/7 door, Claire. En fijn dat je vroeg in de ochtend net zo bijdehand bent als anders.' Hij benadrukt het woord 'ochtend'. Voor hem – in tegenstelling tot voor haar – is de ochtend al begonnen.

'Wat wil je, Rupert?'

'Dat je nu naar kantoor komt voor de zaak van je leven.'

'Toe maar. Dat zijn grote woorden.'

'Als je deze zaak wint, dan maak ik je partner.'

De geeuw die opkomt verdwijnt op slag. Ze is klaarwakker. Partner. Hoe lang werkt ze zich al niet uit de naad om het zo ver te schoppen? De afgelopen jaren stonden helemaal in het teken van haar carrière, ook thuis, en ze weet dat Tobias en Mattis daaronder hebben geleden. Dat knaagt, vooral bij Tobias, maar niet genoeg bij haar om er serieus iets mee te doen. Tobias' moeder vindt haar egoïstisch en waarschijnlijk heeft ze ook wel gelijk. Misschien had ze beter vrijgezel kunnen blijven, Tobias is altijd serieuzer met haar geweest dan andersom. Toch wist hij waar hij aan begon, ze heeft er nooit een geheim van gemaakt dat haar carrière op één staat. Toen, maar ook nu nog steeds. En Tobias doet weliswaar al vier jaar zijn best om haar werk van die eerste plek af te stoten, maar elke keer als hij het bijna voor elkaar heeft, duwt ze hem weer naar beneden. Ze weet dat hij beter verdient, maar ze kan hem niet geven waar hij naar verlangt. Waar hij... recht op heeft? Als hij te dichtbij komt, dan trekt ze een muur op. Die beschermende muur waardoor niemand haar kan raken, kwetsen, verder kan beschadigen. Die muur waar pijn op afketst. Haar harnas.

In de rechtszaal staat ze bekend als een harde tante, een ijskonijn dat alles bevriest wat ze aanraakt, en dat vindt ze prima. Laat ze maar denken dat ze een emotieloze bitch is; het houdt vriend en vijand op de gepaste afstand die ze prettig vindt. Alleen zijzelf kent de echte Claire. De Claire die juist heel veel gevoel heeft, zoveel dat ze er niet goed mee om kan gaan. De Claire die er soms naar verlangt om weer kind te zijn, omdat je dan zonder scrupules bij iemand op schoot mag kruipen. Om gekoesterd te worden, getroost. Om een kusje te krijgen op die schrijnende wond onder de oppervlakte die niemand ziet, maar die er wel degelijk is. Als ze werkt, haar toga aantrekt, dan voelt ze de pijn niet. Dan wordt ze iemand anders, haar andere ik. Dan heeft ze geen last van spookbeelden, stress of angst. In haar werk heeft ze geen emotie nodig, maar ratio. Als je in je hoofd zit, dan hoef je niet te voelen. Feiten, argumenten, slimme woordspelletjes: ze is er een kei in en wordt nog steeds beter. Blijkbaar heeft Rupert Müller dat eindelijk ook door. Al dat geploeter is niet voor niets geweest.

'Kan ik op je rekenen, Claire, of moet ik Günter bellen?'

'Natuurlijk kun je op me rekenen.' *Günter? Never nooit Günter.*

'Het bleef zo lang stil dat ik dacht dat je er geen zin in had.'

'Ik was bezig wakker te worden, sorry.' Ze vertelt er niet bij dat Mattis weer de halve nacht heeft liggen spoken en dat zij en Tobias net een uurtje sliepen toen hij haar uit bed belde. 'Je privéleven laat je thuis, dat leidt alleen maar af' is een van de gulden regels bij Anwaltskanzlei Müller & Schaefer.

Müller, Schaefer... *en Verbeek.*

Een glimlach verschijnt op haar gezicht als ze in gedachten de letters van haar achternaam op de gevel van het statige pand in het centrum van Berlijn ziet prijken. Briefpapier en visitekaartjes die worden aangepast. Partner. Partner Verbeek. Ze laat zich zo meeslepen door haar fantasie dat ze bijna vergeet de belangrijkste vraag te stellen.

'Wat is het eigenlijk voor zaak?'

'MeToo, maar dan groots. Ik vertel je meer als je hier bent. Er gaat vanaf nu niks concreets meer over de telefoon. Ga er maar van uit dat er altijd iemand meeluistert.'

'Is de zaak dan toch niet geschikter voor Günter?' probeert ze er nog lafjes onderuit te komen.

'Onze cliënte wil per se een vrouw. Mannen vertrouwt ze niet meer. Jij bent de enige vrouw die we aan boord hebben.'

Dus niet vanwege haar kwaliteiten, maar vanwege haar geslacht. Nog altijd delft ze het onderspit in het mannenbolwerk waar ze deel van uitmaakt. Maar ze kan hiermee een enorme stap in haar carrière zetten. *Partner*. Zij, niet Günter. Een droom die uitkomt, ze hoeft alleen deze zaak maar te winnen. Voor een ijskonijn moet dat een koud kunstje zijn.

'Ik ben er met een halfuurtje.'

'Maak er een kwartier van. Je make-up werk je maar bij op kantoor.'

'Dag Rupert.'

Ze rent de douche in en spoelt snel het laatste restje slaap van zich af. In het donker trekt ze haar kleren aan in de inloopkast die grenst aan de slaapkamer. Haar zwarte lange haren bindt ze in een strenge knot. Met haar pumps in haar handen, sluipt ze op haar tenen de kamer uit. Ze legt een briefje op de keukentafel voor Tobias. Als ze met de deurklink in haar handen staat, zet Mattis het op een krijsen. Ze mompelt een verontschuldiging en trekt zachtjes de deur achter zich dicht.

10

Het kantoorpand aan de Potsdamer Platz baadt al volop in het licht als Claire de laatste meters naar de ingang overbrugt. Ze ziet Rupert heen en weer lopen in zijn ruime kamer. Ook Günter is al aanwezig. De streber. Hij staat met een kop koffie voor het raam en zwaait minzaam naar haar. Ze zwaait niet terug. Als hij ernaar vraagt, zal ze zeggen dat ze hem niet heeft gezien. Het heeft nooit geklikt tussen haar en Günter, en dat zal ook nooit gebeuren. Ze heeft een modus gevonden om met de man en zijn flauwe, vaak seksistische grappen om te gaan, maar daarbij blijft het. Hij probeert haar continu af te troeven en ze moet altijd op haar hoede zijn als hij in de buurt is, en dat vreet energie. Energie die ze liever besteedt aan haar zaken dan aan een collega die haar het licht in de ogen niet gunt. Maar om Günter te verslaan én hem een stap voor te blijven, moet ze zijn spelletjes meespelen. Dat is de dagelijkse realiteit. Als Rupert echter háár in plaats van Günter partner wil maken, zou dat weleens kunnen betekenen dat ze haar rivaal voorgoed heeft verslagen. Dat hij zijn plaats moet kennen of moet vertrekken. Daar zit wat haar betreft niets tussen. Partner worden wil immers ook zeggen dat ze mee mag praten over het personeel. Als het zover is, zal ze dat Günter in niet mis te verstane bewoordingen duidelijk maken. Ze verheugt zich er nu al op. Waar ze zich niet op verheugt, is de zaak die nu al als een steen op haar maag ligt. En dat terwijl ze nog niet van de details op de hoogte is en het spektakel nog niet eens is begonnen.

Bij de deur van het kantoor blijft ze met de sleutel in haar hand even staan. Zodra ze over de drempel stapt, is er geen weg meer terug. Wil ze dit echt? Is het offer niet te groot? Kan ze dit aan en wat betekent het voor haar gezin? Er bestaat een kans dat de verwijdering tussen haar en Tobias zo groot wordt dat ze niet meer nader tot elkaar kunnen komen. Ze weet niet of ze bereid is dat risico te nemen, want het kan betekenen dat ze haar kind verliest. Als Tobias beseft dat hun relatie hem nooit zal brengen waar hij naar verlangt, als hij zijn geduld eindelijk verliest, dan zal hij misschien voor volledige voogdij gaan. De kans dat hij dat wint, bestaat. Hij heeft altijd voor Mattis gezorgd. Niet hij maar zij was de grote afwezige in hun huisje-boompje-beestjebestaan en er zijn genoeg mensen die dat kunnen beamen, haar schoonmoeder voorop. Meer dan ooit beseft ze dat ze enorm op haar tellen moet passen om niet alles kwijt te raken. Als je speelt met vuur, dan kun je je vingers branden. Ze moet nu beslissen. Naar binnen gaan met alle mogelijke gevolgen van dien of nooit meer terugkomen. Ze steekt de sleutel in het slot en stapt de drempel over.

'Ook goedemorgen. Lekker uitgeslapen? Er zijn mensen die al een uur aan het werk zijn. Ik heb mijn eerste bespreking met Rupert al gehad.'

Günter staat haar boven aan de marmeren trap naar de eerste verdieping op te wachten. Claire wil de triomfantelijke grijns het liefste van zijn gezicht krabben.

'Gek dat Rupert mij dan belt voor een grote nieuwe zaak. Sorry, ik bedoel: een heel erg grote nieuwe zaak.'

Günters gezicht betrekt. 'Welke nieuwe zaak?'

'O, heeft hij daar niks over gezegd tijdens jullie bespreking?' vraagt ze vilein. Ze geniet van de schaduw van onzekerheid die over zijn gezicht trekt. 'Tsja, als Rupert je niet in vertrouwen heeft willen nemen, wie ben ik dan om dat wel te doen? Dus als je het niet erg vindt: Rupert en die zaak wachten op me.'

Ze loopt langs hem heen en zorgt dat hun mouwen elkaar net raken. Als ze omkijkt voordat ze op Ruperts kamerdeur klopt, staat Günter nog steeds bij de trap.

Haar knokkels zijn amper in contact geweest met het robuuste hout als Ruperts deur al openzwaait.

'Claire, vijf minuten te laat, maar kom binnen.'

Ze knikt en loopt langs hem heen de kamer in. Ze had verwacht de nieuwe cliënte hier ook aan te treffen, maar dat is niet het geval. Ze vraagt Rupert ernaar.

'Mevrouw Krueger is hier om negen uur. Tot die tijd kunnen wij de zaak vast rustig doorspreken, wat dingen op een rijtje zetten en stukken verzamelen.'

Claire laat haar oog vallen op de summier gevulde dossiermap op Ruperts bureau. Kenmerkend voor een nieuwe zaak. Uit ervaring weet ze dat het niet lang duurt voordat de map uit zijn voegen barst en er een tweede nodig is. En een derde. En ga zo maar door. Meters papier vol informatie, die ze allemaal in haar kop moet stampen. Elk detail moet ze zo snel mogelijk als parate kennis uit haar mouw kunnen schudden. Detail- en feitenkennis zijn haar belangrijkste wapens, alleen daarmee win je een zaak. De tegenpartij weet dat ook. Daarom moet je altijd net dat stapje extra lopen, net dat ene tandje bijschakelen in middernachtelijke uren en op vrije dagen. Het gevecht speelt zich niet alleen af binnen de rechtszaal, maar overschaduwt alles. Het houdt je uit je slaap, bederft je eetlust en kost liters koffie. Toch wil ze niet anders. Als haar werk haar in beslag neemt, is er geen ruimte voor andere gedachten, voor dingen waar ze niet meer aan wil denken. Daarom graaft ze zich als een mol in elke zaak in. Dieper en dieper, tot ze de zaak ís.

'Espresso?' vraagt Rupert.

'Ja, graag.'

Hij drukt op een paar knoppen van het luxe apparaat. Als hij het kopje voor haar neerzet, ziet ze dat hij er een dubbele van heeft gemaakt. Ze neemt een slok en laat de donkere smaak van de gebrande bonen diep doordringen in haar smaakpapillen voordat ze de koffie doorslikt. Rupert gaat achter zijn bureau zitten. Hij oogt fit, zijn ogen sprankelen en zijn wallenvrij. Ze vraagt zich af hoe hij dat voor elkaar krijgt terwijl hij nauwelijks slaapt, maar ze durft het hem niet te vragen. Hij schuift de dossiermap naar haar toe.

'Onze nieuwe cliënte heet Angelika Krueger.' Hij laat een stilte vallen. 'Ooit van haar gehoord?'

'Nee.' Claire slikt een sorry in. Sorry maakt je kwetsbaar.

'Ze is de nieuwe secretaresse van Helmut Hartmann.'

'De tweede man van de Sozialdemokratische Partei Deutschlands?'

'Correct.'

'Midden veertig, hoort zichzelf graag praten en staat altijd vooraan als er camera's in de buurt zijn.'

'Een ambitieuze man, inderdaad. Hij hoopt ooit partijleider en bondskanselier te worden, maar ik vrees dat onze Angelika daar een stokje voor gaat steken.' Rupert liet opnieuw een stilte vallen.

'Waar beschuldigt ze hem van?'

'Verkrachting en poging tot wurging.'

'Ai.' Claire houdt haar gezicht in de plooi. 'Weet hij dat ze bij ons heeft aangeklopt om er serieus werk van te maken?'

'Nog niet, maar dat zal niet lang meer duren. Als je mevrouw Krueger straks hebt gesproken, informeren we de pers. Kijken of hij dan nog zo dol is op camera's en fotografen.'

'Je kiest voor een overvaltechniek via de pers? We gaan hem niet eerst zelf informeren?'

'Nee. Dit soort arrogante mannetjes moet je meteen goed in de hoek zetten. De eerste klap moet honderd procent raak zijn om hem uit zijn evenwicht te brengen. Ik wil hem geen kans geven om een mooi verhaal te verzinnen. Hij is politicus, dus framen en spinnen zijn zijn specialiteit. We moeten ervoor zorgen dat we hem steeds een stap voorblijven.'

'Angelika Krueger heeft nog geen aangifte gedaan, neem ik aan?'

'Dat gaat ze vandaag doen en jij gaat met haar mee.'

'Wanneer is het precies gebeurd?'

'Een week geleden tijdens een partijfeestje.'

'Ze heeft zeker geen inwendig onderzoek laten doen om bewijs van de verkrachting te vergaren?'

Rupert schudt zijn hoofd. 'Ze wilde het er eerst bij laten zitten. Was bang haar baan te verliezen, bang om aan de schandpaal genageld te worden als ze het opnam tegen een van de belangrijkste mannen van het land, die te boek staat als trouwe echtgenoot en vader van twee bloedjes van kinderen. Angelika begon haar carrière tien jaar geleden als paaldanseres in een nachtclub... Je kunt de verhalen zelf wel invullen.'

Claire knikt. 'Ze heeft hem verleid, ze is een sloerie die hem met voorbedachten rade in de val heeft gelokt om er een slaatje uit te slaan. Zoiets.'

'Precies.'

'Haar angsten zijn niet geheel onterecht. Wat heeft haar van gedachten doen veranderen?'

'Hartmann heeft twee dagen geleden gedreigd haar te vermoorden als ze haar mond opentrekt. Volgens Angelika waren zijn letterlijke woorden...' Rupert slaat de dossiermap open, haalt er een A4'tje uit en zet zijn leesbril op, die aan een koordje om zijn nek hangt, '... "een ongelukje op straat is zo gebeurd. Als ik jou was zou ik de gok niet nemen en heel vaak over je schouder kijken. Voor de zekerheid."'

'Die bangmakerij van Hartmann heeft duidelijk niet het beoogde effect gehad, want anders had ze niet bij ons aangeklopt.'

'Het kwam vooral door de manier waarop Hartmann het zei, de toon en de blik in zijn ogen. Angelika is echt bang dat hij haar zal vermoorden. In de openbaarheid treden leek haar de beste manier om voor haar leven te vechten. Als iedereen ervan weet en er gebeurt iets met haar, dan zullen alle vingers als eerste naar Hartmann wijzen. Ze hoopt dat dat hem ervan weerhoudt om haar echt iets aan te doen. Ze wil dat hij met dezelfde angsten moet leven als waar hij haar mee opzadelt. Ze wil hem zijn keurige imago afnemen en zorgen dat hijzelf continu over zijn schouder moet kijken, en wij gaan haar daarbij helpen. En met wij bedoel ik: jij.'

Rupert zet zijn leesbril weer af. Het ding bungelt zachtjes heen en weer aan het koordje om zijn nek. 'Eerste reactie.'

'Pittige zaak waarin veel met modder zal worden gegooid.'

'Ik wil je geen open deuren horen intrappen, Claire. Ik wil horen dat je het aankunt. Dat je gehakt van die Hartmann gaat maken.'

'Natuurlijk kan ik het aan, daar hoef je niet aan te twijfelen. Maar dat is geen garantie dat ik de zaak win. Hoe groot schat jij onze kansen in?'

'Op dit moment fiftyfifty.'

'Niet lager? We moeten eerst zien te bewijzen dat Hartmann haar daadwerkelijk verkracht heeft, en haar verleden als paaldanseres zal haar geloofwaardigheid niet ten goede komen. Hebben we überhaupt iets aan bewijsstukken?'

'Een gescheurd slipje met sperma, foto's van blauwe plekken in Angelika's hals van de poging tot wurging, een kapotgetrokken blouse waar vier knopen van ontbreken en een pump met een gebroken hak. Hier, kijk maar.'

Rupert laat haar wat foto's uit de dossiermap zien. 'Zodra Angelika aangifte heeft gedaan, moeten we erop aandringen dat het sperma op het slipje zo snel mogelijk getest wordt. DNA zal moeten uitwijzen of het daadwerkelijk aan Hartmann toebehoort. Als dat het geval blijkt te zijn, kunnen we door en staan we een stuk sterker. Op dit moment is het haar woord tegen het zijne.'

'David tegen Goliath. Klein Duimpje tegen de reus. Daar komt het eigenlijk op neer. Kunnen we bewijzen dat het slipje daadwerkelijk van Angelika is, mochten we Hartmanns sperma erop vinden?'

'Ja. Angelika had het de dag ervoor gekocht en godzijdank het bonnetje bewaard.'

Rupert bladert verder in de map tot een kopie van het bonnetje verschijnt. Claire knikt goedkeurend.

'Dat is tenminste iets. En verder kunnen we het slipje natuurlijk ook testen op Angelika's DNA.'

Rupert knikt instemmend. 'Gezien het geweld waarmee Hartmann haar heeft bejegend, is het de vraag of dit de eerste keer is dat hij zich zo heeft gedragen. Het zou voor onze zaak een enorme bonus zijn als meer slachtoffers zich komen melden zodra Angelika met haar verhaal in de openbaarheid is getreden. Ik heb alvast een beetje rondgebeld en het blijkt dat de doorloop van secretaresses bij Hartmann opvallend hoog is. Niemand houdt het langer dan een jaar bij hem vol.'

'Oké, met voormalige werkneemsters praten komt hoog op de prioriteitenlijst te staan.'

Rupert schuift haar een velletje papier toe. 'Hier heb ik alvast een lijstje met namen. Het is niet volledig, maar het is een mooi begin. Er zou weleens een enorme doofpot om Hartmann heen kunnen hangen en als dat zo is, dan gaan wij die blootleggen. Als het waar is wat Angelika beweert, dan moet die man gestopt worden voordat hij echt serieuze schade aanricht.'

'Ik vind dit al serieus genoeg.' Claire houdt de foto met Angelika's opgezwollen blauwe nek in de lucht, waar de contouren van vingerafdrukken duidelijk op te zien zijn. 'Dit had verkeerd af kunnen lopen als hij nog wat langer doorgeknepen had. Hij had haar strottenhoofd kunnen breken, ze had kunnen stikken. Hoe is ze uiteindelijk losgekomen?'

'Door een beproefd recept dat al zo oud is als de weg naar Rome.'

'Een knietje?'

Rupert knikt.

'Mooi, ik hoop dat hij er lang pijn aan heeft gehad.' Claire stopt de foto met Angelika's beschadigde hals weer terug in de map. 'Waar heeft het festijn eigenlijk precies plaatsgevonden?'

'Op zijn kantoor. Het partijfeestje was beneden in het gebouw en na een paar drankjes kondigde hij aan dat hij er niet aan ontkwam om nog wat te werken. Hij moest stukken voorbereiden voor een bespreking de dag erna. Daarvoor had hij notulen nodig die nog uitgewerkt moesten worden. Na enig gesputter stemde Angelika ermee in om het feestje te laten voor wat het was en is ze met Hartmann meegegaan naar zijn kantoor op de tweede verdieping.'

'Wat een doorzichtige smoes.'

'Achteraf gezien, ja, maar in principe is het geen abnormale vraag. Overwerk hoort erbij als je voor een politicus werkt. Bovendien had Hartmann zich tot dat moment keurig tegenover Angelika gedragen. Haar nooit met een vinger aangeraakt, geen schunnige opmerkingen gemaakt of insinuaties gedaan. Ook niet op de avond van het feest. Hij had haar een drankje aangeboden en ze hadden een geanimeerd en volkomen onschuldig gesprek gevoerd over koetjes en kalfjes. Hij had haar tot dan toe met respect behandeld en ze zag dan ook geen enkele reden om hem niet terwille te zijn. Wat er vervolgens in zijn kantoor gebeurde, kwam haar rauw op het dak vallen.'

'Heeft hij haar over zijn bureau heen gelegd?'

'Nee. Tegen de muur aan gezet en toen ze protesteerde aan haar hals opgetild.' Rupert liep naar de muur in zijn kamer en beeldde het tafereel uit.

Claire wendt haar gezicht af. 'Dank je, Rupert, maar mijn fantasie reikt ver genoeg om te bedenken wat er gebeurd is, daar heb ik jouw toneelstukje niet bij nodig.'

Rupert gaat weer achter zijn bureau zitten.

'Heeft iemand Angelika het gebouw zien verlaten? Zijn er getuigen? Het moet er gekrioeld hebben van de mensen, gezien dat feestje.'

'Tot nu toe is er niets bekend over getuigen. Angelika was zelf te zeer overstuur en te gehaast om weg te komen om daarop te letten. Ze heeft niemand gezien.'

'Het is bijna ondenkbaar dat ze met gescheurde kleren en hinkend op één schoen ongezien dat gebouw uit is gerend.'

'Dat ben ik met je eens. Ik denk dat het vinden van een getuige niet het grootste probleem is. Het zal lastig, zo niet onmogelijk worden om een getuige te vinden die wil praten. Bij zo'n delicate zaak kijken mensen liever weg omdat ze zelf niet meegesleurd willen worden in de ellende. Uiteindelijk gaat iedereen toch voor zijn eigen hachje, en zeker in die slangenkuil die politiek heet. Eigen gewin en ego staan altijd voorop.'

Claire knikt. 'Daar kon je weleens gelijk in hebben. En de dag erna? Ik neem aan dat ze zich ziek heeft gemeld?'

'Nee, niet eens.'

'Dat verbaast me. De laatste persoon die je wilt zien nadat je verkracht bent, is toch degene die je dat heeft aangedaan. En dan heb ik het nog niet eens over haar verwondingen. Haar hals moet ongelooflijk pijn hebben gedaan gezien de foto's, en praten zal ook niet echt lekker zijn gegaan.'

'Ze heeft een sjaal om haar nek gebonden en haar collega's wijsgemaakt dat ze met een fikse keelontsteking kampte.'

'En dat werd klakkeloos aangenomen?'

'Klakkeloos of met bedenkingen, wie zal het zeggen? Er is in elk geval niemand geweest die heeft doorgevraagd.'

'Hartmann was de dag erna ook weer gewoon aan het werk?'

'Ja. De man heeft zich sinds zijn aantreden in de partij nog nooit ziek gemeld. Thuisblijven zou dus zowel op zijn werk als bij zijn gezin vragen oproepen. De vaste routine oppakken en doen alsof er niets aan de hand was, was dus de enige manier. Ook Angelika stond er in het begin zo in. Om niet helemaal in te storten, koos ze in eerste instantie voor ontkenning en verzon ze excuses. Hartmann was dronken. Zij had misschien niet duidelijk genoeg geroepen dat hij moest ophouden. Was ze niet te sexy gekleed, waardoor ze de kat op het spek had gebonden?'

'Wat een onzin! Dergelijke kulargumenten worden altijd gebruikt. "De vrouw zal er zelf wel om gevraagd hebben, had ze maar niet zo'n kort rokje moeten dragen of zo'n diep décolleté moeten hebben." Al staat een vrouw poedelnaakt voor een man, dan nog heeft hij met zijn poten van haar af te blijven, tenzij ze hem toestaat haar aan te raken.'

Claire staat op en begint briesend door Ruperts kantoor te lopen.

'Dat wil ik zien in de rechtbank! Die bevlogenheid, die verontwaardiging, die woede. Alsof je het zelf hebt meegemaakt.'

Rupert klapt enthousiast in zijn handen. 'Als je dat vasthoudt, dan kan Angelika zich geen betere pleitbezorger voor haar zaak wensen.'

Claire houdt haar adem in. Ademt dan weer door. Daarna lacht ze, maar niet van harte. Normaal doet ze een moord – figuurlijk dan – voor een complimentje van Rupert, maar in dit specifieke geval voelt het eerder als een belasting. Er drukt iets op haar maag, op haar schouders, wat zo zwaar is dat ze het bijna niet kan dragen.

'Maar om nog even terug te komen op het al dan niet dragen van sexy kleding en uitlokking: je hebt natuurlijk helemaal gelijk dat een man onder elke omstandigheid van een vrouw heeft af te blijven als ze aangeeft niet open te staan voor zijn handtastelijkheden. Dat laat onverlet dat we rekening dienen te houden met de publieke opinie, dat we die moeten beïnvloeden ten gunste van Angelika. Dat betekent dat we haar moeten restylen. Dat jíj haar gaat restylen.'

'Rupert, ik ben advocaat, geen stylist,' protesteert ze, maar hij doet net of hij haar niet hoort en praat door.

'Blonde haren in een keurige en elegante boblijn, allesverhullende blousejes met sluiting tot in de nek, rokken tot op of net onder de knie, kostuums met zakelijke flair. Je snapt wel wat ik voor ogen heb, toch?'

'Als ik het goed begrijp, is ze het tegenovergestelde van het ideaalplaatje dat je van haar wilt maken.'

'Dat is nogal een understatement, maar dat zie je vanzelf wanneer ze straks aanschuift. Waarschijnlijk zijn haar uiterlijk en de manier waarop ze zich kleedt doorslaggevend geweest voor Hartmann om haar die baan te geven.'

'Even een praktisch puntje. Je wilt haar in een compleet nieuwe garderobe steken én het moet ook nog klasse uitstralen, kan ze dat betalen? Een directiesecretaresse in het bedrijfsleven verdient goed, maar hoe zit dat in de politiek?'

'Ik ben bereid de helft te betalen vanuit de kantoorkas. Als we dit winnen... Ik vind het dus de investering waard.'

‘En wat als we, ondanks jouw gulle gift, nog steeds tekortkomen?’

‘Dan ben jij vast creatief genoeg om dat op te lossen. Die goedkope troep uit China en Taiwan ziet er op het oog soms best nog wel oké uit. Zolang de labeltjes niet in het zicht zitten, heeft niemand door dat het door goedkope kinderhandjes is gemaakt en dat de kwaliteit waardeloos is. Misschien kunnen we wel een soort icoon van Angelika maken. Van kansloos geval uit een laag milieu naar hardwerkende, uitstekend geklede vrouw die werkt in de gegoede kringen. Ik kan de koppen in de roddelbladen en de kranten al voor me zien. Als we er een mooi tranentrekkend verhaal van maken, dan stromen de sympathiebetuigingen binnen, dat geef ik je op een briefje. Als we dit goed aanpakken, dan hebben we serieus kans om deze zaak te winnen. Ik verwacht dat je wint, Claire.’

Rupert gaat achteroverhangen en vouwt zijn handen over zijn beginnende buikje.

‘Weet je wat ik me nou al die tijd dat ik hier zit al afvraag, Rupert?’ Ze wacht niet op zijn antwoord. ‘Waarom doe je deze zaak niet zelf? Je hebt alles al helemaal uitgedacht, de strategie al bepaald, je bent goedgeïnformeerd, hebt twintig jaar meer ervaring dan ik. Je hebt een reputatie. Mensen zijn bang voor je en moeten twee keer slikken als ze jouw naam op de rol zien staan.’

‘Onderschat je eigen kwaliteiten niet, Claire. Bovendien heb ik je al uitgelegd dat Angelika per se door een vrouw verdedigd wil worden. Maar... ik kan me niet aan de indruk onttrekken dat je niet staat te springen om deze zaak aan te nemen. Je wikt en weegt tijdens het hele gesprek al als Vrouwe Justitia. Of heb ik dat mis?’

Rupert kijkt haar aan met ogen die zoeken naar bewijs voor zijn vermoeden. Ogen die in de rechtbank in staat zijn om door verschillende lagen farce heen te prikken en de waarheid bloot te leggen. Dat is een van de kwaliteiten waar hij om bekendstaat. Meedogenloze ogen die bereid zijn om zelfs zijn eigen moeder te fileren als het winst in een zaak kan opleveren. Claire is ook meedogenloos, maar op een andere manier. Bij haar is de grondslag anders. Om overeind te blijven zal ze nu de degens moeten kruisen met Rupert. Als ze haar masker nu niet opzet en haar rug recht houdt, kan ze het wel vergeten. Dan gaat de volgende grote zaak zeker weten naar Günter en wordt hij partner en niet zij. Ondanks alle bezwaren, alle angsten en emoties, kan ze dat niet laten gebeuren. Ze móét deze zaak niet alleen aannemen, maar ook winnen. Het recht moet zegevieren; niet alleen voor Angelika en al die andere vrouwen die door pedante mannetjes als gebruiksvoorwerp worden gezien, maar ook voor haarzelf. Het is tijd om te stoppen met wegkijken.

Ze kijkt Rupert recht aan en zegt met volle overtuiging: 'Het is terecht dat je mij vraagt voor deze zaak, want ik ga hem winnen.'

Op dat moment gelooft ze het zelf. Heilig.

11

'Ik zag er in eerste instantie geen kwaad in toen Helmut me vroeg om nog wat notulen voor hem uit te werken.'

'Helmut? Vanaf nu hebben we het alleen nog maar over meneer Hartmann.'

Claire kijkt Angelika streng aan. Waarom noemt ze de man die ze beschuldigt van verkrachting bij zijn voornaam alsof hij een oude bekende of zelfs een vriend is? Dat voelt onnatuurlijk. Dat ís onnatuurlijk. Als zij dat als advocate van Angelika al vindt, dan zal Hartmanns advocaat daar zeker punten mee proberen te scoren. Het versterkt het beeld dat de verdediging zal schetsen, dat Angelika een ordinaire voormalige paaldanseres is die haar baas heeft verleid. De seks is misschien wat ruig geweest, maar heeft met wederzijdse instemming plaatsgevonden.

'Waarom? Ik noem hem altijd Helmut.'

'En vanaf nu dus niet meer.'

'Omdat jij dat zegt?'

'Ja, omdat ik dat zeg. En wij zijn geen vrienden, dus gelieve mij met "u" aan te spreken.'

Angelika kijkt Rupert geërgerd aan. 'Is ze altijd zo gezellig?'

'Buiten haar werk is mevrouw Verbeek reuzegezellig, maar dit is een serieuze zaak, mevrouw Krueger. Daar is niks gezelligs aan, dat zult u toch met me eens zijn.'

'En dat betekent dat zij zich als een bitch moet gedragen?'

'Ja, dat betekent dat ik me regelmatig als een bitch zal gedragen,' antwoordt Claire. 'Als we dit willen winnen, dan moeten we het zakelijk houden. Focussen op de feiten en keihard werken om tien stappen vooruit te denken en te anticiperen op elk argument en elke tegenbeschuldiging waarmee de advocaten van Hartmann op de proppen kunnen komen.'

Claire moet moeite doen om haar bedenkingen tegen Angelika te verbergen. Het is nog erger dan Rupert haar eerder schetste. Het strakke rokje van de vrouw komt niet verder dan de bovenste helft van haar bovenbenen en Claire hoopt maar dat ze haar over elkaar geslagen benen bij elkaar houdt. Ze hoopt ook dat haar nieuwe cliënte goed rechtop blijft zitten – als ze ook maar iets vooroverhangt, dreigen haar borsten uit haar strakgespannen roze blouseje te vallen. En dan dat haar, of eigenlijk: wat ze ermee doet. Wanneer Angelika aan het woord is, gooit ze haar lokken over haar schouders om deze vervolgens – verleidelijk? – om haar vinger te wikkelen. *Zou ze bereid zijn zich te laten kortwieken?* vraagt Claire zich af. Het zou haar winstkansen zeker vergroten. Maar hoeveel werk is er wel niet nodig om deze vrouw in de rechtbank betrouwbaar voor de dag te laten komen? Heel even zinkt Claire de moed in de schoenen, maar dan herpakt ze zich. Als ze deze zaak wil winnen, moet ze uitstralen dat ze een rotsvast vertrouwen heeft in haar cliënte en volledig gelooft in de beschuldigingen die ze uit tegen een van de belangrijkste mannen van het land. Als ze die knop niet om kan zetten, dan zijn ze bij voorbaat kansloos.

Claire voelt dat Rupert naar haar kijkt. Dat hij iets van haar verwacht. Ze stelt hem niet langer teleur.

'Goed, mevrouw Krueger, laten we beginnen. Ik wil uit uw eigen mond horen wat er die avond precies is gebeurd. Mijn collega heeft me natuurlijk al het een en ander verteld, maar graag hoor ik het van uzelf.'

'Nou, ik ging dus overwerken voor meneer Hartmann. Ik baalde wel dat ik de rest van het feestje misliep. Het was gezellig, ik had het naar mijn zin.'

'U had geen enkele aanwijzing dat het meneer Hartmann om meer dan notulen uitwerken ging?'

'Dat hij me uit mijn kleren wilde werken? Nee, dat had ik

nooit verwacht. Mannen kijken vaak naar me op zo'n manier, weet u wel, dat ben ik wel gewend. Hartmann viel juist op omdat hij dat niet deed.'

'Wat verstaat u onder "zo'n manier"?'

'Dat ze je ter plekke de kleren van het lijf willen scheuren en je alle hoeken van de kamer willen laten zien.'

'Als mannen "zo" naar u kijken, wat doet u dan?'

'Beetje flirten kan geen kwaad, maar verder dan dat ga ik niet.'

'En Hartmann keek dus niet zo naar u. Niet op andere momenten en niet op de avond van het feest voordat u met hem in zijn kantoor verdween.'

'Dat heb ik toch net gezegd?' De vrouw kijkt Claire bozig aan.

'Mevrouw Krueger, went u er maar alvast aan dat u uw verhaal tot in het oneindige zult moeten herhalen. Tegen mij, tegen de advocaten van Hartmann, tegen de rechter. U zult helemaal doorgezaagd worden, tot u het spuug- en spuugzat bent. Het is op dit moment zaak voor mij om uw verhaal consistent te krijgen, en de verdediging zal het straks in de rechtszaal doen in de hoop dat ze u kunnen betrappen op leugens of inconsistenties. Uw verhaal moet elke keer weer exact hetzelfde zijn en daar gaan we samen heel hard op oefenen. Akkoord?'

Hoewel het huilen haar plotseling nader lijkt te staan dan het lachen, knikt de jonge vrouw instemmend. 'Meneer Hartmann heeft me voordat het uit de hand liep altijd met respect behandeld. Daarom had ik ook het gevoel dat ik in een soort twilightzone terecht was gekomen toen hij achter me kwam staan en mijn nek begon te masseren.'

'Hij begon uw nek te masseren?'

'Ja. Als ik een tijdje achter de computer zit, krijg ik altijd wat last van mijn nek en schouders. Oude paaldansblessure. Het helpt dan soms om wat oefeningen te doen. Meneer Hartmann zag me met mijn nek bewegen en schoot te hulp.'

'Vroeg hij of hij uw nek mocht masseren?'

'Nee, hij deed het gewoon en ik voelde me daar heel ongemakkelijk onder. Ik wilde hem niet beledigen door te zeggen dat ik het niet prettig vond. Hij bedoelt het goed, dacht ik nog. Hij masseerde me eerst door mijn blouse heen en omdat er geen huid-op-huidcontact was, besloot ik er niets aanstootgevends in te zien.'

'Was dat niet een beetje naïef?'

'Misschien wel, maar op dat moment koos ik ervoor om dat te zijn – ik wilde de zaak niet op de spits drijven. De dag erna moest ik weer gewoon naar mijn werk, snapt u, dus ik wilde de situatie niet...'

De vrouw zwijgt en kijkt strak voor zich uit.

'Wat wilde u niet met de situatie?' vraagt Claire op zachte toon.

'Dat hij niet... dat de sfeer niet... dat alles niet verpest zou worden. Ik bedoel, ik had het echt naar mijn zin in die job. Het betaalde goed en ik had voor het eerst in mijn leven het gevoel dat ik gewaardeerd werd omdat ik wat meer te bieden had dan een paar tieten. Het voelde goed om eens niet de bimbo te zijn waar iedereen me altijd voor aanziet.'

Er verschijnen tranen in haar ogen en voor het eerst voelt Claire sympathie voor haar.

'Bovendien stond Hartmann bekend als een liefhebbend echtgenoot en vader. Dat imago komt toch ergens vandaan?'

'Van een spindoctor, daar komt dat vandaan. Les één in de wereld die politiek heet: spindoctors spreken nooit de waarheid. Ze zijn niet te vertrouwen en misleiden je waar je bij staat. Ze verzinnen het gros van de mooie praatjes die politici braaf papegaaien. Een luchtbel, schone schijn, meer is het niet.'

'U gaat zeker met veel vertrouwen naar de stembus gezien de hoge pet die u opheeft van de politiek?' reageert Angelika op haar felle bewoordingen.

'Laat ik het zo zeggen: ik heb meer vertrouwen in de rechterlijke macht dan in de politiek. Maar wat ik vind, doet er niet toe. Vandaag en de komende tijd draait alles om u. Laten we verdergaan zodat we tot de kern komen. De massage, daar begon het mee,' helpt ze Angelika weer op weg.

'Zoals ik al zei masseerde hij me eerst door mijn blouse heen, maar al snel zei hij dat het handiger was als ik mijn schouders zou ontbloten omdat hij er dan beter bij kon. Voordat ik daarop kon reageren, verdwenen zijn handen al onder de kraag van mijn blouse. Ik wilde hem zeggen dat ik dat niet prettig vond, dat ik niet wilde dat hij me nog verder zou masseren, maar ik verstijfde.'

'U was niet in staat om te bewegen?'

'Precies, en zijn handen zaten maar in mijn blouse te wroeten.'

'Achter- of voorkant?'

'Toen nog steeds achterkant, maar zijn aandacht had zich al naar voren verplaatst. Ineens vroeg hij of mijn zware borsten die nek- en schouderklachten niet veroorzaakten. Of ik wel goede bh's kocht die voldoende steun gaven. Alsof hij ineens de grote lingerie-expert was! Plotseling hield hij mijn borsten vast. Tilde ze op alsof hij ze aan het wegen was en fluisterde hijgend in mijn oor dat hij me best wilde ondersteunen.'

Wat een sneu, doorzichtig en fantasieloos figuur is die Hartmann, denkt Claire. 'Ik neem aan dat u Hartmanns handen uit uw blouse en van uw borsten hebt gehaald?'

'Zeker heb ik dat gedaan. Nou ja, geprobeerd. Hij was heel sterk en het wond hem alleen maar meer op dat ik me verzette. Hij dacht dat het onderdeel van het spel was.'

'Hoe hebt u hem duidelijk gemaakt dat u geen zin had om spelletjes met hem te spelen? Dat u daar puur was uit loyaliteit omdat hij u gevraagd had nog wat extra zakelijke werkzaamheden voor u te verrichten?'

'Ik heb hem gezegd dat ik het niet leuk vond wat hij deed en hem gevraagd van me af te blijven. Toen hij daar geen gehoor aan gaf, heb ik zijn handen gepakt en geprobeerd ze uit mijn blouse te halen. Hij trok zich toen terug en ik dacht dat hij me met rust zou laten. Ik trok mijn blouse recht en ging weer verder met mijn werk.'

'En Hartmann? Wat deed hij daarna?'

'Nou, ik hoopte dat hij weer achter zijn bureau zou gaan zitten, maar hij begon achter me langs te ijsberen. Bloednerveus werd ik ervan. Ik vroeg hem daarmee te stoppen omdat het me afleidde. Ineens trok hij mijn bureaustoel met een ruk naar achteren. Daar had ik totaal niet op gerekend, dus ik viel op de grond. Hartmann dook boven op me, sleurde me overeind en duwde me tegen de muur. Hij scheurde mijn blouse open, stak zijn vingers in mijn tanga en trok die ook stuk. Hij was zo sterk en het ging allemaal zo snel dat ik niet eens tijd had om te reageren. Krabben, slaan, bijten... ik dacht er wel aan, maar het was net alsof de boodschap mijn spieren niet bereikte, en voor ik het wist zat hij in me en tilde me met beide handen op aan mijn hals. Ik kreeg geen lucht meer, raakte in paniek. Kreeg vlekken voor mijn ogen. Ik dacht dat mijn laatste uur had geslagen. Ik wilde niet dood, niet door zo'n klootzak. Gelukkig kwam hij klaar vlak voordat ik het bewustzijn verloor. Hij liet me los en ik viel op de grond. Hij stond daar maar met die idiote grijns op zijn gezicht en ik wist dat dat mijn kans was om te ontsnappen. Ik ben overeind gekomen, heb hem een knietje gegeven en ben zijn kantoor uit gerend. Zijn beveiliger kwam af op mijn gebrul en ving me op. Ik zag aan zijn ogen dat ik niet de eerste was die op zo'n manier Hartmanns kantoor uit was komen rennen. Daarna trok hij zijn gezicht weer in de plooi en belde een collega. "We hebben een situatie," zei hij. Ik was verdomme een "situatie" geworden.' Angelika spuugt de woorden uit en haar ogen staren leeg in de verte.

Claire doet haar best om niet weg te kijken. Ze kent die lege blik en ze wil hem niet zien. Het is hét moment dat ze zeker weet dat Angelika de waarheid spreekt. Aan het zichtbare verdriet, aan de pijn die de herinnering oproept, is niets geacteerd. Dit is puur en rauw en gaat tot op het bot. Zelfs een ijskonijn ontdooit hiervan.

Ze biedt Angelika een zakdoekje aan en geeft haar een glas water zodat ze even op adem kan komen. Ze onderdrukt de neiging om haar hand even bemoedigend op Angelika's schouder te leggen. Het is niet zakelijk en dat moet ze wel zijn. Bovendien, een vrouw aanraken die dit heeft meegemaakt, dat moet je nooit doen. Na een verkrachting is aanraking nooit meer geruststellend of bemoedigend, hoe goed de bedoelingen ook zijn. Na een verkrachting is elke aanraking verdacht totdat het tegendeel in veelvoud is bewezen. Elke hand op je huid rijt de wond die nooit volledig zal genezen weer open. Als slachtoffer van verkrachting word je zwaarder gestraft dan de dader. Als slachtoffer heb je levenslang.

Angelika kijkt haar met rode ogen aan en dept haar wangen droog.

'Gaat het weer?' vraagt Claire met zachte stem. 'Bent u in staat om uw verhaal af te maken of wilt u even pauzeren?'

'Geen pauze. Ik wil ervanaf zijn.'

'Oké, dan gaan we door. De bewaker had u net opgevangen op de gang en belde zijn collega.'

'Die collega was snel ter plaatse. Ik dacht dat ze me zouden helpen, dat die klootzak er niet mee weg zou komen, maar hoe naïef was ik? Natuurlijk kwamen ze op voor degene die hun salaris betaalde en niet voor mij. De ene bewaker begon meteen het kantoor van Hartmann op te ruimen, terwijl die andere me ongezien via de kelder het gebouw wist uit te krijgen. Hij heeft me in Hartmanns dienstauto naar huis gebracht.'

Daar moeten camerabeelden van zijn. Al het in- en uitgaande verkeer wordt geregistreerd en Claire maakt een aantekening dat ze zo snel mogelijk achter die beelden aan moet gaan. En in tegenstelling tot wat Rupert haar eerder vertelde, zijn er dus wel getuigen. De twee bewakers hebben Angelika in haar kapotgescheurde kleren gezien, zijn zelfs in zekere zin medeplichtig omdat ze niet voor de vrouw zijn opgekomen én ze Hartmann hebben beschermd en geholpen het gebeurde te verdoezelen.

'Weet u de namen van die beveiligers?'

Verder dan Horst en Kurt strekt haar kennis niet.

'Geeft niet, ik kom er wel achter. Wie van de twee heeft u naar huis gebracht?'

'Horst.'

'Hebben jullie in de auto nog ergens over gesproken?'

'Ik zag aan hem dat hij heel veel wilde zeggen toen ik op de achterbank zat te huilen.'

'Maar hij heeft dus niks gezegd?'

'Niet in de auto. Pas toen hij meeliep naar mijn voordeur zei hij dat ik mijn mond moest houden. "Wat je nu is overkomen is niks vergeleken bij wat je over je heen krijgt als je hiermee in de openbaarheid treedt."'

'Klonk het als een dreigement?'

'Nee, eerder als een waarschuwing, en hij sprak zo zacht dat ik hem nauwelijks verstond. "Probeer het te vergeten en doe gewoon of er niets gebeurd is." Dat zei hij er nog achteraan.'

Claire knikt en zet een kruisje achter de naam Horst. Misschien dat ze iets bruikbaars uit hem kan krijgen als ze hem op de juiste manier benadert. Al is het maar ter achtergrond. Op basis van die info vindt ze misschien ingangen naar misstappen die Hartmann in het verleden heeft begaan en die Angelika's zaak kunnen versterken.

'En Kurt. Wat voor indruk maakte hij op u?'

'Keihard. Meedogenloos. Uiterst onvriendelijk en loyaal aan zijn baas. En ervaren. Hij kwam heel ervaren op me over. Volgens mij was hij ook een stuk ouder dan Horst.'

'Oké. Wat hebt u gedaan toen u thuis was?'

'Mijn kapotte kleren uitgetrokken en in een vuilniszak gedaan. Ik heb die troep onder in mijn kledingkast gesmeten voor het geval dat ik het nog eens nodig zou hebben. Als Hartmann vervelend zou gaan doen of er zou toch op de een of andere manier iets uitlekken, dan had ik in elk geval een paar bewijsstukken achter de hand. Ik moest steeds maar denken aan Monica Lewinski en die jurk waar spermasporen van Clinton op gevonden zijn. Toen werd ze pas geloofd. Ze is evengoed helemaal afgemaakt in de media, maar Clinton kwam er in elk geval ook niet mee weg.'

Angelika trekt een vergenoegd gezicht, dat Claire met haar deelt.

'Hartmann komt er ook niet mee weg, mevrouw Krueger, daar gaan wij samen voor zorgen. Om dit soort mannen te stoppen, heb je heel dappere vrouwen nodig. U bent dapper, dat zag ik al meteen toen u binnenkwam.'

Angelika ziet er een stuk zelfverzekerder uit na Claires woorden en dat was ook precies haar bedoeling. Claire heeft een krachtig slachtoffer nodig in de rechtszaal en het maken van Angelika tot gedroomde kandidaat is nu al begonnen.

'Toen ik die kleren had opgeborgen, ben ik onder de douche gaan staan en heb ik een flink potje staan janken. Daarna heb ik me zo vaak gewassen tot mijn flacon met doucheschuim helemaal leeg was en mijn hele lijf pijn deed. Die pijn was minder erg omdat ik die zelf had veroorzaakt.'

Er verschijnt een beeld op Claires netvlies. Een stomende douchecabine, handen die panisch schrobben over een kapotte, rode huid. Ze ruikt de geur van amandeldoucheschuim, voelt hoe haar ogen branden van tranen die maar blijven stromen. Nee. Niet nu. Ze wrijft in haar ogen, duwt tegen haar oogbollen tot ze vlekken ziet. Het beeld verdwijnt en ze is terug in het hier en nu. Ze ziet Rupert haar aanstaren.

Hou vol, Claire.

'U beseft dat u met dat douchen de krachtigste bewijzen voor de verkrachting hebt vernietigd?'

'Ik... ik weet het, maar zo'n inwendig onderzoek... ik kon het niet. Niet nadat ik al zo vernederd was. Het zou als een nieuwe verkrachting hebben gevoeld en dat kon ik niet aan. Ik wilde met rust gelaten worden, proberen te doen wat Horst zei. Mijn leven weer oppakken en het proberen te vergeten. Op dat moment leek me dat het beste.'

'En u dacht dat het daarmee voorbij was?'

'Twee uur later stuurde Hartmann me een appje dat hij me de volgende dag om tien uur als notulist bij een vergadering verwachtte. Hij wilde duidelijk ook weer overgaan tot de orde van de dag.'

'Natuurlijk wilde hij dat. Maar een verkrachting gaat nóóit

weg, mevrouw Krueger. Het blijft je je hele leven achtervolgen. Het vreet aan je en sloopt je zonder dat je daar iets tegen kunt doen. Het bemoeilijkt je relatie met andere mensen, met mannen. Wantrouwen loert altijd onder de oppervlakte.'

Claire schrikt van de felheid van haar eigen stem en knijpt haar handen tot vuisten – haar nagels prikken in haar palm. Angelika kijkt haar aan met grote vragende ogen en er verschijnt een soortgelijke blik in Ruperts ogen.

'Ik heb in mijn leven de nodige slachtoffers gesproken en ze zeggen allemaal hetzelfde. Maakt niet uit hoe lang geleden het ook is,' verklaart ze zich nader.

Er hangt een verstikkende stilte in de ruimte.

'Hoe gaat het met uw hals?' verandert ze van onderwerp.

Angelika knoopt het sjaaltje rond haar nek los. Claire slikt als ze de bloeduitstortingen ziet.

'Ik maak er elke ochtend een foto van en dat blijf ik doen tot er niets meer van te zien is. Ik weet niet waarom ik dat doe. Het moet gewoon, anders kan ik de dag niet beginnen.'

'Doe wat uw gevoel u ingeeft, of dat nou logisch is of niet. Het helpt bij de verwerking. Wij bewaren alle foto's.'

Rupert knikt bevestigend en tikt op de dossiermap.

'De dag erna bent u dus "gewoon" naar uw werk gegaan. Hoe was dat?'

'Raar en ook weer niet. Hartmann deed zo normaal dat ik bijna aan mezelf ging twijfelen. Alsof ik alles had gedroomd. Het was zo verwarrend. Toen heb ik me teruggetrokken op het toilet en in de spiegel naar de blauwe plekken onder mijn sjaaltje gekeken. Uiteraard toen er niemand anders in de ruimte was. Misschien maak ik daarom die foto's wel. Om mezelf er steeds aan te herinneren dat het echt gebeurd is. Weet u, het is een mindfuck. Iets in mij wil eigenlijk nog steeds niet geloven dat dit me echt is overkomen. Ik hoop nog steeds dat ik wakker word uit een heel heftige nachtmerrie.'

'Als we dit doorzetten, dan wordt die nachtmerrie alleen maar erger. Daar bent u zich wel goed van bewust, toch?'

Er trekt een aarzeling over Angelika's gezicht en Rupert kijkt Claire waarschuwend aan. Ze haalt nauwelijks zichtbaar haar schouders op. Ze moet het vragen. Ze móét weten of Angelika zich echt realiseert wat ze over zichzelf afroept. Als ze a zeggen, volgt b vanzelf. Dan is de weg terug afgesloten en begint Claires eigen nachtmerrie ook.

12

Claire rent met een rood hoofd het kantoor van Müller & Schaefer binnen. Ze heeft het helemaal gehad. Een middag met Angelika in pashokjes, bij de kapper en de nagelstudio heeft haar al haar energie gekost en haar voeten branden uit haar schoenen van het eindeloze geslenter, gehang en gedraal. Maar het resultaat mag er wezen, dat moet ze toegeven, want Angelika is flink opgeknapt.

Met twee treden tegelijk stormt ze de trap op, Günter geen blik waardig keurend als ze hem tegenkomt op de gang. Zijn cynische geklets kan ze missen als kiespijn, het bereikt haar oren niet eens. Ze slaat de deur van haar kamer met een klap voor zijn neus dicht en draait de sleutel om in het slot. Pas dan wordt haar ademhaling rustiger en zakt de adrenaline af naar een gezonder niveau. Nadat ze haar schoenen heeft uitgeschopt, loopt ze naar de kleine badkamer met eenvoudige douche en wastafel. Elk kantoor heeft er een, net als een slaapbank, omdat het niet ongebruikelijk is om een nacht door te halen als het werk daarom vraagt. Veel tijd om zich op te knappen heeft ze nu niet, want Rupert en Angelika zitten in Ruperts auto met chauffeur op haar te wachten. Gedrieën gaan ze zo naar het politiebureau voor de aangifte. Rupert was liever meteen doorgereden – tijd is immers geld – maar hij heeft haar toch tandenknarsend haar zin gegeven. Ze moet eerst deze middag van zich afspoelen voordat ze er klaar voor is. En tien voicemails van Tobias afluisteren, waarin hij ongetwijfeld uitleg vraagt voor haar vertrek als een dief in de nacht en wat er nu weer belangrijker is dan hun gezin.

Ze trekt haar kleren uit en laat ze op een hoopje aan haar voeten vallen. Het water is snel warm als ze de douche aanzet. Een paar seconden geniet ze met haar ogen dicht van de warmte op haar lijf. Het brengt haar maag, die de hele dag al opspeelt, een beetje tot rust. De zachte kamilledouchemelk doet hetzelfde voor haar brandende huid. Zorgvuldig smeert ze zichzelf ermee in, slaat geen plekje over. Het water neemt haar onzekerheid mee naar het doucheputje en spoelt die weg. Verkwikt en een beetje rozig droogt ze zichzelf af, trekt een schoon mantelpakje aan, besproeit zichzelf met een flinke wolk parfum en dendert naar beneden. De hele sessie heeft nog geen tien minuten geduurd en ze ziet dat Rupert haar snelle terugkeer waardeert.

Terwijl ze naar het politiebureau rijden, controleert Claire voor de laatste keer het zorgvuldig opgestelde persbericht. Zodra de aangifte is gedaan, zal het worden verstuurd. Angelika kijkt mee en even is Claire bang dat de vrouw op de deleteknop drukt en smeekt om alles te vergeten. Haar naar huis te brengen zodat ze door kan met haar leven. Ze weten allemaal dat dat niet kan, dat er geen weg terug is. Angelika wrijft neurotisch met haar linkerduim over de gemanicuurde en strak gelakte nagels van haar rechterhand, terwijl haar lippen geluidloos prevelen. Haar ogen staan angstig.

'U staat er niet alleen voor,' steekt Claire de vrouw een hart onder de riem. Ze weerstaat de verleiding om te zeggen dat alles goed komt. Dingen die je niet kunt beloven, moet je ook niet zeggen. Als ze iets heeft geleerd in haar leven, dan is het dat wel.

Te snel naar Claires zin komt het politiebureau in zicht. Rupert stapt uit en trekt de deur aan Claires kant open. Samen loodsen ze Angelika naar binnen. De straat en het politiebureau zijn nu nog rustig, maar Claire weet dat het slechts stilte voor de storm is. Zodra de eerste nieuwsredacties haar persbericht ontvangen, zullen ze zich hier met gevaar voor eigen leven naartoe spoeden om de eerste beelden en foto's te hebben van de vrouw die het op durft te nemen tegen Helmut Hartmann. Claire draagt de vuilniszak met het bewijsmateriaal dat Angelika heeft verzameld. Nog even en ze moet het uit handen geven, dan hebben ze alleen de foto's nog die Angelika van elk stuk afzonderlijk heeft gemaakt. Claire loopt zo dicht naast haar cliënt dat ze de lichte huivering door het lichaam van de vrouw voelt gaan als ze op de balie afstappen. Een roodharige agente kijkt hen vragend aan. Voordat Angelika begint te spreken, recht ze haar rug en dan weet Claire dat ze er klaar voor is, misschien nog wel meer dan zijzelf. Angelika's heldere stem schalt krachtig door de ruimte als ze vertelt waarvoor ze komt. Daarna is het alsof al het geluid uit de ruimte wordt gezogen. Een geladen stilte neemt het over tot een agent hen ophaalt om de aangifte op te nemen.

Claire en Rupert wisselen een tevreden blik uit. De aangifte is gedaan en Angelika heeft zich uitstekend gedragen. Precies op de juiste momenten gehuild en gestotterd. Een verslagen blik in haar ogen. Haar bleke huid nog voldoende zichtbaar onder de subtiel aangebrachte laag make-up.

Het persbericht over de aangifte is een kwartier geleden verstuurd en Claire en Rupert zitten in de hal van het bureau, met Angelika tussen hen in met een bekertje water dat ze stevig omklemt met haar trillende handen. Ze wachten op een extra kopie van de aangifte voor hun eigen dossier. Buiten kondigen piepende remmen de eerste verslaggevers en fotografen aan en er verschijnt een tevreden lachje op Ruperts gezicht. Dagmar Wolf van *Die Zeit* is de eerste die het politiebureau probeert binnen te komen. *Wie anders*, denkt Claire. De journaliste wordt tegengehouden door twee agenten die op aandringen van Rupert meteen bij de deur zijn gezet.

'Mevrouw Krueger? Mevrouw Krueger, mag ik u wat vragen stellen?!' schreeuwt de journaliste met haar rauwe rookstem door de glazen deuren van de centrale ingang.

Claire weet dat straks een hele horde Dagmars hen zal opwachten. Ze zullen haar, als Angelika's advocaat, het hemd van het lijf vragen en ze is blij met de agenten voor de deur die de persmuskieten nog even buiten houden. Dat ze nog wat uitstel krijgt voordat ze zich op haar storten. Ze is bang voor de confrontatie. In hun zoektocht naar informatie zullen ze haar het vuur na aan de schenen leggen, haar leegzuigen en geen detail ongemoeid laten. Hoe persoonlijk zal het gaan worden? De enige die ze intussen eigenlijk echt wil spreken, is Hartmann. Om hem persoonlijk te vertellen dat zijn slachtoffer het er niet bij laat zitten en dat zij, Claire Verbeek, gehakt van hem gaat maken. Ze wil hem recht in de ogen kijken, hem bang maken en zijn angst proeven, want Hartmann heeft veel te verliezen.

Maar zijzelf ook.

13

'Dit is het beste wat ik ervan kon maken na tien keer opwarmen.' Het cynisme druipt van Tobias' woorden zoals de vette jus van de worst die hij haar zojuist heeft voorgezet. 'Gelukkig weet ik dankzij het journaal nog een beetje wat mijn vrouw allemaal uitvreet.'

Claire hangt in haar joggingpak op de bank en kijkt op haar iPad haar optreden in het journaal terug. Tobias heeft amper tegen haar gepraat sinds ze thuis is en gaat nu met een nors gezicht naast haar zitten. Ze kijkt naar het bord met de doorgekookte *Kartoffeln, Bratwurst mit Zwiebelsoße, Lollosalat und Tomaten* en beseft plotseling dat ze een enorme honger heeft. Snel neemt ze een hap en dan nog een. Met een slok bier spoelt ze het weg.

'Sorry, Tobias, maar het was nogal druk vandaag. Ik had amper tijd om adem te halen, laat staan je te bellen.'

'Druk, druk, druk. Hoe vaak heb ik dat wel niet gehoord.'

'Zo'n grote zaak krijg je als advocaat misschien maar één keer in je leven. Als ik win maakt Rupert me partner.'

'Betekent dat dat je dan hier partner af bent? Mattis en ik zien je nu al bijna nooit en als je...'

Ze laat hem niet uitspreken. 'Natuurlijk betekent dat niet dat ik jou en Mattis in de steek laat!'

'Misschien is het wel andersom, Claire. Misschien laten Mattis en ik jou wel in de steek. Jij bent niet de enige die hier beslissingen neemt, hoor, jij bent niet de enige met behoeftes.'

'Meen je dat nou echt? Ik ben onze toekomst aan het zeker stellen. Als ik partner word, dan gaat het er heel anders uitzien.'

'Geloof je het zelf? Je bent je eigen toekomst aan het veiligstellen. Mattis en ik zijn niet geïnteresseerd in geld, een grote auto of een kast van een huis. Wij zijn geïnteresseerd in jóú. Jij bent ons kapitaal, maar dat staat op een bankrekening waar we niet aan mogen komen, waar alleen jij het pasje van hebt.'

'Maar dit is waar ik altijd zo hard voor heb gewerkt. Zo'n grote zaak, dit is mijn kans! Gun je me dat niet?'

'Het heeft niets met gunnen of misgunnen te maken. Het is een simpele optelsom. Deze zaak gaat je voor onbepaalde tijd volledig in beslag nemen. Je telefoon staat nu al roodgloeiend.' Hij werpt een blik op haar scherm, dat onafgebroken oplicht van de inkomende gesprekken, die meteen worden doorgeschakeld naar haar voicemail. 'Je had dit eerst met mij moeten overleggen, Claire. Het is niet fair naar mij en Mattis toe dat je dergelijke beslissingen in je eentje neemt. En nu kun je natuurlijk niet meer terug.'

'Niemand is onvervangbaar,' flapt ze eruit omdat ze hem geen gelijk wil geven. Ze ziet hoop opflakkeren in zijn ogen en kan zichzelf wel voor haar kop slaan. Waarom is ze altijd zo verdomde trots? Waarom kan ze haar verlies nooit nemen? Het antwoord op die laatste vraag weet ze. Ze heeft in haar leven te veel verloren en de grens is bereikt.

'Niemand is onvervangbaar,' herhaalt Tobias haar woorden en ze krimpt een beetje ineen.

'Dus als ik je zou vragen om je terug te trekken, om voor mij en Mattis te kiezen, dan zou dat theoretisch gezien kunnen?'

'Tobias, jij weet toch ook dat theorie en praktijk...' krabbelt ze terug.

'Onverenigbaar zijn? Net zo ver van elkaar liggen als de Noord- en de Zuidpool, om maar eens een belegen vergelijking te maken?'

'Toob...'

'Heb je sowieso nagedacht over de consequenties van deze zaak voor ons privéleven? Een man als Hartmann geeft zich niet zomaar gewonnen. Ze zullen gaan graven in jouw leven, in mijn leven, om *dirt* te vinden waar ze Angelika's verdediging mee in diskrediet kunnen brengen. En reken maar, als er in het verleden ook maar iets is gebeurd wat het daglicht niet kan verdragen, dan zullen ze het vinden. Mijn blazoen is brandschoon, op een keer of wat spijbelen na. Het jouwe ook?'

'Waarom niet? Ik heb niks te verbergen,' zegt ze minder zelfverzekerd dan ze wil.

'Is dat zo? Heb je echt niks te verbergen?'

Claire neemt een hap aardappelen. Kauwende kaken maken het moeilijk om een gezichtsuitdrukking te lezen. Het moet haar paniek verbloemen.

'Je hebt nooit willen praten over de tijd voordat wij elkaar leerden kennen, zogenaamd omdat je in het "nu" wilt leven. Ik heb dat altijd prima gevonden. Jouw verleden, jouw besluit. Maar ik denk dat je zwijgen een vlucht is. De persoon die je bent is gevormd door het verleden, door ervaringen, gebeurtenissen, mensen die je hebt ontmoet. Het verleden negeren is jezelf verloochenen.'

Tobias slaat demonstratief zijn armen over elkaar, alsof hij haar uitdaagt weerwoord te geven. De aardappelpap in haar mond maakt haar misselijk. Ze blijft maar kauwen, kan niet slikken. Een lege mond betekent ruimte om te praten. Ze wil niet praten. Ze wil zich alleen maar oprollen in bed en slapen. De deurbel gaat en Tobias kijkt haar fronsend aan. Ze slikt en de aardappeldrab zoekt zijn weg naar beneden.

'Wie belt er nog zo laat?'

'Er is maar één manier om daarachter te komen.' Hij staat op.

'Ik ben er niet.'

'Dat is niet eens een leugen. Je bent er al heel lang niet.'

Hij verlaat de kamer en Claire legt haar hoofd in haar handen. Ze hoort Tobias kort praten met een man en dan wordt de deur dichtgesmeten. Ze houdt haar adem in, maar Mattis blijft godzijdank stil. De kamerdeur gaat open en Tobias komt binnen met een grote bos witte lelies in zijn armen. De zware geur roept meteen hoofdpijn en nog veel meer bij Claire op. Tobias' gezicht staat op onweer als hij haar de bloemen in haar armen duwt zonder rekening te houden met het vallende stuifmeel.

'Hé, kijk uit!' zegt ze geschrokken. 'Je maakt vlekken op mijn kleren.'

'Wie is S.?'

De knoop in Claires maag wordt strakker getrokken. 'Wat... wat zei je?'

'Je hoorde me wel. Wie. Is. S.?'

'Eh, geen idee. Ik ken geen... S., zei je?'

Ze pakt het kaartje dat tussen de bloemen is gestoken en probeert het trillen van haar hand onder controle te krijgen. Tobias kijkt haar boos en argwanend aan. Ze voelt zijn ogen branden op haar huid als ze de tekst op het kaartje leest.

Gefeliciteerd met je nieuwe zaak, Claire. Roept het bij jou ook sweet memories op? Bij mij in elk geval wel. Deze zaak brengt me terug in je leven. We'll meet again. xxx S.

De bos bloemen valt op de grond en de maaltijd die tien keer was opgewarmd, komt er in één keer weer uit. Het kaartje lijkt met haar vingers verlijmd. Dit kan niet! Iemand haalt een heel zieke grap met haar uit. De bloemen kunnen van een paar mensen afkomstig zijn, maar niet van S. Onmogelijk van S.

'Je reageert nogal heftig voor iemand die beweert niet te weten wie die S. is.'

Ze kan het amper opbrengen om naar Tobias te kijken, maar doet het toch. Het is het enige juiste. 'Wie heeft deze bloemen gebracht? Hoe zag die vent eruit?'

'Een koerier met rossige haren en een sproetenkop, en "vent" is te veel eer voor zo'n slungelige puber.'

'Ik weet echt niet van wie die bloemen zijn,' herhaalt ze nogmaals.

'Wat betekent die tekst op het kaartje dan? Die S. lijkt jou namelijk wel te kennen. Vertel me wat er aan de hand is, Claire.'

Even overweegt ze om Tobias in vertrouwen te nemen, maar meteen zet ze het weer uit haar hoofd. 'Er is niks aan de hand,' weet ze nog net uit te brengen.

'Stop met liegen!' schreeuwt hij zo hard dat de buren het kunnen horen. 'Je gaat me vertellen wat er aan de hand is of anders donder je maar op.'

'Tobias,' smeekt ze.

'Ik meen het! Of je vertelt me nu wat er aan de hand is, of je kunt op je kantoor gaan slapen. Met of zonder die S., dat kan me niet meer schelen.'

Woorden vullen haar mond en blijven steken op haar verlamde tong. Het is Tobias menens en nog kan ze niet praten. Nog kan ze niet delen. Ze kan hem alleen maar aanstaren en ze weet dat ze hem kwijt is. Misschien niet voorgoed, maar op dit moment wel.

'Niks? Je hebt helemaal niks te zeggen? Goed, als dit is wat je wilt: pak je spullen en verdwijn. Je bent hier niet meer welkom totdat je me vertelt wat er aan de hand is.'

Teresa

14

Op het tikken van de klok na is het stil in de woonkamer. Buiten fluiten vroege vogels een zomers lied. Teresa klemt haar handen om een grote witte mok met sterke koffie en neemt kleine slokjes. Ze neemt de tijd om de cafeïne goed op zich in te laten werken. Het is nodig om weer een beetje mens te worden na een nacht zonder slaap. Ze kijkt de kamer rond. De kamer die niet van haar is, maar van Bas. Het is de eerste keer dat ze de hele nacht bij hem is gebleven. Niet omdat ze dat wilde, maar omdat het moest. Ze is niet goed in relaties, verbindingen aangaan met mensen, maar ze weet wel wat sociaal wenselijk is en gedraagt zich daar ook naar. Ze hoeft alleen haar antenne maar uit te zetten om op te vangen wat er van haar wordt verwacht en dan past ze zich aan als een kameleon. Het heeft haar gebracht waar ze nu is.

Ook deze keer is het haar weer gelukt om zich Bas van het lijf te houden. Ze heeft gedaan alsof ze behoorlijk dronken was. Toen hij haar op zijn ruime tweepersoonsbed neerlegde, viel ze zogenaamd als een blok in slaap. Wat goed getimed gesnurk, gesmak en gekreun van haar kant en hij trapte erin. Ze voelde hoe hij haar met een diepe teleurgestelde zucht toedekte met een koel en fris geurend laken. Hij was naast haar gaan liggen, maar godzijdank niet tegen haar aan. Het duurde eindeloos voordat hij ademde in het ritme van de slaap. Toen pas durfde ze zich een klein beetje te bewegen en comfortabel te gaan liggen. Geslapen had ze natuurlijk de hele nacht niet. Gewacht wel, tot het eerste daglicht het duister in de kamer verdrong. Toen pas kon ze een beetje ontspannen.

Het geluid van de wekker had Bas opgevat als: nieuwe ronde, nieuwe kansen. Hij had haar in haar nek gezoend en 'Goedemorgen schoonheid' in haar oor gefluisterd. Ze was muisstil blijven liggen toen zijn handen haar rug en schouders streelden, hield zich slapende tot hij het opgaf. Kreunend had ze uiteindelijk haar ogen tot spleetjes geopend. Bas was bij dit teken van leven meteen weer op haar afgedoken, maar ze had hem tegengehouden.

'Man, wat voel ik me brak. En die hoofdpijn... Heb je misschien een aspirientje voor me? Ik moet de volgende keer echt minder drinken.'

Hij had het zwijgend voor haar gehaald, samen met een groot glas water, en haar afgemeten medegedeeld dat hij ging douchen, anders kwam hij te laat op zijn werk. Ze wist dat ze op haar tellen moest passen, hem enigszins tegemoet moest komen om hem niet voorgoed te verliezen. Ze moest zijn aandacht in elk geval weten vast te houden zolang het mysterie rond Skeletman niet was opgelost. Haar oog was op een wit overhemd van Bas gevallen dat over een stoel hing. Aan de kreukels te zien, gedragen.

Teresa trekt haar benen onder zich en drinkt het laatste restje koffie op. Het koele leer van de bank schuurt langs haar blote benen en voeten. Ze draagt het witte overhemd van Bas, dat veel te groot is. Ze verdrinkt in de katoenen stof en vindt het niet prettig. De slobberige kleding maakt niet genoeg contact met haar huid, het geeft haar het gevoel dat ze kwetsbaar is. Naakt. Twee dingen die ze niet wil zijn. Maar die gevoelens zet ze opzij omdat ze weet dat mannen het geweldig vinden als je 's ochtends met je slaaphoofd in een van hun kledingstukken aan de ontbijttafel verschijnt. Een gebaar van overgave dat laat zien dat je een commitment hebt, iets wat alleen jij en hij samen delen, ook al is het maar een stom overhemd. Het geeft mannen het gevoel dat ze je een beetje extra bezitten. Dat ze de baas zijn, de touwtjes in handen hebben. Mannen houden van macht. Dat is een van de dingen waar Teresa grote moeite mee heeft, maar ze slikt het omdat ze niet anders kan. Het is nodig om overeind te blijven.

Bas kijkt haar met een gelukzalige blik aan. Het overhemd doet zijn werk. Hij kauwt het laatste restje brood weg en pakt de koffiepot. 'Nog meer?' vraagt hij. Zijn stekelige houding is verdwenen.

'Ja, graag. Een liter alsjeblieft.' Steunend grijpt ze naar haar hoofd.

'Begint je aspirientje al wat te werken?'

'Een beetje.'

Bas gaat naast haar op de bank zitten. Zijn ogen dwalen af naar haar blote benen en ze gunt hem zijn lolletje als hij aarzelend een hand op haar knie legt.

'Jammer dat ik zo'n hoofdpijn heb en jij naar je werk moet...'

Bas knikt, neemt een slok koffie en legt zijn hoofd op haar schouder. Ze legt het hare ertegenaan. Plakkerige gel zet zich vast op haar wang.

'Wanneer zie ik je weer? Vanavond?' Bas' stem klinkt gretig en vol verwachting.

'Vanavond gaat niet lukken,' houdt ze de boot af. 'Ik heb een deadline.'

'Die baas van je laat je veel te hard werken.' Hij streelt liefkozend over haar wang. 'Pas je een beetje op jezelf zodat je ook nog wat energie en tijd overhoudt voor ons?'

Ze krijgt de kriebels van het woord 'ons'. Wat haar betreft is er een jij en een ik. Twee aparte individuen en geen symbiose. 'Ik zit gewoon in een lastige periode op mijn werk. Dat vreet tijd en energie. Ik kan het me niet permitteren om mijn baan kwijt te raken, dus ik kan niet anders dan een tandje bijschakelen als mijn baas dat vraagt. Heb een beetje geduld met me. Kun je dat opbrengen?'

'Beloof je me dat het het wachten waard is?'

Ze knikt.

'Ik vind je echt leuk, Teresa, anders had ik het allang opgegeven. Ik heb best nog wat geduld, maar dat duurt niet eeuwig.'

Ze werpt een schuine blik op de klok. 'Je komt te laat.'

'Je hebt gelijk. Trek de deur straks maar achter je dicht. Tot snel, mooie Teresa.'

Hij zet zijn halflege mok koffie op de salontafel en staat op. Aarzelt even en bukt zich dan om haar een kus te geven. Ze staat het toe.

Zodra ze de voordeur hoort dichtslaan, wrijft ze met de rug van haar hand over haar mond. Eindelijk, ze heeft het rijk voor zich alleen. Bas is zo dom om te denken dat ze hier voor hem is, maar dat moet hij zelf weten. Ze is hier omdat hij haar toegang biedt tot exclusieve informatie, omdat hij een dossierfetisj heeft en van al zijn zaken kopieën mee naar huis neemt. Hij wil alles onder handbereik hebben als hij 's nachts een ingeving krijgt. Hij wil dingen kunnen teruglezen, napluizen.

Ze drinkt de laatste paar slokken koffie op en zet de mok in de gootsteen van de keurig gepoetste keuken. In de koelkast vindt ze een beker Griekse yoghurt en ze doet daar wat van in een kommetje. Strooit er een handje ontbijtgranen in uit de glazen weckpot die op een plankje staat naast een paar voorraadbussen met spaghetti, fusilli en rijst. Bas is keurig, gestructureerd en materialistisch. Hij houdt van mooie, dure spullen, gadgets, dingen waar zij niets om geeft.

Met het kommetje gaat ze aan tafel zitten en ze lepelt het zompige spul naar binnen zonder iets te proeven. Het is maagvulling die haar in leven houdt, haar lichaam en hersenen voorziet van de broodnodige brandstof. Meer niet. Ze kauwt werktuigelijk en slikt. Een herhaling van zetten tot de kom leeg is. Ze spoelt hem uit en zet hem in de vaatwasser, die pas half gevuld is met vuile vaat. De geur die van het aangekoekte eten op het vuile servies op haar afkomt ruikt ze niet, maar ze weet dat die er is en de open keuken vult als ze de machine niet snel afsluit. Ze drukt de klep goed aan, pakt haar mok uit de gootsteen en vult hem nog eens met koffie. Ze doet geen moeite om er melk en suiker in te doen. Als de mok op tafel staat, op een keurig onderzettertje, sluit ze de gordijnen. Als je dingen van plan bent die het daglicht niet kunnen verdragen, kun je geen pottenkijkers gebruiken.

Lichtvoetig loopt ze naar de kast waar Bas zijn meest recente dossiers opbergt. Sinds ze vaker bij hem is, deelt hij tegen de verwachting in minder informatie met haar, dus moet ze zelf op zoek. Voor ze het deurtje opentrekt, bekruipt haar even het gevoel dat de plank erachter leeg is. Dat Bas de dossiers heeft weggehaald omdat hij de gevoelige en geheime informatie wil beschermen tegen haar nieuwsgierige geneus. Ze is tenslotte journalist, altijd op zoek naar een goed verhaal en beter nog, een scoop. Als zij Bas was, dan liet ze geen brokje informatie meer in dit huis slingeren.

Teresa haalt opgelucht adem als ze de gekleurde ordners keurig op een rijtje ziet staan. Dat liefde blind maakt, blijkt maar weer. Bas vertrouwt haar volledig. Ze weet dat ze de blauwe map moet hebben, de derde van links in het rijtje. Als ze hem uit de kast pakt, voelt hij aanmerkelijk zwaarder dan de eerste keer dat ze hem in handen had. 'Dat geeft de burger moed,' mompelt ze hardop in de loze ruimte. Dat doet ze vaak, hardop praten zonder dat er toehoorders zijn. Het is een bijwerking van veel op je eigen gezelschap aangewezen zijn.

Teresa legt de map op tafel en opent hem pas als haar koffie op veilige afstand staat. Er mogen geen vlekken in het dossier komen. De klok die ongestoord doortikt, geeft inmiddels halfacht aan. Dat betekent dat ze zo'n anderhalf uur heeft om de nieuwe stukken die in het dossier zitten te lezen. Als ze rond tien uur op de redactie is, dan vindt ze dat vroeg genoeg. De vergadering van negen uur kan haar gestolen worden. Tot nu toe slaagt ze er aardig in om haar baas van haar nek te houden, maar ze moet wel snel weer met wat komen. Door de onderbezetting en de vakantieperiode moet ze elke minuut bevechten die ze aan haar eigen onderzoek en verhalen besteedt. Doodvermoeiend om steeds weer diezelfde strijd aan te gaan, maar het is niet anders.

Ze slaat de blauwe ordner open en ziet in een oogopslag dat

er een paar nieuwe tabbladen aan zijn toegevoegd sinds ze het dossier enkele dagen geleden voor het eerst inkeek. SCOUTING, POSTBUS, DAGBOEK, PERSONEN, NFI, staat er met blokletters op geschreven in Bas' keurige handschrift. Heel even staart ze naar de categorieën en dan bladert ze snel door de stukken die ze al vaker heeft gezien en zo goed als uit haar hoofd kent. Nieuwe informatie, nog niet met de massa gedeelde feiten, daar zoekt ze nu naar. Teresa slaat het tabblad met SCOUTING om en stuit op een lijst met namen van mensen die toen en nu iets met de scoutingclub te maken hadden en hebben. Ongeveer de helft van hen is inmiddels gehoord en de uitgewerkte interviews zitten achter de lijst met namen. Ze leest de teksten diagonaal om tijd te winnen. Het opmerkelijkste feit dat uit meerdere interviews naar voren komt, is dat de opslagloods van de scoutingclub in 1999 verschillende malen is opengebroken. Het hangslot aan de deur is een paar keer kapotgeknipt teruggevonden in het aangrenzende bos. Van vermissing van spullen uit de loods wordt geen melding gemaakt, wel van de rommel die al die keren in de loods is achtergelaten. Van lege bierblikjes, chipszakken en sigaretten tot wietzakjes, opgerookte jointjes en condooms. Destijds is het afgedaan als 'kwajongensstreken', maar sinds de vondst van het skelet kijkt de politie er met andere ogen naar. Zijn de kwajongensstreken op een gegeven moment onder invloed van alcohol en drugs uit de hand gelopen en heeft dat tot de dood van de gevonden man geleid? Teresa noteert de vraag in het eenvoudige notitieboekje dat ze altijd in haar tas heeft zitten en legt het naast zich neer op tafel voor eventuele aanvullende aantekeningen. Daarna neemt ze eerst een paar slokken van haar snel afkoelende koffie voordat ze achter het tabblad NFI kijkt. De uitslagen van de eerste testen op het gevonden bewijsmateriaal zijn binnen. Haar hart gaat sneller kloppen als ze ziet dat het skelet geïdentificeerd is op basis van gebitsgegevens. Het slachtoffer heeft een naam gekregen: Dylan Post. In haar hoofd vormt het skelet zich om tot een mens van vlees en bloed. Een rilling loopt over haar rug.

Ze bestudeert nauwgezet de foto die is bijgevoegd voordat ze verder leest. Het is een schoolfoto van een jongen met intens blauwe ogen en donker haar dat met een kam nooit helemaal in toom valt te houden. Het kraagje van een verwassen witte polo piept over een donkerblauwe sweater heen.

Het duurt even voordat Teresa de woorden heeft gevonden om de blik in zijn ogen te duiden. Afwachtend, achterdochtig, op zijn hoede. Zijn mond is een strakke streep en ontbeert elk teken van een lach. Dylan ziet er niet uit alsof hij blij is met het leven dat hij leidt. Of hij haat camera's en schoolfotografen, zoals veel kinderen van zijn leeftijd. Teresa schat hem op deze foto tussen de tien en de twaalf jaar oud, gezien de schoolse setting, maar hij 'kijkt' ouder. Alsof hij al een heel leven achter de rug heeft. Toch ontdekt ze ook sporen van jeugdige rebelsheid, met her en der op zijn voorhoofd beginnende puberacné. Op zijn bovenlip zit vlassig haar dat de naam snorretje nog niet mag dragen. Met haar telefoon maakt ze een foto van de foto.

Ze bladert weer verder en neemt de nieuwe informatie die ze leest in zich op. Het dossier vertelt het verhaal van een pleegzorgkind dat sinds zijn derde meerdere adressen heeft gehad. Het laatste pleeggezin voor zijn dood was woonachtig in Hilversum. Dirkje en Peter Hoensbroek. Ze hebben nooit aangifte van zijn vermissing gedaan. Teresa moet even slikken en lijkt het te kwaad te krijgen, maar dan weet ze zich weer te herpakken. Ze leest verder. Ook Jeugdzorg lijkt zich niet erg druk te hebben gemaakt over de pupil die onder hun eindverantwoordelijkheid viel. Uitgekotst door de maatschappij, op zichzelf aangewezen, eenzaam. Mensen die zo jong al in de steek worden gelaten door alles en iedereen, het zou verboden moeten worden.

Ze bestudeert het adres van Dylans laatste pleegouders – het echtpaar Hoensbroek woont nog steeds in Hilversum, op hetzelfde adres als destijds. Misschien moet ze er een dezer dagen maar eens langsrijden, om een indruk te krijgen van de leefsituatie en laatste woonomgeving van Dylan voordat hij vermoord werd. Want dat zijn dood geen tragisch ongeluk was, staat nu officieel vast. De deuk aan de achterkant van zijn schedel is volgens de patholoog-anatoom veroorzaakt door een zeer harde klap. Als mogelijk slagwapen wordt een ploertendoder, gummiknuppel of honkbalknuppel genoemd. De afmeting van de deuk komt het meeste overeen met het laatstgenoemde. Op de stoeptegels waaronder de restanten van Dylan zijn gevonden, zijn sporen van schoonmaakmiddel maar ook nog wat restjes bloed aangetroffen waar DNA-sporen van Dylan uit zijn geëxtraheerd. Op de restanten van het halfvergane, van origine roze knuffelkonijn dat tussen Dylans handen zat geklemd, is ook DNA aangetroffen. Een spoor dat eerst veelbelovend leek omdat het een match opleverde met ene Noa Jonker, maar de inmiddels vierendertigjarige vrouw is tot nu toe onvindbaar. Ook zij werd net als Dylan in het jaar van zijn dood opgevangen door pleegouders Dirkje en Peter Hoensbroek. Het is dus mogelijk dat Dylan niet alleen in de loods was, maar dat Noa bij hem was. Tenminste, dat is wat Bas denkt gezien de aantekeningen die hij in het dossier heeft gemaakt: *Wat is er gebeurd tussen Dylan en Noa? Is het mogelijk dat zij hem heeft vermoord?* De patholoog denkt dat het eerder om een man gaat, gezien de kracht waarmee de slag is toegebracht en die uiteindelijk tot Dylans dood of in elk geval tot een flinke hersenbeschadiging heeft geleid. Maar echte duidelijkheid is er nog niet.

Teresa spit de map door op zoek naar een verslag van het politieverhoor van Peter en Dirkje Hoensbroek. Dat moet er zijn. In eerste instantie ziet ze het over het hoofd, maar dan vindt ze het toch. Het gesprek heeft twee dagen eerder plaatsgevonden. Deze keer leest ze niet vluchtig en diagonaal, maar neemt ze elk woord zorgvuldig in zich op.

Peter Hoensbroek: 'Dylan was niet bepaald honkvast te noemen. Hij was een zwerver die wel vaker hele periodes verdween. Uiteindelijk dook hij altijd wel weer op. Dat is een van de redenen dat we geen alarm hebben geslagen. Wij waren zijn tiende

pleeggezin, weet u, en dan begrijpt u vast wel wat dat impliceert.'
Dirkje Hoensbroek: 'Dylan was een moeilijke jongen, eigenlijk onhandelbaar, en niemand hield het lang met hem uit. We hebben echt ons best voor hem gedaan, maar sommige kinderen zijn zo beschadigd dat ze zich niet laten helpen. Ze vertrouwen geen enkele volwassene meer, leven aan de zelfkant van de maatschappij en komen steeds vaker in aanraking met de politie. Softdrugs, simpele vergrijpen, daar begint het mee, maar daarna gaat het algauw van kwaad tot erger. Dat hebben we vaak genoeg gezien. We draaien al heel wat jaartjes mee in de pleegzorg.'

Teresa staart voor zich uit om de informatie even op zich in te laten werken. Gunt zichzelf nog een paar slokken koffie en wordt stilaan steeds nieuwsgieriger naar de rest van het gesprek dat Bas met de familie Hoensbroek heeft gevoerd. Zou Bas de vragen stellen die zij ook beantwoord zou willen hebben? Zou hij doorvragen als een antwoord niet bevredigend was? Ze buigt zich weer over de map en leest geconcentreerd verder.

Inspecteur Bas de Haan: 'Hoe rijmt u – en ik herhaal uw eigen woorden maar even – "we hebben echt ons best voor hem gedaan" met het feit dat u Dylan niet als vermist hebt opgegeven? Want die vraag staat nog steeds overeind na uw antwoord.'
Peter Hoensbroek: 'Zoals ik al zei verdween Dylan wel vaker een tijdje. Soms waren dat periodes van meer dan een maand.'
Inspecteur Bas de Haan: 'Was Jeugdzorg daarvan op de hoogte?'
Peter Hoensbroek: 'Jeugdzorg was allang blij dat wij hem wilden opvangen en doodsbenauwd dat het ook bij ons weer zou escaleren. Dan zouden ze pas echt met hun handen in het haar zitten. Wij waren eigenlijk Dylans laatste kans. In het begin nam Jeugdzorg nog wel wekelijks contact op, maar al snel hanteerden ze het principe: geen bericht is goed bericht.'
Inspecteur Bas de Haan: 'Gaat het te ver om te zeggen dat Jeugdzorg zijn handen van hem aftrok?'

Peter Hoensbroek: 'Ik zal het nooit hardop herhalen, maar ik denk dat dat wel een gerechtvaardigde conclusie is. Die organisatie is al continu overbelast, dat was toen niet anders dan nu. Kinderen als Dylan vergen veel tijd, energie en geld, die soms liever aan kansrijkere kinderen worden besteed. Dat klinkt wellicht wat hard, maar het is een kwestie van roeien met de riemen die je hebt en prioriteiten stellen gericht op de hoogste slagingskans. Mooie cijfers leveren het meeste geld op. Dat is nou eenmaal hoe het werkt.'
Inspecteur Bas de Haan: 'Was geld bij u soms ook een belangrijke drijfveer voor de keuzes die u maakte? Als u zou melden dat Dylan was verdwenen, dan zou u de maandelijkse vergoeding die u ontving voor zijn opvang kwijtraken. Dat klopt toch?'
Peter Hoensbroek: 'We hebben een halfjaar op hem gewacht, inspecteur De Haan, welke pleegouder zou dat doen? Zeker bij zo'n moeilijk kind. Het geld dat we in dat halfjaar voor hem ontvingen, hebben we keurig op een spaarrekening gezet voor als hij zou terugkomen.'
Inspecteur Bas de Haan: 'En toen dat na een halfjaar niet gebeurde?'
Peter Hoensbroek: 'Dylan verdween toen hij ruim zeventien jaar oud was. Een halfjaar na zijn verdwijning was hij achttien en voor de wet dus volwassen. Vanaf dat moment waren wij niet meer verantwoordelijk voor hem en stopte de maandelijkse vergoeding automatisch.'
Inspecteur Bas de Haan: 'Hebt u het geld dat u gedurende dat halfjaar ontving voor Dylan daarna terugbetaald aan Jeugdzorg?'
Peter Hoensbroek: 'Nee, dat hebben we niet gedaan. We hadden genoeg in de rats gezeten om die jongen, zoveel stress gehad. Het geld beschouwden we als smartengeld. Als genoegdoening voor alle ellende die we hebben doorstaan. Mijn vrouw heeft er zelfs tijdelijk hartritmestoornissen van gehad, met dokterskosten en zo. Hè, Dirkje?'
Dirkje Hoensbroek: 'Maar we vinden het vreselijk hoe Dylan aan

zijn einde is gekomen. Ergens verbaast het ons ook niet, maar dit gun je niemand.'

Inspecteur Bas de Haan: 'Hebt u nog weleens contact met Noa Jonker? Zij verbleef ook in uw gezin in de tijd dat Dylan bij u woonde, als ik het goed heb.'

Peter Hoensbroek: 'Noa Jonker, even denken, hoor, we hebben in de loop der jaren zoveel pleegkinderen gehad dat ik ze niet allemaal meer helder voor de geest heb. We worden een jaartje ouder, hè, neem me niet kwalijk. Noa Jonker...'

Dirkje Hoensbroek: 'Ik herinner me haar nog wel. Noa was ook al zo'n geval apart. Een heel knap, popperig kind, maar ongelooflijk in zichzelf gekeerd totdat ze weer een "aanval" kreeg. Dan begon ze uit het niets moord en brand te schreeuwen en aan haar haren te trekken tot ze hele plukken in haar hand had. Alsof ze door de duivel bezeten was. Het kostte me al mijn kracht om haar tijdens zo'n aanval in bedwang te houden. Soms moest ik hulp vragen aan mijn man of een van de andere pleegkinderen. Dat weet je toch nog wel, Peet?'

Peter Hoensbroek: 'Nou je het zegt, begint er ergens in de verte wel een belletje te rinkelen. Dat meisje was dol op Dylan en hij op haar, herinner ik me ineens weer. Ze was ontroostbaar toen hij verdween.'

Dirkje Hoensbroek: 'Niet alleen Dylan was dol op Noa.'

Inspecteur Bas de Haan: 'Wat bedoelt u daarmee?'

Dirkje Hoensbroek: 'Niets.'

Inspecteur Bas de Haan: 'Mevrouw Hoensbroek, wat bedoelde u precies toen u zojuist zei dat niet alleen Dylan dol was op Noa? Wie was dat nog meer?'

Dirkje Hoensbroek: 'Niemand in het bijzonder. Gewoon, andere mensen.'

Inspecteur Bas de Haan: 'U bedoelt dat ze in het algemeen geliefd was?'

Dirkje Hoensbroek: 'Ja, dat.'

Peter Hoensbroek: 'Uw vraag was of we nog weleens contact met Noa hebben, toch? Daar moet ik helaas ontkennend op ant-

woorden. Zo gaat dat vaak. Je slooft je uit voor die kinderen en uiteindelijk hoor je er nooit meer wat van. Zodra ze de deur definitief achter zich dichttrekken, is het "uit het oog, uit het hart" en gaan ze weer verder met hun leventje. Die kinderen hebben vaak hechtingsproblemen en zijn doorgaans niet in staat om normale vriendschappen en relaties te onderhouden. Dirkje en ik zijn niet anders gewend dan dat we een doorvoerstation zijn op hun levensreis. Soms een tijdelijke wachtruimte waar ze tot rust komen, maar nooit een eindstation waar ze niet meer weg willen.'
Dirkje Hoensbroek: 'Een maand na de verdwijning van Dylan is Noa weggelopen en toen ze een paar dagen later met hangende pootjes weer terugkwam, is ze vrij snel daarna doorgeplaatst naar een ander pleeggezin. Ze hing te veel aan Dylan en het leek ons beter als ze op een andere plek een frisse start zou maken. Hij had een slechte invloed op haar en we wilden dat meisje een eerlijke kans geven. Het speelde ook mee dat haar hysterische buien steeds erger en oncontroleerbaarder werden. We voelden ons daar niet senang meer bij. We kregen steeds meer het idee dat wij niet de aangewezen personen waren om haar verder te helpen in het leven. Het was beter voor iedereen als ze vertrok. De rust moest weer terugkeren in huis, ook in het belang van de andere pleegkinderen, en dat ging niet zolang zij er was. Daarvoor was er te veel gebeurd.'
Inspecteur Bas de Haan: 'Er was te veel gebeurd? Kunt u daar wat specifieker over vertellen?'
Peter Hoensbroek: 'Nee, dat kan ze niet. Dat kunnen wij niet. De privacywetgeving verbiedt ons dat. U weet hoe streng daarnaar gekeken wordt, inspecteur, zeker in deze business. Privacy en geheimhouding staan hoog in het vaandel bij ons, anders zouden we het pleegouderschap niet waard zijn. Die kinderen moeten beschermd worden, iemand moet het doen. Er zijn al zo weinig mensen die het voor hen opnemen.'
Inspecteur Bas de Haan: 'U kunt me dus ook niet vertellen waar ik Noa kan vinden? Waar ze woont, werkt, et cetera?'
Peter Hoensbroek: 'Nee, dat kunnen we tot onze spijt niet. We

vragen ons zelf ook regelmatig af hoe het nu met Noa gaat, of ze goed terecht is gekomen.'
Inspecteur Bas de Haan: 'Dat is nogal in tegenspraak met wat u in eerste instantie zei toen ik u naar Noa vroeg. U zei, ik pak de letterlijke tekst er even bij: "Noa Jonker, even denken, hoor, we hebben in de loop der jaren zoveel pleegkinderen gehad dat ik ze niet allemaal meer helder voor de geest heb." U kunt zich haar in eerste instantie niet herinneren en toch vraagt u zich regelmatig af hoe het met haar gaat en wat er van haar geworden is? Die twee beweringen gaan met de beste wil van de wereld niet samen.'
Peter Hoensbroek: 'Eh, ik bedoel... Ik dacht dat u...'
Inspecteur Bas de Haan: 'Wat dacht u, meneer Hoensbroek?'
Peter Hoensbroek: 'Het spijt me. Ik zei maar wat, met dat ik regelmatig aan Noa denk. Ik zei wat ik dacht dat u wilde horen. Ik schaam me er een beetje voor dat ik me niet alle kinderen meer helder voor de geest kan halen.'
Inspecteur Bas de Haan: 'Daar oordeel ik niet over, meneer Hoensbroek. Wilt u alstublieft naar waarheid antwoorden?'
Peter Hoensbroek: 'Ja, nogmaals: het spijt me.'
Inspecteur Bas de Haan: 'Goed, een laatste vraag nog en dan laat ik u met rust. Ik wil de vraag graag aan u stellen, mevrouw Hoensbroek, gezien het wat haperende geheugen van uw man. Had Noa toevallig een roze knuffelkonijn van het merk Happy Horse in de tijd dat ze bij u verbleef?'
Dirkje Hoensbroek: 'Ja, Noa had zo'n knuffel. Ze liep er altijd mee rond en werd hysterisch als je hem probeerde af te pakken om hem te wassen of zei dat ze er te oud voor was. Ze sliep er ook mee. Ze noemde hem, of haar, ik weet niet welk geslacht een knuffelbeest eigenlijk heeft, Rabbie.'
Inspecteur Bas de Haan: 'Uw geheugen is duidelijk beter dan dat van uw man.'
Dirkje Hoensbroek: 'Ik onthou alles, de goede en de slechte dingen. Tot in het oneindige.'
Peter Hoensbroek: 'Ik wil niet nieuwsgierig overkomen, maar wat

heeft dat konijn van Noa te maken met Dylan?'

Inspecteur Bas de Haan: 'Wie zegt er dat het konijn, Rabbie, iets te maken heeft met deze zaak?'

Peter Hoensbroek: 'Waarom vraagt u er anders naar?'

Inspecteur Bas de Haan: 'U kunt erop vertrouwen dat ik informatie met u deel die voor u relevant is. Hebt u op dit moment eigenlijk pleegkinderen in huis?'

Dirkje Hoensbroek: 'Nee. We houden even een jaartje sabbatical. Weer even wat tijd voor onszelf.'

Peter Hoensbroek: 'Ja, voor onszelf.'

Inspecteur Bas de Haan: 'Ik dank u vriendelijk voor uw medewerking.'

[EINDE GESPREK]

Teresa schuift de map een stukje van zich af. Ze is niet ontzettend onder de indruk van Bas' ondervragingstechniek, maar het is wel duidelijk dat hij denkt dat er iets niet klopt aan Peter en Dirkje Hoensbroek. Achter het interview heeft hij weer aantekeningen gemaakt: *Waar is Noa?* en *Opvolgen*. De zaak begint in de ogen van de politie steeds meer vertakkingen te krijgen waar ze achteraan kunnen gaan, misschien wel móéten gaan, als ze het totaalplaatje helder willen krijgen. En Bas denkt duidelijk dat het pleeggezin waar zowel Dylan Post als Noa Jonker heeft gewoond een belangrijke rol speelt in het hele mysterie, misschien wel de spil is in het hele verhaal. Eén pleegkind vermoord, een ander verdwenen. Welk aandeel hebben Peter en Dirkje daarin gehad? Bas is van plan daar achteraan te gaan, maar gaat ze daarop wachten?

Ze kijkt op haar horloge en ziet dat ze niet meer genoeg tijd heeft om alle informatie achter de nieuwe tabbladen door te lezen. Ze moet prioriteiten stellen. De tab POSTBUS springt er het meeste uit, dus daar bladert ze naartoe. Op de eerste pagina staat een uitvergrote foto van de verroeste sleutel die is aangetroffen bij Dylans stoffelijk overschot. Er zit ook een reeks foto's bij van de sleutel met beschrijvingen van de technieken die zijn toegepast om hem zo veel mogelijk in zijn oude staat te doen terugkeren, en het eindresultaat is een sleutel waar een serienummer op te lezen staat. De sleutel blijkt te horen bij een postbus in Amsterdam die nog steeds in gebruik was toen de politie hem openbrak. De buit bestaat uit twee dagboeken: eentje van Dylan Post en eentje van Noa Jonker.

Teresa legt het dossier neer, staat op en loopt naar de keuken. Bedenkt zich dan en gaat weer zitten. Wat is de betekenis van deze vondst? Ze leest de korte toelichting die bij de foto hoort en komt erachter dat de politie nog geen idee heeft waarom de twee dagboeken in een kluis in Amsterdam liggen en wie er nog steeds betaalt voor de instandhouding van de postbus. Ze bladert weer verder in het dossier en ziet dat Bas, zoals ze ook eigenlijk wel van hem had verwacht, kopieën heeft gemaakt van de hersenspinsels van Dylan en Noa.

Ze heeft geen tijd meer om de dagboeken minutieus door te spitten en besluit daarom elke pagina zorgvuldig te fotograferen, zodat ze zich er op een later tijdstip over kan buigen. In elk geval vanavond, liever eerder. Maar eerst moet ze terug naar de redactie. Ze slaakt een zucht. Die bedompte sfeer en uitgebluste, humorloze mensen die elk journalistiek inzicht ontberen en geen sprankje creativiteit bezitten. Ze gruwelt als ze denkt aan haar werkplek met het steriele bureau, het geestdodende tl-licht, de niet al te jonge ratelende Apple-desktop met vette vingerafdrukken op de monitor en het kleverige toetsenbord met kruimels tussen de knoppen. Als ze het gezicht van Vincent daar nog aan toevoegt, vliegt het haar allemaal naar de strot. Ze moet hem bellen om te zeggen dat ze vandaag buiten de deur werkt, wat dingen moet uitzoeken, stukken moet doorlezen. Alles om maar niet daar te hoeven zijn, want dan krijgt ze geen lucht.

Met tegenzin legt ze het dossier neer en belt haar hoofdredacteur. Hij neemt meteen op.

'Teresa!' buldert hij. 'Waar hang je uit? Ik betaal je niet om te lanterfanten, de krant moet vol.'

'Jij ook goedemorgen, Vincent. Even voor de goede orde: ik ben al vanaf zeven uur vanochtend aan het werk. Ik heb wat interessante dingen ontdekt over dat stoffelijk overschot dat in die oude scoutingloods is gevonden.'

'Zoals?'

'Dat kan ik nu nog niet zeggen. Ik moet eerst nog wat vragen beantwoord zien te krijgen.'

'Je mag beginnen met het beantwoorden van mijn vraag: wanneer heb ik een stuk dat *fit to print* is?'

'Als je me vandaag carte blanche geeft om wat dingen uit te zoeken, dan hoop ik volgende week een uitgebreid achtergrondverhaal te hebben. Exclusief uiteraard. Ik beschik over informatie die niemand heeft.'

'Wat heb ik daar nou aan? Ik moet nú een krant vullen.'

'Je gaat er echt geen spijt van krijgen. Laat me vandaag mijn gang gaan en volgende week heb je een artikel waar de hoofdredacteuren van de NRC, *de Volkskrant* én *De Telegraaf* stuk voor stuk hun vingers bij zouden aflikken.'

Gemopper vult Teresa's oor, maar ze weet dat de bal voor het doel ligt. Ze hoeft hem alleen nog maar een laatste trap te geven om te scoren. 'Heb ik je ooit teleurgesteld, Vincent? Het is echt een goed verhaal, dat ik helemaal ga uitdiepen en waar we nog een tijd op kunnen teren. En niemand zal eraan kunnen tippen.'

'Ik heb geen grip op je, Teresa. Voor hetzelfde geld lig je nu ergens op een strand in je vuistje te lachen. Je wilt niet zeggen waar je bent, wat je precies aan het doen bent.'

'Dat je denkt dat ik op een strand lig, zegt meer over jou dan over mij. Het zou niet eens in me opkomen om te spijbelen, daar vind ik mijn werk veel te leuk voor. En een beetje meer credits en vertrouwen zou fijn zijn, volgens mij heb ik dat na al die jaren wel verdiend.'

'Als ik volgende week geen verhaal van je heb, dan is het voorlopig de laatste keer dat je en route gaat. Dan draai je de komende tijd bureaudiensten met alleen je telefoon en computer tot je beschikking. Buiten spelen is alleen voor de besten weggelegd. Bewijs dat je daartoe behoort.'

'Ik zal je niet teleurstellen.'

'Dat is je gerade...'

Teresa geeft hem niet de kans zijn zin af te maken en verbreekt de verbinding. Opgelucht haalt ze adem. Dan pakt ze het dossier op om de dagboekpagina's te fotograferen. Hoewel ze nu meer tijd heeft, wil ze zo snel mogelijk weg uit Bas' huis, en ze is dan ook van plan de klus zo snel mogelijk af te ronden. Maar wanneer ze het rijtje namen op de eerste pagina van Dylans dagboek ziet, legt ze haar telefoon weer neer. Tussen de vele namen springt er één uit omdat hij door Bas is omcirkeld.

Gemma Kastelijn.

15

Met een flinke tegenwind fietst Teresa de volgende dag naar de Merelstraat. Bij de Nassauschool aangekomen stapt ze af. Vanaf hier zal ze verder lopen naar de Jan van der Heijdenstraat, waar Peter en Dirkje Hoensbroek wonen.

Ze zet haar fiets op slot aan de eerste de beste lantaarnpaal en kijkt naar het schoolgebouw. De kenmerkende kubische vormen van architect Dudok bekoren haar niet, en als het aan haar ligt worden beide bouwwerken – de conciërgewoning aan de overkant is in dezelfde stijl ontworpen – met onmiddellijke ingang van de rijksmonumentenlijst afgehaald en gesloopt. Kunnen ze het puin meteen hergebruiken om de verzakte stoep mee op te hogen. Ze bestudeert de scheve stoeptegels en focust dan haar blik op haar zwarte, versleten All Stars. Er zitten wat vlekken op de witte neusranden die haar storen, dus maakt ze haar vinger nat met speeksel, bukt zich en poetst ze eraf. Op haar hurken zittend kijkt ze rond. Een oude vrouw met een hond en een rode stoffen boodschappentas met houten handgrepen loopt aan de overkant. Geen kinderen op het schoolplein, maar ze gokt dat dat niet lang meer zal duren; het loopt tegen tienen. Geen nieuwsgierige ogen achter de ramen die op de straat uitkijken.

Ze komt weer overeind en begint aan haar wandeling. Zachtjes neuriënd loopt ze via de Spreeuwenstraat naar de Jan van der Heijdenstraat, waar het zo mogelijk nog rustiger is. Aan de ene kant gunstig omdat er niemand is om haar op te merken, maar als er wel een bewoner achter de ramen verschijnt, dan valt ze des te meer op. Ze loopt op haar gemakje langs nummer 291. Het huis maakt op het eerste oog een verlaten indruk en een dicht donkerbruin rolgordijn maakt het onmogelijk om naar binnen te kijken. Ze kijkt nog een keer om zich heen. Nog steeds niemand te zien.

Ze loopt naar de voordeur en belt aan. Het geluid schalt hard door het huis, maar verder blijft het stil. Ze telt tot honderd en doet een tweede poging. Geen gerommel, geen gestommel, niets. Ze loopt om het huizenblok heen en volgt het smalle paadje dat achterlangs loopt. Telt de huizen totdat ze bij het huis van Peter en Dirkje is aanbeland. De tuin is aan de achterkant ommuurd, maar door de kieren van de gammele houten toegangsdeur ziet ze een zwart houten schuurtje waar een fiets tegenaan staat, een bescheiden grasveldje met in het midden een verdwaald vogelhuisje, een verweerde tuinmeubelset die ooit wit was en een paadje van groen uitgeslagen grindtegels die al jaren geen hogedrukspuit hebben gezien. De gordijnen op de bovenverdieping zijn gesloten, evenals het gordijn van de woonkamer. De enige plek die een beetje inkijk geeft in het huis is de deur die van de woonkamer naar de tuin leidt.

Ze duwt tegen de schuttingdeur en die gaat krakend en piepend open. Wanneer het gat groot genoeg is, glipt ze erdoorheen. Als iemand haar hier betrapt, heeft ze heel wat uit te leggen, niet in de laatste plaats aan haar baas. Maar dan kan ze altijd zeggen dat haar nieuwsgierigheid het op dat moment won van haar gezond verstand. En wie a zegt, moet natuurlijk ook b zeggen, dus loopt ze naar de deur die toegang verschaft tot het huis. Net op dat moment ziet ze bij de buren een gordijn op de eerste verdieping bewegen. Van schrik struikelt ze over haar eigen voeten en valt tegen het vogelhuisje aan, dat met een harde klap tegen de grond gaat. In een reflex kijkt ze omhoog naar het raam van de buren om te zien of ze betrapt is, dan sprint ze de laatste meters naar de achtergevel. Maar er gebeurt niets. Niemand ziet haar. Voorzichtig legt ze haar hand op de klink en duwt deze naar beneden. Ook deze deur is open en ze stapt zo naar binnen.

Op de versleten parketvloer liggen een man en een vrouw, hun lichamen in een vreemde houding. Ze bewegen niet. Over het gezicht van de vrouw ligt een masker van een haas, over dat van de man een masker van een aap, en alles zit onder het bloed. Bloed op de lichamen, bloed eromheen. En dat is het moment dat Teresa begint te gillen.

Gemma

16

De zon is al bijna in de zee gezakt als Gemma over het strand terugloopt naar Villa Rosa. Bij elke stap boort ze haar tenen diep in het korrelige zand, dat nog nagloeit van de zon. Ze laadt met elke stap verder op door het voelbare contact met Moeder Aarde. Haar witte ballerina's bungelen aan haar wijs- en middelvinger. Ze staat stil, draait een kwartslag en kijkt naar de grote halve oranje bal die op de horizon rust. De lucht kleurt prachtig mee. Gebiologeerd staart ze naar het wonderschone panorama, tot ze zich er met tegenzin van losmaakt. De korte pauze die ze zichzelf heeft gegund, is voorbij.

Hoewel ze de hele dag heeft geschreven, is ze nog niet tevreden over het aantal woorden dat ze heeft gehaald. Ze denkt nog een uurtje of twee nodig te hebben om haar target voor die dag te halen. Vandaag was de eerste dag in lange tijd dat ze ongestoord heeft gewerkt. Geen nare mailtjes, geen telefoontjes, geen afleiding van Facebook, Twitter, Instagram. Als enige gezelschap haar creativiteit, aangevuld met wat cafeïne, water, fruit en brood. Zo meteen komt daar nog wat witte wijn bij. Het schrijft het lekkerst onder een licht roesje van alcohol, maar daarin schuilt ook meteen het gevaar. Het vereist discipline om niet 's ochtends al naar de fles te grijpen. Er zit altijd wel ergens een vijf in de klok, zeggen ze bij haar in de familie, en ze heeft maar al te vaak gezien wat zo'n instelling met een mens doet. Daarom doet zij het anders. Pas 's avonds ontkurkt ze de fles en drie glaasjes is de absolute max. Minder mag ook.

De zon duikt steeds verder onder in het golvende water en Gemma realiseert zich dat ze zich voor het eerst in lange tijd weer eens gelukkig voelt. Door zichzelf af te sluiten van de buitenwereld, haar hectische leventje, komt ze eindelijk weer een beetje terug bij haar basis. Nu pas merkt ze hoezeer ze zichzelf de laatste tijd aan het kwijtraken was. Daardoor was ook haar inspiratie voor haar nieuwe boek ver te zoeken. Schrijven is iets wat van binnenuit komt en als je niet meer weet wie je zelf bent en wat je zelf wilt, dan lukt het niet. In deze heerlijke Sardinische bubbel kost het geen moeite om te focussen op haar werk. Haar vingers geselen de toetsen in hoog tempo en haar vloeiend geconstrueerde zinnen vullen de ene na de andere pagina. Ze ziet er nu al tegen op om over zeven weken weer terug te moeten naar de sleur van het gewone leven, waar niemand aan ontkomt. Het verlangen om hier op het eiland een eigen huis te hebben, groeit met de dag. Hoe heerlijk zou dat zijn! Een plek om ongestoord te werken en tot rust te komen. Ze belooft zichzelf nogmaals om het serieus te overwegen als haar nieuwe boek een succes wordt.

Ze slentert verder tot ze bij de trap komt die naar Villa Rosa leidt, gaat op de tweede trede zitten om haar schoenen aan te doen. Zorgvuldig veegt ze het zand van haar voeten. Haar voeten glijden soepel over het zachte voetbed, de reden dat ze voor deze schoenen heeft gekozen, en daarna loopt ze op haar gemakje naar boven, terwijl haar hand de hele klim de houten reling streelt. De sleutel van Villa Rosa bungelt aan een koord om haar nek en tikt zachtjes tegen de dunne stof van haar crèmekleurige zomerjurk. Een zwoel briesje dat de ziltheid van de zee met zich meedraagt laat haar haren zachtjes opwaaien en legt er een flinterdun plakkerig laagje overheen. Via de tuin met de grote palmboom loopt ze naar de voordeur. Abrupt blijft ze staan. De pot met de cactus waar de reservesleutel onder ligt, is verplaatst. In het terracotta aardewerk zit een grote grillige barst die er nog niet zat toen ze een uur geleden het huis verliet. Ze bukt, tilt de pot een stukje op en voelt er met haar hand onder. De reservesleutel is weg. Ze begint te beven. Ze schuift de pot helemaal aan de kant om er goed onder te kunnen kijken. Een pissebed kruipt weg, maar geen sleutel... echt geen sleutel.

Paniek duikt op haar als een havik op zijn prooi. Er is geen ontkomen aan. Iemand heeft de reservesleutel gepakt en loopt op dit moment misschien wel rond in het huis. Francesco kan het niet zijn, want die heeft zijn eigen sleutel. Ze slaat haar armen beschermend om haar lichaam, houdt zichzelf vast in de hoop dat het trillen vermindert. Tevergeefs. Wat moet ze nu? De politie bellen? Ze spreekt geen woord Italiaans. Francesco, natuurlijk! Die kan dan de politie bellen. Ze toetst zijn nummer in, maar er wordt niet opgenomen en ze krijgt zijn voicemail. Wat nu? Ze bestudeert het huis en ziet dat de voordeur dicht is en de hal leeg. Zou de inbreker alweer vertrokken zijn? Als ze nou eens een rondje langs het huis loopt, dan kan ze misschien zien of hij er nog is of niet. De talrijke ramen geven voldoende inkijk.

Met een droge mond en een zware maag begint ze aan haar inspectie. Ze loert naar binnen in de woonkamer. Op tafel brandt een kaars die zij niet heeft aangestoken, ernaast staat een fles champagne in een wijnkoeler vol ijs, verder is de kamer donker en leeg. Er trekt een venijnige kramp door haar buik als ze zich realiseert dat er echt iemand in het huis is, of in elk geval is geweest. Kaarsen gaan niet uit zichzelf aan. En flessen champagne hebben geen pootjes waarmee ze eigenhandig op tafel klimmen om in een koeler te duiken. Ze weet niet waar ze de moed vandaan haalt, maar ze loopt verder. De slaapkamer ziet er net als de woonkamer verlaten uit, maar ook hier vallen haar dingen op die er nog niet waren toen ze vertrok. Het raam staat op een kier en op haar hoofdkussen ligt een... rode hartvormige doos. Een ijskoude rilling trekt over haar rug. Naast de doos ligt een lavendeltakje. Het laken en de dunne sprei zijn een stukje teruggeslagen. Uitnodigend, ze kan er niets anders van maken. Gemma sluit haar ogen en kreunt zachtjes. De rust die ze de afgelopen dagen voelde, stroomt uit haar weg als het water uit een bad waar de stop uit is getrokken. Ze loopt helemaal leeg en ze kan er niks tegen doen. Slechte herinneringen hollen je uit, breken je helemaal af op momenten dat je het het minste verwacht. Dit is al de vierde keer in korte tijd dat het haar overkomt, maar toch is ze weer verrast.

Ze moet zichzelf aansporen om bij de les te blijven. Angst mag haar nu niet verlammen. Als iemand zich in het huis heeft verstopt, moet ze in staat zijn om te vluchten. Misschien moet ze dat sowieso maar doen. Maar waarheen dan? Als S. haar hier helemaal heeft gevonden, op de plek waar ze zich veilig waande, verstopt voor alles en iedereen, waarheen kan ze dan nog vluchten? Is hij, als een tijdreiziger vanuit het verleden, haar leven weer in gesprongen? Nee! Het kan niet! En toch is het zo, wat moet ze er anders van denken? Dat ze gek wordt?

Een blinde woede overvalt haar en slaat de angst knock-out. Ze sluipt hier rond het huis alsof ze zelf de indringer is. Dat is verdomme de omgekeerde wereld! Ze is ziedend omdat S. het lef heeft om haar rust te verstoren, net nu ze zo lekker bezig is en de sterren van de hemel schrijft. Ze is dat stiekeme gedoe zat. Als hij nog in het huis is, dan wil ze hem in de ogen kijken en eens en voor altijd de deur wijzen. Hem vertellen dat dit moet stoppen voordat er ongelukken gebeuren, ook al weet ze dat ze bij hem met stoere praatjes niet ver komt. Daar prikt hij binnen een minuut doorheen. Het enige wat hij hoeft te doen, is haar diep in de ogen kijken om de angst te lezen. Angst die achter die woede zit verstopt. Ineengedoken als een kind dat bang is voor haar gewelddadige vader.

Maar het kán S. niet zijn, het is simpelweg niet mogelijk. Dus de vraag is: wie is er dan wél in het huis?

Ze vermant zich en loopt met rechte rug en vastberaden naar de voordeur. Haalt de sleutel van haar nek en steekt hem in het slot. Geruisloos duwt ze de deur open en ze houdt haar adem in. De stilte stroomt haar tegemoet en houdt aan als ze op de drempel blijft staan. Haar spieren zijn tot het uiterste gespannen. Klaar om in actie te komen als daarom gevraagd wordt. Haar ogen speuren de gang af. Naast de kokosmat ligt een hoopje zand waar een stukje afdruk van een grof schoenprofiel in te zien is. Overduidelijk niet een van haar schoenen.

Een windvlaag trekt langs haar heen en doet de voordeur met een klap achter haar dichtvallen. Er gaat een schok door haar lijf en een onzichtbare hand knijpt haar keel dicht. Minutenlang verroert ze zich niet. Ze luistert naar het bonken van haar hart totdat ze zich langzaam maar zeker weer een beetje kan ontspannen. Zodra ze enigszins is bekomen van de schrik, loopt ze naar de woonkamer. Ze rukt de deur open. Zachtjes doen heeft geen zin meer. De dichtslaande deur heeft haar komst luid en duidelijk aangekondigd en als er al iemand in het huis is, dan weet hij allang dat hij niet langer alleen is.

De kamer oogt nog steeds leeg en de stilte is weer allesoverheersend. Ze loopt naar de tafel en blaast de flakkerende kaars uit. Laat haar blik over de keuken gaan. Ze ziet dat het vaatdoekje dat eerst rechts van de kraan lag, nu links ligt. Het is ook anders gevouwen. Ze loopt ernaartoe en pakt het op. Het is nat, terwijl het droog was toen ze het huis verliet voor haar avondwandeling. Ze knipt het licht boven het aanrecht aan en ziet de veegsporen die zijn achtergelaten. Zwierige gebogen sporen die tot aan de gootsteen lopen. Het brood dat ze vanavond gedeeltelijk heeft aangesneden ligt nog op de plank, maar de kruimels die ze nog niet had opgeruimd, zijn weg. Ze vindt nog wat restjes in het afvoerzeefje van de spoelbak. Alsof Klein Duimpje een belangrijke aanwijzing voor haar heeft achtergelaten.

Ze pakt het rondslingerende broodmes om het terug te stoppen in het messenblok. Haar hart staat stil als ze ziet dat het vleesmes ontbreekt. Het grote vleesmes dat ze nauwelijks durft aan te raken omdat het zo scherp is en dat absoluut nog in het blok zat toen ze vertrok. Paniek gonst door haar lijf. Het schiet door haar heen dat ze zichzelf moet bewapenen. Gisteren heeft ze een kleiner en voor haar hanteerbaarder vleesmes in de vaatwasser gestopt. Ze trekt de klep open en haalt het bovenste rek met vuil servies naar zich toe. Naast het kleine vleesmes ligt zijn 'vermiste' grote broer. Ze stoot een geluid uit dat voor een hysterische lach kan doorgaan, maar de lach bevriest in haar keel als ze ziet dat er een roodroestige substantie op het mes zit. Bloed? Ze wordt op slag misselijk en doet met een klap de vaatwasser weer dicht. Ze wil niet weten wiens bloed het is en hoe het op het mes is terechtgekomen. Ze is alleen maar godsallemachtig blij dat het niet van haar is.

Om rustig te worden legt ze haar hand op haar buik en ademt een paar keer diep in. Ze houdt alle geluiden in het huis nog steeds nauwlettend in de gaten, maar het is niet waarschijnlijk dat de indringer er nog is. Daarvoor is het te stil. De vraag is eerder of hij terugkomt. Of deze overduidelijke blijk van aanwezigheid in haar tijdelijke woning een waarschuwing is. Een pesterijtje om haar op de kast te jagen. Om haar weer continu over haar schouder te laten kijken, zoals toen. Steeds weer die onzekerheid, die angst voor wat er gaat komen en wanneer. Dat wil ze niet meer, dat kan ze niet meer aan. Ze dacht dat ze alles voorgoed achter zich had gelaten. Ze heeft zich vergist.

'Focus, Gemma,' zegt ze hardop tegen zichzelf. 'Blijf scherp.'

Ze besluit de slaapkamers en de badkamer te inspecteren, beginnend met de laatste. Als ze de deur met een ruk opentrekt, komt de geur van haar eigen parfum haar meteen tegemoet. De verstuiver die op het plankje onder de spiegel staat, is verplaatst. Ze pakt het flesje, trekt de dop eraf en bekijkt het sproeigedeelte. Er hangen ragfijne druppeltjes parfum aan en de tranen springen in haar ogen van de sterke geur. Ze heeft vanochtend vroeg een beetje parfum opgespoten en het flesje daarna de hele dag niet meer aangeraakt. Tenzij iemand in het rond heeft gespoten, is het onmogelijk dat de spuitmond nu nog vochtig is van de parfum. Haar tandenborstel, die ernaast staat, voelt droog aan. Ze kijkt de badkamer verder rond. De handdoek die ze vanochtend op de grond voor de douchecabine heeft gelegd, hangt nu over de badrand. Met trillende hand tilt ze het deksel op van de rieten wasmand waar ze haar fijne was in verzamelt. Ze telt de vijf strings die ze erin heeft gegooid, een bh, wat topjes en een jurkje. Het ziet er allemaal onaangeroerd uit en er ontbreekt niks. Er ontsnapt lucht langs haar samengeknepen lippen. Haar bikini hangt aan het wasrekje zoals ze hem zelf heeft neergehangen.

Ze verlaat de badkamer, checkt vluchtig de ene slaapkamer – die er volledig ongemoeid uitziet – en kan het dan niet langer uitstellen om haar eigen kamer in te gaan. Ze wordt al misselijk als ze alleen maar denkt aan de chocolaatjes die in de rode hartjesdoos op haar hoofdkussen zitten. De deur gaat soepeltjes open en ogenblikkelijk valt haar de doordringende geur van lavendel op die in de kamer hangt. Normaal gesproken iets wat ze heerlijk vindt, nu roept het braakneigingen op. Vanuit het niets duikt een zwarte schaduw op haar en in een reflex brengt ze haar armen omhoog om haar gezicht te beschermen. Iemand probeert haar haren vast te grijpen en ze gilt en struikelt naar achteren. Met een harde klap komt ze tegen de deur aan, die met een klap dichtslaat. Verdwaasd knippert ze even met haar ogen, zich tegelijkertijd schrap zettend voor wat komen gaat. Maar het enige wat ze hoort, is woest gefladder. Voorzichtig laat ze haar armen zakken.

De schaduw is een doodsbange vogel die door het open raam naar binnen moet zijn gevlogen. Het dier vliegt hysterisch rondjes door de kamer, net zo geschrokken van haar als zij van hem. Gemma haalt een paar keer diep adem en wanneer ze eindelijk van de schrik is bekomen, loopt ze naar het raam en zet dat wagenwijd open. Met haar armen slaat ze naar de vogel om hem in de juiste richting te dirigeren. Na enige aarzeling heeft het dier door dat niets zijn weg nog blokkeert en hij vliegt naar buiten.

Met een klap doet ze het raam dicht en ze neemt de schade op. Overal ligt vogelpoep – op de vloer, op het bed en zelfs midden op de doos bonbons. Om die voltreffer moet ze dan wel weer lachen. Ze pakt de doos bonbons van haar kussen en loopt ermee naar de badkamer, veegt de vogelpoep eraf en maakt hem open. Er zit geen briefje met afzender bij, zoals bij de bos bloemen die ze in het ziekenhuis had gekregen. Vreemd. De S. van vroeger volgt strak bepaalde patronen en is daardoor redelijk voorspelbaar. De afwezigheid van een briefje verwart haar dan ook. Maakt haar angstiger. Ze moet weer aan de ontbrekende reservesleutel denken en begint spontaan te beven. Degene die hem heeft, kan elk moment haar huis binnendringen. Ze moet zichzelf beschermen, maar hoe? Nieuwe sloten, dat is een eerste vereiste.

Opnieuw toetst ze Francesco's nummer in en deze keer neemt hij wel op, met een mondvol onverstaanbaar gebrabbel. Op de achtergrond klinkt harde muziek en ze begint automatisch te schreeuwen om erbovenuit te komen. De muziek stopt abrupt, er klinkt wat geritsel en dan tettert Francesco's stem ineens helder in haar oor.

'Bella Gemma! *How are you?*'

'Niet zo goed. Ik heb je hulp nodig.'

'*Anytime, anytime!*'

Terwijl ze naar de keuken loopt, vertelt ze hem over de verdwenen reservesleutel, de pot met de barst erin en al het andere dat ze heeft aangetroffen bij haar thuiskomst.

'Ik kom meteen naar je toe,' onderbreekt hij haar en hij hangt op voordat ze kan protesteren.

Gemma staat met de hartvormige doos bonbons in haar hand. Ze smijt hem in de prullenbak en besluit de boel de boel te laten totdat Francesco er is. Uit de koelkast pakt ze een geopende fles wijn en ze vult een glas tot aan de rand, neemt staand een paar grote slokken. Dan gaat ze aan tafel zitten. Op haar telefoon checkt ze haar mail. Ze voelt zich eenzaam en kwetsbaar en in tegenstelling tot de afgelopen dagen heeft ze nu wél behoefte aan contact met de buitenwereld. Tussen de lading e-mails – voornamelijk doorgestuurd vanaf haar auteurswebsite – vindt ze ook een mailtje van haar uitgeverij. Duco zal wel weer willen weten hoe het ermee staat en wanneer ze hem iets stuurt. Ze voelt de ergernis al opkomen als ze de mail opent. Haar ogen snellen over het korte bericht. Ergernis slaat om in emoties die alle kanten op schieten. Van paniek naar opluchting en weer terug naar paniek. Ene Patricia van Santen is op zoek naar haar en heeft naar de uitgeverij gebeld om haar contactgegevens te achterhalen. Of ze die Patricia kent? Uiteraard zijn haar telefoonnummer en mailadres niet verstrekt, maar als ze zelf contact wil opnemen, dan kan dat.

Met trillende vingers zet Gemma het telefoonnummer dat in het mailtje is vermeld in haar mobiel. Patricia is dapperder dan zij tot nu toe is geweest – ze heeft het pact verbroken en als eerste contact opgenomen. In elk geval met haar. Ook met de anderen? Betekent het dat zij ook is lastiggevallen? Want als dat zo is, dan begint het gelazer weer van voren af aan. Of wil ze iets anders? Wil ze schoon schip maken? Hoe dan ook, het is geen goed teken, en hoewel Gemma er eigenlijk verschrikkelijk tegen opziet, wil ze niets liever dan Patricia onmiddellijk bellen. Zeker omdat het bericht al van gisteren is. Er is zoveel te bespreken, over toen en over nu. Maar nee, ze moet geduld hebben. Francesco kan elk moment arriveren en ook al spreekt hij geen Nederlands, ze kan geen enkel risico nemen. Wat zij en Patricia met elkaar te bespreken hebben, is niet bestemd voor andermans oren.

Gemma's blik wordt wazig en ze dreigt te verdwijnen in het verleden. Het gaat automatisch, ze kan het niet stoppen. Met elke stap terug in de tijd groeit haar angst. Er staat zoveel op het spel. Te veel, niet alleen voor haar. Levens kunnen verwoest worden, zelfs na al die tijd nog, en dat mag niet gebeuren. Ze zal doen wat nodig is om dat te voorkomen. Maar eerst zijn er een heleboel vragen die beantwoord moeten worden en dat kan ze niet alleen. Patricia moet hetzelfde hebben gedacht en geen zin hebben gehad om in haar eentje door te ploeteren. Ergens is Gemma daar dankbaar voor. Een geheim met je meedragen is eenzaam, zo verschrikkelijk eenzaam, en ze wil zich niet langer alleen voelen. Als ze met Patricia praat, raakt ze misschien de kou kwijt die zich jaren geleden in haar heeft genesteld. Al is het maar gedeeltelijk. Misschien kan ze dan eindelijk de ketenen die haar nog elke dag terugtrekken naar het verleden, doorbreken.

De klap van de voordeur haalt haar uit haar gedachten en ze springt op. In paniek rent ze naar de vaatwasser, trekt hem open en haalt het bebloede vleesmes eruit. Ze steekt haar trillende hand met het mes voor zich uit en richt het op de kamerdeur, klaar om toe te steken als het moet. Haar ogen rollen bijna uit hun kassen van angst. Is dit het dan? Heeft hij de reservesleutel gebruikt om eindelijk met haar af te rekenen? De deur gaat open en haar hand trilt zo hard dat het mes er bijna uit valt. Als Francesco de kamer binnenstapt, voelt ze zich slap worden en laat ze het alsnog vallen. Het klettert op de vloer en ze gaat er zelf bijna achteraan. Francesco steekt zijn handen in de lucht.

'Rustig, ik ben het!'

'Waarom kom je zomaar binnen? Ooit van een deurbel gehoord?' schreeuwt ze naar hem. 'Ik heb je net verteld dat de reservesleutel is gejat en dan kom je gewoon onaangekondigd binnenstampen?!'

'Sorry. Ik ben zo gewend om hier met een sleutel binnen te komen. Ik heb er niet eens aan gedacht om aan te bellen.'

'Je hebt helemaal niet nagedacht?!'

'Het spijt me.' Zijn ogen gaan naar het mes op de grond en richten zich dan weer op haar. Hij stopt zijn hand in zijn broekzak en haalt er een sleutel uit. 'De reservesleutel.'

'Wát?! Wat moet jij daarmee?'

'Ik had hem per ongeluk mee naar huis genomen.'

'Jij had die sleutel? Waarom heb je dat niet meteen gezegd toen ik je opbelde?'

'Nou, toen je me dat hele verhaal vertelde van die verdwenen sleutel, dingen in huis die verplaatst waren en zo, leek het me beter om je even persoonlijk te vertellen wat er precies aan de hand is. Waar het gevaar in schuilt.'

'Wat bedoel je?' Haar stem trilt een beetje.

'Ik zal je even wat dingen uitleggen.'

Francesco bukt zich en raapt het mes op van de vloer. Hij bekijkt het zorgvuldig en haalt het lemmet tussen zijn duim en wijsvinger heen en weer. Ze huivert. Hij knijpt zijn ogen tot spleetjes en ineens zijn die mooie, donkere ogen een stuk minder aantrekkelijk. Hij zet een stap in haar richting en ze reageert meteen door zelf een stap achteruit te zetten.

'Wil je... wil je dat mes alsjeblieft aan mij geven?' Het is een halfslachtige poging om zelfverzekerd over te komen. Tevergeefs.

Hij grinnikt om haar reactie, loopt langs haar heen en legt het mes in de vaatwasser. Dan draait hij zich met een ruk om en wijst naar haar halfvolle glas wijn. 'Mag ik er misschien ook eentje?'

Gemma weet even niet meer wat ze moet doen. Kan ze deze man vertrouwen? Weet ze zeker dat hij niet onder één hoedje speelt met... Ja, met wie eigenlijk? Met S.? Ze wil Francesco eigenlijk zo snel mogelijk het huis uit werken om Patricia te kunnen bellen, maar ze wil ook weten wat er aan de hand is. En Francesco is wél op stel en sprong naar haar toe gekomen om haar te helpen, dus ze kan het hem met goed fatsoen niet weigeren.

'Ga zitten, dan pak ik even een glas.'

Francesco trekt met een hoop kabaal een stoel naar achteren en ploft erin neer. Ze schenkt zijn glas bewust niet te vol en zet het voor zijn neus. Hij nipt aan zijn wijn en lijkt geen haast te hebben, leunt met het glas in zijn hand achterover in zijn stoel. Zenuwachtig trommelt ze met haar vingers op het houten tafelblad. Het sorteert effect.

'Zo te zien popel je om te horen wat er gebeurd is,' zegt hij glimlachend.

Ze kijkt hem boos aan, maar zegt niks.

'Oké, daar gaat-ie. Ik was vanavond met mijn hond hier vlakbij aan het wandelen, toen ik je zag afdalen naar het strand voor je dagelijkse avondwandeling.'

Haar dágelijkse avondwandeling? Wat weet hij daar nou van?

Houdt hij haar soms in de gaten? Ze durft het niet hardop aan hem te vragen, uit angst voor het antwoord. Eén stalker tegelijk, alsjeblieft.

'Duco heeft me opgedragen het huis een beetje schoon te houden en goed voor je te zorgen. Aangezien je hier de hele dag zit vastgeplakt aan je laptop zag ik mijn kans schoon om even wat te poetsen, handdoeken en beddengoed te vervangen et cetera. Ik had mijn eigen sleutel van Villa Rosa niet bij me, dus heb ik de reservesleutel gepakt. Binnen heb ik hem in mijn broekzak gestopt en ik ben vergeten om hem bij mijn vertrek weer terug te leggen.'

'Hoezo vergeten? Je hebt na je vertrek toch zeker wel de deur afgesloten?'

'Ik heb hem alleen dichtgetrokken, dat doe ik altijd. Als ze binnen willen komen, dan lukt dat toch wel.'

'Maar je hoeft het ze ook niet te makkelijk te maken, dus ik zou het waarderen als je in het vervolg de deur wél op slot doet. Zolang ik hier verblijf, bedoel ik. En als ik thuis ben, dan bel je in het vervolg gewoon aan. Dat vrijpostige binnenvallen doe je maar bij Duco.'

'Je bent wel streng, bella Gemma.'

Francesco lacht zijn witte tanden bloot en Gemma kan zich niet aan de indruk onttrekken dat hij de draak met haar steekt.

'Oké, dat verklaart het ontbreken van de reservesleutel toen ik thuiskwam. Maar hoe zit het dan met die barst in de pot waar hij onder lag?'

'Dat is de schuld van Dolce, mijn hond. Die kan nog weleens wat lomp en onstuimig zijn, vooral als hij denkt een kat te zien. Hij heeft de pot omvergerend, waarvoor zijn welgemeende excuses.'

Francesco neemt een slok wijn en kijkt haar brutaal recht in de ogen. Alsof hij wil zeggen: kom maar op met die vragen, ik ben er klaar voor. Ze kijkt niet weg, houdt zijn blik vast, en na enkele seconden dringt tot hem door dat zij doodserieus is. Hij zet het glas weer neer en schraapt zijn keel.

'Nou, eh, dan blijft er alleen nog het raadsel van het bebloede mes over. Ik had bij de slager een hart voor Dolce gekocht. Ik wilde het hem eerst thuis geven, maar omdat hij zo druk was heb ik het hem gegeven terwijl ik Villa Rosa aan kant maakte. Ik heb het hart met het mes in stukjes gesneden, zodat hij er niet zo'n bende van zou maken, en het mes zonder na te denken in de vaatwasser gelegd. Achteraf gezien had ik het beter kunnen afwassen en terug in het messenblok kunnen stoppen. Dan had je niet eens doorgehad dat ik het had gebruikt.'

Hij houdt op met praten en kijkt haar vragend aan, alsof zij hem nu moet vertellen wat hij moet doen.

'En de rest?' vraagt ze na een lange stilte.

'Welke rest?'

'Nou, bijvoorbeeld: heb je het raam op mijn slaapkamer opengezet en vergeten dicht te doen?'

'Dat? Ja, daar ben ik inderdaad wel schuldig aan. Een beetje luchten kan geen kwaad, toch?'

'Ik wil niet dat er ramen openstaan als ik niet in het huis ben. En even ter info: ik lucht de slaapkamer elke ochtend zelf. Bovendien was er een vogel naar binnen gevlogen en die heeft de hele kamer en mijn bed ondergepoept.'

'O, dat wist ik niet. Het spijt me. Sorry voor mijn goede bedoelingen.' Hij kijkt quasischaapachtig naar de grond. Gemma gaat er verder niet op in – ze is zijn leuterkoek inmiddels wel zat en wil hem zo snel mogelijk de deur uit werken.

'Die bonbons, heb jij die ook neergelegd?'

'Ja, natuurlijk. Duco zei dat ik je af en toe een beetje moest verwennen. Vrouwen houden van chocolade en ik hou van *regali d'amore*.'

'Regali d'amore?'

'Liefdescadeautjes. Ik heb als Italiaan een reputatie hoog te houden.'

'Dat zal wel.'

Hij grijnst met een zelfvoldane blik in zijn ogen. 'Ik heb er overigens geen bijbedoelingen mee, mocht je dat denken.'

Enerzijds lucht dat Gemma op, anderzijds steekt het ook een beetje. Haar ego protesteert en wil weten of hij haar niet aantrekkelijk vindt. Natuurlijk blijft die vraag onuitgesproken.

'Laat je schoenzolen eens zien,' zegt ze streng.

Francesco fronst zijn voorhoofd, maar tilt braaf zijn voet op.

'Grove profielzool, die zanderige voetafdruk bij de voordeur is dus van jou?'

'O, shit. Dat was niet de bedoeling. Ik had het hele huis gebezemd, maar dat laatste stukje gang ben ik vergeten toen Dolce als een idioot naar buiten vloog. Ik heb de deur achter me dichtgetrokken en ben achter hem aan gerend. Pas op het strand kreeg ik hem te pakken. Hij is nog jong en onbesuisd, net als zijn baas eigenlijk.' Francesco knipoogt naar haar.

'Oké, het lijkt er dus op dat er buiten jou niemand anders in het huis is geweest tijdens mijn afwezigheid.'

'Natuurlijk is er niemand anders binnen geweest. Ik kan met enige overdrijving zeggen dat dit zo'n beetje de rustigste plek op aarde is. Er komt hier nooit iemand.'

Gemma staat in dubio. Zal ze Francesco iets vertellen over haar stalker zodat hij een extra oogje op haar kan houden? De gedachte geeft haar wel een veilig gevoel. Aan de andere kant, wil ze slapende honden wakker maken? Elk woord dat ze zegt, is er eigenlijk eentje te veel. Het pact dat ze gesloten hebben, is wat haar betreft nog steeds heilig. Ze besluit eerst met Patricia te praten, dan kan ze Francesco daarna altijd nog inlichten.

'Hé, wat kijk je zorgelijk.'

'Ik dacht even aan die vogelpoep op mijn slaapkamer en dat ik die moet gaan opruimen voordat alles indroogt.'

'Weet je wat, ga jij maar even lekker van je wijntje genieten, dan maak ik je slaapkamer in orde. Als ik dat raam niet had laten openstaan, had je nu immers niet met die bende opgezadeld gezeten.'

'Ik ben eigenlijk een beetje moe, Francesco... Ik red me wel.' De gedachte dat hij nog langer in haar huis is, beklemt haar. Dat telefoontje dat ze wil plegen vreet aan haar.

'Als je moe bent, dan is er helemaal geen discussie mogelijk. Ga lekker zitten, ik regel het.'

'Laten we het dan samen doen, oké?' Ze wacht niet op zijn antwoord en loopt resoluut langs hem heen naar de slaapkamer. Ze hoort dat hij achter haar aan loopt en de badkamer in schiet.

'De slaapkamer, die vogel zat in de slaapkamer.'

'Ja, dat weet ik.' Francesco komt met een rol wc-papier de badkamer uit lopen en zwaait hem heen en weer voor haar neus. 'Wilde je die poep soms met je handen opruimen?'

'Sorry, je hebt gelijk.'

'Als jij alles eerst met papier opveegt, dan dweil ik daarna de kamer nog even goed na.'

Gemma knikt en gaat aan de slag, terwijl Francesco het bed afhaalt en de lakens en kussenslopen meteen in de wasmachine stopt. Als alle poep van de vloer is verdwenen, helpt ze hem met het opmaken van het bed. Het voelt gek intiem en ze vraagt zich af of Francesco dat ook zo ervaart, totdat ze bedenkt dat hij uitdrukkelijk heeft gezegd dat hij geen bijbedoelingen met haar heeft. Ineens ziet het bed er heel groot uit. Veel te groot voor één persoon, maar ze moet het ermee doen. Op dat moment kijkt Francesco haar aan alsof hij haar gedachten kan lezen en ze voelt haar wangen kleuren. Ze hoest geforceerd en verbergt haar gezicht achter haar hand. Ze ziet aan Francesco's opgekrulde mondhoeken dat het niet het gewenste effect heeft, dus stort ze zich maar op het keurig gestreken beddengoed. Fanatiek doet ze de slopen om de kussens en trekt de stof recht. Als ze nog een moeder had, kon die trots zijn. Francesco trekt op zijn beurt de sprei glad en drapeert de sierkussens als een ware stylist op het bed. Daarna verlaat hij de kamer.

Gemma hoort wat gerommel en dan stroomt er ergens water. Ze gaat op het voeteneind van het bed zitten en staart naar de boekenkast zonder echt iets te zien. De verhaallijn die vandaag nog zo goed in haar hoofd zat, is ze kwijt. De details zijn vergeten. Verdrongen door de schrik die nog steeds niet uit haar lijf is, ondanks de plausibele verklaring van Duco's manusje-van-alles. Die doos bonbons heeft heel wat losgemaakt. Waarom moest hij nou juist voor die doos en voor dat merk kiezen? Karma lacht haar uit, lijkt het wel.

Francesco loopt de slaapkamer in met een emmer en een dweil. 'Als jij nou eens even in de woonkamer gaat zitten, dan kan ik hier even mijn gang gaan.'

Gehoorzaam staat ze op, ook al stuit het haar tegen de borst dat ze als een klein kind wordt weggestuurd door iemand die hier te gast is. Aan de andere kant, misschien moet ze eens stoppen met overal een punt van maken, met overal iets achter zoeken. Francesco wil haar alleen maar helpen; hij hóéft haar kamer niet te dweilen en toch doet hij het. Ze zou hem dankbaar moeten zijn.

Ze loopt naar de woonkamer en pakt haar wijnglas net boven de voet vast. Met een sierlijke beweging brengt ze het glas naar haar mond en ze slaakt een diepe zucht als ze de alcohol licht voelt branden in haar slokdarm. Ze gooit de schuifdeuren open en stapt de patio op. De zee kabbelt zachtjes beneden haar en ze voelt een serene rust over haar heen komen. Ze doet nog een stap, kijkt niet goed waar ze loopt, en haar voet raakt iets warms en kleverigs. Geschrokken springt ze opzij. Grijpt zich vast aan de pui om haar evenwicht niet te verliezen. Ze kijkt naar beneden en... het glas wijn glijdt uit haar hand en valt in duizend stukken. Dan zet ze het op een gillen.

17

'*Cosa sta succedendo?*'

De lichten op de patio gaan aan en Francesco komt aanrennen. Gemma wijst naar de grond, praten lukt niet omdat haar tanden te hard klapperen. Francesco mompelt een hartgrondige Italiaanse krachtterm als hij ziet waar ze zo van geschrokken is en zakt door zijn knieën. Als hij overeind komt, bungelt een dode, bebloede rat aan zijn staart tussen Francesco's duim en wijsvinger. Gemma weet nu al dat ze nooit meer naar die hand kan kijken zonder aan die rat te denken. Ze weet nu ook zekerder dan ooit dat die hand haar nooit, maar dan ook nooit intiem mag aanraken.

Francesco bestudeert de rat. Gemma ziet nu pas dat zijn kop er half af ligt. Bij zijn keel zit een gapend gat waar nog steeds bloed uit drupt. Ze springt opzij om zo ver mogelijk bij het verminkte beest vandaan te komen. Een scherpe pijn doet haar naar adem happen als de glassplinters van haar wijnglas zich in haar blote voetzool boren. Vloekend hinkt ze naar de loungebank om de schade aan haar voet op te nemen. Francesco schudt zijn hoofd.

'Wat kijk je nou stom?' bijt ze hem toe. 'Vertel me liever hoe die rat hier komt.'

'Hoe moet ik dat nou weten? Hij lag er nog niet toen ik hier aankwam. Bovendien is hij nog niet lang dood, want hij is nog warm.'

'Dus iemand heeft hem hier neergelegd terwijl we in de slaapkamer waren?'

'Zullen we van "iemand" een kat maken? Dat lijkt me een logischer verklaring.'

'Ik heb sinds ik hier ben nog geen kat gezien.'

'Dan moet je beter kijken want ze zijn er toch echt. We hebben hier veel zwerfkatten die ratten en muizen vangen. Dat is de natuur.'

'Waarom zou een kat dat beest precies voor mijn deur leggen?'

'Weet ik veel, ik ben geen dierenfluisteraar.' Francesco houdt de rat nog steeds aan zijn staart in de lucht.

'Zou je dat beest alsjeblieft willen weghalen?'

'Wat u wilt, mevrouw.' Hij legt een gespeeld nederig toontje in zijn stem en verdwijnt uit haar zicht. Vlak daarna hoort ze de klep van de container dichtslaan.

Gemma staat op en hinkelt op één been naar waar de verse bloedresten liggen. Nu pas ziet ze een spoor van zand lopen dat zich heeft vermengd met het gebroken glas en restjes wijn. Zij heeft dat zand daar niet neergelegd. Zat het aan Francesco's schoenen toen hij hier aankwam, zoals hij ook een spoor achterliet in de gang toen hij eerder die avond in het huis was? Of heeft iemand anders het spoor achtergelaten? Iemand die haar met de rat de stuipen op het lijf wil jagen? Francesco beweert wel dat de rat er nog niet lag toen hij aankwam, maar kan ze daar honderd procent op vertrouwen? Speelt hij een spelletje met haar waar hij een ziekelijk genoegen in schept? Maar waarom dan? En Duco kent hem, vertrouwt hem. Daar moet ze zich maar aan vasthouden, anders wordt ze gek.

Ze hinkt naar de rand van de patio. Met haar beide handen steunt ze op de reling. Ze voelt de zeewind op haar gezicht. Het geeft haar de lucht en de verkoeling die ze nodig heeft. Maar niet voor lang. Beneden op het strand staat een in het zwart gehulde gestalte. Door zijn baseballpet kan ze zijn ogen niet goed zien, maar ze weet – voelt – dat hij naar haar staart. Naar haar en naar het huis. De kleren, de pet: ze herkent ze van de eerste avond, toen hij haar ook al de rillingen bezorgde. Is het S.? Heeft hij zojuist de rat bij de schuifpui gelegd? Een felle lichtbundel verschijnt voor de voeten van de man. Schijnt voor hem uit en richt zich dan omhoog naar haar. Haar pupillen vernauwen door het licht en ze doet haar hand voor haar ogen. Door haar vingers heen ziet ze het licht verdwijnen.

'Wat moet je van me?!' schreeuwt ze.

Ze negeert de pijn in haar voet en rent de trap naar het strand af. Maar de man is verdwenen in de nacht. Strompelend loopt ze het strand op, kijkt naar links en rechts, maar ziet niets. Ze doet nog een paar stappen, maar haar voet doet te veel pijn. Ze gooit haar armen in de lucht en schreeuwt nogmaals: 'Wat moet je van me?!' Dan laat ze zich in het zand vallen.

Achter haar klinkt gehijg en Francesco ploft naast haar neer.

'Ga hem achterna!' zegt ze tegen hem.

'Achter wie aan?'

'Die vent die die rat heeft neergelegd. Ik zag hem, ik weet het zeker. En ik heb hem eerder gezien, op de eerste avond dat ik hier was.'

Francesco kijkt naar haar alsof hij het in Keulen heeft horen donderen. 'Ik denk dat je te veel opgaat in die thrillerverhalen van je. Waarom zou iemand een rat voor jouw deur neerleggen?'

'Om me de stuipen op het lijf te jagen.'

'Maar waarom dan? Niemand kent je hier.'

Is dat zo? Kent niemand haar hier? Dat valt te bezien. Aan de andere kant, er zat geen boodschap bij de rat. Als zij dit in een van haar boeken zou hebben verwerkt, zou er bij de rat een briefje hebben gelegen met een tekst als: *Vind je mijn cadeautje leuk? Ongedierte, net als jij.* Maar misschien heeft Francesco wel gelijk en heeft haar werk te veel invloed op haar privéleven. Beginnen feit en fictie op een ongezonde manier door elkaar te lopen. Ze moet ervoor waken dat ze haar verstand verliest, overal iets achter begint te zoeken. Het kan een kat zijn geweest. Dat kan heel goed.

'Kom, je voet heeft verzorging nodig.'

Francesco steekt zijn handen uit om haar overeind te trekken. Die handen waar hij net de dode rat mee heeft aangeraakt. Ze trekt een vies gezicht.

'Ik heb mijn handen gewassen,' zegt hij met een zucht. 'Vrouwen zijn altijd zo pietluttig.'

Hij rolt met zijn ogen en helpt haar omhoog. Schaapachtig strompelt ze achter hem aan, terug naar Villa Rosa. Halverwege stopt ze even en kijkt angstvallig over haar schouder naar het strand beneden. De maan licht de schuimkoppen op zee uit. Witte bakens in een kabbelende massa. Het ruisen van het water maakt haar normaal rustig, maar nu ze voor de tweede keer die in het zwart geklede man op het strand heeft gezien, heeft het geen effect. De zee is misschien kalm, maar zij is haar kalmte verloren. Het water is ineens veel te dichtbij, een bedreiging in plaats van een rustpunt. In de zee kun je verdrinken, iemand kan je laten verdwijnen zonder dat iemand het in de gaten heeft. Tegen de tijd dat je ergens boven komt drijven, is er niets meer van je over.

'Moet ik een deken voor je halen?'

Francesco heeft haar voet verzorgd – de glasscherven eruit gehaald, de wondjes ontsmet en toen verband eromheen gedaan – en nu zit ze op de patio te bekomen van de gebeurtenissen. Het is in de tussentijd behoorlijk afgekoeld en het kippenvel staat op haar armen, wat Francesco kennelijk heeft gezien.

'Lief van je, maar niet nodig. Ik ga zo lekker binnen zitten, nog wat lezen. De wijn houdt me wel warm. En is ook nog eens heel goed gezelschap.'

'Oké, ik heb de hint begrepen, ik word geacht te vertrekken.'

'Sorry, ik wil niet ongastvrij zijn maar...'

'Maak je niet dik, Dolce zit met smart op me te wachten. Die moet er nog een keer uit voor de nacht. Als er iets is, dan weet je me te vinden.'

Hij geeft haar een vriendschappelijk klapje op haar schouder en springt soepel over de zijreling van de patio heen de tuin in.

'Francesco,' roept ze hem na als hij naar zijn auto loopt.

'Ja?'

‘Bedankt dat je zo snel bent gekomen en wat dingen voor me hebt opgehelderd.’

‘Graag gedaan, bella Gemma.’

‘En niet meer zomaar het huis binnengaan als ik er gewoon ben...’

‘En altijd de deur op slot doen,’ maakt hij haar zin af. Hij steekt zijn duim op en stapt in zijn auto, en hortend en stotend rijdt hij vervolgens het terrein af.

Sinds zijn komst heeft ze hem zowat de deur uit gekeken, maar nu ze eindelijk alleen is, werkt dat bijna verlammend. De spoken die ze even naar de achtergrond heeft weten te verdringen, komen weer tevoorschijn om haar te achtervolgen. De man op het strand, de dode rat, al die andere incidentjes. Haar ratio laat haar weer in de steek en angst neemt de overhand. Ze voelt zich opgejaagd, bekeken, en ze begint echt te geloven dat S. terug is om wraak te nemen om eens en voor altijd de rekening te vereffenen. Nu is het zaak dat ze erachter komt of hij het alleen op haar heeft voorzien, of ook op de anderen. En de eerste stap naar een antwoord is het bellen van Patricia. Ze werpt nog een blik op het donkere strand. Het is nog steeds leeg. Maar wat als... Ze voelt in haar broekzak waar de reservesleutel in zit. Die legt ze in geen geval terug onder die bloempot bij de deur. Mocht ze haar sleutel een keer vergeten, dan belt ze Francesco wel of tikt ze een raampje in.

Ze loopt naar binnen en schuift met een klap de pui dicht. Vergrendelt hem zorgvuldig en controleert het slot. Daarna draait ze alle andere sloten op deuren en ramen dicht. Vannacht slaapt ze in elk geval niet met het raam open. Ze schenkt een nieuw glas wijn voor zichzelf in, drinkt zichzelf moed in met een paar grote slokken en toetst dan Patricia’s nummer in. De telefoon gaat over en terwijl de zenuwen door haar buik gieren, neemt ze nog een slok. Ze is een paar beltonen verwijderd van het openen van de beerput die voor altijd gesloten had moeten blijven.

Patricia

18

De kamer is pikkedonker en Patricia heeft het niet in de gaten. Ze zit al uren met haar ogen dicht en haar handen in het haar op de bank. Op dit moment zou ze er alles voor geven om Michael naast zich te hebben. Rustend met haar hoofd op zijn schouder, zijn arm beschermend om haar heen. Of haar voeten op zijn bovenbenen en dat hij ze dan zachtjes masseert en er kusjes op geeft. Even alles vergeten. Alleen zij en hij. Is dat nou zoveel gevraagd? Een klein momentje van geluk waar iedereen behoefte aan heeft en zij dus ook.

Sinds Michaels dood weet ze niet meer wat geluk is, laat staan hoe het voelt. Eenzaamheid, alles is eenzaamheid. Het omringt haar en zuigt alle lucht en lebensraum bij haar vandaan. Dromen zijn nachtmerries, een lach is veranderd in een traan. Zonder hem is het glas niet eens meer halfvol en ze denkt niet dat ze het ooit weer gevuld krijgt. Het enige wat het duister af en toe doorbreekt, zijn flitsen van rode hartjesdozen. Ze schieten heen en weer op haar netvlies als geesten uit een andere wereld. Je wilt het niet zien, wilt er niet in geloven, maar er is toch altijd dat kleine beetje twijfel dat knaagt. Zo is het ook met S. Verbannen uit haar universum, maar nu beweert hij terug te zijn, om zich niet meer weg te laten sturen. Het kan niet, hij bestaat niet meer, maar de stelligheid waarmee ze dat al die jaren tegen zichzelf heeft gezegd, kan ze niet meer met goed fatsoen volhouden.

Haar mobiele telefoon rinkelt en de schermverlichting zet de kamer in een buitenaardse gloed. Ze wil het geluid negeren; op sommige dagen en ook vandaag vraagt dat ding bijna meer aandacht dan een kind. Het zal de baas van Mustrofix wel weer zijn, die haar de hele dag al probeert te bellen. Lang leve de voicemail. Patricia knijpt haar ogen nog steviger dicht en is van plan het toestel weer helemaal uit te laten rinkelen, tot ze zich realiseert dat het Gemma kan zijn. Het enige telefoontje waar ze wél op zit te wachten en dat ze niet mag missen. Ze grist haar iPhone naar zich toe en kijkt op het scherm. Anoniem nummer. Het kan Gemma zijn, maar ook iemand anders. Ze ziet dat de klok over een uur al middernacht slaat en de kans dat dit telefoontje werkgerelateerd is, is dan ook miniem. In elk geval een stuk kleiner dan dat het Gemma betreft, die er vast nachtelijke werktijden op na houdt met dat geschrijf van haar.

Patricia weet dat ze nu moet opnemen, anders is haar kans misschien verkeken. Ze drukt op de groene knop en brengt het toestel naar haar oor.

'Hallo, wie is daar?' zegt ze aarzelend.

'Je stem is in al die jaren in elk geval niet veranderd,' klinkt Gemma's hese stem.

'Dag Gemma, wat fijn dat je belt. Ik had er eigenlijk niet op gerekend.'

Er valt een ongemakkelijke stilte van seconden die als minuten aanvoelen. Hoe overbrug je twintig jaar in een paar woorden?

'Ik kreeg een mailtje van mijn uitgeverij dat je naar me op zoek was. Zeg het eens.'

'Nog steeds recht voor zijn raap en met de deur in huis, hè, Gemma? Dat is een van de dingen die ik altijd prettig aan je vond. We waren het lang niet altijd met elkaar eens, maar ik wist altijd wat ik aan je had.'

'Oeverloos lullen doe ik wel in mijn boeken, in het dagelijks leven ga ik nog steeds graag recht op mijn doel af.'

'Ik weet even niet zo goed hoe ik moet beginnen,' verzucht Patricia.

'Dat gevoel is mij bekend. Het overvalt me bij elk nieuw boek waar ik aan werk. Gewoon beginnen bij het begin is het enige wat werkt.'

'Het heeft te maken met twintig jaar geleden.'

Gemma slaakt een lange zucht. 'Daar was ik al bang voor. Waarom zou je anders onze afspraak schenden? Ik zal je eerlijk bekennen dat je me voor was. Er zijn de laatste tijd in mijn leven wat opmerkelijke dingen gebeurd en ik vermoed door jouw contactpoging dat er bij jou ook dingen gaande zijn.'

'Wat voor opmerkelijke dingen?'

'Ik ontvang sinds enige tijd berichtjes en cadeautjes van iemand die zich voordoet als S.'

Nu slaakt Patricia een langgerekte zucht. 'Jij dus ook,' fluistert ze. 'Maar dat kan niet! Het kan hem niet zijn. Je was erbij, twintig jaar geleden.'

'Ja, ik was erbij, maar de berichten die ik krijg – de cadeautjes – die zijn niet willekeurig. Ze zijn te specifiek en te intiem. Dingen die alleen hij weet.'

'Jasses.'

'Dat kun je wel zeggen, ja. En ik weet niet hoe het met jou zit, maar het maakt mij in elk geval heel erg onrustig. Het begon met twitterberichtjes, toen kreeg ik een bos bloemen, vervolgens een mailtje van een zekere stemuithetverleden@hotmail.com met een liedje dat we destijds veel draaiden. Ik zit momenteel in Sardinië aan mijn nieuwe boek te werken en zelfs hier gebeuren rare dingen. Mijn huis wordt in de gaten gehouden door een of andere kerel en vanavond lag er een dode rat voor mijn deur.'

'Gatverdamme.'

'Ja, ik zal je de details besparen. Lijkt dit alles een beetje op wat jou is overkomen?'

'Bij mij werd gisteren op mijn werk een hartvormige rode doos met Leonidas-bonbons bezorgd. Die kreeg ik vroeger altijd van hem.'

'Jij ook al. Hoe origineel. Maar, ga verder.'

'Er zat een vervelende brief bij de bonbons die ondertekend was met "S.". De strekking was zoiets als: "Ik volg je, ik zie je en op een dag kom ik je halen. Ik laat je niet nog eens ontsnappen." Ik heb die doos bonbons aan de secretaresse op mijn werk gegeven en het briefje verbrand. Achteraf stom, ik had het natuurlijk moeten bewaren, maar ik heb zoveel aan mijn hoofd dat ik dit er echt niet ook nog eens bij kan hebben.'

'Ik zit er ook niet bepaald op te wachten. Ik moet over een week of zeven een nieuw boek inleveren en ik ben pas sinds een week weer lekker op gang. Een halve burn-out, een writer's block en toen die berichten er nog bovenop. Ik ben niet voor niks naar Sardinië vertrokken.'

'Ik ben een paar weken geleden weduwe geworden,' zegt Patricia plompverloren in een poging de wedstrijd wie-heeft-het-het-ergst te winnen. Vroeger lukte het nooit om tegen Gemma op te boksen, maar nu maakt ze een goede kans.

'O, Patries, wat vreselijk voor je.'

'We waren al tien jaar samen. Een heel decennium, en we waren nog lang niet klaar met elkaar.'

'Wat is er gebeurd? Of wil je er niet over praten?'

'Hartstilstand. Hij lag ineens dood naast me in bed. Die open ogen die naar me staarden maar niets meer zagen. Nou ja, je weet hoe dat eruitziet.'

'Helaas wel ja.'

'Ik kon het niet geloven. Ik heb hem op zijn rug gedraaid, aan hem geschud, hem klappen in zijn gezicht gegeven, alles om hem maar wakker te krijgen. Hem helemaal ingepakt in het tweepersoonsdekbed om hem warm te krijgen. Hij voelde zo ijzig aan en ik wilde niet dat hij het koud kreeg. Hij reageerde nergens op, zag zo grauw, grijs bijna. Uiteindelijk heb ik een ambulance gebeld.'

'En het is pas een paar weken geleden, zeg je? Wat moet dat allemaal nog onwerkelijk voor je zijn.'

'Ik geloofde het toen niet en ik geloof het eigenlijk nog steeds niet. Als mijn telefoon gaat, denk ik dat hij het is. Als de deurbel gaat, denk ik dat ook. Als ik thuiskom, verwacht ik dat hij op de bank zit, maar het huis is leeg. Alles is leeg. Die teleurstelling die me elke keer weer dwingt een realitycheck te doen.

Ik mis hem zo verschrikkelijk dat het me helemaal opvreet. Gisteren ben ik voor het eerst weer aan het werk gegaan en toen lag die doos met bonbons op mijn bureau. Ik dacht dat ik gek werd.'

'Ja, als je denkt alles gehad te hebben...'

'Geloof jij in karma? Dat wat we gedaan hebben ons ons hele leven blijft achtervolgen?'

'Geloof ik in karma? Bestaat er een hel? In hoeverre mag je het recht in eigen hand nemen? Ik weet het niet, hoor. Daar heb ik geen pasklare antwoorden op.'

'Heb je spijt? Van toen?'

'Elke dag van mijn leven. Maar het is gelopen zoals het is gelopen en daar kunnen we niks meer aan veranderen. Niemand had erop gerekend dat het zo zou escaleren.'

'Heb jij Erik daarna nog weleens gesproken?'

'Nee, dat leek me beter van niet. Ik bedoel, wat voor zin had het? Ik heb mijn leven zo goed en zo kwaad als mogelijk weer opgepakt.'

'Ik ook. Ik heb mijn studie afgemaakt en ben naar Brussel vertrokken. Daar heb ik Michael ook leren kennen. Door hem kreeg ik mijn zelfvertrouwen weer terug. Hij liet me zien dat niet alle mannen verknipt zijn. Bij hem was ik gebonden maar toch vrij. Dat voelde zo veilig. Snap je wat ik bedoel?'

'Niet echt, zo iemand ben ik nooit tegen het lijf gelopen. Ze mankeren allemaal wel wat en ik weet nooit of ze mij leuk vinden of mijn bankrekening. Ik vind het al ingewikkeld genoeg om op mezelf te vertrouwen, dus voorlopig laat ik het daar maar bij. Ik denk dat ik te veel vrijbuiter ben voor een vaste relatie, tenminste op de momenten dat ik niet aan een boek werk. Als ik schrijf ben ik zo'n beetje de saaiste vrouw op aarde. Dan trek ik me helemaal terug in mezelf, mijd ik alle sociale contacten en vergeet ik zelfs mijn eigen verjaardag.'

'Het verbaast me niks dat je schrijfster bent geworden. Je had altijd al een levendige fantasie.'

'Twintig jaar geleden bedacht ik mijn eerste plot...'

'Ja, dat kun je wel zeggen.'

'Het eindigde alleen niet zoals ik wilde. Misschien ben ik daarom wel schrijfster geworden. Om controle te houden. De plots die ik voor mijn boeken bedenk, eindigen altijd helemaal zoals mijn bedoeling is, zoals ik het wil. Van a tot z heb ik het verhaal in de hand. Geen verrassende wending of onverwachte uitkomst. Nooit meer wat er twintig jaar geleden gebeurde. Weet je dat ik weleens heb overwogen om ons geheim te gebruiken als basis voor een boek? Ik had er behoefte aan om de gebeurtenissen van toen te herschrijven. Niet omdat ik de illusie had dat ik alles weg zou kunnen poetsen, maar om het van me af te schrijven en het op die manier behapbaar voor mezelf te maken.'

'Waarom heb je dat nooit gedaan?'

'Ik vond het risico te groot. Als jij of een van de anderen het toevallig zou lezen, dan zou dat van alles oprakelen waar we geen van allen op zaten te wachten. De afspraak was dat we het er nooit meer over zouden hebben, en ook al kostte het me moeite, ik heb me eraan gehouden. Tot nu.'

'Voor mij geldt hetzelfde. Ik heb er zelfs nooit met Michael over gepraat. Nadat we elkaar voor het laatst hadden gezien, heb ik die hele periode met een groot denkbeeldig kruis doorgekrast in mijn agenda en gedaan alsof er niets was gebeurd.'

'We hebben onszelf al die tijd voor de gek gehouden. Wat we onszelf ook wijsmaken, dingen zijn uit de hand gelopen en niet meer terug te draaien. Dat blijft ook overeind als die berichten echt van S. afkomstig zijn. We hebben hoe dan ook een grens overschreden, daar is geen speld tussen te krijgen.'

'Ik vrees dat je gelijk hebt. Wat denk je, zou Claire ook...'

'Er is maar één manier om daarachter te komen.'

'Contact met haar opnemen?'

'Precies.'

'Ik vraag me af of we daar goed aan doen. Als zij niks heeft ontvangen, dan rakelen we dat hele verleden op, waar ze natuurlijk helemaal niet op zit te wachten. Ik heb haar gegoogeld.

Ze is advocaat in Berlijn en heeft net een grote zaak op zich genomen. Ze klaagt namens een secretaresse een prominent politicus aan. Wegens verkrachting en mishandeling.'

'Ieder mens heeft kennelijk zijn of haar eigen manier om tegen demonen uit het verleden te vechten. Waar wij ze begraven en negeren, trekt zij haar zwaard en zoekt ze op.'

'Ja, daar heb je misschien wel gelijk in.'

'Maakt haar dat tot een heldin of een kamikazepiloot?'

'Een beetje van beiden, misschien? Hoe dan ook, ze heeft op dit moment nogal wat aan haar hoofd, want die zaak is het gesprek van de dag in heel Duitsland. Ik denk dan ook niet dat ze staat te springen om ons weer toe te laten in haar leven. Als ze nog net zo ambitieus en doelgericht is als vroeger, zal ze zich door niets en niemand laten afleiden. Zeker niet bij een zaak die haar carrière een enorme boost kan geven.'

'Eens.'

'Misschien moeten we eerst proberen om Erik te pakken te krijgen? Kijken wat hij te melden heeft? Daarna is het nog vroeg genoeg om Claire te benaderen.'

'Shit, niet weer!'

'Wat bedoel je, niet weer? Wat is er aan de hand?'

'Ik heb je toch verteld dat ik het gevoel heb dat ik in de gaten word gehouden door een of andere kerel? Vandaag stond hij op het strand weer naar mijn huis te staren. Ik ben hem nog achternagerend toen hij wegvluchtte. Volgens mij is hij weer terug. Ik zie licht op het strand beneden, net als eerder vanavond.'

'Zie je iemand staan?'

'Ik denk het.'

'Maar je weet het niet zeker?'

'Dat strand is normaal gesproken stikdonker. Dat licht kan dus alleen maar van een zaklamp of iets dergelijks afkomstig zijn. Dat betekent dat er ook iemand is die die lamp vasthoudt.'

'Misschien is het iemand die zijn hond uitlaat? Of iemand die aan slapeloosheid lijdt en liever ijsbeert over het strand dan in zijn slaapkamer?'

'Leuk bedacht, maar gezien de recente incidenten koppel ik het toch automatisch aan S. en dat geeft me enorm de kriebels. Ik zit hier helemaal in mijn eentje.'

'Lijkt me doodeng.'

'Dat is het ook. Ik zou er wat voor geven als er nu iemand bij me was.'

'Misschien niet eens zo'n slecht idee.'

'Wat?'

'Als ik morgen nou eens het vliegtuig naar Sardinië pak? Ik ben er wel aan toe om even weg te zijn van huis, en jij kunt zo te horen wel wat gezelschap gebruiken om je angsten onder controle te houden. En dan kunnen we samen bedenken wat we gaan doen. Wat we kúnnen doen. Wat denk je ervan?'

'Tsja, ik weet het niet, hoor. Ik ben hier juist naartoe gegaan om mezelf af te zonderen om de deadline van mijn nieuwe boek te halen. Mijn planning is uitermate krap en ik kan eigenlijk geen dag missen. Ik weet nu al dat er geen letter op papier komt als jij hier rondloopt. Ik kan alleen maar schrijven in volledige rust.'

'Volledige rust terwijl je stijf staat van de zenuwen? Maak jezelf toch niks wijs. Als jij wilt werken, dan vermaak ik me wel aan het strand of met winkelen. Beetje leuk stadje waar je zit?'

'Ik ben eerlijk gezegd nog niet op verkenningstocht gegaan. Sinds ik hier ben aangekomen, heb ik me volop op mijn werk gericht.'

'Waar leef je dan van? Je moet toch eten, boodschappen doen?'

'Er is hier een soort manusje-van-alles dat boodschappen haalt en klusjes voor me doet in opdracht van mijn uitgever, zodat ik rustig kan werken.'

'Toe maar, een eigen klusjesman. Diva die je er bent.'

'Ik kan hem ook bellen in geval van nood, hij woont hier in de buurt. Ik ben dus ook niet echt alleen, ik red me wel.'

'En toch zou ik wel graag een paar dagen naar je toe komen, zodat we een plan kunnen bedenken om S. te stoppen. Dan kunnen we samen Erik bellen en hem aan de tand voelen en daarna beslissen of we Claire moeten inlichten. Nu ik je stem weer hoor na al die tijd, merk ik pas hoezeer ik je gemist heb, Gemma. Voordat Simon – want laten we het beestje nu maar eens bij de naam noemen – in ons leven kwam en een wig tussen ons dreef...'

'Ja, ik weet het, ik was ook dol op jou. En op Claire. Ik heb nooit meer vriendschappen gehad die aan de onze konden tippen.'

'Ik wil je zien nu de ban gebroken is, Gemma.'

'Ach, wat kan mij het ook schelen. Als je belooft dat je me mijn schrijfuurtjes gunt, dan ben je van harte welkom. We hebben immers ook genoeg leuke herinneringen aan vroeger die we kunnen oprakelen met een goed glas wijn. Dus schrijf op...'

Patricia noteert alle details die Gemma haar geeft om een vlucht te kunnen boeken.

'Kom je me van het vliegveld halen of moet ik een taxi pakken?'

'Ik stuur de klusjesman wel. Zijn naam is Francesco en hij voldoet aan de stereotiepe Italiaan. Knap, theatraal en een tikkeltje vrijpostig. Beetje zoetsappig ook. Zelf vindt hij het romantisch.'

Patricia lacht. 'Bij mij komt hij niet ver. Mijn libido is net zo dood als Michael.'

'Je bent je gevoel voor humor nog niet verloren.'

'Een mens moet iets hebben om zich staande mee te houden.'

'Haha, lolbroek.'

Patricia geeuwt. 'Goed, ik ga mijn koffer pakken, even kijken of ik die *teeny-weeny* bikini van me nog kan vinden. Je hebt toch wel een zwembad bij die residentie van je?'

'Zeker, en als je uit mijn huiselijke paradijs naar beneden afdaalt, dan ligt de zee aan je voeten.'

'Dat gaat helemaal goed komen dan. Hoe staat het op dit moment met de activiteit op dat strand van je? Nog dubieuze lichtbundels te zien?'

'Voor zover ik het nu kan zien niet.'

'Nou, sluit je ramen en deuren in elk geval maar en hou je gordijnen dicht. Morgen kom ik je redden.'

'Slaap lekker, Patricia. Voor zover dat gaat.'

'Ik wens jou hetzelfde toe, Gemma. Nachtzoen en mooie dromen.'

Patricia verbreekt de verbinding en blijft een tijdje roerloos met de telefoon in haar hand zitten. Het was gek om Gemma na al die tijd weer te spreken, maar tegelijkertijd toch ook weer niet. Het geluid van haar stem, de vertrouwdheid ervan, het heeft iets geruststellends. Ook al kan Patricia het niet helemaal verklaren, het geeft een sprankje hoop en geborgenheid. Het sijpelt door de overheersende triestheid heen en verdunt de pijn. Het gevoel dat ze er helemaal alleen voor staat, verdwijnt een beetje naar de achtergrond. Het voelt als een cadeautje. Met een vergenoegd gezicht staat ze op en gaat naar boven. Ze betrapt zichzelf erop dat ze neuriet. Wat de bedoeling van Simon – of degene die zich voor hem uitgeeft – ook is, het brengt Gemma en haar in elk geval weer samen. Net als toen kunnen ze een blok tegen hem vormen, maar Patricia hoopt ten stelligste dat het niet zover komt. Op een herhaling van zetten zit niemand te wachten en op de onvermijdelijke escalatie die er uiteindelijk op volgt al helemaal niet. Voor Claire hoopt ze dat ze haar erbuiten kunnen houden, voor zichzelf hoopt ze dat Claire zich ook weer bij hen aansluit. Zonder Claire is hun clubje niet compleet. Niet echt.

Zittend op haar bed googelt Patricia afbeeldingen van haar vroegere vriendin. Ze klikt op een foto waarop Claire een toga draagt. Met de lange zwartgelakte nagel van haar wijsvinger strijkt ze langs het gezicht. Het straalt strengheid uit, maar is verder ondoorgrondelijk. Alsof ze geen enkele emotie heeft. Patricia weet wel beter. Claire ís emotie en heeft altijd al moeite gehad om daar goed mee om te gaan. Helemaal sinds het incident van twintig jaar geleden. Het pantser waar ze zich achter verschuilt, is in de loop der jaren alleen maar dikker geworden.

Patricia voelt de zwaarte ervan door de foto heen. Het kan niet anders dan dat Claire er bijna onder bezwijkt. Dat er dagen zijn dat de last op haar tengere schouders haar zo naar beneden drukt dat ze amper rechtop kan staan.

Patricia zoekt het filmpje op dat ze vandaag al eerder heeft bekeken. Claire legt een verklaring af aan de pers over de aanklacht van verkrachting en mishandeling die ze namens een nieuwe cliënt heeft gedaan tegen een bekende Duitse politicus. Ze kijkt zelfbewust in de camera en haar stem klinkt helder en overtuigend. De tijd heeft haar ouder gemaakt, maar het is nog steeds Claire. Altijd al de kleinste maar de dapperste van hen drieën. Zij heeft de meeste shit op zich genomen en Patricia neemt het zichzelf nog steeds kwalijk dat ze haar niet beter heeft kunnen beschermen. Ze hoopt dat ze nog eens de kans krijgt om dat persoonlijk tegen haar te zeggen. Resoluut klikt ze het filmpje weg en pakt haar middelgrote rolkoffer van de bovenste plank in haar inloopkast. Herinneringen aan de laatste keer dat ze hem samen met Michael heeft gebruikt overspoelen haar.

Claire

19

Het geluid van een wekker klinkt veel te dichtbij en ze vliegt overeind. Ze laat haar telefoon vallen. Blijkbaar is ze met het ding in haar hand in slaap gevallen. De telefoon stuitert op de grond en loeit onverminderd door. Compleet gedesoriënteerd en slaapdronken kijkt ze de ruimte rond. Dan dringt het tot haar door dat ze op de slaapbank in haar kantoor ligt. Ze stapt uit het geïmproviseerde bed, raapt haar telefoon op en zet de wekker uit.

'Ik ben nu wel wakker, hoor. En bedankt,' moppert ze tegen het scherm.

Ze gooit de telefoon op de slaapbank en wrijft in haar ogen. Ze schrijnen omdat ze zichzelf vannacht in slaap heeft gehuild. Al haar spieren doen pijn en haar rug voelt stijf aan. Niet omdat de bank zo slecht lag, maar omdat ze zo gespannen is. De ruzie met Tobias is gisteren helemaal uit de hand gelopen. Nooit eerder heeft hij haar het huis uit gezet. Geen telefoontje als goedmakertje, geen appje dat hij van haar houdt of haar mist. Dat is nieuw en baart haar zorgen. Haar carrière is altijd een twistpunt geweest tussen hen, maar ze heeft zijn geklaag altijd aangehoord en nooit echt serieus genomen. Als Tobias van tijd tot tijd zijn ei kwijt kon, dan bleef het daarna weer een tijdje rustig. Maar nu lijkt het anders. Voor het eerst heeft ze het gevoel dat ze er niet langer zomaar mee wegkomt. Dat diep door het stof gaan en beloven dat ze haar leven gaat beteren niet meer genoeg is. Niet zolang het loze woorden zijn.

De muur die ze al twintig jaar optrekt om haar emoties achter te verstoppen, onder controle te houden, begint af te brokkelen. Er is deze week te veel en te hard tegenaan gebeukt om de haarscheurtjes die er al zaten niet nog groter te maken. Het bericht en de bloemen van S., de relatiecrisis met Tobias, alle spanning en hectiek rond de zaak van Angelika, waarin zij, Claire, het moet opnemen tegen een van de machtigste mannen van het land. Dat laatste kan ze alleen maar doen als ze de volledige steun van haar thuisfront heeft. En dat heeft ze dus niet. Wat zou het betekenen als ze Tobias kwijtraakt? Echt kwijtraakt? Over Mattis wil ze nog niet eens nadenken. Ook al bemoeit ze zich niet voldoende met hem, ze houdt wel heel veel van hem. Maar ook van haar carrière. De eeuwige spagaat waar ze in zit. Haar werk biedt haar afleiding en houvast in een wereld die ze eigenlijk niet zo goed aankan. Zonder haar werk wordt ze gek.

Wat moet ze nu? Water bij de wijn doen en het over een andere boeg gooien? Als ze voor een minder prestigieus kantoor zou gaan werken, dan heeft dat grote consequenties. Financieel, maar ook in praktisch opzicht. Het betekent dat Tobias ook een baan moet gaan zoeken. Dat het afgelopen is met het gehuisvader en af en toe een kloddertje hier of daar op een schildersdoek kwasten of een liedje componeren op zijn gitaar. Dat ze kleiner moeten gaan wonen, dat Mattis naar de kinderopvang moet. Dat en dat en dat en dat. Ze vraagt zich af of Tobias bereid is die offers te brengen. Of wat hij ervoor terugkrijgt beantwoordt aan het ideaalplaatje dat hij voor ogen heeft. Dat zou hem nog weleens vies kunnen tegenvallen. Hij beseft niet voldoende in wat voor luxepositie hij eigenlijk zit met een vrouw als kostwinnaar.

Claire bijt peinzend op haar lip. Ze heeft al zoveel om over na te denken en dit kan ze er eigenlijk niet bij hebben. Ze wil gewoon terug naar huis, naar haar eigen bed, met haar benen onder haar eigen tafel een ontbijtje eten dat Tobias voor haar klaarmaakt. Is dat nou zo moeilijk? Ze merkt dat haar sombere gevoel omslaat in gemopper en dat wil ze niet. Positiviteit, dat is het enige waar ze verder mee komt. Ze pakt haar telefoon en bekijkt haar agenda voor die dag, en schrikt zich dan een hoedje. De zaak-Birgen staat op de rol. Door alle commotie rond de aanklacht tegen Hartmann is het haar helemaal ontschoten. Hoe onprofessioneel! En ze moet vandaag nog wel haar pleitnota voordragen. Gelukkig heeft ze het stuk al geschreven, maar ze is er nog niet aan toegekomen om haar presentatie ervan voor te bereiden.

Ze start haar laptop op en scrolt door haar documenten. Het zweet breekt haar uit als ze het bestand dat ze zoekt niet kan vinden. Met de palm van haar hand slaat ze zichzelf tegen haar voorhoofd als ze zich realiseert dat ze de nota op een beveiligde USB-stick heeft staan. Een stick die thuis ligt. Of Tobias het nou leuk vindt of niet, ze heeft hem nodig en moet hem ophalen. Ze krijgt al buikpijn bij de gedachte aan Tobias' reactie als ze niet voor hem, maar voor die stomme stick naar huis komt. Want zo zal hij dat zien, daar durft ze vergif op in te nemen.

De digitale klok op haar telefoon geeft 6:15 aan. Als Mattis zich gedraagt zoals anders, dan brult hij Tobias binnen nu en drie kwartier uit zijn bed. Hoewel ze niet weet of het verstandig is om Tobias nu te zien, lijkt het haar in elk geval geen goed idee om het huis binnen te vallen als hij nog slaapt. Zo liggen de verhoudingen op dit moment nou eenmaal. Daarom gaat ze eerst maar douchen voordat ze huiswaarts gaat. Aangekleed en opgedirkt voelt ze zich beter opgewassen tegen een eventuele confrontatie. Ze duikt het eenvoudige badkamertje in, wast zich werktuigelijk onder de redelijk volle waterstraal. Aankleden is zo gepiept. De meeste tijd gaat zitten in het wegwerken van de rode randen en kringen rond haar ogen, en het bijkleuren van haar bleke, magere wangen. De make-up maakt haar gezicht strenger dan ze zich voelt.

Ze pakt haar autosleutels van haar bureau, grist haar handtas mee en verlaat het kantoor. Wanneer ze de deur achter zich op slot draait, ziet ze vanuit haar ooghoeken een donker geklede man met een petje lopen. Hoofd gebogen, handen in zijn zakken. Ze wacht tot hij haar gepasseerd is. Hij blijft naar de grond kijken, keurt haar geen blik waardig, en zodra het kan, slaat hij af en verdwijnt uit het zicht. Een gewone passant, niks aan de hand, maar beter om het zeker te weten dan haar onderbuikgevoel te negeren. Ze is extra op haar hoede sinds ze de pers te woord heeft gestaan over Angelika en Helmut Hartmann. Het is oorlog en Hartmann en zijn advocatenteam zullen geen middel schuwen om haar in diskrediet te brengen.

De bos bloemen van S. heeft haar ook niet bepaald een relaxed gevoel gegeven. Ze kan het niet uitleggen aan Tobias. Als ze open kaart speelt, verandert alles voorgoed, zal niks meer hetzelfde zijn tussen hen, en dat wil ze niet, nu nog niet. Misschien wel nooit. Bovendien, wat zou ze hem precies moeten uitleggen? Wat er in het verleden is gebeurd, ja, dat snapt ze zelf ook wel. Maar de recente gebeurtenissen? Ze heeft geen flauw idee wat er precies aan de hand is en ze hoopt dan ook maar dat Tobias het laat rusten, dan kan zij het ook laten gaan. Maar ze hoeft zich maar even te verplaatsen in zijn schoenen om te weten dat hij dat niet zal doen. Ze kan hem niet eens ongelijk geven.

In gedachten verzonken loopt Claire richting de parkeergarage, maar niet zozeer dat ze de voetstappen achter zich niet hoort. Een rilling kruipt omhoog langs haar ruggengraat. Vluchtig kijkt ze over haar schouder. Een donker gekleed persoon. Dezelfde als die ze eerder zag? Ze gaat sneller lopen. De voetstappen achter haar versnellen ook. Passen zich aan het ritme van haar stappen aan. Vertragen met haar mee als ze tegen haar instinct in langzamer gaat lopen om deze figuur de kans te geven haar te passeren. Dat gebeurt niet. Ze gaat nog langzamer lopen, staat zelfs even stil bij een nog donkere etalage. In de weerspiegeling van de ruit ziet ze dat de gestalte wacht voor de etalage tegenover de hare, met zijn rug naar haar toe. Waarschijnlijk houdt hij haar net zo in de gaten als zij hem. Moet ze de stoute schoenen aantrekken? Hem aanspreken en vragen wat hij van haar moet? Of het op toeval houden? Toeval is ook heel goed mogelijk in een wereld waarin niet alles om haar draait. Gewoon een man die net als zij vroeg uit de veren is en toevallig een stukje hetzelfde pad loopt. Misschien wel een toerist die voor het eerst in zijn leven geniet van het ontwakende Berlijn zoals zij dat ook graag deed toen ze zich pas in de prachtige stad had gevestigd.

Ze begint wortel te schieten voor de etalage en haar onrust neemt toe als ze denkt aan alles wat ze nog moet doen voordat ze naar de rechtbank moet. De man maakt geen aanstalten om verder te lopen, dus neemt ze zelf het initiatief. Ze zet er meteen de pas in. Na een paar meter kijkt ze over haar schouder. Hij staat nog steeds op zijn plek en verroert zich niet. Claire zucht en ontspant zich een beetje. Ze is gewoon paranoïde, maar dat verkiest ze nog altijd boven dat andere scenario – dat haar achtervolger allerminst een onschuldige voorbijganger is die toevallig op haar pad komt. Dat hij roddeljournalist is of privédetective, ingehuurd door Hartmann, of misschien wel de man die haar bloemen stuurt onder de naam S. Een kleine aanval van paranoia dus en ze is vastbesloten die van zich af te schudden. Door alle drukte die haar vandaag nog te wachten staat, is het hoog tijd dat ze weer terugkeert naar haar rationele zelf. Een helder en weldenkend mens, omringd door feiten, bewijsmateriaal en ellenlange saaie rechtsteksten. Die nu haar pleitnota gaat ophalen, anders gaat het niet lukken om goed voorbereid in de rechtszaal te verschijnen.

De parkeergarage waar haar Mercedes staat is slechts matig verlicht en de ingang doet haar denken aan de mond van een monster dat haar wil opslokken. De summiere ledverlichting neemt dat gevoel niet weg. Met tegenzin loopt ze naar binnen, steekt schuin over en wurmt zich tussen te dicht op elkaar geparkeerde auto's door naar waar haar eigen bolide staat. Ondanks het vroege tijdstip is het best druk in de garage. Gehaaste zakenmensen in businesskleding met oortjes in, die luidruchtige gesprekken voeren. Gebliebblieb en knipperende lampen van auto's die van een afstand met een druk op de knop op slot worden gedaan. Het dichtslaan van deuren en kofferbakken, en zelfs een paar kinderstemmetjes en een blaffende hond. Het is hier drukker dan op de straat die ze net verliet. *En dus veiliger*, denkt ze. Ze kan het niet laten.

Als ze bij haar Mercedes is aanbeland en de deur opent, kijkt ze nog even om zich heen. In een flits ziet ze iemand wegduiken achter een van de grote witte steunpilaren waar de parkeergarage op rust. Wie was dat? Iemand die ze kent? Ze doet voorzichtig een paar stappen bij haar auto vandaan richting de pilaar, maar draait zich dan resoluut om. Ze heeft geen tijd voor dit gedoe. Er is niks aan de hand, dit slaat nergens op. Ze stapt in haar auto, slaat de deur hard dicht en vergrendelt de boel. Zo, streep eronder. En toch...

De motor van haar auto snort gedienstig als ze het gas indrukt en wegrijdt. Ze draait aan het stuur en de banden lijken luidruchtig te protesteren, maar dan rijdt ze soepeltjes richting de uitgang. Op nog geen vijf meter van de slagboom geeft ze echter een ruk aan het stuur. Een extra rondje kan geen kwaad. Gewoon even langs die pilaar, waar natuurlijk niemand achter staat. Aan zichzelf bewijzen dat ze spoken ziet. Maar enkele seconden later weet ze beter. Er staat wel degelijk iemand. Een donker geklede gestalte met een petje... Even is er oogcontact en ze ziet iets bekends, althans, dat denkt ze. Maar het moment is te snel voorbij om er zeker van te zijn. Ze geeft gas om maar zo snel mogelijk de parkeergarage uit te zijn. Zij zit in haar auto terwijl hij slechts de benenwagen ter beschikking heeft, en een voorsprong is dus zo opgebouwd.

Vol gas scheurt ze onder de slagboom door de parkeergarage uit. Een auto die van rechts komt toetert en ze remt slippend. Voelt haar achterwielen naar de zijkant wegschieten. Ze weet de auto weer onder controle te krijgen en komt tot stilstand. Haar hart gaat als een bezetene tekeer. Twee andere auto's komen voorbij en dan is de weg weer vrij en trekt ze – beheerst ditmaal – opnieuw op. Het is nog redelijk rustig op straat en in haar spiegeltje ziet ze dat de weg achter haar verlaten is – geen auto's die haar volgen – en langzaam maar zeker kalmeert ze weer wat. De radio blijft echter uit vandaag, ze is niet in de stemming. Wel stopt ze op weg naar huis nog even aan de Alte Schönhauser Straße om bij Zeit für Brot een *Zimtschnecke* en een koffie te kopen. Het zoete broodje met boter-kaneelvulling is precies het troosteten waar ze behoefte aan heeft en de sterk gebrande koffiebonen moeten haar een broodnodige energieboost geven. Kauwend en drinkend stapt ze kort daarna haar auto weer in en niet veel later rijdt ze redelijk verkwikt haar straat in. Nog steeds is er niemand te zien, dus het lijkt erop dat ze de man die haar opwachtte heeft afgeschud.

Een gevoel van heimwee zet zich vast in haar buik als ze het huis ziet waar ze – wellicht tijdelijk, maar toch – uit verbannen is. Op de plek waar ze normaal parkeert, staat nu de auto van Tobias. Zijn boodschappenkarretje en gemotoriseerde buggy, zoals hij het altijd gekscherend noemt. Betekent het iets dat hij haar parkeerplekje heeft ingepikt of moet ze daar niets achter zoeken? Verward parkeert ze haar auto achter de zijne en stapt uit. Uit gewoonte pakt ze haar huissleutel en steekt hem al in het slot, tot ze zich realiseert dat aanbellen misschien verstandiger is, gegeven de omstandigheden. Tobias rekent niet op haar en schrikt zich vast kapot als ze ineens voor zijn neus staat. Of hij zet haar meteen weer buiten de deur. Ze moet zich dus maar even bescheiden opstellen en hem rustig uitleggen dat ze hem niet wil lastigvallen, maar wel haar USB-stick nodig heeft om haar werk vandaag naar behoren te kunnen doen.

Ze drukt op de bel en het verbaast haar dat ze het oude vertrouwde deuntje niet hoort. In plaats daarvan klinkt de schelle zoem die ze destijds bij het instellen van het belgeluid bewust niet heeft gekozen omdat ze hem zo vreselijk vond. Tobias weet dat. Is dit een provocatie? Is haar wegsturen alleen nog niet genoeg? Moet hij haar nog meer straffen? Waar komt die grote woede ineens vandaan? Ach, eigenlijk weet ze het ook wel. Zijn ongenoegen broeit al veel te lang en de kolkende lava vindt nu een weg naar buiten.

De deur gaat open en Tobias staat met Mattis op zijn arm

in de deuropening. Allebei met verwarde haren en slaperige gezichten. Claire voelt zichzelf week worden. Het maakt haar kwetsbaar en haar strijdlust ebt weg. Ze kan het niet tegenhouden. Wil het misschien voor het eerst in lange tijd ook niet. Ze is moe, van alles, net als Tobias.

'*Hi*,' zegt ze, terwijl ze aarzelend haar hand opsteekt als groet.

Tobias zwijgt, maar Mattis strekt zijn armpjes naar haar uit.

'Dag mannetje van me.' Ze streelt hem over zijn rode wang en drukt een kus op zijn voorhoofd. Dat brengt haar gezicht ook dicht bij dat van Tobias. Ze wil hem ook een kus geven, maar hij zet een stap bij haar vandaan en draait zijn gezicht weg.

'Wat kom je doen?' vraagt hij nors.

'Mag ik even binnenkomen?'

'Dat ligt eraan. Als je tot inkeer bent gekomen wel, anders heb je hier niets te zoeken.'

Het steekt Claire dat Tobias niet wat milder is. Hij lijkt nog net zo boos als toen ze gisteravond vertrok.

'Moet dit echt aan de deur? We willen toch niet dat de hele straat meegeniet?'

'Nee, natuurlijk niet. Bij Tobias en Claire gaat alles perfect, je zou eens anders denken.'

Met duidelijke tegenzin zet hij een stap opzij om haar door te laten. Ze loopt langs hem heen naar binnen en haar lichaam raakt het zijne. Een elektrisch schokje trekt door haar lijf. Ze draait zich naar hem om.

'Ik hou echt van je, Tobias. Van jou en Mattis. Ik ben alleen misschien niet zo goed in het uiten van mijn gevoelens. Dat is gewoon moeilijk voor me. Dan voel ik me... kwetsbaar.'

'Als je bij mij niet kwetsbaar kunt zijn, bij wie dan wel? Bij die vent die je bloemen stuurt?'

Nee, niet dat weer.

Ze schudt haar hoofd en loopt door naar de woonkamer in de hoop dat Tobias haar zal volgen. Dat doet hij. Het ruikt naar koffie, het ruikt naar thuis.

'Zet Mattis anders even in de box, dat praat wat rustiger. Dan ren ik ondertussen even naar boven om een USB-stick te pakken die ik vandaag nodig heb.'

Ze ziet Tobias verstijven terwijl ze de woorden uitspreekt.

'Ik had het kunnen weten. Je komt helemaal niet voor mij, maar voor dat stomme werk van je. Altijd maar weer dat stomme werk.'

'Dat is niet waar, Tobias, ik...'

'Ik dacht dat ik duidelijk was geweest. Zolang er niets verandert, ben je hier niet meer welkom. Ik trek het niet meer, Claire. Al heel lang niet meer. Die nieuwe zaak die je hebt aangenomen is echt de druppel. Met je "Ik hou echt van je, Tobias". Ik geloof er niks meer van.'

Ze weet dat ze nú iets moet doen. Excuses maken, hem vasthouden, smeken om vergiffenis, maar ze kan het niet. Altijd wanneer het te ingewikkeld wordt, te dichtbij komt, dan klapt ze dicht. Ook op dit moment van de waarheid, wanneer ze het verschil kan maken, móét maken, is dat niet anders. De brok emotie die omhoogkomt is te groot voor haar keel en ze vlucht de kamer uit. Naar boven, op weg naar die stomme USB-stick.

'Loop maar weer weg, Claire. Ren maar heel hard bij me vandaan. Ik ben slechts het hulpje dat je kind verzorgt en het huishouden doet!'

Tobias begint steeds harder te praten en Mattis zet het op een brullen. Het gekrijs en de harde woorden geselen haar als een zweep. Ze stopt een gebalde vuist in haar mond om een snik te onderdrukken.

Is het je dit waard, Claire? Geef je nou echt het belangrijkste in je leven op voor je carrière?

Gehaast loopt ze door naar haar werkkamer. Gooit alles uit haar bureaula tot ze de USB-stick vindt. Ze stopt hem in haar bh zodat ze zeker weet dat ze hem niet laat vallen of kwijtraakt als het nog verder uit de hand loopt met Tobias, en daarna loopt ze met een steen in haar maag weer naar beneden. In de gang aarzelt ze. Direct naar buiten lopen of terug die woonkamer in? Ze staart naar de ochtendkrant op de deurmat. Bij binnenkomst is ze eroverheen gestapt, nu ligt het ding op zijn kop en lijkt haar uit te dagen met zijn alledaagsheid. De ochtendkrant, symbool van een stabiel en volwassen bestaan. Niet bepaald in lijn met haar huidige situatie.

Ze bukt en pakt de krant op. Draait hem om.

De hele voorpagina van de *Berliner Morgenpost* is gevuld met een artikel over de aanklacht tegen Helmut Hartmann. Foto's van de politicus, zijn aanklaagster en haar advocaat sieren de pagina. Onder Claires afbeelding staat een verwijzing naar pagina 10 van de krant. Nieuwsgierig bladert ze ernaartoe en op slag wordt ze misselijk. Ze ziet een foto van zichzelf waarin ze huilend met een tas met spullen haar huis verlaat na de ruzie met Tobias. RELATIECRISIS ADVOCATE CLAIRE VERBEEK? is de kop van het artikel. *Dat advocate Claire Verbeek zelf ook geen expert is in relaties, is gisteren wel gebleken*, is de openingszin – ze hoeft niet verder te lezen om te weten dat het artikel vol staat met roddel en achterklap die haar in diskrediet moeten brengen. Ingegeven door het kamp van Hartmann? Is de man die haar vandaag volgde een detective die door Hartmann is ingehuurd om haar gangen na te gaan? Om foto's te nemen van al haar moeilijke en minder charmante momenten? Er schiet een gedachte door haar hoofd die ze wil negeren, onmiddellijk wil uitbannen, maar het is al te laat: kan het zijn dat Tobias hun problemen heeft gelekt naar de pers in een onhandige poging om hun relatie te redden? Dat hij hoopt dat ze zich hierdoor zal moeten terugtrekken, waardoor ze tijd overheeft om thuis bij hem op de bank te zitten? Nee, zo mag ze niet denken! Maar de gedachte heeft zich in haar hoofd genesteld en ze weet dat als ze hier niet meteen iets aan doet, het zal gaan etteren. En de tijd tikt door, de rechtbank wacht niet.

Ze stuift de kamer in en houdt Tobias het artikel voor zijn neus. 'Weet jij hier iets van?' vraagt ze met trillende stem.

Hij trekt de krant uit haar handen en leest het artikel. Zijn lippen trekken samen tot een strakke streep. Als hij het stuk uit heeft, kijkt hij haar aan. 'Waarom zou ik hier iets van weten?

Het is trouwens niet eens zo ver bezijden de waarheid.'

Het is één cynische opmerking te veel en Claire verliest haar zelfbeheersing. Ze grist de krant uit zijn handen, scheurt het artikel voor zijn ogen in stukken en smijt de repen dan naar hem toe. 'Waarom je hier iets van zou weten?! Misschien omdat je wílt dat ik van de zaak word gehaald en thuis bij jou op de bank ga zitten? Dat gaat nooit gebeuren, Tobias, nooit! Ik probeer iets van mijn leven te maken, van óns leven. Te zorgen dat het jou en Mattis aan niets ontbreekt.'

'Daar ben je dan aardig mee de mist ingegaan!' spuugt hij haar toe. 'Het ontbreekt ons namelijk aan het enige wat ons écht interesseert: jouw aandacht en liefde! Dit huis, al die luxe spullen, dat interesseert me allemaal geen flikker, dat heeft het nooit gedaan. Ik ben erin meegegaan voor jou, omdat ik dacht dat het jou gelukkig maakte. Dat is alles wat ik ooit heb gewild, Claire, jou gelukkig maken. Als je me verdomme de kans maar eens gaf.'

'Waar slaat dat nou weer op?'

'Waar dat op slaat?! Wat ik ook doe, hoe lief ik ook voor je ben, er is altijd een stukje in jou dat zich maar niet voor mij wil openstellen. En ik snap niet waarom. Jij weet alles wat er van mij te weten valt, ik heb niks achtergehouden, maar jij hebt een muur opgeworpen waar ik maar niet doorheen kom. En wat er achter die muur ligt, welk mysterie uit jouw verleden jou ongelukkig maakt? Ik heb geen flauw idee.'

'Wat een onzin. Ik snap niet waar je het over hebt.' Haar stemt trilt.

'Dat lieg je en dat weet je best. Wat is het toch dat je me niet kunt vertellen? Je geheimen zijn veilig bij me, net als jijzelf, maar dat dringt na al die jaren nog steeds niet tot je door. Wat doe ik verkeerd? Zeg het me, want ik weet het niet meer!'

Hij legt zijn hoofd in zijn handen en begint te huilen. De tirade heeft het uiterste van hem gevraagd en hij zakt uitgeput neer op de bank. Het is de koude douche die Claire nodig heeft om weer bij zinnen te komen. Haar woede ebt weg en maakt plaats voor een enorme berg schuldgevoel van al die keren dat ze Tobias heeft teleurgesteld. Dat ze tekort is geschoten. Dat ze er niet voor hem was.

'Het ligt niet aan jou, Tobias, jij doet niks fout. Het ligt aan mij. Er zijn dingen gebeurd in mijn verleden waar ik gewoon niet over kan praten. Al zou ik het willen, het lukt me niet. Dat is dat zwarte randje dat altijd om me heen hangt. Het is echt geen onwil, dat moet je geloven. Als ik er ooit met iemand over zou praten, dan zou jij het zijn, maar ik ben nog niet zover. Misschien lukt het me wel nooit.'

Ze loopt naar hem toe en trekt hem tegen zich aan. Zijn hoofd rust op de buik waar ze Mattis in gedragen heeft. Het levende bewijs van hun liefde is gestopt met huilen en kijkt hen met betraand gezicht aan. Ze streelt Tobias door zijn ongekamde haren.

'Wat kan er nou in godsnaam zo erg zijn dat je het niet met mij kunt bespreken, Claire?'

De manier waarop hij haar aankijkt, breekt haar hart. Het sterkt haar echter ook in haar overtuiging dat ze hem nooit de waarheid kan vertellen. Het zou te veel voor hem zijn. Het zou hem kapotmaken, net zoals het haar kapotmaakt, en dat mag ze hem niet aandoen. Dat verdient hij niet.

'Ik vind het zo erg dat je me niet genoeg vertrouwt om je ziel bloot te geven. Ik begrijp het gewoon niet. Er valt genoeg aan te merken op onze relatie, maar ik dacht dat onze basis sterk genoeg was om samen overal doorheen te komen. Dat dacht ik echt.'

Hij kijkt van haar weg en even is ze hem dankbaar. De gekwelde blik in zijn ogen doet haar te veel pijn. Het is als vuur waar je bij vandaan moet stappen om je niet te branden. Hoe graag ze ook wil blijven om hem vast te houden en te troosten, om alles weer goed te maken, ze weet dat het niet kan. Het stokpaardje van Rupert – de tijd tikt door en de rechtbank wacht niet – zoemt steeds harder door alle pijn en nare herinneringen heen. Trekt haar weer terug naar de nabije toekomst, waarin ze haar pleitnota moet voordragen om haar cliënt uit de wind te houden. De spagaat waarin ze zit, scheurt haar bijna in tweeën, maar ze zet door.

'Misschien kunnen we dit op een ander moment bespreken, als we allebei weer een beetje rustig zijn. Ik moet naar de rechtbank.'

Hij draait zijn gezicht weer naar haar toe, een kille blik in zijn ogen. 'Ik ben volkomen rustig, Claire. Ga jij maar lekker naar de rechtbank. Misschien ontmoeten we elkaar daar over een tijdje wel om dingen rustig te bespreken en af te handelen. Denk daar maar eens over na. Ik ga dat in elk geval doen.'

Hij is weer net zo afstandelijk en onbereikbaar als toen ze binnenkwam.

'Dat meen je niet.'

'Daar kom je vanzelf achter.'

'Goed, wat jij wilt, Tobias.'

Ze wrijft haar wangen droog en loopt de kamer uit, de gang door en dan naar buiten. Stapt in haar auto en rijdt zonder verder nog op of om te kijken rechtstreeks naar de rechtbank. Ze heeft niet in de gaten dat ze gevolgd wordt door een busje met geblindeerde ramen.

20

'... hebben de gebeurtenissen mijn cliënt en zijn gezin enorm aangegrepen. Aangezien er geen strikte grond is voor voorlopige hechtenis en het in dezen ook geen meerwaarde heeft, verzoek ik u een eventueel bevel tot bewaring te schorsen op gronde van algemene en bijzondere voorwaarden als een contactverbod met mevrouw Hüpscher en begeleiding van de reclassering. Mijn cliënt wil niets liever dan naar huis terugkeren om samen met zijn gezin de gebeurtenissen te verwerken en zijn werk weer op te pakken. Aangezien hij kostwinner is, is zijn gezin financieel afhankelijk van hem en er is geen buffer om eventuele onderbrekingen in het inkomen op te vangen. Uiteraard is mijn cliënt bereid elke redelijke voorwaarde te accepteren om zijn terugkeer naar huis te bespoedigen...'

Claire knikt de rechter eerbiedig toe en loopt terug naar haar tafel. Het is haar gelukt haar pleidooi op overtuigende wijze te voeren en voor het eerst in lange tijd kijkt ze weer met wat meer zelfvertrouwen naar de toekomst. *Uitstekend gedaan, Claire*, zegt ze in stilte. Maar het positieve gevoel is slechts van korte duur, want op dat moment ziet ze op de publieke tribune iemand zitten. Ze staat abrupt stil. Kijkt nog eens goed. Is het dezelfde man die haar vanochtend volgde? Donkere kleding, een petje dat zijn gezicht in de schaduw zet... Als ze hem strak aankijkt en oogcontact zoekt, buigt hij een stukje voorover en friemelt wat met zijn hand aan de klep van zijn pet.

Nog steeds weet ze het niet zeker, maar nu moet het maar eens afgelopen zijn. Ze is het zat en wil weten wie het is, wat hij van haar moet. Ze loopt op de bewaker af die bij de toegangsdeur naar de rechtszaal staat en fluistert hem iets in het oor. Hij knikt en steekt zijn duim naar haar op. De rechter kijkt haar onderzoekend aan als ze terugloopt naar haar stoel, maar laat het daar verder bij. Claire knikt even bemoedigend naar haar cliënt voordat ze gaat zitten en naar het glas water grijpt dat voor haar klaarstaat. Haar mond is droog van het praten en er staat klam zweet op haar rug.

De rechter neemt het woord en kondigt aan over een uur uitspraak te doen en de zitting tot die tijd te schorsen. Claire staat meteen op en draait zich om om de publieke tribune in de gaten te houden. De man probeert zich langs de andere bezoekers de rechtszaal uit te wurmen, maar wordt tegengehouden door de bewaker die ze zojuist heeft aangesproken. Hij pakt de man bij zijn arm en neemt hem apart. Claire excuseert zich bij haar cliënt en snelt ernaartoe.

'Dit is nou al de derde keer dat ik u vandaag zie,' begint ze in het Duits. 'Wat wilt u van mij?'

De man zet zijn pet af en antwoordt in het Nederlands. Het is vreemd om in deze Duitse rechtszaal haar moedertaal te horen. Het is überhaupt vreemd om haar moedertaal te horen. Zo lang geleden. De stem heeft vaag iets bekends maar ze kan hem niet plaatsen.

'Wat zei u?' Ze is nu zelf ook op het Nederlands overgeschakeld.

'Ik zei: "Dag Claire. Herken je me niet meer?"'

Ze neemt het gezicht van de man fronsend op, kijkt hem in zijn ogen. Groene ogen met een paar bruin-gouden stipjes in de iris. Dan weet ze het. 'Erik?'

'De enige echte.'

'Wat doe jij nou hier? En waarom doe je zo geheimzinnig? Je hebt me vandaag een paar keer de stuipen op het lijf gejaagd.'

'Sorry, dat was niet mijn bedoeling. Ik was moed aan het verzamelen om je aan te spreken, Claire. Het is al zo lang geleden, er is zoveel gebeurd. De afspraken...'

'Inderdaad, de afspraken. Is er een goede reden om die te schenden?'

'Kunnen we ergens privé praten?'

'Loop maar even mee.'

Claire bedankt de bewaker voor zijn hulp en zegt hem dat alles oké is. Hij kijkt nog een keer argwanend naar Erik en laat haar dan weten dat hij in de buurt is, mocht ze hem nodig hebben. Daarna laat hij hen duidelijk met tegenzin gaan.

'Ik heb een krap uurtje de tijd, dus we moeten opschieten,' zegt ze tegen Erik. Ze loopt met grote passen naar het kamertje waar ze eerder haar pleitnota heeft voorbereid. Als een mak schaap loopt hij achter haar aan. *Net als vroeger*, denkt ze.

'Jij bent zo ongeveer de laatste persoon die ik had verwacht hier te zien,' zegt ze, terwijl ze de deur sluit.

'Ja, eh, er zijn wat ontwikkelingen waar ik het graag met je over wil hebben.'

'Aan je gezichtsuitdrukking te zien moet ik me zorgen maken.'

Erik knikt instemmend.

'Heeft het te maken met...?'

Weer een instemmende knik. De steen die al dagen op Claires maag ligt, wordt weer een kilo zwaarder. Ze concentreert zich op haar ademhaling. 'Nou, laat maar horen. Wat is er aan de hand?'

Hij begint hakkelend te vertellen, vergeet af en toe adem te halen en stikt bijna in de stortvloed van woorden. En bij elke zin wordt Claire bleker. Als hij is uitverteld, zakt ze verslagen neer in een stoel.

'O mijn god. Maar hoe kan dat nou? Jij zou het toch oplossen? Ik ben er altijd van uitgegaan dat je dat ook had gedaan. Daar zijn we allemaal van uitgegaan. Besef je wel wat dit betekent? Voor mij? Voor de anderen?'

'Fijn dat je zo begaan bent met iedereen, Claire. Jammer alleen dat je niet ook een beetje aan mij denkt. Voor mij staat er ook heel veel op het spel. Misschien nog wel het meeste.'

'Sorry hoor, maar dit is gewoon allemaal een beetje te veel voor me. Je weet toch dat ik nooit zal vergeten wat je voor me hebt gedaan?'

'Ik zou alles voor je doen. Je bent sindsdien geen dag uit mijn gedachten geweest, Claire. Ik ging eraan kapot dat ik geen contact met je kon zoeken. En ik heb geleerd om zonder jou verder te leven – ik ben getrouwd en heb twee kinderen – maar nu ik je weer zie, lijken de jaren weg te vallen.'

'Laten we maar net doen alsof je dat niet hebt gezegd. Er is geen jij en ik, dat kan niet. Er is te veel gebeurd. Bovendien ben ik net als jij getrouwd en heb ik een zoontje.'

'Ik zou alles voor je opgeven, je hoeft het maar te vragen.'

'Erik, hou op!'

'Ben je gelukkig, Claire? Zeg me dat je gelukkig bent en ik laat je verder met rust.'

Ze wordt bijna onpasselijk van de smekende, dwepende ogen.

'Ik ben heel gelukkig met mijn man, dus einde verhaal. Om terug te komen op waarom je hier bent, wat je me net allemaal hebt verteld is schokkend. Heb je de anderen al gesproken?'

'Nee, ik heb jou als eerste benaderd.'

Uiteraard.

'Weet je vrouw dat je hier bent? Heb je haar iets verteld van...?'

'Mijn vrouw denkt dat ik op zakenreis ben. Ze denkt dat ik zo gestrest ben omdat ik op het punt sta een grote zakendeal binnen te slepen waar veel van afhangt. Als je eenmaal gewend bent dingen te verzwijgen, dan is liegen ook niet zo moeilijk meer. Eerlijk gezegd gaat het me heel goed af.'

'Wees er maar trots op,' bijt ze hem toe.

'Nog net zo kattig als vroeger. Dat vond ik toen al zo leuk aan je.'

'Allemachtig, hou er nou eens over op.'

'Echte liefde roest niet, Claire.'

'Echte liefde? Een obsessie, zul je bedoelen. Maar dat is nu niet ons grootste probleem, dat zul je toch met me eens zijn.'

'Dat kan ik niet ontkennen.'

'Waarom heb je nooit iets gezegd? Zoiets cruciaals voor je houden...'

'We hadden een afspraak, Claire. We zouden het er nooit meer over hebben, geen contact meer met elkaar zoeken.'

'Ik weet wat we hadden afgesproken, daar was ik zelf bij. Maar die afspraken waren gemaakt in de veronderstelling dat jij...' Ze sluit even haar ogen, probeert haar gedachten te ordenen. 'En het is dus duidelijk anders gelopen. Door te zwijgen heb je ons allemaal in gevaar gebracht, dat besef je toch wel?'

'Ik heb getwijfeld, Claire, of ik je moest bellen, maar ik wilde je niet lastigvallen. Je de kans geven om alles rustig te verwerken. Angst zaaien leek me het laatste wat je nodig had.'

'Je had een van de anderen kunnen bellen. Móéten bellen.'

'Misschien wel, achteraf bezien, maar wat komen we daar nu mee verder? Weet je, die eerste week erna heb ik geen oog dichtgedaan en kon ik geen hap door mijn keel krijgen. Elke keer als de bel ging of de telefoon, kreeg ik bijna een hartstilstand. Als mijn vader mijn kamer binnenkwam, dan keek ik eerst of hij geen politieagent bij zich had. Het was een hel, Claire, pure hel. Maar er ging een week voorbij, toen nog een, en het bleef stil. Twee weken werden een maand, toen twee maanden, een jaar, en nog steeds niks. Hoewel ik nog steeds niet begreep wat er gebeurd was, leek het probleem zich te hebben opgelost. Toen heb ik het zo gelaten en ben verdergegaan met mijn leven. Wie had nou gedacht dat het verleden ons na al die tijd nog zou inhalen? Ik had er in elk geval niet meer op gerekend.'

'Nee, ik ook niet, maar ik dacht dan ook dat het probleem was opgelost. Wat een puinhoop, zeg, Maar laten we het hebben over hoe we nu verder moeten, heb jij daar ideeën over?'

'Ik kan niet zo goed nadenken in crisissituaties. Ik ben in een opwelling naar Berlijn gereden om jou te waarschuwen, en tot zover strekt mijn plan eigenlijk.'

'Lekker is dat. Goed, het is duidelijk dat we allereerst de anderen moeten inlichten. Dat is stap één. Het lijkt me het beste als ik contact zoek met Patricia en Gemma, en dat we dan met zijn vieren bij elkaar komen.'

'O, nee, ik heb al een groot risico gelopen door contact met jou te zoeken. Er staat voor mij te veel op het spel en als er vragen komen, dan wil ik niet dat er sporen van mij naar jullie leiden. Wat jij doet met de informatie die ik je heb gegeven moet je zelf weten, Claire, maar ik ga straks gewoon weer naar huis en wil er verder niets mee te maken hebben.'

'Dat lijkt me nogal lastig, want je hébt er nou eenmaal mee te maken. Sterker nog, je speelt een hoofdrol. Zonder jou was het misschien niet zo uit de hand gelopen.'

'O, op die manier. Ben je al begonnen met je straatje schoon te vegen?' Eriks stem klinkt bitter. 'Nou heb ik het ineens gedaan. Ik heb je alleen maar proberen te beschermen, Claire, dat doe ik nog steeds. Het is alleen maar zeer de vraag of jij hetzelfde voor mij zou doen. Zou jij mij uit de wind houden, als er ooit lastige vragen komen?'

Claire weet even niet wat ze daarop moet zeggen. Een eerlijk antwoord zal niet goed vallen, dat weet ze wel.

'Weet je wat? Laat maar. Ik wil het antwoord niet eens weten. Eigenlijk heb je me je antwoord al gegeven. Laten we het niet nog pijnlijker maken dan het allemaal al is. Ik ga maar eens op huis aan. Ik wens je veel wijsheid en succes toe, samen met je vriendinnen. Vergeet niet dat we allemaal in hetzelfde schuitje zitten.'

'Is dat een dreigement, Erik?'

'Vat het op zoals je wilt, maar als ik ten onder ga, sleur ik jullie allemaal met me mee. Ook jou, Claire, en dan zijn we alsnog voor altijd samen.'

'Je klinkt als een acteur in een B-film. Ga nou maar naar huis en blijf lekker ontkennen dat er dingen vreselijk zijn misgegaan. En doe vooral de groeten aan je vrouw.'

Claire houdt haar hand voor haar mond en onderdrukt een snik. De klap waarmee Erik de deur net dichtsloeg, dreunt nog na in haar oren. Al die jaren dat ze dacht dat ze veilig was: een farce. Maar hoe had ze dit ook kunnen weten, dit ooit kunnen bevroeden?

Hoewel het in haar hoofd een grote chaos is, weet ze wat haar te doen staat. Ze moet Patricia en Gemma waarschuwen en wel zo snel mogelijk. Ze denkt aan de bloemen en het bijgevoegde kaartje van S. Alles is plotseling in een heel ander licht komen te staan. Kan ze Erik vertrouwen? De manier waarop hij tegen haar sprak, haar aankeek met die dwepende blik. Na al die jaren krijgt ze er nog steeds de kriebels van, is het nog net zo beklemmend als toen. Speelt hij soms een ziek spelletje met haar? Heeft hij het verhaal dat hij haar zojuist heeft verteld verzonnen om weer contact te kunnen zoeken? Doet hij zich voor als S. en waren die bloemen van hem? Dat zou betekenen dat hij gestoord is. Is hij dat? Erg stabiel kwam hij niet op haar over: switchend van adoratie naar bitter en wraakzuchtig. Het ene moment beweerde hij haar te willen beschermen en het andere moment dreigde hij haar mee te nemen in zijn val, mocht die ooit komen. Erik is een ongeleid projectiel – misschien wel tot dingen in staat die ze nooit achter hem had gezocht. Ze denkt aan haar eigen Tobias en hoe gelukkig ze zich met hem mag prijzen, ondanks hun strubbelingen.

Koffiedik kijken heeft geen zin, Claire. Richt je op de feiten.

Om wat Erik beweert te verifiëren, zal ze enkele dingen moeten checken. Maar eerst moet ze met Patricia en Gemma spreken. De behoefte om hun stemmen weer te horen is nog nooit zo groot geweest. Ze googelt haar beide vriendinnen en weet uiteindelijk via omwegen het telefoonnummer van Patricia te pakken te krijgen. En ze aarzelt geen moment.

'Hallo?' klinkt het aan de andere kant van de lijn.

'Patricia, ben jij dat?'

Even is het stil. 'Claire? Ben jij dat echt?'

'Ja, ik ben het.'

'O mijn god, toeval bestaat echt niet. Gemma en ik wilden je net bellen.'

'Gemma en jij? Zijn jullie samen?' Er gaat een steek van jaloezie door Claires hart.

'Ja, ik logeer bij haar op Sardinië. Gevalletje nood-breekt-wet. Er zijn wat dingen gebeurd waardoor we weer contact moesten zoeken.'

'Wat voor dingen?'

'We hebben allebei nogal verontrustende berichten ontvangen van iemand die zichzelf S. noemt. Hij of zij gebruikt het e-mailadres stemuithetverleden@hotmail.com.'

'Jullie dus ook?'

'Iemand haalt een grap met ons uit, Claire. Een heel zieke grap waar Gemma en ik in elk geval behoorlijk de kriebels van krijgen. Het kán S. niet zijn.'

'Dat is nou precies waarover ik bel. Ik heb Erik vandaag gesproken. Hij stond ineens voor mijn neus. Ik ben nogal in paniek geraakt van wat hij me vertelde.'

'Erik kwam langs? Wat moest hij van je?'

Claire herhaalt nauwgezet Eriks beweringen en Patricia hapt aan de andere kant van de lijn naar adem.

'Claire, dit is Gemma,' hoort ze ineens. 'Kom ook naar Sardinië. We moeten dit rustig bespreken en bij voorkeur niet aan de telefoon. Patricia is hier gisteren aangekomen en we zijn niet compleet zonder jou. We weten dat je net een grote zaak op je hebt genomen, maar een weekje kun je toch wel weg? Als dit escaleert heb je helemaal geen carrière meer – wij geen van allen – en dat moeten we zien te voorkomen.'

'Ik... eh...'

'We missen je, Claire. De drie musketiers, weet je nog?'

'Ik zal kijken wat ik kan regelen. Ik laat het straks even weten. Ik moet nu terug de rechtszaal in.'

'Oké, succes.'

'Jullie horen het straks.'

Claire hangt in verwarring op. Ze heeft net 'gewoon' gebeld met Patricia en Gemma. Na al die tijd. Ze klonken niet als vreemden, maar nog steeds als de vriendinnen die ze twintig jaar geleden noodgedwongen heeft achtergelaten, terwijl ze hen juist toen zo hard nodig had. Ze stelt zich voor dat ze hen in de armen sluit. Het verlangen daarnaar is onweerstaanbaar groot. Ja, ze wil heel graag naar Sardinië, en haar carrière is daarbij niet eens het grootste struikelblok. Het grootste probleem is: hoe vertelt ze Tobias dat ze er een weekje tussenuit gaat, terwijl ze al twee jaar geen tijd heeft voor een vakantie met hem? Hoe legt ze hem uit dat ze haar werk wel opzijschuift voor haar vriendinnen en niet voor hem? Vriendinnen over wie ze hem nog nooit heeft verteld? Ze weet diep in haar hart dat het niet uit te leggen valt. Een weekje Sardinië is misschien wel de laatste druppel voor haar relatie met Tobias. Ze moet het risico nemen, ze heeft geen keus.

Teresa

21

De Forensische Dienst helpt Teresa uit haar bebloede kleren, die ze willen meenemen voor onderzoek. De man en de vrouw zijn gehuld in witte pakken en dragen een mutsje, mondkap en latex handschoenen. Om hun schoeisel hebben ze beschermende plastic overschoenen. Bas is gehuld in dezelfde outfit om te voorkomen dat hij en zijn mensen de plaats delict besmetten met misleidende sporen. Zijn gezicht gaat grotendeels verscholen onder de mondkap, maar zijn ogen zijn goed te zien. De blik erin ook. Die is professioneel en ernstig en er valt niet uit op te maken dat zijn wens om haar naakt te zien sneller dan verwacht in vervulling gaat. Hij blijft niet staan staren, maar draait zich om om haar wat privacy te geven. Op dat moment voelt ze iets voor hem wat in de buurt komt van genegenheid.

Ter plekke worden monsters genomen van haar nagels en handen, die onder het bloed zitten. Een wattenstaafje wordt in haar mond gestoken en langs de binnenkant van haar wang gehaald. Als haar handen zorgvuldig zijn onderzocht, worden ze schoongemaakt en moet ze haar vingerafdrukken laten afnemen. Het voelt alsof ze verdachte is in plaats van getuige. Ze knijpt haar ogen dicht tegen de felle lichtflitsen van de camera. De forensisch fotograaf hangt over de ontzielde lichamen van Peter en Dirkje Hoensbroek heen om elk detail vast te leggen.

Voor Teresa's gevoel had het uren geduurd voordat de politie was gearriveerd. Ze had eerst beide lichamen gecontroleerd op een hartslag, maar zowel in de nek als bij de pols voelde ze niets. Haar handen en kleren waren daarbij onder het bloed komen te zitten, maar dat was onvermijdelijk. Met trillende handen had ze vervolgens haar telefoon tevoorschijn gehaald en eerst een ambulance gebeld en daarna Bas. Terwijl hij stond te vloeken en tieren in haar oor, was er een spierwitte kat de kamer komen binnenwandelen. Hij had aan zijn baasjes geroken en wat aan het bloed gelikt. Toen was hij op Teresa afgelopen en had met zijn rode snoet, die er bijna clownesk uitzag, spinnend kopjes tegen haar benen gegeven. Teresa was roerloos blijven staan en het beest had verontwaardigd gemiauwd, om vervolgens, terwijl zij op Bas en de ambulance wachtte, weer naar buiten te glippen door de deur die nog steeds op een kier stond. Eigenlijk had ze zijn voorbeeld willen volgen, maar haar benen hadden niet gehoorzaamd.

Eindelijk is de Forensische Dienst met haar klaar en krijgt ze een wit pak overhandigd om haar naaktheid te verbergen. Onwillekeurig moet ze denken aan het witte overhemd van Bas dat ze een paar uur geleden droeg. Het onprettige gevoel dat ze daarbij had, valt in het niet bij dit witte pak. Het voelt papierachtig aan op haar huid en is bovendien veel te groot.

'U kunt haar meenemen, wij zijn klaar met haar,' deelt de mannelijke helft van het tweetal dat haar heeft onderzocht mee aan Bas.

Hij draait zich om en kijkt haar aan met een blik die zo koel is dat ze het er koud van krijgt.

Hij denkt toch niet dat ik iets te maken heb met de moorden? Ze glimlacht voorzichtig, maar krijgt geen respons.

Bas mompelt wat tegen een collega en loopt dan naar haar toe.

'Komt u mee, mevrouw Maas?'

'Waar gaan we naartoe, inspecteur?' speelt ze mee in zijn formele toneelstuk.

'Naar het bureau zodat ik uw officiële verklaring kan opnemen.'

Ze loopt schaapachtig achter hem aan en kijkt nog één keer achterom. Twee forensisch onderzoekers benemen haar het zicht op de dode lichamen en dat is misschien maar goed ook.

'Een kat, er glipte een witte kat naar buiten toen ik net binnen was,' zegt ze tegen een collega van Bas die achterblijft in het huis. 'Hij had bloed aan zijn bek, bloed van... van de...'

De agent knikt. 'We zullen naar het beestje uitkijken en brengen hem naar het asiel als we hem vinden.'

Teresa bedankt hem en loopt dan naar Bas toe, die ongeduldig op haar wacht. Hij houdt zijn lippen stijf op elkaar tot ze in de auto zitten en ze hem vraagt wat er aan de hand is.

'Ik ben aan het werk,' bijt hij haar toe. 'Werk dat jij in gevaar brengt.'

'Hoezo breng ik je werk in gevaar?'

'Kom op, Teresa, hou je niet van de domme alsjeblieft. Je hebt in mijn dossier zitten neuzen.'

'Hoe kom je daar nou bij?'

'Je hebt het adres van de familie Hoensbroek uit het dossier gehaald dat in mijn kast ligt, dat kan niet anders. Ik dacht dat ik je kon vertrouwen, Teresa. Dat er iets moois tussen ons aan het opbloeien was. Je hebt me alleen maar gebruikt om geheime informatie te krijgen zodat je weer een mooi verhaaltje kunt schrijven. Daar is het je toch allemaal om te doen?'

'Je bent niet mijn enige bron, Bas. De informatie over de familie Hoensbroek komt niet uit jouw dossier.'

'Wie is je bron?'

'Je weet dat ik je dat niet kan vertellen. Beroepscode.'

'O, dus je verwacht van mij wel dat ik mijn beroepscode schend, maar andersom ben je niet bereid hetzelfde te doen? Jezus, ik kan mezelf wel voor mijn kop slaan.'

'Bas, je zoekt er echt veel te veel achter.'

Ze legt haar hand op zijn bovenbeen en ondanks zijn woede voelt ze hem reageren. Zijn hoog opgetrokken schouders zakken weer wat. Ze moet in gedachten lachen – wat een leugentje om bestwil en een hand op een been al niet kunnen bewerkstelligen. Alleen al door zijn stereotiepe gedrag weet ze dat Bas nooit een goede partner voor haar kan zijn, maar dat hoeft hij voorlopig nog niet te weten. Zolang ze hem in haar greep kan houden, is hij heel nuttig.

'Weet je, Bas, kunnen we het hier een andere keer over hebben? Ik heb net een traumatische ervaring gehad en mijn kop staat nu niet naar dit soort zware gesprekken.'

Ze onderdrukt een snik en veegt een opkomende traan weg. Nu legt Bas zijn hand op haar been.

'Het spijt me, ik weet dat je van slag bent, maar ik moest het weten.'

'Kunnen we misschien eerst even langs mijn huis rijden, zodat ik kan douchen en schone kleren kan aantrekken? Heb je meteen mijn appartement eens gezien,' probeert ze het extra aantrekkelijk voor hem te maken. 'Ik voel me zo vies en dit pak is echt waardeloos.'

'Ik snap het, Teresa, maar ik weet niet of daar tijd voor is. Mijn collega's op het bureau wachten op ons.'

'Ah, Bas, ik heb echt maar heel even nodig. Alsjeblieft?'

Hij zucht. 'Adres?'

Ze geeft het hem en laat zich wat achterover zakken in haar stoel. Zijn hand brandt op haar been, maar ze laat hem liggen tot hij de politieauto voor haar appartement parkeert. Hij klikt zijn gordel los en wil uitstappen.

'Blijf maar zitten, ik ren wel even gauw heen en weer. De tijdsdruk, je wachtende collega's...' helpt ze hem herinneren. Ze ziet zijn gezicht betrekken maar gunt hem niet de kans om te reageren en springt uit de auto. Zonder achterom te kijken sprint ze naar de toegangsdeur van het complex en ze trekt de deur bij binnenkomst meteen achter zich dicht. Rent de trappen met twee treden tegelijk op tot ze hijgend voor haar appartement staat. Pas als ze de deur achter zich heeft dichtgeslagen, ontspant ze een beetje. Ze gluurt door een kier van het gordijn en ziet dat Bas naast zijn auto staat. Zijn handen trommelen ongeduldig op het dak en hij kijkt geërgerd omdat ze hem weer te snel af is geweest. Als hij zijn blik naar boven richt, verdwijnt ze snel achter het gordijn. Alleen de summier bewegende stof verraadt dat ze er heeft gestaan. Natuurlijk was ze niet van plan om Bas mee naar binnen te nemen. Ze kan het niet hebben dat hij net zo tussen haar spullen snuffelt als zij tussen die van hem. De uitdraaien van de dagboeken van Dylan en Noa liggen weliswaar in een kast, maar zo voor het grijpen voor een doorgewinterde speurneus.

Teresa trekt het witte pak uit en gooit het van zich af. Het ding dwarrelt midden in de woonkamer neer. Vlug stapt ze onder de douche en ze neemt niet eens de moeite om het elastiek uit haar haren te halen. Ze schrobt als een bezetene met een nagelborstel om de restantjes bloed van haar handen te krijgen. Zeept zich opnieuw in en begint het proces opnieuw. En opnieuw. Als ze uiteindelijk druipend van het water op de grijze badmat staat en zich afdroogt, heeft ze geen flauw idee hoeveel tijd er is verstreken. Dat het allemaal te lang duurt en Bas zijn geduld met haar elk moment kan verliezen, weet ze echter wel. Het valt haar mee dat hij nog niet heeft aangebeld om te vragen waar ze blijft. Ze staat even in dubio. Wel make-up of geen make-up? Mét is ze verleidelijker, zonder oogt ze kwetsbaarder. Dat laatste lijkt haar beter, want ongetwijfeld schuift een van Bas' collega's aan als ze haar verklaring aflegt en ze moet vooral niet de verkeerde indruk wekken.

Ze bekijkt zichzelf in de spiegel nadat ze een schone broek en een schoon shirt heeft aangetrokken. Haar huid is gaaf maar bleek. Haar mond staat strak en haar pupillen zijn groter dan normaal, een zorgelijke frons trekt een rimpel in haar normaliter gladde voorhoofd. Ze denkt terug aan wat ze eerder die dag heeft aangetroffen. Het beeld van het vermoorde echtpaar heeft zich vastgezet op haar netvlies. Al dat bloed.

Op haar telefoon, die op de rand van de wastafel ligt, komt een appje binnen. Met moeite maakt ze zich los van haar eigen spiegelbeeld. *Ik heb meer te doen vandaag*, schrijft Bas korzelig. Ze pakt haar tas en sleutels, schiet haar teenslippers aan en haast zich naar beneden. Bas zit met een nors gezicht achter het stuur en start de auto nog voordat ze erin zit. Hijgend gaat ze naast hem zitten.

'Sorry, er kwam een telefoontje van mijn werk tussendoor.'

'En daardoor snoep je tijd van mijn werk af? Waarom is jouw job altijd belangrijker dan wat dan ook?'

'Het is alles wat ik heb, Bas.'

'Je zou zoveel meer kunnen hebben. Als je het maar een kans gaf.'

Een pijnlijke, geladen stilte blijft tussen hen in hangen totdat ze bij het bureau zijn aangekomen.

'Bedankt dat ik me even mocht opfrissen. Je had ook nee kunnen zeggen, dat besef ik maar al te goed.'

'Nou, dat mag wel in de krant: Teresa Maas spreekt een bedankje uit. Jij bent journalist, toch? Je zou er een artikel aan kunnen wijden.'

Teresa besluit wijselijk haar mond te houden om zijn humeur niet nog meer te verslechteren. Hoe chagrijniger hij is, hoe harder hij haar aan zal pakken, en dat kan ze nu juist niet gebruiken. Ze wil zo snel mogelijk naar huis. De dagboeken van Noa en Dylan liggen op haar te wachten.

22

Teresa trekt in gedachten verzonken de kurk uit de fles wijn die in een koeler voor haar op haar bureautje staat. Ze schenkt zichzelf voor de tweede en tevens laatste keer deze avond bij. Meer dan drie glazen drinkt ze nooit, ze wil helder blijven. Het dagboek van Noa ligt voor haar en ze vraagt zich af wat Bas vindt van het verhaal dat erin wordt verteld. Het is een leven van mishandeling en seksueel misbruik, van hongerlijden en nooit liefde hebben gekend. De instanties die voor haar hadden moeten zorgen, de mensen die haar hadden moeten beschermen: ze hebben haar allemaal schromelijk in de steek gelaten. Soms door slordigheid, maar meestal door desinteresse en onachtzaamheid. Soms uit pure wreedheid. Noa's enige metgezel was een roze knuffelkonijn.

Teresa heft haar glas. 'Op een zieke wereld. Proost.' Daarna leest ze verder.

Het is donker in de kamer. Ik houd niet van het donker, maar ik mag geen lamp aan laten van hem. Dat kost te veel stroom en ze zijn al veel te veel geld aan me kwijt. Natuurlijk is dat niet de echte reden dat ik het licht niet aan mag laten. Als het licht aan is, kan hij niet ongezien mijn kamer binnensluipen en zijn ding doen. In het begin kwam hij maar één keer in de week, nu sluipt hij bijna dagelijks mijn kamer binnen zodra zij slaapt. Ze neemt elke avond een slaappil met wodka en propt dan oordoppen in haar oren. Ze hoort niets, ziet niets en als ze al iets vermoedt dan zwijgt ze. Waarschijnlijk is ze allang blij dat hij háár met rust laat. Dat ik haar vuile werk opknap. Hij is echt walgelijk. Erger dan al die anderen bij elkaar. Als hij bij mij in bed kruipt, verdwijnen Rabbie en ik in een hol onder de grond waar het warm is en veilig. Daar kruipen we dicht tegen elkaar aan en houden elkaar stevig vast tot het voorbij is. Rabbie troost me, hij is er altijd voor me.

Ze wil niet verder lezen, het is te pijnlijk, maar ze moet. Ze moet weten of er ergens aanwijzingen zijn te vinden. Het kan het kleinste detail zijn, iets wat je gemakkelijk over het hoofd ziet of vergeet, maar wat kan leiden naar een oplossing voor de zaak-Dylan Post. Het is het bekende verhaal van een kind dat er helemaal alleen voor staat en is overgeleverd aan de wreedheden van een volwassene die voor haar had moeten zorgen. Noa schrijft over het verlangen naar vroeger, toen haar moeder, vader en broertje nog leefden. Ze waren omgekomen bij een auto-ongeluk. Haar konijn Rabbie was haar enige band met het verleden. Hij maakte haar aan het lachen en droogde haar tranen met zijn stoffen vacht.

Plotseling gaat Teresa rechter zitten. Haar blik gaat terug naar het begin van het fragment dat ze zojuist heeft gelezen en ze begint opnieuw.

Vannacht schrok ik wakker van de krakende trap. Een krakende trap betekent gevaar. Hij is onderweg, voor de tweede keer vannacht. De deur gaat open en ik begin te jammeren, probeer weg te kruipen, maar hij heeft me al te pakken. Zijn grote handen om mijn enkels. Hij stinkt naar de drank. Hij trekt me aan mijn enkels verder naar zich toe totdat mijn kruis tegen dat van hem aan zit. Hij zegt dat ik niet moet tegenstribbelen. Kleine Noa, noemt hij me. Ik kan het niet goed zien, maar hoor aan de geluiden dat hij zijn broek uittrekt en dat is voor mij het moment om me terug te trekken in Rabbies hol. Maar dan is er ineens een luide klap en wordt alle lucht uit me weggeslagen. Ik kan niet meer ademen en ben bang dat ik doodga. Misschien maar beter ook, denk ik, maar laat het dan snel gebeuren. Ik durf mijn ogen niet open te doen en begin in mezelf te tellen, want dan is het misschien sneller voorbij. Maar dan neemt de druk op mijn borstkas ineens af en voel ik me zo licht als een veertje. Ik kan weer ademen! Het is heerlijk, die frisse lucht om me heen, en ik kan niet stoppen met mezelf ermee te vullen. En plotseling gaat het licht aan.

'Gaat het?' vraagt een vriendelijke stem.

Ik heb mijn hand voor mijn ogen geslagen en kijk tussen de vingers door in twee blauwe ogen. Het is die nieuwe jongen die hier sinds gisteren is. Ik weet nog niet eens hoe hij heet. Hij wrijft met een pijnlijk gezicht over zijn rechterhand. Ik probeer overeind te komen en hij helpt me. Ik hoor gekreun en nu pas zie ik dat Peter op de grond ligt. Ik stap uit bed, zo ver mogelijk bij hem vandaan, en bekijk hem. Hij is walgelijker dan ooit. Als hij grommend overeind probeert te komen, trapt de jongen hem tegen zijn achterhoofd en buigt zich over hem heen. Hij pakt Peter bij zijn haren en trekt zijn hoofd omhoog. Waar hij dat mes ineens vandaan haalt weet ik niet, maar hij zet het tegen zijn keel en zegt: 'Als je haar nog één keer aanraakt, dan vermoord ik je.' Het is zo mooi. En daarna waarschuwt de jongen Peter dat hij vooral niet naar de instanties moet gaan, want dat hij hem altijd zal weten te vinden. En ik kan aan Peters ogen zien dat hij bang is. Hij huilt zelfs als hij mijn kamer uit kruipt en van de weeromstuit kan ik mijn eigen tranen ook niet langer tegenhouden.

Wanneer we alleen zijn, stelt de jongen zich voor als Dylan en hij steekt zijn hand uit, maar ik krimp automatisch in elkaar. Hij zegt dat ik voor hem niet bang hoef te zijn. Dat hij de eerste zal zijn die mij geen pijn doet en dat hij ervoor zal zorgen dat anderen mij ook geen pijn meer doen. Ik weet niet of ik hem moet geloven, maar hij heeft me gered van Peter en ik wil hem niet beledigen. Hij zegt dat hij zijn spullen gaat halen, want dat hij vanaf nu in het bed boven het mijne zal slapen, dat met een houten trapje te bereiken is. Als hij de kamer uit is haal ik Rabbie onder het bed vandaan.

'Misschien hebben we een nieuwe vriend,' fluister ik in zijn lange oor.

Eerst zien, dan geloven. Bovendien hebben we niemand nodig, want we hebben elkaar.

'Hij heeft me wel gered van vieze Peter. Misschien moeten we hem een kans geven?'

En dan heb je mij zeker niet meer nodig?

'Wij blijven altijd bij elkaar, Rabbie. Altijd.'

Beloofd?

'Beloofd.'

Op het graf van je ouders en je broertje?

'Op het graf van mama, papa en Sylvester.'

De deur zwaait open en ik moffel Rabbie gauw weg onder de dekens. Dylan gooit een sporttas in de hoek en doet het licht uit.

'Of slaap je liever met de lamp aan?' vraagt hij.

Ik vertel hem dat ik bang ben in het donker, maar dat ik de lamp niet aan mag laten van Peter. Dylan zegt dat vanaf dit moment híj de baas is in huis en het licht gaat weer aan.

Teresa pauzeert even om een slok wijn te nemen. Ze houdt het glas voor haar bureaulamp. Er zit condens op. Ze denkt aan Peter Hoensbroek die nu op een tafel bij de lijkschouwer ligt. De wereld kan dit soort mannen missen als kiespijn. Maakt deze gedachte haar nou een slecht mens of is het een normale menselijke reactie? Haar hand is vochtig geworden van het wijnglas en ze veegt hem af aan haar broek voordat ze de uitgeprinte foto's van Noa's dagboek weer naar zich toe trekt. Ook al zijn het niet de originele pagina's, ze wil ze met respect behandelen. Voor Noa, dat verdient ze. Noa die verdwenen is.

Het is een van de vele aspecten die de politie bezighoudt, gezien de aantekeningen die bij de foto's staan. Wat zou er van Noa zijn geworden? Is het mogelijk dat zij achter de moord op Peter en Dirkje Hoensbroek zit? Is ze als een wraakengel teruggegaan naar het huis waar Peter haar misbruikte om eens en voor altijd de rekening te vereffenen? En moest Dirkje dood omdat ze de andere kant op heeft gekeken terwijl Noa werd misbruikt? Tot nu toe heeft Teresa nog geen duidelijke aanwijzingen in het dagboek gevonden, wat waarschijnlijk betekent dat de politie ook nog geen idee heeft. En dat ze dus ook niet weten waarom Noa's konijn Rabbie bij Dylans skelet is gevonden.

23

Teresa wordt wakker met een stijve nek en een pijnlijke rug. Haar rechterwang drukt op haar slapende arm en het bureaulampje schijnt fel in haar oog. Ze zit nog steeds op die ongemakkelijke houten stoel, omringd door alle zwarte bladzijdes uit Noa's leven. Haar hoofd bonkt en ze trekt de fles wijn uit de koeler. Leeg. Het onbestemde gevoel waarmee ze in slaap is gevallen, is ze nog niet kwijt. Rond middernacht had ze pas de laatste pagina omgeslagen en uitgeput had ze haar armen op het blad van haar bureau gelegd om vervolgens haar hoofd, dat zwaar was van alle gedachten, erop te rusten te leggen. Leeg was ze geweest.

Ze wrijft in haar ogen, masseert kort haar slapen en checkt de tijd. Halfvier. Nog een paar uur en dan komt de zon alweer op. Besluiteloos bijt ze op haar onderlip tot ze bloed proeft. Wat zal ze doen? Naar bed gaan of verdergaan met het dagboek van Dylan? Haar nieuwsgierigheid wint het van de vermoeidheid. Ze loopt naar de keuken, vult het grootste glas dat ze heeft met water en drinkt het helemaal leeg. Het water neutraliseert de zure nasmaak van de wijn een beetje en lest in elk geval haar dorst. Ze sleept zichzelf weer terug naar haar bureau. Verzamelt alle losse papieren en legt ze op een keurige stapel. Ze plakt er een gele Post-it op waar ze *Noa* op schrijft. In de *o* tekent ze een verdrietig gezichtje.

Het dagboek van Dylan is heel anders van opzet dan dat van Noa. Het doet denken aan het dagboek van de seriemoordenaar uit een tv-serie die ze onlangs zag, waarin hij nauwgezet zijn observaties beschreef van de vrouwen die hij stalkte en uiteindelijk vermoordde. Dylan was zijn tijd en de moderne tv-serie ver vooruit. Het dagboek telt verslagen van tien verschillende vrouwen. Het eerste verslag dateert van twee jaar voordat hij Noa leerde kennen en het laatste eindigt vlak voordat hij in 1998 van de aardbodem verdween. Op nummer zeven staat de opvallendste naam in het rijtje: Gemma Kastelijn, Neerlands bekendste thrillerschrijfster. De vrouw op wie Teresa stiekem jaloers is. Dylan beschrijft uiterst nauwgezet hoe hij haar voor het eerst met haar vriendinnen zag lopen in het centrum van Hilversum. Hoe haar theatrale handbewegingen hem waren opgevallen, haar schaterende lach die door de straat galmde, het verleidelijke wiegen van haar heupen en het veelvuldige gewoel door haar toen ook al lange rossige haren. Gevulde kledingtassen van diverse winkels bungelend in de holte van haar rechterelleboog. Teresa ziet het plaatje dat Dylan schetst haarscherp voor zich. Ze volgt hem via lange zinnen met vele omzwervingen naar een grand café waar Gemma en haar vriendinnen neerstrijken voor een kop koffie met appeltaart. De slagroom die Gemma van haar in de gloss gezette lippen likt is zo nauwgezet beschreven, dat Teresa bijna kan proeven hoe het gesmaakt moet hebben.

In veertien pagina's – elke pagina staat voor een dag – vertelt Dylan over zijn subtiele infiltratie in Gemma's leven. Elke keer dat ze Dylan 'toevallig' tegenkomt, raakt ze meer in hem geïnteresseerd. De eerste keren blijft het alleen bij het uitwisselen van blikken, een verlegen lach. Te dicht langs elkaar heen lopen met vluchtig lichaamscontact. Besmuikt gegiechel met haar vriendinnen als hij hen passeert op het schoolplein. Haar zoekende ogen die de omgeving afspeuren tot ze de zijne vinden. En dan eindelijk, eindelijk, spreekt ze hem aan en vraagt hem of hij ook naar het scoutingterrein komt, waar ze die avond met haar vaste vriendengroep heeft afgesproken. Hij veinst terughoudendheid en pas als de teleurstelling in haar ogen groot genoeg is, hapt hij toe. Daarna eindigt het verhaal abrupt. Pas weken later start een nieuw verhaal. Deze keer met ene Patricia in de hoofdrol.

Ze herleest de laatste pagina over Gemma. Het scoutingterrein – het terrein waar Dylans skelet is gevonden. De politie zal ongetwijfeld Gemma hierover willen ondervragen, als ze dat niet al gedaan hebben. Maar nee, dan had er een verslag van dat gesprek in Bas' dossiermap gezeten. Toch? Waarschijnlijk hebben ze er gewoon nog geen tijd voor gehad vanwege de moord op het echtpaar Hoensbroek. Een verse moordzaak krijgt natuurlijk voorrang boven een cold case. Maar lang zal het niet duren voordat Bas contact opneemt met Gemma en wat zou er uit dat gesprek naar voren komen?

Teresa slaat het dossier dicht en staart peinzend voor zich uit. Er zijn zes dagen verstreken sinds de vondst van het lichaam op het scoutingterrein en uit het dossier blijkt dat er nog altijd geen duidelijkheid is over wie Dylan heeft vermoord. Maar is het mogelijk dat de politie al meer weet, dat Bas het dossier niet heeft geüpdatet. Het is allemaal zo onzeker en haar vervolgstappen hangen hiervan af. Ze móét weten of Bas denkt dat ze de zaak gaan oplossen of niet, dus stuurt ze hem een appje.

Goedemorgen blauwe man, lekker geslapen?

Na een korte aarzeling gooit ze er drie kusjes achteraan. Vrijwel meteen ziet ze dat hij haar bericht gelezen heeft, maar hij reageert niet. Kennelijk is hun relatie dusdanig bekoeld dat hij dat niet meer nodig vindt. Het zit haar dwars. Gisteren was de sfeer tussen hen al behoorlijk gespannen – na het verhoor had hij haar niet zelf teruggebracht naar waar ze haar fiets had neergezet, maar dat door een collega laten doen. Nerveus frummelt ze aan het zilveren bedelarmbandje rond haar pols. Ze heeft het nu een jaar of tien en elk jaar op haar verjaardag doet ze zichzelf een nieuw bedeltje cadeau. Het afgelopen jaar was het een egeltje. Ze wrijft met haar wijsvinger over de stekels van het beestje terwijl ze naar haar telefoon loert. Nog steeds geen reactie van Bas. Dit is niet goed. Heeft ze haar hand dan toch overspeeld? Heeft ze de invloed die ze op hem heeft verkeerd ingeschat? Ze weet het niet, maar ze weet wel dat dit probleem uit de wereld moet worden geholpen. Hij is haar belangrijkste bron en ze mag hem niet verliezen.

Ze besluit om hem te bellen. Als ze zijn stem hoort, kan ze veel beter inschatten hoe de zaken tussen hen er nu echt voor staan. Of de eventuele breuk nog te lijmen valt. De zenuwen gieren door haar lichaam, doen haar naar adem happen, en het zweet breekt haar uit. Toch zet ze door en belt, maar hij neemt niet op en ze krijgt zijn voicemail.

'Gaan we het zo spelen?' mompelt ze. 'Dat kan ik beter.'

Ze belt opnieuw en blijft dat net zo lang doen totdat hij eindelijk opneemt met een gefrustreerd 'Wat?'

'Zo, dat is nog eens een aardige begroeting.'

'Wat wil je van me, Teresa?'

'Voortzetten waar we mee bezig waren?'

'Mag ik je eraan herinneren dat jij alle pogingen tot bezigheden tot nu toe om zeep hebt geholpen? Er valt dus weinig voort te zetten. Bovendien heb ik er genoeg van om mee te gaan in jouw grillen en met me te laten spelen. Dat was even leuk en spannend, maar ik bedank nu voor de eer en het genoegen.'

'Ik weet dat ik je heb teleurgesteld, Bas, en dat spijt me. Ik ben gewoon niet zo goed met relaties. Ik heb in het verleden een hoop ellende meegemaakt op dat gebied. Gun me nog wat tijd, alsjeblieft. Het ligt niet aan jou, maar volledig aan mij. Jij bent leuk, lief, lekker en knap, en ik ben vooral complex en lastig in de omgang. Ik vind het moeilijk om mensen dichtbij te laten komen, in relaties en in vriendschappen. Ik werk eraan, maar dat lukt nog niet echt goed.'

'Je kunt nog wel wat oefening gebruiken.' Zijn stem klinkt iets milder.

'Geef me nog een kans. Alsjeblieft?'

Het blijft stil aan de andere kant van de lijn. Te stil en het duurt te lang. Even is Teresa bang dat hij heeft opgehangen. 'Bas?'

'Eerst moet deze zaak achter de rug zijn en daarna zien we wel verder.'

‘Wat bedoel je? Waarom staat de zaak ineens tussen ons in?’

‘Snap je dat zelf niet? Je bent onderdeel van de zaak geworden sinds je die lichamen hebt gevonden. Ik moet professioneel zijn en kan me niet meer privé met je inlaten.’

‘Wat een onzin. Daar heb je al die tijd geen moeite mee gehad en nu gaan we ineens “professioneel” doen?’

‘Als ik met jou wil blijven omgaan, dan moet ik me terugtrekken uit dit dossier en dat wil ik niet.’

‘Dus je kiest voor je werk in plaats van voor mij?’

‘Zaken gaan voor het meisje: je eigen woorden als ik het me goed herinner.’

‘Maar Bas...’

‘Inspecteur De Haan is het vanaf nu. Het spijt me, Teresa, maar dit is hoe we het gaan doen. En je hoeft ook niet meer te proberen om informatie los te peuteren aangaande het onderzoek, want die geef ik je niet. Ik ben al veel te ver gegaan en jij hebt daar zelf nog een schepje bovenop gedaan door ongevraagd in het dossier te snuffelen.’

‘Ik heb je toch al gezegd dat jij niet mijn enige bron bent...’

‘Hou op, Teresa, hoe dom denk je dat ik ben? Je wist waar het dossier lag, je was alleen in mijn huis. Iedereen die zichzelf journalist noemt zou van die gelegenheid gebruik hebben gemaakt en zeker iemand die zo ambitieus is als jij.’

‘Als ik zo ambitieus was als jij beweert, dan werkte ik niet voor een regionaal blad, maar voor een landelijke krant of bekleedde ik een buitenlandse post.’

‘Jouw probleem, jouw frustratie. Ik heb mijn eigen problemen en op dit moment zie ik het niet zitten om de jouwe er ook nog bij te nemen. Ik ga deze zaak niet verprutsen en dat betekent dat ik niet privé met je om kan gaan zolang de zaak niet is afgerond. Los je shit op, Teresa, dat is het beste advies dat ik je nu kan geven.’

‘Zeg je dat als vriend?’

‘Nee, als een professional die al heel veel mensen met issues heeft gezien. En die heb jij zeker, Teresa, dat is wel duidelijk.

Misschien wil je ze later met me delen, wanneer dit allemaal achter de rug is, en misschien wil ik dan een luisterend oor zijn. Als je verder nog vragen hebt over de zaak kun je terecht bij mijn collega Karel, die gisteren ook aanwezig was toen ik je verklaring opnam. Hij doet vanaf nu de woordvoering naar de pers.'

'Heb je zijn nummer voor me?'

'Als je hem wilt spreken, dan kun je naar het bureau bellen en dan verbinden ze je door.'

'Kom op, Bas, geef me zijn nummer nou gewoon.'

'Het spijt me, Teresa, maar dan zou ik intern gemaakte afspraken schenden. Ik wens je nog een fijne dag.'

Hij hangt op.

Teresa pakt het lege, plakkerige wijnglas en smijt het woedend door de kamer. Het slaat stuk op de witte gestucte muur en laat een lelijke kras achter. Hoe heeft ze het zo kunnen verpesten? Ze is al haar privileges en achterdeurtjes in één klap kwijt, zelfs een rechtstreeks telefoonnummer zit er niet meer in. Ze heeft zichzelf overschat of Bas schromelijk onderschat. Terug bij af en helemaal op zichzelf aangewezen.

Nou, goed dan, als het zo moet. Ze weet heus wel hoe ze voor zichzelf moet opkomen en het was sowieso tijd om de volgende stap te zetten.

Ze haalt haar laptop van de screensaver en opent haar internetbrowser. Tijd om de koe bij de horens te vatten.

Gemma, Patricia, Claire en Teresa

24

Gemma sluit Claire in haar armen. Patricia staat naast haar en wacht rustig haar beurt af. Tranen vloeien, van blijdschap om de hereniging, van verdriet om de reden van hun samenkomst. Gemma pakt haar vriendinnen bij de hand en troont ze mee naar de keuken.

'Ik denk dat we wel een bubbeltje kunnen gebruiken.'

Haar stem klinkt nog dik van de emotie. Ze pakt de fles champagne die ze door Francesco heeft laten halen en loopt ermee naar de veranda. Claire en Patricia volgen met de glazen. Met een grote plop schiet Gemma de kurk over het verandahek heen terwijl Claire en Patricia hun glazen bij de fles houden om zo min mogelijk kostbaar vocht verloren te laten gaan. Daarna tikken ze hun glazen tegen elkaar aan, proosten en nemen ieder een grote slok.

'Dit gaat in elk geval nog net zo soepel als twintig jaar geleden,' verzucht Gemma vergenoegd.

Ze ploft neer op de loungebank en klopt op de kussens naast zich om haar vriendinnen aan te sporen hetzelfde te doen. Patricia gaat meteen zitten, maar Claire drinkt eerst haar glas leeg alsof het limonade is en schenkt zichzelf meteen weer bij.

'Zo, daar was ik even aan toe.' Ze veegt een haarlok uit haar gezicht.

'Stress van je werk?'

'Onder andere. Op het thuisfront gaat het ook niet zo lekker. Ik weet eigenlijk niet eens of ik nog wel een thuisfront heb.'

'Huwelijkscrisis?'

'Dat kun je wel zeggen. Voordat ik hiernaartoe kwam was ik

door mijn lieftallige echtgenoot al naar de slaapbank in mijn kantoor verbannen.'

'Ah, dat verklaart waarom je wallen zo'n beetje tot onder je kin hangen.'

Claire grinnikt. 'Bedankt voor het compliment. Ik voel me meteen een stuk beter.'

'Ja, Gemma is nog net zo direct als vroeger. Geen spat veranderd, hooguit wat rimpeltjes erbij,' laat Patricia erop volgen.

'Denk je dat ik toe ben aan een beetje Botox?' Gemma trekt haar gezicht strak met haar handen.

'Zou het niet doen als ik jou was. Zo onnatuurlijk en nep.'

'Jij hebt makkelijk praten, Patricia. Jij bent niet om de haverklap met je kop op de tv.'

'Konden we met Botox de rimpels uit het verleden maar glad trekken,' verzucht Claire.

'Hè Claire, kunnen we dat gesprek nog even uitstellen?' zegt Gemma. 'Ik zit net lekker aan de champagne.'

'Je weet anders wat mijn moeder vroeger altijd zei, hè?'

'Van uitstel komt geen afstel,' roepen Gemma en Patricia in koor.

Gemma gaat schrijlings op de bank zitten en trekt haar benen onder zich. Patricia legt haar hoofd tegen Gemma's schouder en Claire staat op en loopt naar het verandahek. Met haar handen op het gladde hout leunt ze ertegen en kijkt uit over zee.

'Het is hier wel paradijselijk, hoor, Gem,' verzucht ze.

'Als mijn nieuwe boek een succes wordt, dan koop ik misschien ook wel een pied-à-terre hier. Die rust, die omgeving... zalig gewoon en heel inspirerend.'

'Laat dat "als" maar weg. Natuurlijk wordt je nieuwe boek weer een megabestseller. Ik heb wat gegoogeld en alles wat jij aanraakt, verandert in goud. Je bent razend populair.'

'Dan moet er wel eerst een boek komen... Al die shit waar we nu weer mee geconfronteerd worden, is niet echt bevorderlijk voor het schrijfproces.'

'Inspiratie genoeg, zou ik zo zeggen.'

'Ik geloof niet dat het verstandig is als ik dingen uit mijn eigen leven in mijn boeken verwerk.'

'"Schrijf over wat je kent" is toch zo'n gouden regel uit jouw vak?'

Gemma lacht en wuift Claires woorden weg. 'Ik doe niet aan regels. Ik heb een creatief vak en hoe ik dat precies invul, kan ik zelf bepalen. Zolang ik mijn deadlines maar haal, heb ik in principe alle vrijheid.'

'Heerlijk lijkt me dat. Mijn vak gaat juist over regels en het handhaven daarvan. Het wetboek is mijn bijbel.'

'En mijn werk gaat juist over het oprekken en handig omzeilen van regels,' valt Patricia bij.

'Oké, genoeg geouwehoerd. Simon. Ik dacht eerst dat die berichten een zieke grap waren, maar na wat Erik jou heeft verteld, Claire, ben ik daar niet meer zo zeker van. Wij hebben altijd gedacht dat Simon dood was, maar Erik beweert nu dus dat hij daaraan twijfelt. Dat hij in elk geval niet het lichaam heeft weggewerkt zoals hij aan ons had beloofd.'

'Inderdaad.'

'Dus het kan wel degelijk Simon zijn die ons nu weer stalkt?'

'Ik ben bang van wel,' zegt Claire en ze slaakt een diepe zucht. 'Wie dacht jij trouwens in eerste instantie dat er achter die berichten zat voordat je mij had gesproken?'

'Erik, ook al zou ik niet weten waarom en waarom nu ineens. En heel even flitsten jullie ook door mijn hoofd. Sorry.'

'Je hoeft je niet te verontschuldigen, Gemma. Totdat ik jou had gebeld, sloot ik jou en Claire ook niet uit. Of Erik. Niemand anders weet ervan. Ik heb het althans nooit tegen iemand verteld. Jullie?'

Gemma en Claire schudden allebei hun hoofd.

'Hoewel de verleiding soms groot was om het met Tobias te delen als hij mij weer eens niet snapte. Ik heb er nog steeds last van, weet je. Het is net alsof ik opgesloten zit in mezelf en ik weet nog steeds niet hoe ik mezelf kan bevrijden.'

Er loopt een traan over Claires gezicht. Patricia loopt naar haar toe en veegt hem weg.

'Herkenbaar. Ik heb ook een paar keer op het punt gestaan om het Michael te vertellen. Uiteindelijk heb ik het gedaan toen hij dood was. Wist ik in elk geval zeker dat hij het niet verder zou vertellen.'

'Ik ben mijn directheid misschien niet verloren, maar jouw gevoel voor humor staat na twintig jaar ook nog als een huis,' zegt Gemma grinnikend.

'Michael was stapelgek op mijn galgenhumor, dat was een van de dingen waarmee ik zijn interesse wekte. Hij kwam uit een nogal rijk gezin dat zichzelf heel serieus nam. Hij vond mijn humor verfrissend. Als ik een grap maak, dan hoor ik hem in mijn hoofd lachen en dan zie ik hem quasimeewarig zijn hoofd schudden. Dan kan ik hem bijna aanraken, totdat alles uit elkaar spat en hij nog net zo dood is als daarvoor.'

'Dat moet voelen alsof je hem elke keer opnieuw weer verliest.'

'Het is gekmakend, Gem, en het doet verdomd veel pijn. Soms zie ik het echt niet meer zitten en dan vind ik mezelf een enorme slappeling. Ik ben altijd een vechter geweest, maar op die momenten kan ik het even niet opbrengen. Alles is me momenteel gewoon te veel, elke tegenslag een nieuwe klap in mijn gezicht. En dan schaam ik me zo. Michael zou niets liever hebben gewild dan dat ik verder zou gaan met mijn leven en ik kan er de moed niet voor opbrengen. Hij zou zo teleurgesteld in me zijn.'

Patricia is steeds zachter gaan praten. Ze klinkt uitgeblust.

'Je bent echt te hard voor jezelf. Het is pas een paar weken geleden. Het eerste jaar na de dood van een geliefde schijnt in het teken te staan van rouw. Je maakt alles voor het eerst mee zonder hem; verjaardagen, feestdagen, zakelijke en persoonlijke successen. Dat moet je niet onderschatten. Dat heeft impact.'

Gemma slaat een arm om Patricia heen en geeft haar een knuffel, en Patricia tovert een glimlachje op haar gezicht. Het geluid van een telefoon onderbreekt het moment. Alle drie grijpen ze naar hun toestel.

'De mijne.' Claire houdt haar toestel in de lucht. 'Sorry, maar deze moet ik even nemen. Kan werk zijn.' Ze glipt door de verandadeur naar binnen.

'Ze ziet er niet goed uit,' fluistert Gemma tegen Patricia.

'Eens. Veel te mager en bleek. Maar goed, ik trek momenteel ook geen volle zalen, dus wie ben ik om er iets van te zeggen?'

'We hoeven er ook niks van te zeggen, we moeten haar alleen goed in de gaten houden en wat extra vertroetelen.'

'Beloofd.' Patricia brengt haar duim naar haar pink en steekt haar overige drie vingers in de lucht.

'God, dat is lang geleden.' Gemma doet het handgebaar van de padvinders na en laat haar hand snel zakken als Claire de veranda op komt stuiven. Haar gezicht is lijkbleek.

'Claire, wat is er? Ga even zitten.'

'Het is... het is...' hakkelt ze.

Gemma geeft haar glas, dat nog voor een kwart vol is, aan Claire, die het met trillende hand aanpakt en in één teug leegdrinkt. Dan kijkt ze haar twee vriendinnen aan en er staan tranen in haar ogen. Ze haalt diep adem.

'Erik wordt vermist en ik schijn de laatste te zijn die hem gesproken heeft.'

'Wát?!'

'Vermist, verdwenen. Hij is voor het laatst gesignaleerd bij de rechtbank, waar hij boos wegliep nadat ik met hem gesproken had.'

'Hadden jullie ruzie gehad?'

'Nou, hij vond het nodig om me niet alleen dat verhaal over Simon te vertellen, maar me en passant ook nog de liefde te verklaren. Hij zei dat hij nog steeds niet over me heen is! Bizar toch? Hij heeft een vrouw en kinderen!'

Patricia kijkt haar verbijsterd aan. 'Wauw, dat klinkt nogal geobsedeerd.'

'Ach, kom nou,' zegt Gemma. 'We weten toch allemaal dat

Erik nogal kon doorslaan en overdrijven? Het verbaast me eerlijk gezegd niets. Hoe heb je gereageerd?'

'Ik heb hem natuurlijk keihard afgewezen en gezegd dat hij naar huis moest gaan. Naar zijn vrouw en kinderen. Dat ik een man en een zoontje heb. Dat viel niet goed, hij had natuurlijk op een ander antwoord gerekend na alles wat hij voor me had gedaan. Als je het mij vraagt zit hij al twintig jaar vast in een soort reddingsfantasie.'

'In wezen heeft hij je ook gered.'

'Ja, en daar ben ik hem nog steeds dankbaar voor, maar dat wil niet zeggen dat ik dan maar aan al zijn wensen moet voldoen en de rest van mijn leven bij hem in het krijt sta.'

'Je denkt toch niet dat hij zichzelf iets heeft aangedaan nadat jij de deur naar een romantische comeback in zijn gezicht hebt dichtgeslagen?'

Claire haalt haar schouders op. 'Ik heb geen idee, ik hoop van niet. Mijn hemel, wat moet dat erg zijn voor zijn vrouw en kinderen.'

'Wat denkt de politie?'

'Ze houden alle opties nog open. Hij zou vrijwillig kunnen zijn verdwenen, maar ze sluiten een misdrijf niet uit. En zelfdoding is inderdaad ook een scenario dat ze overwegen. Het schijnt dat zijn bedrijf al een tijdje in zwaar weer verkeert en dat hij torenhoge schulden heeft. De politie is dat nu aan het uitzoeken.'

'Hoe weten ze dat jij hem hebt gesproken?'

'Ze zijn zijn gangen nagegaan aan de hand van het signaal van zijn iPhone en kwamen zo uit in Berlijn bij de rechtbank. Op de camerabeelden van de parkeergarage hebben ze hem die garage in en uit zien rijden. Een bewaker van de rechtbank herkende hem op een foto en heeft de politie verteld dat ik met hem heb gesproken. Hij heeft nog een dag rondgehangen in Berlijn en overnacht in een hotel, en daarna is hij vertrokken. Zijn telefoon is teruggevonden in een prullenbak van een parkeerplaats aan de snelweg. Het scherm was gebarsten, maar de telefoon deed het nog wel. Vanaf daar hield het spoor op en tast de politie in het duister. Zijn inkomende en uitgaande gesprekken en berichten waren gewist. Ze proberen nu of ze daar nog wat van kunnen terughalen.'

'En wat wil de politie precies van jou?' vraagt Gemma. 'Ben je verdachte?'

'Nee, ze willen alleen met me praten omdat ik hem nog gesproken heb voor zijn verdwijning.'

'Dan willen ze natuurlijk weten waarover je hem gesproken hebt...' Paniek verschijnt in Patricia's ogen.

'Ja, en dat kan ik ze niet vertellen zonder ons in de problemen te brengen. Ik heb gezegd dat ik over een week weer in Berlijn ben om mezelf wat tijd te geven om een goed verhaal te bedenken, maar daar gingen ze natuurlijk niet mee akkoord, omdat bij een vermissing elk uur telt.'

'En nu?'

'Ze bellen vanavond terug, meer uitstel kon ik niet bedingen. Ik zei dat ik in een bespreking zat en dat ik het gesprek daarom kort moest houden, maar vanavond zal ik ze echt te woord moeten staan. Dus, dames, wat wordt het verhaal? Gemma, verzin jij eens iets plausibels, als verhalenverteller pur sang.'

Gemma kijkt even bedenkelijk. 'Ik denk dat je helemaal niets moet verzinnen. Als je dingen verzint en liegt, dan moet je ook veel onthouden en ga je vroeg of laat de fout in.'

'Zeg je nou dat Claire open kaart moet spelen?'

'Zeker niet, ik was nog niet uitgepraat. Ik denk dat je niets moet verzinnen, maar dat je een gedeelte van het gesprek met Erik gewoon moet weglaten. Er waren geen getuigen bij het gesprek, toch?'

Claire schudt haar hoofd.

'Dat betekent dat ze zullen moeten afgaan op wat jij hun vertelt. Erik is er niet om andere dingen te beweren. Ik zou ze vertellen dat je vroeger een kortstondige relatie met hem hebt gehad en dat hij je nooit is vergeten. Dat het te verleidelijk voor hem was om je niet te bezoeken toen hij in Berlijn was en dat hij je de liefde verklaarde, hopend dat jij in zijn open armen zou vliegen en dat jullie nog lang en gelukkig leefden.' Gemma veegt theatraal een denkbeeldige traan uit haar oog. 'Zoiets?'

Claire laat Gemma's woorden even op zich inwerken en knikt dan instemmend. 'Ik denk dat dat inderdaad het beste is wat ik kan doen. Zijn vrouw zal me dat alleen niet in dank afnemen, maar misschien kan ik de politie vragen of ze voor zover dat gaat discreet met mijn verhaal kunnen omgaan.'

'Zeg, ik zat zo eens te denken,' valt Patricia hen in de rede. 'Zou het misschien zo kunnen zijn dat Simon iets met Eriks verdwijning te maken heeft?'

Gemma en Claire vallen stil. Gemma is de eerste die weer in staat is om iets te zeggen. 'Zo, drop jij even een bommetje...'

'Zo'n rare gedachte is dat toch niet? Wij krijgen berichten van hem, dus waarom Erik niet? Het lichaam dat op het scoutingterrein is gevonden is niet van Simon, maar van ene Dylan Post. Dat heeft Erik je zelf verteld. De vraag is: waar is Simon gebleven?'

'In elk geval niet op de plek waar we altijd dachten, daar heb je een punt,' beaamt Gemma.

'Daarom kwam Erik me ook waarschuwen,' verzucht Claire.

'Hoe nobel van hem, na twintig jaar komt hij ineens met dat verhaal op de proppen. Een prutser is het. Als hij gewoon had gedaan wat we hadden afgesproken, dan stonden we hier nu niet.' Gemma woelt gefrustreerd met haar handen door haar haren. 'Wat een ellende.'

'Dat is niet helemaal fair naar Erik toe wat je nu zegt, Gem. We maakten er maar wat graag gebruik van dat hij aanbood het lichaam weg te werken. We hebben geen van allen achteromgekeken toen we hem daar achterlieten en zijn doorgegaan met ons leven, voor zover dat ging. We hebben hem nooit gevraagd of alles gelukt was of hoe het met hem ging. Jullie niet en ik ook niet. We zijn er altijd van uitgegaan dat Simon dood was en dat

Erik de sporen had gewist omdat dat het makkelijkste was.'

'Nou heb je boter op je hoofd, Claire. Zonder Erik was er geen lichaam geweest om weg te werken, laten we dat even niet vergeten.'

'Erik was niet degene die Simon daarheen had gelokt, mag ik jou daar dan nog even aan herinneren? Het lesje dat we hem wilden leren is volledig uit de hand gelopen en ik ben maar wat blij dat Erik op het laatste moment kwam binnenstormen. Dat hij wél het lef had om me te bevrijden.'

'Wat wil je daarmee zeggen? Is dat een verwijt? Zijn wíj nou ineens de gebeten hond?' Gemma kruist boos haar armen voor haar lichaam.

'Kom op, meiden, laten we een beetje eensgezind blijven. Met kibbelen komen we op dit moment zeker niet verder. We moeten op één lijn blijven zitten als we hier goed uit willen komen.' Patricia wringt zich tussen Claire en Gemma in en slaat haar armen om hun schouders. 'Hij doet het nog steeds. Simon weet nog steeds een wig tussen ons te drijven en ons op de kast te jagen. Dat mogen we niet laten gebeuren. Niet nu we elkaar weer gevonden hebben. We gaan dit samen oplossen en komen er samen doorheen, oké? En laten we afspreken dat we volledig open kaart spelen tegen elkaar en niet meer dezelfde fouten maken die we vroeger maakten. Vanaf nu staat niets meer tussen ons in. Geen Simon, geen Erik, geen enkele man of wat dan ook. Alles op tafel, achterste van de tong.'

'Oké,' zegt Gemma, 'maar als Simon niet dood is, wat wil hij dan eigenlijk van ons? En wie is die Dylan Post dan eigenlijk die ze hebben gevonden?'

'Ik snap er ook niks meer van. Het enige wat ik zeker weet, is dat ik nog wel een borrel kan gebruiken.'

'Goed idee!'

Patricia wil naar de fles bubbels lopen, maar Gemma houdt haar tegen. 'Ik heb eigenlijk wel behoefte aan wat frisse lucht. Laten we die borrel op een terrasje doen op de boulevard van Porto Cervo. Schijnt sprookjesachtig te zijn daar. Ik trakteer.'

‘Nou, daar zeg ik geen nee tegen. Even een stift over mijn lippen en dan kunnen we wat mij betreft gaan.’

Tien minuten later zitten de drie in de huurauto die Gemma door Francesco voor de deur heeft laten zetten, omdat ze zijn gammele groene brik niet vertrouwt en geen zin heeft om te wachten tot Francesco het ding komt brengen als ze op pad wil. Ze had niet zozeer behoefte gehad aan een auto om ergens mee naartoe te gaan, maar omdat ze op een gegeven moment mogelijk zou moeten vluchten. Want één aspect van het mysterie hebben zij, Patricia en Claire angstvallig vermeden. Simon is niet alleen terug, hij weet ook waar ze zijn.

25

'Het is hier wel echt prachtig, hoor. Als de situatie niet zo beroerd was, dan zou ik er bijna van genieten.'

Claire steunt met haar voeten op het warme dashboard en steekt haar arm in de lucht door het halfgeopende raam. 'Die wind is gewoon warm, zalig.'

'Hier. Beetje bescherming voor die albinohuid van je.' Patricia haalt een tube zonnebrand uit haar tas en geeft hem aan Claire.

'Het is inderdaad al een tijdje geleden dat mijn tere velletje de zon langer dan vijf minuten heeft gezien.'

'Als je van de rechtbank naar je auto loopt zeker,' zegt Gemma grinnikend.

'Inderdaad, en nu ik die MeToozaak heb aangenomen, vrees ik dat het voorlopig niet veel beter zal worden. Dus ik ben van plan om hier elk straaltje zon mee te pikken.'

'Wanneer ben je eigenlijk voor het laatst op vakantie geweest?'

'Poeh... dat is zeker twee jaar geleden.'

'En je man is het hier niet mee eens, neem ik aan?' vraagt Patricia.

'Hoe weet jij dat?'

'Je zei dat je huwelijk in crisis verkeert en dat je was verbannen naar je kantoor, dus ik heb één en één bij elkaar opgeteld.'

'O, nou, dat klopt. Hij klaagt al tijden dat ik hem en Mattis niet genoeg aandacht geef. Dat ik nu naar Sardinië ging zonder hem en Mattis was zo'n beetje de druppel. Ik weet eerlijk gezegd niet wat er nog van mijn huwelijk over is als ik thuiskom.'

'Misschien moet je eens wat beter je best ervoor gaan doen.'

'Wat bedoel je daarmee?'

'Ik bedoel dat je je handjes wel dicht mag knijpen dat je nog een man hebt. Ik zou er alles voor geven om de mijne terug te krijgen en ik heb spijt van alle momenten met hem die ik niet bewust heb meegemaakt of waar ik niet maximaal van heb genoten omdat ik met mijn kop bij mijn werk zat. Realiseer je wat je hebt, Claire. Dat is alles wat ik wil zeggen. Werk is ook maar werk. Je kunt het mee naar huis nemen, maar het zal nooit de leegte in je hart vullen. En ik weet waar ik over praat.'

Claire klikt haar gordel los en draait zich om op haar stoel, zodat ze Patricia kan zien. Ze steekt haar hand uit. 'Ik vind het zo erg voor je. En je hebt gelijk: ik ga proberen mijn leven te beteren, alleen al voor jou.'

'Je moet het niet voor mij doen, maar voor jezelf en je gezin.'

Claire draait zich weer om en staart met tranen in haar ogen naar buiten, naar het rotsachtige landschap en de groene heuvels om hen heen. 'Het is hier zo vredig. Alles lijkt hier mooier. De kleur van de zee, het groen van de vegetatie, de helblauwe lucht. Alles straalt hier door de gouden gloed van de zon.'

'Jij gaat ook weer stralen, Claire.' Gemma legt troostend een hand op de knie van haar vriendin. 'Ik weet dat je het in je hebt, je hebt het alleen zelf nog niet door.'

Er gaat een telefoon. 'Sorry, dat ben ik weer.' Claire duikt naar haar tas, die voor haar voeten ligt, en haalt haar toestel eruit. 'Het is Tobias. Wat zal ik doen?'

'Opnemen natuurlijk. Wat heb ik nou net tegen je gezegd?' Patricia geeft haar een duw.

Claire brengt het toestel naar haar oor en doet het raampje dicht. 'Met Claire.'

'Hou je de kranten een beetje bij daar?' valt Tobias meteen met de deur in huis.

'Hallo schat, fijn om je stem weer te horen,' antwoordt ze. 'Nee, ik heb nog geen krant gezien, hoezo?'

'Is het waar, Claire?'

'Is wat waar? Spreek eens niet zo in raadsels.'

'Ben je verkracht?' Tobias' stem klinkt klein en breekbaar,

maar zijn woorden komen aan als een stormram. Alle lucht wordt in één klap uit Claires borstkas geslagen. Ze kan niet ademen, ze kan niet praten. De auto begint te draaien en een golf van misselijkheid overvalt haar. Gemma ziet het gebeuren en stuurt de auto naar de kant. Claire weet niet hoe snel ze zich eruit moet wurmen en spuugt alles onder. Patricia volgt meteen en ondersteunt Claire, terwijl Gemma haar telefoon overneemt.

'Hallo Tobias, met Gemma, Claires vriendin. Ik weet niet wat je tegen haar gezegd hebt, maar het gaat even niet zo goed met haar.' Bezorgd kijkt Gemma naar Claire, die alleen nog op haar benen staat omdat Patricia haar zo goed en zo kwaad als ze kan overeind houdt.

'Mijn vrouw is veel in het nieuws in Duitsland en ik heb net in de krant moeten lezen dat zij in het verleden het slachtoffer van verkrachting is geweest, en ik wil graag weten of dat waar is.'

Gemma staat met haar mond vol tanden en brabbelt dan: 'Eh... dat is niet aan mij om te vertellen.'

'Het is dus waar?'

Gemma kijkt met een hopeloos gezicht naar Claire, die op de grond is gaan zitten en met een asgrauw gezicht tegen Patricia aan leunt. 'Wat moet ik zeggen?' fluistert ze, terwijl ze met haar hand de telefoon afschermt. Claire steekt haar hand uit en Gemma geeft haar het toestel.

'Sorry, Tobias, ik werd even niet goed. Wat is er precies aan de hand?' Tobias vertelt Claire hetzelfde als Gemma.

'In de kranten? En wie beweert dat dan? Een anonieme bron rond Hartmann? Ja, zo lust ik er ook nog wel een paar. Je weet toch dat Hartmann er alles aan doet om mij te beschadigen?'

Patricia trekt haar wenkbrauwen op en Gemma haar schouders.

'Tobias, kunnen we het hierover hebben als ik weer thuis ben? Dit is niet echt een goed moment om dit soort dingen te bespreken en zeker niet over de telefoon.'

'Je hebt het nog steeds niet ontkend, Claire. Zal ik daar dan maar uit concluderen dat het waar is?'

'Tobias...'

'Een simpel nee of ja, Claire, dat is alles wat ik van je vraag.'

'Het is niet simpel, Tobias, het is heel ingewikkeld...'

'Claire!'

'Ja, het is waar! Zo goed?! Ik ben verkracht en daar heb ik tot op de dag van vandaag nog last van.' Claire spuugt de woorden uit.

'Waarom heb je me dat nooit verteld?'

'Omdat ik dat niet kon. Omdat het niet echt een lekkere binnenkomer is op een eerste date.' Claire huilt nu hartverscheurend en Patricia en Gemma slaan aan weerszijden een arm om haar heen.

'O, Claire, lieve schat. Ik had je kunnen helpen. Er zijn zoveel dingen die nu op hun plaats vallen.'

'Je kunt me niet helpen, Tobias. Je kunt het niet ongedaan maken. Ik probeer er al twintig jaar mee te leven en het lukt me verdomme nog steeds niet.'

'Ik had die last met je kunnen delen, Claire. Als je me de kans maar had gegeven. Heb je daarom het contact met je vriendinnen destijds verbroken? Omdat ze je te veel herinnerden aan een tijd die je wilde vergeten?'

'Ja.' Het is niet eens een leugen. Alleen was dat niet het enige wat ze wilde vergeten.

'Kom naar huis, Claire, ik wil je vasthouden.'

'Dat kan ik niet, Tobias. Niet totdat het rumoer wat geluwd is. De roddelpers zou me geen moment met rust laten en dat trek ik niet. Snap je dat? Zeg me dat je het snapt, liefje, dat is belangrijk voor me. Met begrip help je me op dit moment het meeste.'

'Als dat is wat jij wilt.' Tobias klinkt gelaten.

'Ja, echt.'

'Goed dan. Ik zal er begrip voor tonen.'

'Dank je wel, dat betekent veel voor me. Tot over een paar dagen. En hou ramen, gordijnen en deuren gesloten.'

'Maak je geen zorgen, die persmuskieten hier rond het huis zijn op zoek naar jou, niet naar mij.'

'Ik app je zo de telefoonnummers van Gemma en Patricia

voor als je me wilt bereiken. Ik zet mijn eigen toestel de komende dagen maar even uit.'

'Lijkt me verstandig. Probeer daar nog een paar dagen op te laden, oké? Ik hou van je.'

'Ik ook van jou, Tobias.' Het is voor het eerst dat ze dit zonder reserve tegen hem kan zeggen. Het enige lichtpuntje in deze hele rottige affaire.

Claire staart nog even naar haar toestel en start dan het internet op. Scrolt door de artikelen die boordevol staan met roddel, achterklap en speculaties. Allemaal met dezelfde onflatteuze foto van de avond waarop ze huilend met haar koffer naar kantoor vertrok toen Tobias haar eruit had gezet. Ze smijt haar toestel in de berm en slaat haar handen voor haar gezicht. 'Die klootzak!' sist ze. 'Die ongelooflijke klootzak. Ik maak hem helemaal af.'

'Over welke klootzak hebben we het precies?' vraagt Gemma.

'Erik natuurlijk! Wie anders? Buiten jullie en Erik weet niemand van die verkrachting. Hij heeft met Hartmann gepraat om mij een hak te zetten.'

'Simon. Je vergeet Simon,' zegt Patricia zachtjes.

Claires gezicht wordt zo mogelijk nog bleker.

'Ik zet mijn geld op Erik. Waarom zou Simon de pers attenderen op een misdaad die hij zelf heeft begaan? Dat is niet logisch, toch?' geeft Gemma haar mening.

'Eriks blazoen is ook niet bepaald schoon, dus voor hem geldt hetzelfde,' spreekt Patricia haar tegen.

'Dat is ook weer zo.'

Claire staat abrupt op en loopt naar haar telefoon. Er zit een kras op het scherm, maar verder is hij niet beschadigd. In een oogopslag ziet ze dat ze vijftien gemiste oproepen heeft. Twee van Rupert, de rest van anonieme nummers. Op haar voicemail staan tien berichten; ze wist ze allemaal zonder ze te beluisteren. Rupert belt ze op een later tijdstip wel. Ze heeft eerst een ander telefoontje te plegen, want als Hartmann het vuil wil spelen, dan kan zij dat ook. Ze gaat Hartmann ten val brengen en daarbij heeft ze hulp nodig. En dus belt ze Axel Müller.

26

'What the fuck is dit?'

Gemma trapt hard op de rem en de auto komt met piepende banden tot stilstand in de berm, niet ver van Villa Rosa vandaan. Patricia klapt tegen de passagiersstoel aan, waar Claire in zit, en is meteen weer helemaal nuchter. Ze hadden de hele middag doorgebracht op een van de vele terrasjes aan de zonovergoten boulevard van Porto Cervo, en de cocktails hadden ervoor gezorgd dat ze zich eindelijk weer eens wat konden ontspannen. De stemming was dan ook opperbest geweest toen ze de terugrit naar Villa Rosa weer aanvingen.

Rond de auto verschijnt een stofwolk.

'Kun je de volgende keer even waarschuwen als je zo'n stunt uithaalt, dan zorg ik dat ik mijn gordel omheb.'

Gemma reageert niet op Patricia's gemopper en springt de auto uit. Claire volgt haar voorbeeld. 'Wat is er?' vraagt ze.

'Kijk dan!' wijst Gemma en nu ziet Claire het ook.

GEMMA, PATRICIA EN CLAIRE, JULLIE ZIJN NOG NIET VAN ME AF. XXX S., staat in grote witte krijtletters op de weg.

'O mijn god!'

'Snap je nou waarom ik stop?'

'Dit begint echt creepy te worden. Kom op, laten we er als de wiedeweerga vandoor gaan.'

'Wacht, ik wil eerst een foto van die tekst maken.'

Angstig kijkt Claire om zich heen. 'Je weet toch wat het betekent dat deze tekst hier op de weg staat? Dat Simon ons volgt en dat hij in de buurt is. Wie weet staat hij ons op dit moment wel te bespieden. Bij de gedachte alleen al krijg ik de kriebels.'

Gemma gaat onverstoorbaar door met foto's maken.

'Gemma! Kappen nou! Er komt een auto aan. Misschien is hij dat wel!'

Claire pakt Gemma bij haar arm en trekt haar mee naar de auto. Patricia is achter het stuur gekropen en geeft meteen gas als haar vriendinnen de autodeuren dichtslaan, en honderd meter voor de naderende auto schiet ze slingerend de weg op. Het komt haar op luid getoeter te staan.

'Is het Simon in die auto achter ons?' vraagt Gemma aan Claire, die achterstevoren op de achterbank zit.

'Ik weet het niet. Het is in elk geval een man, maar hij heeft een pet en een zonnebril op. De afstand is te groot om het goed te kunnen zien.'

'Te groot? Zijn bumper raakt onze trekhaak bijna.'

'Overdrijven is ook een vak, hè. Maar ja, misschien moet ik maar eens aan de bril.'

'Hij loopt in. Gassen, Patries.'

De auto achter hen trekt ook op en de afstand wordt eerder kleiner dan groter. Gemma begint nerveus op het dashboard te trommelen. 'Ik haat het als ik zelf niet achter het stuur zit.'

'Ik doe toch mijn best?!'

Patricia trapt het gaspedaal nog verder in, maar kan niet voorkomen dat hun achtervolger zijn auto naar links stuurt en naast hen komt rijden. Ze blijft strak naar voren kijken, geheel gefocust op het besturen van de huurauto, die met grote snelheid voortraast.

Gemma kijkt voor Patricia langs naar de auto naast hen. Het is een kobaltblauwe Alfa Romeo Stelvio. De bestuurder kijkt haar recht aan. Althans, dat vermoedt ze, want zijn ogen zitten verborgen achter de donkere brillenglazen van zijn zonnebril. Zijn mond is een strakke, grimmige lijn op zijn gezicht. Dan steekt hij zijn hand op en wijst naar rechts.

'Hij wil dat we de auto aan de kant zetten. Niet doen, hoor. We gaan absoluut niet stoppen.' Voor het eerst klinkt Gemma nu ook echt nerveus. 'Harder, Patries!'

'Ik weet niet of dat verantwoord is,' antwoordt ze.

'Als we stoppen zijn we ons leven ook niet zeker. Als die vent daar Simon is, dan...'

'Maar hij lijkt er toch helemaal niet op? Denk je niet dat we hem zouden herkennen?' bemoeit Claire zich er vanaf de achterbank mee.

'Hoe weet jij dat nou, jij ziet niks. En weet jij veel hoe hij er na twintig jaar uitziet? Mensen kunnen door de jaren heen enorm veranderen.'

'Misschien is hij wel een enorm dikke, kalende papzak geworden,' zegt Patricia giechelend.

'Hij geeft niet op, Patries. Kom op, je moet het proberen.'

'Oké, laten we eens kijken hoe hard dit ding eigenlijk kan.'

Patricia geeft nog een dot gas bij en de motor ronkt luidruchtig, maar steeds als ze harder gaat rijden, doet de man naast hen dat ook. Zij aan zij zoeven de auto's over de tweebaansweg met een snelheid die de maximaal toegestane allang heeft overschreden. In de verte nadert een tegenligger. Patricia houdt wat in en hoopt dat de man hun voorbijgaat. Het is ijdele hoop – de man houdt ook in, tot hij weer strak naast haar rijdt. De buitenspiegels raken elkaar op een haar na. De tegenligger begint net als Patricia nerveus te worden en seint en toetert. Het laat de man onberoerd.

'Wat moet ik nou doen? Straks rijdt hij zichzelf nog te pletter!' De auto slingert vervaarlijk als Patricia Gemma aankijkt.

'Kijk uit! Ogen op de weg.'

Het bloed is uit Patricia's handen weggetrokken, zo hard knijpt ze in het stuur. De tegenligger is nog maar tweehonderd meter van hen verwijderd. Zijn claxon stoot een langgerekt waarschuwingssignaal uit.

'Gordel om, Claire!' krijst Gemma. 'En jij het gas loslaten!' schreeuwt ze tegen Patricia. 'Niet vol op de rem, want dan komen we in een spin terecht!'

Ondanks hun angst doen beide vriendinnen meteen wat Gemma zegt.

'Shit, dit gaat echt mis als die gek niet gauw van die linkerweghelft af gaat! Nog vijftig meter...'

Gemma drukt zichzelf in haar stoel en klauwt met haar handen aan weerszijden in de leren bekleding. Haar nagels laten ragfijne krasjes achter. De tegenligger wisselt paniekerig nog een keer groot licht af met zijn claxon en klampt zich dan met beide handen vast aan het stuur. Op het allerlaatste moment schiet de Alfa Romeo naast hen naar voren, voor hun auto langs. Een fractie van een seconde later raast de tegenligger langs hen – in een flits zien ze de doodsangst in de ogen van de chauffeur. Dan schieten ze alle drie naar voren in hun riemen, omdat de bestuurder voor hen heel even zijn rem aantikt en Patricia alles op alles moet zetten om niet boven op hem te knallen. Ze vloekt luidruchtig en steekt haar middelvinger op. De man reageert met een handgebaar naar rechts en gaat steeds langzamer rijden.

'Wat nu? Misschien toch maar even stoppen en horen wat hij te melden heeft?'

Zonder op de instemming van haar vriendinnen te wachten laat Patricia het gas los. De snelheidsmeter loopt snel terug. Zweet parelt op haar voorhoofd als ze de auto uiteindelijk aan de kant zet. De man zet zijn auto schuin voor hun huurauto en stapt uit. Woest zwaaiend met zijn armen schreeuwt hij hun allemaal onverstaanbare dingen toe. Zijn hand grijpt naar de binnenzak van zijn dunne jas.

'Hij heeft een pistool!' schreeuwt Gemma. Ze duikt weg en houdt haar armen beschermend boven haar hoofd, bibberend wachtend op het genadeschot. Dat komt niet.

'Gem, je kunt overeind komen, het is een politieagent in burger, denk ik.' Claire pakt haar vriendin bij de arm en trekt haar overeind. Gemma kijkt schichtig naar het pasje dat de man voor hun ruit houdt.

'Zou dat echt zijn? Hoe vaak hoor je niet dat toeristen er in het buitenland in geluisd worden door nepagenten?'

De agent stopt zijn pas weer weg en geeft aan dat Patricia

haar raampje moet opendraaien. Ze doet wat hij zegt en meteen begint hij tegen haar in het Italiaans te ratelen.

'*Do you speak English? I'm from Holland. I don't understand what you are saying.*'

De agent schakelt over op Engels. 'Die stunts die u uithaalde op de weg waren levensgevaarlijk.'

'Wát?! Ik reed gevaarlijk? U bent degene die ons van de weg drukte.'

'U schoot zonder te kijken de weg op en had ontzettend geluk dat ik goed zat op te letten en alert reageerde. Vervolgens rijdt u veel te hard en negeert u mijn stopteken.' Hij bukt zich zodat zijn gezicht op dezelfde hoogte als dat van Patricia is en snuift. 'Hebt u gedronken?'

'Een klein cocktailtje, maar dat is allang verdampt.'

'Als u bijdehand gaat doen, dan wordt de boete alleen maar hoger. Ik ben dan wel in burger, maar ik heb mijn bonnenboekje altijd bij me en een vrije dag weerhoudt me er echt niet van om het te gebruiken.'

'Sorry,' zegt Patricia deemoedig.

'Waarom reed u zo hard?'

'Ik probeerde u af te schudden. Ik had het idee dat u ons volgde.'

'Ja, dat deed ik ook. Op de openbare weg rijden auto's nou eenmaal achter elkaar aan. Rijbewijs alstublieft.'

'Ogenblikje.'

Gemma en Claire buigen zich naar Patricia toe als ze in haar tas wroet. 'Moeten we iets zeggen over die tekst op de weg?' fluistert Patricia.

'Absoluut niet.' Gemma schudt heftig haar hoofd. 'Dan moeten we het hele verhaal vertellen, of in elk geval een belangrijk deel ervan, en dat is veel te risicovol.'

'Maar als Simon niet dood is, dan...'

'Dat neemt niet weg dat wat er destijds is gebeurd strafbaar is.'

'Joh, die vent zal echt niet gaan graven. Als we nou gewoon

vertellen dat we achterna worden gezeten door een vervelende ex en dat we daarom zo opgefokt over de weg reden? Wie weet is hij dan wat milder met de boete.'

'Als jij je mond houdt, dan betaal ik de boete,' sist Gemma.

'Zwijggeld.'

'Noem het zoals je wilt, als je je kop maar houdt.'

'Zeg, komt er nog wat van?' De agent komt ongeduldig hun kant weer op lopen.

'Sorry, vrouwentas.' Patricia kruipt met een rood gezicht uit de auto en overhandigt hem haar rijbewijs, en hij noteert wat gegevens. Gemma blijft al die tijd Patricia strak aankijken, haar met haar ogen dwingend de agent niet wijzer te maken dan nodig is.

De agent stopt zijn pen in zijn zak en wappert met zijn bonnenboekje langs Patricia's gezicht. 'Ik heb alles ingevuld, ik hoef de bekeuring alleen nog maar af te scheuren.'

'U kunt hem natuurlijk ook doorscheuren.' Ze werpt hem een vriendelijke lach toe.

'En waarom zou ik dat doen?'

'Omdat u onze vakantie niet wilt verpesten?'

'Nee, omdat u geen zin hebt in al die administratieve rompslomp op uw vrije dag.' Claire is uitgestapt en naast Patricia gaan staan. 'Een boete aan een toerist uitschrijven is toch net even anders en meer gedoe. Bij ons zeker, aangezien we in drie verschillende landen wonen. Bovendien ben ik haar advocaat en ben ik helemaal niet van plan u hiermee weg te laten komen. U hebt zelf levensgevaarlijk rijgedrag vertoond door zo lang naast ons te blijven rijden terwijl er een tegenligger naderde. U had een zeer ernstig, mogelijk dodelijk ongeluk kunnen veroorzaken waarbij uzelf, wij en die tegenligger betrokken zouden zijn geweest. Ik heb alles gefilmd en het kenteken genoteerd van de auto die ons tegemoetkwam, en ik ben van plan deze chauffeur te laten getuigen. Dus zeg het maar.'

De zelfverzekerde houding van de agent wankelt. 'Ik geloof er niks van,' zegt hij, maar de twijfel staat in zijn ogen te lezen en op dat moment weet Claire dat ze gewonnen heeft. Ze trekt de uitgeschreven bekeuring uit de handen van de agent en verscheurt die voor zijn ogen. De snippers dwarrelen neer voor zijn voeten. Zonder verder nog iets te zeggen, draait ze zich vervolgens om en wenkt naar Patricia en Gemma dat ze haar moeten volgen.

Zwijgend gaan ze weer in de auto zitten, Gemma achter het stuur. Ze start de motor, zet haar knipperlicht aan en kijkt netjes in de spiegel en daarna over haar schouder voordat ze in rustig tempo de weg op rijdt. De agent staat nog steeds in de berm en kijkt hen na. De rest van de rit brengt ieder door met haar eigen gedachten. Ze slaken tegelijk een zucht als Gemma de auto uiteindelijk veilig voor het strandhuis parkeert en de deur van Villa Rosa opent. Alles ziet er nog uit zoals ze het hebben achtergelaten, op één ding na. Daar komt Claire achter als ze de make-up van haar gezicht wil halen. Ze slaakt een ijselijke gil en Gemma en Patricia rennen naar haar toe.

'Wat is er?'

Met een asgrauw gezicht wijst Claire naar de spiegel boven de wastafel. Met de lippenstift die Claire voor vertrek heeft gebruikt en op de wasbak heeft laten liggen, is een tekst op de spiegel gekalkt.

IK KRIJG JULLIE WEL, BITCHES! JULLIE ZIJN NERGENS VEILIG. S.

27

'Er zijn nergens braaksporen te vinden en alle ramen zaten op slot. Ik heb de deur nog twee keer gecheckt voordat we weggingen en de reservesleutel ligt nog op precies dezelfde plek in de keukenla.'

Gemma kijkt de anderen vragend aan. Ze hebben net met z'n drieën heel Villa Rosa gecontroleerd, kamer voor kamer, totdat ze zeker wisten dat de indringer zich niet ergens had verstopt.

'Wie heeft er allemaal een sleutel van dit huis?'

'Francesco, de klusjesman, en Duco natuurlijk. Francesco is al eerder in het huis geweest toen ik er niet was.'

'Maar Francesco kan het niet zijn geweest, want die spreekt geen Nederlands.'

'En hij had beloofd dat hij niet meer zonder toestemming van mij naar binnen zou gaan.'

'Bel Duco. Check of hij in Nederland is en vraag hem wie er allemaal een sleutel van deze hut hebben.'

'Moet dat echt? Als ik hem bel, gaat hij me weer doorzagen over mijn boek en ik heb niks te melden. Ik ben de afgelopen dagen echt helemaal niks opgeschoten en hij gaat echt flippen als hij daarachter komt. En hij mag al helemaal niet weten dat jullie hier zijn, want dan ben ik echt de sigaar.'

'Dit heeft niks met je boek te maken. Bel nou maar gewoon.'

'Jemig, Claire, ben jij altijd zo'n koele kikker?'

'Net misschien even niet, maar het stomste wat we op dit moment kunnen doen is als kippen zonder kop gaan rondrennen. Dus laten we kalm blijven, helder en logisch nadenken en onze gevoelens even parkeren.'

'En dat kun jij zomaar?'

'Ja, het is min of meer een way of life geworden. Werkt thuis wat minder goed, maar op mijn werk komt het heel goed van pas.'

'Oké, ik bel Duco wel, maar jullie moeten echt doodstil zijn.'

Gemma pakt haar toestel en belt Duco op zijn 06-nummer.

'Gemma! Hoe gaat het met schrijven? Zojuist zijn de eerste omslagontwerpen binnengekomen en die gaan we straks met het hele team bekijken en bespreken. Ik mail je ze wel even door. Op het eerste oog ziet het er allemaal fantastisch uit.'

Gemma hoort geroezemoes op de achtergrond en dan Duco tegen Marije zeggen dat hij het team tien minuten later in de vergaderruimte verwacht, omdat hij nog even met hun sterauteur aan het babbelen is. Ze hoort Marije iets van groetjes roepen. Gemma's eerste vraag is al beantwoord: Duco is gewoon op kantoor.

'Zorgt Francesco een beetje goed voor je?'

'Ja hoor, uitstekend, aardige man.'

'Laat hij je genoeg met rust?'

'Ook dat. Heb je hem nog gesproken?'

'Ja, gisteren eventjes. Hij zei dat je hard aan het werk bent en nergens anders oog voor hebt.'

Gemma dankt Francesco in stilte dat hij Duco niets heeft verteld over Claire en Patricia. 'Ja, het schrijven gaat echt prima, dat heeft Francesco goed gezien. Mail me die omslagontwerpen inderdaad maar even, daar ga ik vast nog harder van typen.'

'Dat hoor ik graag. Mooi, mooi. Ik wist wel dat het een goede zet was om je naar Sardinië te sturen. Op een enkele journalist na heeft er niemand meer naar de uitgeverij gebeld na dat filmpje op Twitter. Ik denk dat de schade beperkt is gebleven.'

'Of hij is zo groot dat niemand meer in me geïnteresseerd is.'

'Wat een onzin, je bent een ster! Als je boek straks in de winkels ligt en je weer regelmatig in de media verschijnt, moet jij eens opletten. Dan stroomt het succes weer uit je poriën en heeft niemand het meer over dat incidentje. Mensen leven bij de waan van de dag en daar gaan we handig op inspringen met de publiciteit. We gaan de kassa weer laten rinkelen, Gemma.'

'We zullen het zien. Zeg, nu ik je toch spreek, hoeveel mensen hebben eigenlijk een sleutel van Villa Rosa?'

'Waarom vraag je dat?'

'Gewoon, ben ik benieuwd naar.'

'Wat is er aan de hand, Gemma?'

'Niks, gewoon... ik had het idee dat er vandaag iemand in het huis was geweest toen ik een strandwandeling maakte. Er brandde een lamp waarvan ik zeker wist dat ik hem uit had gedaan.'

Duco begint te lachen. 'Zou het niet kunnen dat je wat verstrooid en afwezig bent als je zo in je schrijfmodus zit? Of misschien is Francesco de lamp vergeten uit te doen na het poetsen?'

'Francesco komt hier op afspraak. Ik heb hem meteen afgeleerd om zelf met de sleutel binnen te komen. Ik ben nogal gesteld op mijn privacy.'

'En gelijk heb je. Maar om je vraag te beantwoorden: afgezien van het exemplaar dat Francesco heeft en de reservesleutel onder de cactus, zijn er verder geen sleutels in omloop op Sardinië. Mijn vrouw en kinderen hebben uiteraard een sleutel, maar die zijn in Nederland. Ik heb vanmorgen nog met ze aan de ontbijttafel gezeten. Dus ik vrees toch echt dat je die lamp zelf aan hebt gelaten. Er was niks weg, toch? Geen braaksporen?'

'Nee.'

'Nou, dan is je enige bewijs voor een indringer die lamp. Ik denk niet dat de politie daarvoor zal komen.'

'Misschien heb je wel gelijk. Dat boek zit denk ik zo onder mijn huid dat ik spoken ga zien. Mail me die omslagen maar door, ik ben benieuwd.'

'Ik stuur ze je na de vergadering met ons commentaar erbij. We hebben volgende week wel weer even een contactmomentje. Doe Francesco de hartelijke groeten van me.'

Gemma hangt op en ziet dat Claire en Patricia de kamer hebben verlaten en over het slot van de voordeur gebogen staan. Claire houdt haar iPhone met de loepfunctie erboven.

'Gem, kijk hier eens. Het lijkt wel of er wat krasjes op het slot zitten. Het is niet het veiligste slot van de wereld, dus iemand die een beetje handig is kan hier ook wel binnenkomen zonder sleutel. Met een paperclip of een haarspeld kom je een heel eind.'

'Hoe weet jij dat allemaal?'

'Dat soort wijsheden krijg ik voorgeschoteld door mijn cliënten.'

'Maar jij denkt dus dat er iemand in het slot heeft zitten wroeten?'

'Ik sluit het niet uit. De krasjes zijn ragfijn, maar ze zitten er wel.'

'Misschien zaten ze er al, het bewijst niet echt iets,' zegt Patricia aarzelend.

'Ben je wijzer geworden over die sleutels?'

'Hier op Sardinië heeft alleen Francesco een sleutel en we hebben natuurlijk het reserve-exemplaar. Duco's gezin heeft ook sleutels, maar die zijn in Nederland, net als Duco zelf. Bovendien kan ik geen enkele reden verzinnen waarom zij ons de stuipen op het lijf willen jagen. In die zin is jouw theorie dus wel plausibel, Claire.'

'Dan moeten we ons ernstig gaan afvragen waar dit op uitdraait. Simon stuurt aan op een escalatie, daar kun je vergif op innemen. En zolang hij zichzelf niet in levenden lijve laat zien, kunnen we eigenlijk niets doen en moeten we continu over onze schouder kijken.'

'Ik ben bang dat je gelijk hebt. Tenzij we iets kunnen bedenken om hem uit zijn tent te lokken.'

Op dat moment gaat Claires telefoon en van schrik laat ze hem bijna uit haar handen vallen. 'Shit, dat is de politie over Eriks verdwijning.'

'O jezus, ja, die hadden we ook nog.'

'Laten gaan of opnemen?'

'Neem maar op, je moet ze sowieso te woord staan, dus uitstellen heeft geen zin. Vertel gewoon wat we hebben afgesproken. Dat hij je de liefde verklaarde en dat je hem hebt afgewezen. Dat hij boos en gekwetst is vertrokken en dat je daarna niks meer van hem hebt gehoord.'

Claire knikt en neemt op. Ze loopt naar de veranda en ploft neer op de loungebank. Gemma zet een grote kan water met ijsblokjes op tafel en Patricia regelt de longdrinkglazen.

28

Met een lijkwit gezicht stapt Claire enkele minuten later de kamer weer binnen. Ze houdt haar telefoon krampachtig vast en staart Gemma en Patricia aan alsof ze zojuist een geest heeft gezien.

'Wat is er, Claire?' vraagt Patricia bezorgd. 'Wat had de politie te melden?'

'Jullie... jullie gaan dit echt niet geloven. Ik snap er echt helemaal niks meer van.'

'Wat? Wat is er dan?'

'De politie heeft Eriks computer onderzocht om te kijken of ze daar wellicht iets konden vinden wat kon duiden op waar hij is, maar ze vonden iets heel anders. Naast zijn gewone e-mail had hij ergens diep weggestopt nog een geheim e-mailaccount zitten. En rara welk adres was dat? Stemuithetverleden@hotmail.com.'

'Wát?!' Gemma springt op. 'Dat bericht aan mij was dus door Erik gestuurd? Hij deed zich voor als Simon?'

'Ja, daar lijkt het wel op.'

'Maar waarom? Is hij helemaal gek geworden?'

'Ik weet het niet, maar ik stond wel even mooi met mijn mond vol tanden toen de politie ernaar vroeg. Zeker toen ze me vertelden dat hij kennelijk ook een bericht aan mij had gestuurd.'

'Dat heb je nooit aan ons verteld.'

'Nee, dat klopt, want ik wist er ook niks van. Het bericht bleek in mijn spam te zijn terechtgekomen en die controleer ik niet zo vaak. Het is net zo'n boodschap als die jij hebt ontvangen, met een linkje naar de videoclip van "One More Try".'

'En wat heb je toen tegen de politie gezegd?'

'Dat ik geen flauw idee had wat dit te betekenen had, maar

daar kom ik natuurlijk niet mee weg. En ze zullen uiteraard ook heel snel met jou contact opnemen en dan is het een kwestie van tijd voordat ze erachter komen dat wij elkaar kennen.'

'Wacht nou eens even,' onderbreekt Patricia de twee, 'als Erik deze e-mails heeft verstuurd, en niet Simon, betekent dat dan dat Simon toch dood is, zoals we al twintig jaar denken?'

'Daar ziet het inderdaad naar uit.'

'Maar waarom besluit Erik ineens zich voor Simon uit te geven en ons te bedreigen? En wat is er dan met dat lichaam gebeurd?'

Zwijgend staren ze een tijdje voor zich uit. Het is Gemma die de stilte uiteindelijk doorbreekt. 'Precies daar waar we altijd hebben gedacht dat het was.'

'Wat bedoel je?'

Op dat moment wordt er hard op de voordeur gebonsd en ze verstijven alle drie, kijken elkaar dan aan.

Gemma lacht nerveus. 'Francesco misschien?'

'Je maakt een grapje zeker?' zegt Claire. 'Ik kan wel iemand anders bedenken.'

'Erik?'

'Erik? Waarom zou hij nu ineens in de openbaarheid treden? Tot nu toe heeft hij telkens vanuit de schaduw geopereerd.'

Opnieuw klinkt er geklop.

Ze kijken elkaar vertwijfeld aan – seconden die uren lijken te duren – en het is Patricia die uiteindelijk de knoop doorhakt. 'Ik heb het wel een beetje gehad met de hele tijd bang zijn voor het onbekende, voor wat er zou kunnen gaan gebeuren. We kunnen niet blijven vluchten voor het verleden.'

Heel even staan ze in gedachten verzonken, dan knikt Claire instemmend.

'Oké, *let's do it*,' zegt Gemma, 'maar wacht even.'

Ze loopt naar de keuken en pakt een van de messen uit het blok, en daarna lopen ze met z'n drieën naar de voordeur. Behoedzaam haalt Gemma deze van het slot. Alle spieren in haar lichaam zijn aangespannen, zodat ze de deur meteen weer dicht kan smijten als dat nodig is. Maar als het inderdaad Erik is die heeft aangeklopt, is ze kansloos. Dat weet ze. Hij is veel sterker dan zij. Ze doet de deur een klein stukje open en loert door de kier naar buiten. De tijd lijkt stil te staan... en dan legt ze het mes weg en zwaait ze met een opgeluchte zucht de deur helemaal open.

Voor hen staat een knappe blonde vrouw die hen met een vriendelijke lach begroet. Ze steekt haar hand uit en dat simpele gebaar verrast Gemma zo, dat ze hem automatisch schudt.

'Hallo, ik ben op zoek naar Gemma Kastelijn. Klopt het dat u dat bent?'

'Wie wil dat weten?' Nog steeds niet helemaal bekomen van de schrik, probeert Gemma haar hand los te wrikken. De vrouw laat niet los.

'Teresa Maas. Ik ben verslaggever bij *Het Nieuwsblad van Midden-Nederland*.'

Gemma's verbazing slaat om in irritatie en het lukt haar om haar hand te bevrijden uit de stevige greep van de vrouw. 'Wat doet u hier?' vraagt ze pinnig.

'Dat is een lang verhaal dat moeilijk in één zin valt samen te vatten. Mag ik even binnenkomen? Dan zal ik u precies vertellen waarom ik u wil spreken. U bent Gemma Kastelijn, toch? De beroemde Nederlandse thrillerschrijfster?' Ze haalt Gemma's laatste boek uit haar tas en duwt de achterkant met de auteursfoto onder haar neus.

'Ja, ik ben Gemma Kastelijn. Wat wilt u van me?'

'Zullen we even naar binnen gaan? Het is nogal een delicate kwestie waar ik met u over wil praten.' Ze doet een stap naar voren.

'Opdringerig typetje, zou zo een Jehova's getuige kunnen zijn,' mompelt Patricia tegen Claire.

'Een delicate kwestie. U bedoelt zeker mijn onwel worden op dat festival en dat hysterische filmpje op Twitter? Daar heb ik geen commentaar op behalve dat het goed met me gaat en dat ik op het moment heel hard werk aan een nieuw boek dat in het najaar in de winkels ligt. Ik zou het op prijs stellen als u mij met rust laat.'

'Het heeft niets met uw werk te maken. Ik wil u spreken over een privékwestie uit het verleden.'

Gemma verschiet van kleur, maar weet zich goed te herstellen. 'Een privékwestie uit het verleden? Ik wist niet dat mijn verleden zo interessant was.'

Claire geeft haar een zachte por in haar rug ten teken dat ze de boel niet op de spits moet drijven en haar mond moet houden, maar het is al te laat.

'Ik ben van mening dat het juist héél interessant is.' De vrouw glimlacht, maar haar ogen doen niet mee.

'Oké, u krijgt vijf minuten de tijd om uw zegje te doen.' Gemma doet een stap opzij om haar binnen te laten en gaat haar dan voor naar de grote houten eettafel. Ze biedt een stoel aan en gaat dan zelf tegenover haar zitten, met Claire en Patricia aan weerszijden naast zich.

'Een hele delegatie,' zegt de journaliste lachend. 'Ik word er bijna zenuwachtig van.'

'De tijd is ingegaan. Vijf minuten.' Gemma tikt tegen haar horloge. 'Dit zijn trouwens Claire en Patricia, twee vriendinnen van me.'

'Komt dat even mooi uit.' Er licht iets op in de ogen van de journaliste, maar ze verklaart zich niet nader. Ze pakt een stapel papier uit haar rugzak en legt hem ondersteboven op tafel zodat er niets te lezen valt. 'Goed, daar gaan we. In een oude loods op een voormalig scoutingterrein in het Hilversumse Spanderswoud is bij graafwerkzaamheden het skelet van een man aangetroffen. De politie heeft inmiddels vastgesteld dat de man geen natuurlijke dood is gestorven.'

Gemma zoekt onder tafel met haar handen naar de benen van Claire en Patricia en grijpt hen allebei vlak boven de knie vast. Ze leggen allebei een hand op die van haar.

'De politie weet inmiddels dat de gevonden botten afkomstig

zijn van ene Dylan Post. Een jongeman die twintig jaar geleden op bijna achttienjarige leeftijd verdween.'

'Ik ken geen Dylan Post,' zegt Gemma.

'Kunt u me dan uitleggen waarom Dylan Post uitgebreid over u schrijft in zijn dagboek?'

'Wat zegt u?'

'Het dagboek van Dylan Post bevat lange passages die over u gaan.'

'Nou, ik heb geen flauw idee hoe die daarin zijn gekomen. Zoals ik net al zei, ik heb nog nooit van Dylan Post gehoord.'

'Jullie misschien?' vraagt Teresa aan Patricia en Claire. Ze schudden beiden hun hoofd.

'Want volgens mijn informatie schrijft Dylan ook over ene Patricia van Santen en Claire Verbeek. Zou het kunnen dat jullie dat zijn?' Teresa glimlacht vriendelijk.

'U beweert nogal wat. Hebt u ook bewijs om uw aantijgingen te staven?' Uiteraard is het Claire die deze vraag stelt.

'Jazeker.' Teresa bevochtigt haar vingertoppen, draait de berg papier om en begint op haar gemakje pagina's te selecteren, die ze vervolgens over drie stapeltjes verdeelt. Ze overhandigt ieder van hen een stapeltje. Koortsachtig beginnen ze te lezen en pas als ze de kraan in de keuken horen lopen, hebben ze door dat Teresa niet meer tegenover hen zit.

'Wat bent u aan het doen?' roept Gemma haar na.

'Glaasje water aan het pakken. Van praten word ik altijd enorm dorstig en aangezien jullie me niks aanbieden, zorg ik maar even voor mezelf.'

De vrijpostigheid van de journaliste stuit Gemma tegen de borst, maar ze heeft belangrijkere zaken aan haar hoofd. Na het lezen van de pagina's vallen langzaam maar zeker dingen op hun plek. Ze kijkt even naar Claire en Patricia en leest op hun zorgelijke gezichten dat ook zij voorzichtig begonnen zijn met het trekken van conclusies. *Waarom kan het verleden toch niet gewoon het verleden blijven?* denkt ze. *Waarom probeert het zoveel jaar na dato alsnog ons leven te verpesten?*

'Beginnen jullie het ook allemaal een beetje te snappen,' fluistert ze, zodat de journaliste hen niet kan horen.

'Dylan Post en Simon zijn een en dezelfde persoon,' zegt Patricia. 'Het kan haast niet anders. Maar dan snap ik niet wat er die middag op dat scoutingterrein is gebeurd. Als Simon en Dylan een en dezelfde persoon zijn en die Dylan daar nu is opgegraven, wie heeft hem dan destijds in de grond gestopt? Erik beweert juist dat hij dat nooit heeft gedaan. Zou hij liegen?'

Claire frummelt wat aan de kopieën van het dagboek. 'Dat is heel goed mogelijk, dat hij liegt om zijn straatje schoon te vegen. Dat hij ons de schuld wil geven. Maar waarom heeft hij Simon dan weer "tot leven gewekt" door middel van die mailtjes en berichten aan ons? Dat wekt toch alleen maar achterdocht?'

'Ja, dat is ook wel weer waar.' Patricia slaakt een diepe zucht.

'Ik denk ook niet dat Erik liegt,' zegt Gemma, 'maar dan blijft de vraag: wie heeft dat lichaam wel begraven? Wij waren het in elk geval niet.'

Ze kijken elkaar vragend aan en dan dringt pas tot hen door dat de kraan in de keuken niet meer loopt, maar dat de journaliste nog niet is teruggekeerd in de woonkamer.

'Gaat alles goed daar?' vraagt Claire.

Er komt geen antwoord en Claire kijkt Gemma vragend aan. Die haalt haar schouders op. 'Ik ga wel even kijken wat ze aan het uitspoken is.'

Ze loopt de keuken in en ziet de journaliste met haar rug tegen het aanrecht staan, haar handen op haar rug. 'Is er iets?'

Dan valt haar blik op het messenblok op het aanrecht en ziet ze dat er niet één exemplaar ontbreekt, maar twee. Voordat tot haar doordringt wat dit betekent, duikt Teresa op haar af en plant het mes in haar buik. Het gebeurt allemaal zo snel dat ze niet eens tijd heeft om te gillen of zich te verdedigen. In een reflex drukt ze haar handen tegen haar buik en buigt voorover. Een ingehouden 'Oef' verlaat haar mond. De pijn is scherp, de schok groot. De vrouw pakt haar bij haar haren en zet het mes op haar keel. Ze is verrassend sterk en Gemma beseft dat ze het zal afleggen in haar verzwakte positie. Warm, plakkerig bloed stroomt over haar handen.

'Kop houden en meelopen,' sist de journaliste. Haar stem klinkt hard en kil, en ook haar gezicht straalt iets meedogenloos uit. Een zekere wreedheid. Ze zet het mes nog wat steviger op Gemma's keel en die voelt het mes in haar huid prikken. De vrouw hoeft maar iets meer kracht te zetten, om moeiteloos haar keel door te snijden.

Gemma wankelt. Van de pijn, van het bloed, van doodsangst. Ze snapt niet wat er precies gebeurt en waarom, maar heeft wel door dat ze hier misschien niet levend uit zal komen. Ze hoort Claire haar naam roepen. Vragen of alles goed gaat. Maar ze is machteloos, niet in staat haar vriendinnen te waarschuwen. Teresa trekt haar mee de woonkamer in en Claire en Patricia draaien zich tegelijkertijd om.

'Gemma! O mijn god. What the fuck is dit?'

Claire springt op, maar deinst achteruit als ze ziet dat de journaliste het mes steviger in Gemma's keel drukt. Patricia staart met grote ogen naar het tafereel voor haar en kan geen woord uitbrengen. Ze heeft haar handen voor haar mond geslagen.

'Zitten blijven of ik snij haar strot door,' commandeert Teresa. Ze trekt Gemma wat verder buiten Claires bereik en gaat met haar bij de bank staan. Gemma kreunt als Teresa het mes weer steviger tegen haar keel duwt.

'Laat haar gaan. Ze is gewond, ze heeft hulp nodig.' Radeloos kijkt Claire Gemma aan.

Gemma's ademhaling begint steeds onregelmatiger te worden. Nog steeds gutst er bloed uit haar buik en ze heeft het afwisselend warm en koud. Ze weet niet hoe lang ze het nog volhoudt om overeind te blijven – zonder de stevige grip van Teresa had ze allang op de grond gelegen.

'In mijn tas zit een bundel tiewraps. Bind haar armen daarmee achter haar rug.' Teresa knikt met haar hoofd in de richting van Patricia. 'En geen geintjes, want anders vertelt jullie lieve vriendinnetje het niet meer na.'

‘Wat heeft dit allemaal te betekenen? Waarom doe je dit?’ vraagt Patricia, die weer een beetje bij haar positieven is gekomen.

‘Kop dicht. We praten pas verder als jullie keurig met de handjes op de rug op de bank zitten. En een beetje opschieten, mijn geduld begint op te raken.’

Claire haalt de tiewraps tevoorschijn en bindt daarmee de handen van haar vriendin achter haar rug vast. Het harde plastic snijdt in de huid. Patricia moet op de bank plaatsnemen en dan is het de beurt aan Claire zelf. Teresa dirigeert haar naar de bank en dwingt Gemma om dezelfde procedure te herhalen bij haar vriendin. Niemand zegt iets, niemand durft zich te verzetten, daar zorgt het mes op Gemma’s keel wel voor. Als laatste is uiteindelijk Gemma aan de beurt. Ze voelt de kracht steeds verder uit haar lichaam stromen en blijft weerloos over de rugleuning hangen wanneer Teresa ook haar polsen achter haar rug samenbindt. Daarna wordt ze, niet bepaald zachtzinnig, naast haar vriendinnen gedeponeerd. Ze valt versuft tegen Claire aan, die haar zo goed en zo kwaad als het gaat met haar schouder probeert te ondersteunen.

Zodra iedereen zit, neemt Teresa op een stoel tegenover hen plaats.

‘Zo, daar zitten we dan.’

‘Wie ben jij in godsnaam?’ vraagt Patricia.

‘Teresa Maas, zoals ik al zei, maar dat is de verkeerde vraag. Wat je zou moeten vragen is: wat wil je van ons?’

Even is het stil, dan zegt Claire: ‘Oké, wat wil je van ons?’

‘Dat jullie de waarheid vertellen over wat er twintig jaar geleden is gebeurd. Dat jullie bekennen dat jullie Dylan Post hebben vermoord samen met Erik ten Cate.’

‘Je bent gek.’

‘Ik heb het zelf gezien. Het punt is alleen, aan die bekentenis heb ik nu niks meer. Het idee was dat ik jullie tijdens een interview het vuur aan de schenen zou leggen en dat jullie dan een bekentenis zouden afleggen, waar ik uiteraard stiekem een audio-opname van zou maken met mijn telefoon. Ik zou hiermee een enorme scoop hebben en jullie zouden vervolgens de bak indraaien. Win-win.' Ze kijkt naar de hevig bloedende Gemma. 'Maar ja, dat kan nu niet meer.'

'Waarom heb je haar dan neergestoken?'

'Omdat ik er geen rekening mee had gehouden dat jullie wisten dat die lieve Erik zijn taak niet had uitgevoerd. Dat hij Dylans lichaam niet had begraven. Ik was ervan uitgegaan dat hij dat foutje van hem had verzwegen, maar net hoorde ik dus, toen ik in de keuken stond en jullie aan het "fluisteren" waren, dat hij toch met de billen bloot is gegaan. En daarmee komt die bekentenis van jullie – die deze hele zaak eens en voor altijd naar de geschiedenisboeken zou verwijzen – op losse schroeven te staan. Heel fijn, maar niet heus. Maar goed, er is altijd nog een alternatief scenario voorhanden.'

'En dat is?'

'De dreigende e-mails en geschenken van Simon hebben jullie hier op Sardinië bijeengedreven. Het net sluit zich, de druk om te bekennen wordt te groot, maar jullie krijgen onderling ruzie. En uiteindelijk vermoorden jullie elkaar.'

'Daar kom je nooit mee weg,' zegt Claire smalend. 'Daar prikt de politie echt zo doorheen. Leg nou gewoon dat mes weg, dan kunnen we er rustig over praten en een oplossing zoeken.'

'Waar denk je dat je bent, in de rechtszaal? Denk je dat je je hieruit kunt kletsen? Nee, Claire, het is tijd voor actie.'

'Heb jij ook iets te maken met de verdwijning van Erik?' zegt Patricia plots.

Heel even is er een spoor van twijfel te zien op Teresa's gezicht.

'Erik is weg? Nee, daar heb ik niks mee te maken. Jammer, maar hij ontloopt zijn straf niet. Ik heb genoeg bewijs op zijn computer geplaatst om hem voor de moord op Dylan veroordeeld te krijgen. Of dachten jullie soms écht dat hij achter die e-mails en cadeautjes van "S." zat?'

'Dat was jij?'

'Je klinkt verbaasd. Zo moeilijk was het anders niet om in zijn computer in te breken.'

Claire beseft dat Gemma niet veel tijd meer heeft, dat ze aan het doodbloeden is en heel snel hulp moet krijgen. Toch probeert ze tijd te rekken. Zolang ze deze vrouw aan de praat kan houden, kan ze de situatie tenminste nog enigszins controleren.

'Maar waarom moesten wij geloven dat Simon nog leefde?'

'Omdat – toen Dylans lichaam eenmaal gevonden was – er zo snel mogelijk een bekentenis moest komen en dat zou niet vanzelf gebeuren. Jullie moesten een duwtje in de rug krijgen om elkaar weer op te zoeken. En jullie hebben braaf gedaan wat ik wilde.' Er verschijnt een grote glimlach op haar gezicht terwijl ze het zegt. 'En nu is het tijd om er een eind aan te breien.'

Teresa springt ineens op Claire af en sleurt haar van de bank. Claire is niet voorbereid op de onverwachtse aanval en struikelt door de kracht waarmee ze wordt meegetrokken. Ze valt met haar gezicht voorover op de salontafel die tussen de banken staat en het bloed spuit uit haar neus. Haar rechterbeen komt onhandig terecht en haar enkel klapt dubbel met een hoorbare knak. Ze gilt het uit.

Teresa trekt Claires hoofd naar achteren en zet het mes op haar keel. Claire ademt hortend en snuivend, en spuugt een mondvol bloed uit, dat via haar neus haar keel in loopt en haar ademhaling belemmert.

'Laat haar met rust!' krijst Patricia.

Heel even kijkt Teresa verstoord op en op dat moment vliegt de deur van de kamer open.

'Laat dat mes vallen, Teresa, en steek je handen in de lucht,' klinkt het in het Nederlands. Vier mannen met getrokken pistolen rennen de kamer binnen en vormen een kring rondom Teresa en Claire. Teresa's greep op Claire verslapt en verbaasd kijkt ze naar de politieagent die naast haar staat.

'Wat doe jij nou hier?'

'Dat kan ik ook aan jou vragen, Teresa. Of moet ik Noa zeggen?'

Het mes klettert op de grond.

29

De achterdeuren vallen met een klap dicht en daarna rijdt de ambulance met loeiende sirenes weg.

'Komt het goed met haar?' vraagt Patricia, terwijl ze klappertandend haar armen om zichzelf heen slaat.

'Mevrouw Kastelijn is in goede handen,' antwoordt de Nederlandse politieman, die zich heeft voorgesteld als inspecteur Bas de Haan. Hij loopt naar de ambulance waar Claire net naar binnen is geschoven. Ze zit op de brancard terwijl een broeder met wat vochtige gaasjes het bloed van haar gezicht haalt en haar neusgaten vrijmaakt. Tobias staat met een bezorgd gezicht aan de andere kant naast haar en houdt haar hand krampachtig vast. Wanneer de broeder voorzichtig aan haar opgezwollen neus voelt, kreunt ze.

'Ik ben bang dat hij gebroken is,' zegt de broeder in het Engels.

'Ik zie er zeker niet uit?' vraagt Claire aan Tobias.

'Je bent nog altijd even mooi.'

'Dat zal wel. Maar wat is er nou eigenlijk allemaal gebeurd? Jij hier, Nederlandse politie, en allemaal precies op tijd? Een minuut later en we hadden het niet kunnen navertellen.'

'Dat ik hier tegelijk met de politie aankwam, is stom toeval. Maar we praten straks wel. Je leeft nog en dat is het belangrijkste. We gaan nu eerst naar het ziekenhuis om je goed te laten nakijken. Patricia volgt zo met die Nederlandse politieman.'

Ineens worden Claires ogen groter. 'Mattis, waar is Mattis?'

'Bij mijn moeder. Je hoeft je geen zorgen te maken. Ik ga nu voorin zitten en de broeder blijft bij jou.'

Tobias geeft Claire een voorzichtige kus op haar voorhoofd. Ze grijpt hem wanhopig vast. 'Het spijt me allemaal zo. Ik had echt niet gedacht dat...'

'We komen er samen wel uit. We hebben een hoop te bespreken, maar eerst gaan we jou oplappen. Toen je me vertelde dat die artikelen over die verkrachting waar waren, wilde ik maar één ding: bij je zijn en je vasthouden. Er werd me ineens zoveel duidelijk. Daarom ben ik meteen hierheen gekomen.'

'Tobias, ik hou van je.'

'Ik hou ook van jou, Claire.'

Enkele minuten later rijden ze in konvooi naar het ziekenhuis – voorop de ziekenauto met Claire en Tobias, daarachter de politieauto met Patricia en inspecteur De Haan. Terwijl Claires neus op de eerstehulppost wordt ingetapet, wordt ook Patricia lichamelijk onderzocht. Ze is nog steeds niet gestopt met klappertanden en slikt dankbaar een kalmerende pil door. Daarna worden zij, Claire en Tobias door een verpleegster begeleid naar een kamer met een tafel en een paar stoelen. Tobias loopt naar de waterkoeler in de hoek en tapt voor hen drieën een bekertje water, en op dat moment komt Bas de Haan binnenlopen.

'Jullie vriendin wordt op dit moment geopereerd. Het lijkt er vooralsnog op dat er geen vitale organen zijn geraakt, maar ze heeft wel veel bloed verloren. Ze heeft heel veel mazzel gehad, want het mes is rakelings langs haar buikslagader gegaan.'

'Ze gaat het dus halen?' vraagt Claire.

'Geen garanties natuurlijk, maar het lijkt er wel op. Jullie kunnen hier blijven wachten tot ze uit de operatiekamer is. Even verderop schijnt een hotel te zijn waar jullie vannacht kunnen slapen, mochten jullie dat willen. Het is populair bij mensen wier familieleden langdurig in het ziekenhuis liggen, dus boek snel een kamer, zou ik zeggen. Morgen, als jullie vriendin weer bij haar positieven is, wil ik jullie alle drie spreken.'

'Morgen? Maar we zitten met wel duizend vragen. We weten amper wat er aan de hand is en wat er nou eigenlijk gebeurd is.'

'Morgen zal ik jullie alles vertellen en jullie kant van het verhaal aanhoren. Eerst moet ik zelf proberen wat antwoorden te vinden. Eén dingetje wil ik wel alvast van jullie weten. Wie is S.?'

Claire is meteen op haar hoede. 'Wat bedoelt u?'

'De namen van Gemma Kastelijn en Patricia van Santen, samen met die van u, mevrouw Verbeek, komen voor in het dagboek van een zekere Dylan Post, wiens lichaam onlangs is gevonden en wiens dood ik onderzoek. Diezelfde Gemma Kastelijn, Patricia van Santen en ook uzelf hebben e-mails ontvangen van een man genaamd Erik ten Cate, die sinds twee dagen vermist wordt en daardoor óók onderwerp is van een politieonderzoek. Hij ondertekende zijn berichten aan mevrouw Kastelijn en u, mevrouw Van Santen, met de letter S. Dus nogmaals: kunt u mij vertellen wie S. is en waarom de heer Ten Cate u die e-mails heeft gestuurd?'

Claire kijkt naar Patricia, die verslagen haar schouders ophaalt. Alsof ze te moe is om nog langer de leugens vol te houden. 'S. staat voor Simon en dat was een ex van Gemma, Patricia en mij. Van lang geleden, het doet niet ter zake.'

Bas trekt zijn wenkbrauwen op. 'Een ex van jullie alle drie?'

'Ja, dingen kunnen soms raar lopen. Lang verhaal.'

'Maar kent Teresa die Simon ook? Is zij ook een ex?'

'Ik heb werkelijk geen idee. Tot vandaag had ik nog nooit van Teresa Maas gehoord of haar gezien en dat geldt ook voor mijn vriendinnen. En nogmaals, ons verleden met Simon doet er verder niet toe.'

'Dat zullen we nog wel zien. Ik denk dat er meer achter zit dan jullie me vertellen, maar jullie hebben nog zo'n vierentwintig uur de tijd om een goed verhaal te verzinnen.'

De sfeer in de kamer wordt grimmiger en Claire switcht van onderwerp. 'Waar is die Teresa nu?'

'Die is in hechtenis genomen en zit veilig achter slot en grendel. Daar hoeven jullie je dus geen zorgen over te maken. Maar ik moet er nu echt vandoor. Sterkte met wachten en probeer vannacht een beetje te slapen.'

De politie-inspecteur vertrekt en Claire en Patricia kijken elkaar ongemakkelijk aan. Tobias knijpt zijn inmiddels lege plastic bekertje tot moes en gooit het van een afstand in de prullenbak.

'Ik hoorde hem zeggen dat Teresa is gearresteerd op verdenking van moord en doodslag toen hij haar de handboeien omdeed,' zegt Tobias.

'Moord op wie?'

'Geen flauw idee, maar net als de politie ben ik wel benieuwd naar wat die Teresa van jullie moest en hoe het zit met die Simon.'

Claire en Patricia kijken elkaar aan.

'Waarschijnlijk weet ze dat zelf niet. Dat mens is gestoord.'

'Ze mag dan wel gestoord zijn, maar ze is jullie wel heel gericht komen opzoeken. In dat opzicht wist ze waar ze mee bezig was en had ze een duidelijk doel. Ze is niet "toevallig" naar Villa Rosa gekomen omdat ze dacht: wat een leuk huis, laat ik eens aanbellen.'

Claire en Patricia zwijgen allebei.

'Wat me ook dwarszit,' gaat Tobias verder, 'is dat ik maar niet uit mijn kop krijg dat die S. die je bloemen heeft gestuurd dus kennelijk je ex Simon is.'

Claire verschiet van kleur en Patricia kucht ongemakkelijk. Tobias kijkt zijn vrouw strak aan. 'Wordt het nou onderhand niet eens tijd voor de waarheid, Claire? Wie is Teresa, wat is haar link met Simon en wat moet die Simon van jou na al die tijd?'

'Wie Teresa is en wat haar link met Simon is, dat weet ik echt niet, Tobias. Wat ik wel weet...' Claire slikt hoorbaar en haar stem hapert. 'Simon is de man die me twintig jaar geleden heeft verkracht.'

Met tranen in haar ogen kijkt ze naar Patricia. Die knikt. Dan pakt ze Tobias' handen en begint met het vertellen van het hele verhaal. Het risico om hem kwijt te raken neemt ze voor lief. Aan het eind van haar verhaal houdt hij nog steeds haar handen vast. Op zijn gezicht ligt een pijnlijke uitdrukking, in zijn ogen ziet ze verdriet.

'Wat jullie twintig jaar geleden hebben gedaan, valt niet goed te praten, Claire, daar kan ik niet omheen...' Hij zucht voordat hij verdergaat. 'Maar ik had waarschijnlijk hetzelfde gedaan. En Erik snap ik ook. Als ik die Simon jou had zien verkrachten en ik had een honkbalknuppel gehad, dan had ik die vent ook een klap op zijn kop gegeven. Jij en je vriendinnen waren slachtoffers en jullie hebben vanuit die rol gehandeld. Die man maakte jullie het leven zuur, stalkte jullie en wilde jullie vriendschap kapotmaken door met jullie alle drie aan te pappen. Ik snap dat jullie daar op een gegeven moment genoeg van kregen en een list verzonnen om hem te stoppen. Maar allejezus, dat het allemaal zó uit de hand is gelopen...'

'Het was geen opzet, Tobias. Het was nooit de bedoeling om hem echt iets aan te doen, laat staan hem te doden. We wilden Simon gewoon een lesje leren. Ik was de lokvogel omdat ik de laatste was die een relatie met hem had gehad en hij wilde me terug hebben. Ik heb hem met een smoesje naar de scoutingloods gelokt, waar we wel vaker naartoe gingen. Gemma, Patricia en Erik zouden zich verstoppen in de struiken en de loods een paar minuten later binnenvallen. Daarna zouden we hem gezamenlijk aan zijn verstand brengen dat we geen van allen nog iets met hem te maken wilden hebben en dat hij ons met rust moest laten. Ik had er niet op gerekend dat hij zich meteen op me zou storten en me de kleren van het lijf zou rukken. Hij legde zijn hand op mijn mond zodat ik niet om hulp kon roepen en ik kon niets tegen hem beginnen. Ik heb wel gevochten, maar hij was veel te sterk. Uiteindelijk lukte het me toch om te schreeuwen en toen stormden Gemma, Patricia en Erik naar binnen. Erik had zijn honkbalknuppel meegenomen om Simon bang mee te maken, maar hij aarzelde geen moment. Hij gaf Simon zo'n harde klap dat hij meteen bewusteloos raakte. De wond begon meteen te bloeden en het bloed liep in mijn nek. Ik rook het, ik rook hém. Hij lag daar maar boven op me, zwaar en levenloos. Ik kon niet ademen. Zelfs nu nog voel ik hem op me liggen als ik 's nachts wakker word uit een nachtmerrie. Het is echt afschuwelijk.'

Patricia loopt naar Claire toe en slaat een arm om haar heen. 'Het spijt me zo dat je dat hebt moeten doormaken. Als we iets eerder die loods waren binnengevallen, dan was dit je allemaal bespaard gebleven.'

'Ik heb het jullie heel lang kwalijk genomen dat jullie niet eerder kwamen. Dat heb ik nooit gezegd, maar het is wel zo. Een paar minuten eerder en dan... Mijn leven zou zo anders verlopen zijn.'

'Ik snap dat je ons niet kon vergeven, dat kon ik zelf ook niet. Nog steeds niet.' Patricia begint te huilen. 'Ik heb daar echt zo'n enorme spijt van en ik weet dat ik het nooit zal kunnen goedmaken.'

Claire kijkt naar haar vriendin. 'Dat hoeft ook niet, we hebben allemaal fouten gemaakt in die tijd en we kunnen geen van allen terugdraaien wat er is gebeurd. Ik heb jullie uiteindelijk vergeven, maar het verdriet, de machteloosheid, ben ik nooit kwijtgeraakt. Het heeft me gevormd tot de persoon die ik nu ben: een workaholic die bang is om emoties te tonen en zich kwetsbaar op te stellen.' Ze kijkt Tobias aan. 'Het spijt me, je verdient zoveel beter dan mij.'

Tobias legt zijn vingers op haar lippen. 'Jij bent alles wat ik wil, Claire, wanneer ga je dat nou eens beseffen? Onder dat pantser zit een heel mooi mens, dat heb ik altijd al gezien. Van dat mens hou ik en daar zal ik nooit mee stoppen.'

'Ook niet na wat ik je net allemaal heb verteld?'

'Juist niet na wat je me allemaal hebt verteld. Ik ben blij dat ik het nu weet. Dat ik kan snappen wat je dwarszit en waarom je reageert en handelt zoals je doet. Bijvoorbeeld waarom je die zaak tegen Hartmann hebt aangenomen, hoewel je wist wat dat voor ons gezin zou betekenen. Als je Hartmann kunt pakken en zorgt dat hij zijn straf niet ontloopt, dan is dat in zekere zin ook een genoegdoening voor wat jou is aangedaan. Zo is het toch of zie ik dat verkeerd?'

Ze knikt.

'Maar nog even terug naar die loods. Toen jullie die verlieten waren jullie dus in de veronderstelling dat Simon dood was?'

'Ja. We zagen dat levenloze lichaam liggen, met al dat bloed, en toen heeft Erik aan Simons nek gevoeld en hij kon geen hartslag vinden. Hij overtuigde ons ervan dat het zinloos was om een ambulance te bellen. Simon was dood, wat konden zij nog doen? We waren natuurlijk allemaal in paniek en we beseften heel goed dat als we de politie zouden bellen, onze toekomst aan diggelen lag. Met name die van Erik, want hij had die fatale klap uitgedeeld. En dus beloofde hij dat hij ervoor zou zorgen dat het lichaam nooit zou worden gevonden. We spraken af dat we verder zouden leven alsof er nooit iets was gebeurd. We zouden het contact met elkaar verbreken en er nooit met iemand over praten. We zouden ieder ons eigen leven oppakken en proberen er iets van te maken.'

'Het was dus eigenlijk Eriks idee om het lichaam te begraven?'

'Hij had het meeste te verliezen. Hij kwam uit een rijk gezin en al bij zijn geboorte stond vast dat hij de zaak van zijn vader zou overnemen. Zijn hele leven heeft in het teken gestaan van die carrière. Zijn opvoeding, zijn opleiding, alles moest verlopen volgens de wensen van zijn pa. Hij leed daar verschrikkelijk onder, vond het steeds moeilijker om zijn eigen gevoel en ambities uit te schakelen ten faveure van het familiebedrijf. Hij was smoorverliefd op me en zat al achter me aan voordat ik Simon leerde kennen. Ik voelde niet hetzelfde voor hem, maar we werden wel vrienden. In een dronken bui heb ik me toen een keer door hem laten zoenen en voor hem betekende dat veel meer dan voor mij. Na die zoen hebben we het een maandje geprobeerd, maar toen begon Simon met een charmeoffensief.'

'Maar waar kende je die Simon dan eigenlijk van?'

'Simon had ooit wat met Gemma gehad en hij scharrelde in die tijd met Patricia.'

'Wacht even, dus jij was met Erik en...'

'... toen ben ik vreemdgegaan met Simon, die ik van Patricia heb afgepakt. Ja, dat klopt. Niet bepaald iets waar ik trots op ben. Het contact met Gemma en Patricia is toen ook een tijdje verbroken geweest. Toen mijn relatie met Simon op het einde liep, kwam ik Gemma en Patricia een keer tegen in de stad. Ze daar zo te zien lopen zonder mij, dat deed pijn. Ik gaf ze groot gelijk, hoor, en voelde me een ongelooflijke trut omdat ik ze zo had verraden. Ik zag ze naar binnen gaan in het eetcafeetje waar we zo vaak samen hadden geluncht en in een opwelling ben ik ze achternagegaan. Heb mijn excuses aangeboden voor mijn gedrag. Ik had er helemaal niet op gerekend dat ze me zouden vragen om bij hen aan tafel te komen zitten en een broodje mee te eten. In het begin was de sfeer wat onwennig en ongemakkelijk, maar al snel raakten we als vanouds aan de praat. Ik was in shock toen ze me vertelden dat Simon ze achter mijn rug om niet met rust had gelaten.'

'Zeg maar gerust gestalkt,' onderbreekt Patricia haar.

'Het laatste beetje verliefdheid dat ik voor Simon voelde, was toen op slag over. Ik was eigenlijk even helemaal klaar met mannen en wilde weer gewoon als vanouds lol maken met mijn vriendinnen. Dat gekonkel van Simon en dat gedweep van Erik, pfff. Ik wilde vrij zijn en weer mijn eigen ding doen.'

'Maar Simon pikte natuurlijk niet dat je hem dumpte,' gokt Tobias.

'Klopt.'

'Ging hij jou vanaf dat moment ook stalken?'

'Ja, en het werd al snel steeds vervelender. Toen besloten we hem naar die loods te lokken. We kwamen daar wel vaker 's avonds of 's nachts met een groepje bijeen om te blowen en te drinken. De villa waar Erik met zijn ouders woonde, grensde aan het scoutingterrein, vandaar dat hij altijd wel van de partij was als we daar waren. Hij stelde voor om Simon naar de loods te lokken zodat we ongestoord met hem konden praten. Erik wilde hem het liefste een pak rammel geven om hem duidelijk te maken dat de maat echt vol was, maar daar zat natuurlijk ook een brok frustratie achter omdat ik hem had gedumpt voor Simon. Hij bleef hopen dat ik zou inzien dat ik een fout had gemaakt en bij hem zou terugkomen.'

'Die Erik had dus net zo'n bord voor zijn kop als Simon,' concludeert Tobias.

'Klopt, alleen was Erik plooibaarder. Hij deed alles wat ik vroeg en daar heb ik ook wel misbruik van gemaakt. Mijn gedrag uit die tijd verdient niet de schoonheidsprijs, zal ik maar zeggen.'

'Wat vonden jullie van dat idee van Erik om Simon in elkaar te slaan?'

Tobias kijkt Claire en Patricia een voor een vragend aan. Deze keer antwoordt Patricia.

'Wij wilden liever naar de politie gaan en het op een nette manier oplossen. Dus sloten we een compromis: we zouden met hem praten en als hij niet voor rede vatbaar was, dan zouden Gemma, Patricia en ik aangifte doen van stalking. Dát was de afspraak die we met Erik hadden gemaakt. Maar uiteindelijk kwam hij toch aanzetten met die honkbalknuppel. Gemma en ik hebben toen een hele discussie met hem gevoerd over dat hij dat ding niet mee naar binnen moest nemen. Dat we het netjes en zonder geweld wilden oplossen. Die discussie was de reden dat het zo lang duurde voordat we de loods binnengingen en daardoor had Simon voldoende tijd om Claire te overmeesteren. Toen we Claire hoorden gillen, stormde Erik met een rood waas voor zijn ogen naar binnen en liep het helemaal uit de hand.'

'Wij zijn er altijd van uitgegaan dat Simon dood was en dat Erik hem ergens had begraven. Dat was de afspraak. We zijn weggegaan. Fout, natuurlijk, maar op dat moment leek dat het beste. We waren gewoon in paniek en hadden geen van allen zin om de bak in te gaan en onze toekomst te vergooien vanwege Simon.'

'En jullie leken ermee te zijn weggekomen, totdat Simon dus ineens weer contact met jullie opnam en het er na twintig jaar ineens op leek dat hij helemaal niet dood was.'

'Daar leek het inderdaad op. Een paar dagen geleden kregen Gemma, Patricia en ik vanuit het niets ineens berichtjes en cadeautjes van iemand die ondertekende met "S." De inhoud van de teksten en de dingen die hij ons stuurde, waren volledig in de stijl van de Simon die wij kenden. Maar dat kon niet, want die was dood. De sfeer werd steeds dreigender, met verwijzingen naar het verleden, en toen gingen we twijfelen en werden we bang. Net toen ik op het punt stond om tegen alle afspraken in contact te zoeken met Gemma en Patricia, zat Erik ineens als toeschouwer op de tribune van de rechtszaal. Na de zitting vertelde hij me doodleuk dat hij het lichaam van Simon helemaal niet begraven had, maar in de loods had laten liggen.'

'Wat?! Dat meen je niet.'

'Hij was weggegaan omdat zijn vader hem sommeerde om naar huis te komen. Een paar uur later, toen het donker was, is hij teruggegaan om het lichaam alsnog te begraven, maar toen was hij weg.'

'Wat bedoel je?'

'Simons lichaam was verdwenen. Op de plek waar Erik hem had achtergelaten, was niks meer te vinden. In eerste instantie wist hij niet goed wat hij ervan moest denken, maar uiteindelijk kwam hij tot de conclusie dat Simon waarschijnlijk toch niet dood was geweest en op eigen houtje had weten weg te komen. Twintig jaar lang heeft hij dat gedacht. Bij elk telefoontje, elke keer dat de deurbel ging, dacht hij dat de politie hem zou komen arresteren voor zware mishandeling. Hij durfde het ons niet te vertellen, maar toen er steeds meer tijd verstreek en er niks gebeurde, begon hij te geloven dat hij ermee weg was gekomen. Dat wij ermee waren weggekomen. Totdat er onlangs een skelet werd gevonden bij graafwerkzaamheden op het scoutingterrein. Toen raakte hij volledig in paniek en reed naar Berlijn om mij het hele verhaal te vertellen en me te waarschuwen.'

'Maar die botten waren van iemand anders,' onderbreekt Tobias zijn vrouw. 'Dylan Post, niet Simon, dus waarom raakte Erik in paniek?'

'Het was gewoon te toevallig, zei hij tegen me. Op precies de plek waar hij dácht dat hij iemand had doodgeslagen, was iemand anders vermoord? Er moest wel een verband zijn. Twintig jaar stress over wat wij hadden gedaan en wat hij had verzwegen, werd in één keer te veel voor hem. Wat als Simon inderdaad nog leefde en ook hoorde over de vondst van Dylan Post op het terrein waar hij zelf bijna het leven had gelaten? Misschien had hij door de klap met de honkbalknuppel wel geheugenverlies opgelopen en kwam nu ineens alles weer naar boven. Hoe dan ook, Erik was bang dat Simon wraak zou komen nemen en hij wilde ons in elk geval waarschuwen dat Simon mogelijk nog leefde. Hij bleef er bijna in toen ik hem vertelde van de berichtjes die ik van S. had gehad. "Zie je wel, ik wist het, hij is terug," bleef hij maar herhalen. Het lukte me om hem te kalmeren, maar toen begon hij te jeremiëren dat hij me nooit vergeten was, nog steeds van me hield, bij zijn vrouw en kinderen weg zou gaan als ik dat wilde et cetera. Uiteindelijk is hij boos weggelopen toen ik niet op zijn avances inging. Hij dreigde dat hij mij, Gemma en Patricia mee zou nemen in zijn val als de politie achter hem aan kwam. Dat hij misschien wel zelf naar de politie zou gaan om alles op te biechten omdat zijn leven zonder mij toch geen zin had.'

'En heeft hij dat gedaan, denk je?' vraagt Tobias.

'Nee. Sterker nog, gisteren werd ik door de politie gebeld over dat Erik wordt vermist en dat ik waarschijnlijk de laatste ben die hem gesproken heeft. Ik ben vanmiddag telefonisch gehoord over het gesprek dat ik met hem heb gehad in de rechtbank.'

'Ik neem aan dat je niet volledig open kaart hebt gespeeld?'

'Nee, natuurlijk niet, ik ben niet gek. Ik heb ze verteld dat ik in het verleden iets met hem had gehad en dat hij mij na al die tijd zijn liefde kwam verklaren. Ik heb het maar op een vroege midlifecrisis gegooid.'

'Wat vond de politie van die theorie?'

'Ik denk dat ze me wel geloofden. Volgens Eriks vrouw zat hij al een tijdje niet lekker in zijn vel. Zijn telefoon is ergens in een prullenbak langs de snelweg gevonden. De politie sluit een misdrijf niet uit, maar houdt ook rekening met zelfmoord. Ze zouden me op de hoogte houden.'

Tobias staart nadenkend voor zich uit, lijkt alle puzzelstukjes op hun plaats te willen schuiven. Dan slaakt hij een diepe zucht. 'Het duizelt me. Wat ik nog altijd niet snap is waarom die Erik die mailtjes aan Gemma en Patricia heeft gestuurd waarin hij deed alsof hij Simon was. Dat zei die Nederlandse inspecteur toch? Wat wilde die Erik daar nou mee bereiken? En jij zegt dat hij in paniek raakte toen hij hoorde van die mailtjes, terwijl hij ze zelf heeft verstuurd – dat is toch niet logisch? Dat spreekt elkaar tegen.'

'Goed gezien, het klopt dan ook niet. Die Teresa vertelde ons namelijk toen ze ons gevangenhield dat zíj achter die mailtjes en cadeaus zat en dat ze Erik daarvoor liet opdraaien. Ze wilde ons zenuwachtig maken zodat we uit onszelf zouden bekennen. En Erik zou meteen ook de klos zijn, als zou blijken dat hij ons onder druk had gezet om zichzelf vrij te pleiten.'

'Wat een puinhoop, zeg.'

'Inderdaad. Ik weet ook niet hoe we ons hier nog uit kunnen kletsen.'

'Wat dachten jullie van gewoon de waarheid vertellen?' Tobias kijkt eerst naar Claire, dan naar Patricia. 'Wat is het ergste wat jullie kan gebeuren?'

'Buiten de rampzalige gevolgen voor in elk geval míjn carrière? Dat we de gevangenis in gaan. Wij hebben Simon weliswaar die klap niet gegeven, maar we hebben het wel laten gebeuren en zijn er toen vandoor gegaan. We hebben hem medische hulp ontzegd en hem achtergelaten in hulpeloze toestand met de dood tot gevolg. Dat is strafbaar. Daar staat een gevangenisstraf van maximaal twee jaar op of een geldboete in de vierde categorie: meer dan twintigduizend euro. Erik loopt nog meer risico. Hij had die honkbalknuppel bewust meegenomen. Wat hij gedaan heeft valt in het strafrecht onder poging tot moord, minimaal doodslag.'

'Zou een goede advocaat het niet voor elkaar krijgen om het op noodweer te gooien?'

'Misschien, maar ook een goede advocaat kan op geen enkele manier goedpraten dat we Simon hebben achtergelaten en zijn vertrokken zonder ooit nog achterom te kijken.'

'Dit kan dus alleen maar slecht aflopen?'

'Dat ligt eraan. Niemand weet zeker of Simon inderdaad dood was toen wij hem achterlieten. We zijn daarvan uitgegaan omdat Erik dat zei. We zagen geen reden om daaraan te twijfelen. Maar goed, we dachten ook dat Erik het lichaam had begraven en dat blijkt nu niet te kloppen. Simons lichaam lag niet meer in de loods toen Erik na een paar uur terugkwam. De vraag is dus: wat is er in die paar uur gebeurd?'

'Dat zal de politie moeten uitzoeken,' concludeert Tobias. 'Maar als ik het goed begrijp, zijn er geen bewijsstukken of getuigen die jullie daar kunnen plaatsen. Dan is er geen enkel bewijs dat jullie er iets mee te maken hebben, toch?'

'Dat is helaas niet helemaal waar,' antwoordt Claire. 'Teresa beweert dat ze ons destijds in die loods heeft gezien en dat ze getuige is geweest van de verkrachting en de klap die Erik aan Simon uitdeelde met zijn honkbalknuppel. Dat zal ze ongetwijfeld aan de politie gaan vertellen.'

'Dan is het dus de vraag in hoeverre de politie haar beweringen serieus neemt. Die vrouw is knettergek, ontoerekeningsvatbaar, dat ziet iedereen,' redeneert Tobias.

'En daarom is het zo belangrijk dat we onze mond houden,' drukt Claire hem op het hart. 'Op basis van Teresa's beweringen kan de politie ons niks maken als ze geen aanvullend bewijs vinden van onze aanwezigheid in de loods. Wij zullen onze mond houden, maar doe jij dat ook, Tobias?'

Tobias is op dit moment de zwakke schakel in hun verhaal. Door hem er deelgenoot van te maken, hebben ze een groot risico genomen. Hij staat zichtbaar in dubio.

'Tobias?' vraagt Claire gespannen.

Hij steekt zijn handen in de lucht. 'Ik ontken alles, maar ik heb zo'n vermoeden dat dit nog niet voorbij is.'

30

Bas de Haan heeft klamme handen en een droge mond als hij de verhoorkamer in loopt waar Teresa Maas naartoe is gebracht. De vrouw op wie hij al een tijd verliefd is, zit ineengedoken tussen de advocaat die haar is toegewezen en een tolk. Aan de overkant van de tafel zit een van de Sardinische politiemannen die bij de arrestatie aanwezig waren en Bas neemt naast hem plaats. Ze zijn overeengekomen dat hij in principe het woord voert en zijn buitenlandse collega zo nodig aanvult. Een uitleveringsverzoek ligt al bij de Italiaanse autoriteiten. Teresa zal zo snel mogelijk naar Nederlands grondgebied worden gebracht, zodat ze gearresteerd kan worden voor de moord op Peter en Dirkje Hoensbroek en mogelijke betrokkenheid bij de moord op Dylan Post.

Bas zet de voicerecorder aan die op tafel ligt, spreekt dan de datum in en de namen en functies van de aanwezigen in de verhoorkamer.

'De camera loopt?'

Zijn Sardinische collega antwoordt bevestigend.

'Mooi, dan kunnen we beginnen. U hebt een mooi toneelstukje opgezet, mevrouw Maas. Ik kan niet ontkennen dat ik onder de indruk ben. Gelukkig liegt DNA niet.'

Teresa kijkt hem recht aan met die uitdagende blik die hij zo vaak van haar heeft gezien en altijd verkeerd heeft geïnterpreteerd.

'Mevrouw Maas? Er was een tijd dat wij Teresa en Bas tegen elkaar zeiden. Die keren dat ik bij je thuis was en je met me probeerde aan te pappen.'

Hoe ongemakkelijk haar woorden ook voor hem zijn, Bas gaat er niet op in en Teresa's advocaat houdt ook zijn mond.

'Uw DNA is aangetroffen in het huis van Peter en Dirkje Hoensbroek. Kunt u...'

'En wat dan nog?' onderbreekt Teresa hem bruut. 'Ik was immers degene die de lichamen vond en de politie belde.'

Bas negeert haar opmerking en gaat onverstoorbaar verder. 'Kunt u me uitleggen hoe het kan dat uw DNA-profiel matcht met dat van Noa Jonker?'

Teresa fronst haar wenkbrauwen. 'Ik heb nog nooit gehoord van die Noa Jonker. Is dat mijn geheime tweelingzus? We zijn bij de geboorte gescheiden en niemand heeft me dat ooit verteld?'

'Noa Jonker was een van de pleegkinderen die Peter en Dirkje Hoensbroek in het verleden hebben opgevangen in hun huis. Een meisje met een getroebleerd verleden dat van het ene naar het andere pleeggezin werd gesleept. Haar laatste "thuis" voordat ze van de radar verdween, was bij de familie Hoensbroek. Ze verbleef daar samen met Dylan Post...' Bas laat een stilte vallen, '... wiens stoffelijke resten onlangs zijn gevonden.'

Teresa verroert zich niet en Bas gaat verder.

'Bij het skelet is een halfvergaan knuffelkonijntje gevonden en in haar dagboek schrijft Noa over haar konijn Rabbie, dat, totdat ze Dylan Post ontmoet, haar beste vriend is. Noa's DNA, jouw DNA, zit op dat konijn.' Bas slaat het dossier dat tussen hen in ligt open en haalt een foto tevoorschijn. Legt deze op tafel en schuift hem naar Teresa toe.

Teresa buigt zich voorover en bestudeert de foto. 'En dit zou die Noa moeten zijn?'

Bas knikt. 'Ja. Het is zover wij weten de enige foto van Noa die er is. Alle dossiers uit die tijd zijn een paar jaar geleden bij een brand verloren gegaan en familie had ze niet. Bij het doorzoeken van het huis van de familie Hoensbroek vonden we deze ene foto echter tussen Peter Hoensbroeks persoonlijke spullen. Achterop staat de naam Noa, anders hadden we niet eens geweten om wie het ging.'

'Ze lijkt inderdaad op mij, zou zomaar mijn tweelingzus kunnen zijn.' Ze schuift de foto terug.

'Teresa...'

'Wat? Ik heb haar nog nooit ontmoet. Oké, ik ken haar naam, maar totdat ik dat dossier van Dylan Post las, wist ik echt niet van haar bestaan.'

'Dus je ontkent dat jij Noa Jonker bent? Hoe verklaar je dan dat jouw DNA is aangetroffen op het knuffelkonijn dat we in het graf van Dylan Post hebben gevonden?'

Heel even is het doodstil in de verhoorkamer, dan begint Teresa keihard te lachen. Haar advocaat kijkt haar streng aan, maar ze trekt zich er weinig van aan en veegt de tranen uit haar ogen.

Bas leunt voorover. 'Dat vind je grappig?'

'Dat kun je wel zeggen, ja. De beste grap die ik in maanden heb gehoord. Je hebt toch meer humor dan ik dacht, Bas, dat heb ik helemaal verkeerd ingeschat, maar daar hebben we het nog weleens over als deze poppenkast voorbij is.'

Teresa gaat achteroverzitten en neemt een relaxte, zelfverzekerde houding aan, en Bas beseft dat ze tot het bittere einde zal volhouden. Het is niet anders.

'Goed, laat ik je dan dit vragen. Heb je enig idee hoe ik je hier op Sardinië heb gevonden?'

Teresa knippert even met haar ogen en Bas denkt te zien dat ze begrijpt waarop hij doelt. Maar ze zwijgt.

'Nee, dan zal ik het je uitleggen. Zo'n twintig jaar geleden besloot Noa Jonker van de aardbodem te verdwijnen. Na haar periode bij het gezin Hoensbroek was ze nog bij een ander gezin geplaatst, maar omdat we geen toegang meer hebben tot de dossiers, hebben we niet kunnen achterhalen wie dat waren. Wat er verder met haar is gebeurd, wisten we tot voor kort dan ook niet.'

'En wat heeft dat met mij te maken?' vraagt Teresa.

'Op het moment dat Noa verdween, verscheen Teresa Maas ten tonele. Een meisje, jonge vrouw bijna, zonder verleden.

Om eerlijk te zijn is het niet erg moeilijk om met een schone lei te beginnen, om van het ene op het andere moment als iemand anders door het leven te gaan. Een andere woonplaats, een nieuw sociaal netwerk, en je kunt zo een geheel nieuwe identiteit opbouwen. Wat je dus ook deed. Teresa Maas, journaliste. Maar bij bepaalde officiële zaken stond je natuurlijk nog wel bekend als Noa Jonker, want belastingen kon je anders bijvoorbeeld niet regelen. En een paspoort ook niet...'

Hij kijkt naar de vrouw tegenover hem, maar die reageert niet, dus gaat hij verder.

'Dus toen jij besloot om naar Sardinië af te reizen, kon je dat alleen doen onder je eigenlijke naam: Noa Jonker. En voor ons was het toen een koud kunstje om je te volgen.'

'Knap hoor, maar dit betekent allemaal niks.'

'Misschien niet, maar laat me mijn verhaal afmaken, dan weet je precies waar je aan toe bent als je uiteindelijk besluit om me wél de waarheid te vertellen. Voor de buitenwereld was Noa dus verdwenen en haast niemand wist van haar bestaan. Zelfs bij de gemeente lukte het je om je onder je valse naam in te schrijven, waardoor wij je in eerste instantie ook niet konden vinden. Alleen enkele mensen bij de krant – de hoofdredacteur, de administratie – wisten je werkelijke identiteit. Hun had je een verhaal op de mouw gespeld over een gewelddadige ex en dat je daarom niet onder je eigen naam wilde publiceren. Zelfs je directe collega's werden zo om de tuin geleid, wist je hoofdredacteur me gisteren over de telefoon te vertellen.'

Teresa kijkt Bas recht in zijn ogen en heel even is hij bang dat ze hem zal aanvliegen. Maar dan verdwijnt de kille blik in haar ogen als sneeuw voor de zon en glimlacht ze weer, alsof wat hij haar vertelt niets met haar te maken heeft.

'Maar je overspeelde je hand, Teresa. Je hield al die jaren die postbus aan met daarin de dagboeken van jezelf en Dylan – ik vermoed omdat je er geen afscheid van kon nemen – betaald vanaf een rekening die op naam stond van Noa Jonker. Wat dacht je, dat niemand ooit achter het bestaan van die postbus zou komen? Wist je soms niet dat Dylan een kopie van de sleutel met zich mee het graf in had genomen, dacht je daarom dat je geheim veilig was?

En toen vermoordde je Peter en Dirkje Hoensbroek. Was het puur uit wraak voor wat Peter je had aangedaan al die jaren geleden? Ik heb de dagboeken gelezen, Teresa, ik weet wat er is gebeurd. Was het uit wraak of was je ook bang dat ze je zouden ontmaskeren? Zij konden jou namelijk identificeren, zij konden de politie een beschrijving van Noa Jonker geven. En je had ongetwijfeld in het dossier bij mij thuis gelezen dat ik het echtpaar Hoensbroek opnieuw wilde ondervragen, omdat ik wilde weten waar Noa Jonker was.'

'Ik heb hen niet vermoord, dat heb ik je al gezegd.'

'Je bent gezien op de avond van de moord, de avond voordat je "toevallig" hun lichamen vond, waardoor jouw DNA en vingerafdrukken konden worden uitgesloten bij het politieonderzoek. Een bewakingscamera aan de overkant van de straat heeft gefilmd dat je het huis binnengaat en een halfuur later weer verlaat. Kennelijk wordt er de laatste tijd nogal veel ingebroken in die buurt, dus een van de overburen had net die dag een camera geplaatst. En toen de forensische recherche vervolgens nog eens extra goed naar de vingerafdrukken keek, bleek dat ze op verschillende momenten waren achtergelaten.'

Bas slaat het dossier dat voor hem ligt dicht en leunt achterover. Slaat zijn handen achter zijn hoofd ineen en zucht diep. Teresa kijkt haar advocaat aan, die zijn schouders ophaalt, en vervolgens Bas.

'Het lijkt erop dat ontkennen niet echt meer zin heeft, hè?' zegt ze.

'Nee, Teresa. We zullen je, zodra we in Nederland zijn aangekomen, arresteren voor de moord op Peter en Dirkje Hoensbroek.'

Ze zucht. 'Wat wil je dan nu nog van me?'

Hij leunt voorover. 'Ik denk dat het tijd wordt dat je me het hele verhaal vertelt.'

'Het hele verhaal?'

'Wat is er twintig jaar geleden precies gebeurd? En waarom wilde je Gemma Kastelijn vermoorden?'

Een uur later verlaat Bas de verhoorkamer. Het duizelt hem, maar één ding weet hij zeker en dat is dat het vrijwel onmogelijk zal zijn om wat zojuist gezegd is overeind te houden tijdens een rechtszaak. Tenzij hij Gemma, Patricia, Claire en Erik aan het praten krijgt.

31

Bas heeft slecht geslapen. De kater die hij aan het verhoor van Noa heeft overgehouden zit nog steeds in zijn lijf. Paracetamol en heel veel espresso's hebben niet geholpen, bier ook niet. Hij denkt met medelijden terug aan de totaal verknipte vrouw die gisteren tegenover hem zat. Een vrouw die buiten haar eigen schuld om zo beschadigd is, dat ze tot moord is overgegaan.

Hij kijkt uit het raampje van de politieauto. Het team in Nederland heeft sinds zijn belletje van gisteren een tandje bijgezet in de opsporing van Erik ten Cate en zojuist heeft hij een update gekregen. Dat gaat zeker van pas komen bij het gesprek dat hij straks gaat voeren. Samen met een van de Sardinische rechercheurs is hij onderweg naar het ziekenhuis waar Gemma ligt. Volgens de laatste berichten is ze aanspreekbaar en mag ze van de artsen een kort verhoor ondergaan. Hij heeft afgesproken met Patricia en Claire dat ze om elf uur op Gemma's kamer zijn, zodat hij ze alle drie kan bijpraten. En vragen stellen.

Als de auto geparkeerd staat en Bas uitstapt, slaat de warmte hem in zijn gezicht. De zon brandt op zijn wangen en even verlangt hij naar een vrije dag aan zee. Koud biertje en een beetje mijmeren over onbenullige dingen. Dingen die logisch zijn en die hij kan snappen. Niet die ingewikkelde toestanden waarin hij nu is beland. Hij volgt zijn collega, die zelfverzekerd het ziekenhuis binnenstapt – en er duidelijk de weg kent – naar de liften die naar de verpleegafdelingen leiden. Als ze naar de vijfde verdieping zoeven, probeert hij alle geuren die zijn neus binnendringen te negeren.

De deur van Gemma's kamer staat op een kier en geroezemoes klinkt door op de gang als hij aanklopt. Als hij de deur openzwaait, wordt het op slag stil. Zijn oog valt als eerste op Gemma, die met een van pijn vertrokken, bleek gezicht in bed zit met een berg kussens in haar rug. Ze wordt omringd door apparatuur met knipperende lampjes en getallen waar hij de ballen verstand van heeft. In haar linkerhand zit een infuus. Patricia en Claire zitten aan weerszijden van haar bed op een stoel, Claires man Tobias heeft zich bescheiden teruggetrokken in een hoek van de kamer en staart met zijn armen over elkaar uit het raam, dat al veel te lang geen glazenwasser heeft gezien. Hij draait zich om wanneer hij Bas hoort binnenkomen en het valt Bas op dat het gezicht onder die bos warrige krullen zorgelijk staat. Donkere kringen tekenen zich rond zijn ogen af.

'Ik laat jullie even alleen,' zegt Tobias en hij maakt al aanstalten om de kamer uit te lopen, maar Claire roept hem meteen terug.

'Ik wil graag dat je erbij blijft, Tobias, zou je dat voor me willen doen?'

Even twijfelt hij, dan knikt hij haast onmerkbaar met zijn hoofd en gaat weer bij het raam staan. Bas sluit de deur. Er zijn niet genoeg stoelen in de kamer aanwezig, dus blijven hij en zijn collega, net als Tobias, staan. Iedereen zwijgt en kijkt hem aan, ook zijn Sardinische collega, die niet echt een prater is gebleken.

Hij schraapt zijn keel en neemt het woord. 'Hoe voelt u zich, mevrouw Kastelijn?'

Ze schenkt hem een flauw lachje. 'Alsof er een vrachtwagen over me heen is gereden. De dokters zeggen dat alles weer goed komt, dus daar vertrouw ik maar op. Ik schijn veel geluk te hebben gehad.'

'Dat hebt u zeker. Ik zal proberen u niet te veel te vermoeien, maar er is een aantal vragen waar ik antwoord op moet en wil hebben. Gisteren hebben mijn collega en ik Teresa Maas verhoord en ik moet zeggen dat dat nogal een opmerkelijk gesprek was. Laat ik beginnen met te stellen dat de vrouw die jullie kennen als Teresa eigenlijk Noa Jonker heet en dat jullie gezamenlijke ex Simon is geboren als Dylan Post.'

Bas laat even een stilte vallen en Gemma, Patricia en Claire wisselen een vluchtige blik met elkaar uit, die niet onopgemerkt blijft. Claire reageert als eerste.

'Zo heet toch de man wiens botten zijn gevonden op dat scoutingterrein in Hilversum?' zegt ze op een zo verbaasd mogelijke toon.

'Dat klopt. Noa en Dylan zaten twintig jaar geleden in hetzelfde pleeggezin en kregen een relatie nadat Dylan Noa redde van hun handtastelijke pleegvader. Op een dag vond Noa echter Dylans dagboek, waarin hij schreef over al de vriendinnetjes die hij naast Noa had.'

'Dat dagboek waar wij ook in staan? Waar die Teresa ons kopieën van heeft laten zien?'

Hij knikt. 'Noa had tot dat moment geen idee van het bedrog dat Dylan pleegde. Ze had haar hart voor hem opengesteld en vertrouwde hem als eerste mens in lange tijd. Toen bleek dat ook hij niet te vertrouwen was, knapte er iets in haar. Ze begon hem te volgen en zijn gangen na te gaan. Volgens haar volgde ze hem op een dag naar die loods op het scoutingterrein en daar zag ze Dylan – of Simon, zoals jullie hem kenden – naar binnen gaan met een jonge vrouw. Dat was u, mevrouw Verbeek.' Hij wijst naar Claire. 'Ze wist onopgemerkt tot vlak naast de loods te komen en kon zo door een gat alles volgen wat zich daar afspeelde.'

Bas zwijgt weer even en kijkt de drie vrouwen een voor een aan. Wanneer hij Tobias aankijkt, draait die zijn hoofd weg.

'Dylan verkrachtte u...' Bas kijkt Claire aan, wier gezicht vertrekt in een pijnlijke grimas, '... en het duurde even voordat jullie...' hij kijkt nu naar Gemma en Patricia, '... samen met Erik ten Cate kwamen binnenvallen. Meneer Ten Cate had een honkbalknuppel bij zich en sloeg daarmee Dylan op zijn achterhoofd. Vlak daarna vertrokken jullie en bleef Erik ten Cate achter met Dylan. Hij heeft het lichaam van Dylan begraven en...'

Patricia springt op. 'Dat is niet waar! Erik...'
'Hou je mond!' roept Claire.
Bas heft zijn hand en legt hun beiden het zwijgen op. 'Wilt u me alstublieft mijn verhaal laten afmaken?'
Patricia gaat weer zitten en Claire kijkt haar boos aan.
'Erik ten Cate heeft volgens Noa het lichaam begraven en is toen weggegaan. En nu komt het interessantste deel. Tot nu toe is het een redelijk geloofwaardig scenario – het dagboek ondersteunt dit verhaal ten dele en ook de wond aan het hoofd van het slachtoffer is in overeenstemming met deze verklaring – maar er zijn drie dingen die niet kloppen aan Noa's verhaal. Ten eerste: waarom is Noa met dit verhaal nooit naar de politie gegaan? Zelf zegt ze dat ze zo geschrokken was dat ze in shock raakte en het hele gebeuren had verdrongen, en de herinneringen zouden pas door de recente opgraving weer zijn komen bovendrijven. Ik vind dit hoogst twijfelachtig. Ten tweede: bij het lichaam van het slachtoffer werd een knuffel gevonden, een konijn dat eigendom was van Noa. Hoe dat daar terechtkwam, kon of wilde ze niet verklaren. En ten derde: op het lichaam van Dylan Post zijn ook sporen van verwurging aangetroffen.'
'Wát!?' klinkt het uit drie vrouwenmonden tegelijk.
'Het slachtoffer is niet alleen neergeslagen, maar ook gewurgd,' legt Bas uit.
Hij laat een lange stilte vallen om de reacties van de drie vrouwen te observeren. Spelen ze toneel of is dit echt nieuwe informatie voor hen? Zijn instinct zegt het laatste en dat versterkt de theorie die hij heeft over wat er zich daadwerkelijk allemaal heeft afgespeeld op die bewuste dag.
'Dus wat is er nu precies gebeurd daar in die scoutingloods?' zegt hij na een tijdje. 'Wil een van jullie misschien een poging wagen om het uit te leggen?'
Hij kijkt hen een voor een aan, maar zoals verwacht zwijgen ze alle drie.
'Dat dacht ik al. Laat ik jullie dan maar vertellen wat ík denk dat het meest waarschijnlijke scenario is. Het verhaal dat Noa

gisteren heeft verteld klopt denk ik redelijk tot en met jullie vertrek uit de loods. Jullie dachten dat Dylan dood was, maar – en nu ga ik speculeren – dat was waarschijnlijk niet het geval. Hij is daarna namelijk nog gewurgd, wat alleen maar zin kan hebben gehad als hij niet dood was van die klap. Waarom zou je immers iemand wurgen die al dood is? De vraag is dan: wie heeft hem gewurgd? Was het Erik ten Cate of Noa zelf, of is misschien een van jullie drieën later teruggekomen om je ervan te verzekeren dat jullie kwelgeest dood was? Het kan natuurlijk ook zijn dat de verwurging eerst heeft plaatsgevonden en dat de klap daarna kwam, maar dat is dan weer niet in overeenstemming met de verklaring van Noa.

Ik neig dus naar eerst de klap, dan verwurging, maar dan wordt het moeilijker. Want wie heeft daarna het lijk begraven? Volgens Noa was dat Erik ten Cate, maar de aanwezigheid van dat knuffelkonijn doet eerder vermoeden dat het Noa was. Kort na de vermissing van Dylan heeft Noa zich namelijk een nieuwe identiteit aangemeten als Teresa Maas en ik heb het vermoeden dat ze haar oude ik symbolisch ten grave heeft gedragen door haar knuffelkonijn Rabbie – Noa's steun en toeverlaat in haar zo moeilijke jeugd – met Dylan mee te begraven.'

Bas kijkt naar de vrouwen, die hem, net als Tobias, gebiologeerd aanstaren.

'Maar betekent dat dan dat Noa degene is geweest die Dylan heeft gewurgd?' vraagt Gemma.

'Ook dit is weer speculatie, maar ik vermoed van wel. Op een gegeven moment moet Erik de loods hebben verlaten, ik weet niet waarom, en toen moet Teresa naar binnen zijn gegaan. Waarschijnlijk was ze woedend na alles wat ze had gezien en heeft ze Dylan de nek omgedraaid.'

'Wat een verhaal,' zegt Gemma. 'Ik had het zelf niet kunnen bedenken.'

Vanuit zijn ooghoek ziet Bas dat Claire oogcontact zoekt met zowel Gemma als Patricia en haar wijsvinger op haar lippen legt. Wordt hier een stilzwijgende afspraak gemaakt?

'En nu wilt u natuurlijk onze versie van het verhaal horen om te verifiëren of het klopt wat deze vrouw allemaal beweert,' zegt Claire afgemeten. Haar vriendinnen zwijgen.

'Inderdaad.'

'Ik snap er helemaal niks van, maar het klopt in elk geval niet. Of eigenlijk: het klopt grotendeels niet. Simon, of Dylan zoals hij dus kennelijk heet, is inderdaad de ex van Gemma, Patricia en mij, en Erik was met ons allemaal bevriend, maar wij zijn nooit in die loods geweest. Dat Teresa – laat ik haar voor het gemak maar even zo noemen – het tegendeel beweert, lijkt me niet echt ter zake te doen. Ze is niet bepaald een betrouwbare getuige, zullen we maar zeggen. Een rechter zal op basis van haar verklaring alleen nooit tot een veroordeling kunnen komen. Daarvoor zullen meerdere getuigen of aanvullend bewijs nodig zijn. En, inspecteur De Haan, dat is er niet.'

Tobias draait zich om en staart uit het raam. *Alsof hij zich wil distantiëren van de woorden van zijn vrouw*, denkt Bas. Hij voelt aan alles dat Claire liegt, maar kan het niet bewijzen. Hij kijkt haar diep in haar ogen, maar ze geeft geen krimp. Ook bij Gemma en Patricia komt hij niet verder. De vrouwen hebben duidelijk een blok gevormd waar niemand doorheen komt, dus zet hij een andere troef in.

'Wat zou Erik ten Cate doen als ik hem ernaar zou vragen? Zou hij ook alles ontkennen?'

Voor het eerst ziet Bas een spoortje van onzekerheid op Claires gezicht verschijnen, terwijl Patricia met haar handen frummelt en Gemma haar ogen sluit en verzucht dat ze moe is. Claire is de eerste die zich weer herpakt.

'Natuurlijk zou hij het bevestigen. U kunt hem alleen niets vragen, aangezien hij wordt vermist.'

'Werd,' corrigeert Bas haar.

'W-werd?' stottert Claire.

'We hebben meneer Ten Cate getraceerd op de Kaaimaneilanden en hij kan elk moment worden opgepakt.'

'De Kaaimaneilanden? Wat moet hij daar nou?'

'We hebben ontdekt dat hij daar een heel dikke bankrekening heeft en bezig was een nieuw leven op te bouwen. Hij bleek in Nederland nogal wat schuldeisers achter zich aan te hebben en er hing hem een faillissement boven het hoofd.'

'Maar hoe kwam hij dan aan al dat geld?'

'Dat was lastig vast te stellen, maar we hebben het via allerlei schimmige tussenbedrijfjes en constructies kunnen herleiden tot iemand die u maar al te goed kent, mevrouw Verbeek. Helmut Hartmann. Wat de precieze connectie tussen die twee is, moet nog blijken, maar dat er een connectie is, dat is duidelijk.'

Claire trekt bleek weg en klemt haar lippen strak op elkaar, alsof dat de enige manier is om de stortvloed aan woorden die haar duidelijk dwarszit, tegen te houden.

'Enig idee wat meneer Ten Cate en meneer Hartmann met elkaar te maken kunnen hebben?'

Claire schudt haar hoofd. 'Nee, werkelijk geen flauw idee.'

'Ze hebben in elk geval u gemeen, nietwaar?' Bas produceert een vriendelijke glimlach.

'Sorry, maar ik ben echt te moe. Ik lig te herstellen van een bijna-doodervaring. Kunnen we dit gesprek op een ander moment voortzetten?' bemoeit Gemma zich er ineens mee.

Bas ziet dat ze er inderdaad bleker uitziet dan toen hij haar kamer ruim drie kwartier geleden binnenkwam. Er staan zweetdruppels op haar voorhoofd en ze ademt zwaarder. Toch kan hij zich niet aan de indruk onttrekken dat ze haar lichamelijke conditie inzet om hem de deur uit te zetten omdat hij het Claire moeilijk begint te maken. Hij ziet dat Gemma op de alarmbel drukt die aan haar bed hangt.

'Ik vraag de verpleging even of ze u en uw collega uitgeleide willen doen. Een fijne dag nog, inspecteur De Haan.'

Ze sluit demonstratief haar ogen, en Claire en Patricia pakken allebei haar hand. Tobias staat nog steeds voor het raam met zijn rug naar hen toe. Zijn armen gekruist tegen zijn borst, schouders opgetrokken en gespannen.

'Dat u me nu wegstuurt wil niet zeggen dat u van me af bent,' deelt Bas hun grimmig mede als de verpleging de kamer binnenkomt. 'Er is een man vermoord en misschien kan ik momenteel nog niet bewijzen wat uw rol precies is geweest, maar ik ga dit tot op de bodem uitzoeken. U hoort snel weer van mij.'

Hij wenkt zijn collega met een afgemeten hoofdknik en ze lopen samen de kamer uit.

32

De lucht is onverminderd blauw en de palmboom in de tuin ruist zachtjes in de wind als Claire de glazen pui van Villa Rosa openschuift. Gemma is zojuist teruggekomen uit het ziekenhuis en met behulp van Francesco hebben ze haar met een berg kussens in haar rug op de bank gedrapeerd. '*Che dramma, che orribile dramma,* bella Gemma,' oreert Francesco steeds maar weer met theatrale handgebaren.

'Het is goed, Francesco,' probeert ze hem te kalmeren.

'Sorry dat ik je wens heb genegeerd om niet onaangekondigd met de sleutel binnen te komen vorige week, maar ik moest de politie binnenlaten. Meneer Duco wilde niet dat het slot werd geforceerd als het niet nodig was. Die schade, poeh.'

'Het is je vergeven, Francesco. Het is goed dat je niet naar me hebt geluisterd. Dat heeft ons het leven gered. Je bent onze held.'

Dat fleurt hem wat op en met enige moeite weten ze hem uiteindelijk het huis uit te krijgen. Voordat hij vertrekt, weet hij hun nog één nieuwtje te vertellen. Hij is erachter wie de man was die Gemma meerdere keren op het strand had gezien. Het blijkt om een Nederlandse toerist te gaan die een groot fan is van Gemma's boeken en een handtekening had willen hebben. Maar telkens had hij op het allerlaatst niet gedurfd om haar aan te spreken, omdat hij bang was dat ze dat als een inbreuk op haar privacy zou ervaren. Uiteindelijk had hij Francesco gevraagd, toen hij een keer Villa Rosa uit kwam, of hij dacht dat Gemma zijn boek zou willen signeren.

'Zeg hem maar dat ik dat graag een keer doe,' zegt Gemma, 'maar nu wil ik eerst uitrusten.'

Francesco begrijpt de boodschap en trekt de deur achter zich dicht en eindelijk zijn ze met hun drieën. Tobias is twee dagen geleden weer naar huis vertrokken om voor Mattis te zorgen. Hij vindt het nog steeds moeilijk om met de hele situatie om te gaan, maar heeft zich erbij neergelegd en zich volledig achter Claire geschaard. Claire heeft er een rotsvast vertrouwen in dat het uiteindelijk allemaal goed komt tussen hen.

Van het afschuwelijke tafereel dat zich hier ruim een week geleden heeft afgespeeld, is niets meer te zien. De bebloede bankhoezen zijn vervangen door zandkleurige grands foulards van dik katoen. De flosjes aan de randen geven het geheel een speelse, nonchalante uitstraling. De salontafel staat weer op zijn plek. In de houder met messen ontbreekt nog wel een van de vleesmessen. De politie heeft het meegenomen als bewijsmateriaal en ze hebben het nog niet teruggekregen. Gezien het feit dat de aanval op Gemma, Claire en Patricia verband houdt met twee andere zaken waar Noa Jonker, alias Teresa Maas, bij betrokken is, en het feit dat er geen aanwijsbare connectie is met Sardinië of Italië, heeft de plaatselijke politie besloten om de zaak over te dragen aan de Nederlandse autoriteiten. Inspecteur De Haan mag Teresa meenemen naar Nederland en de boel daar verder afhandelen.

Vijf dagen geleden is Erik opgepakt, zo heeft de politie hun laten weten. Als het goed is, wordt hij over een paar dagen naar Nederland gevlogen.

Gemma moet eerst nog wat verder herstellen voordat ze in een vliegtuig mag stappen van de artsen, en Claire en Patricia blijven bij haar in Villa Rosa en zullen samen met haar naar Nederland komen zodra het medisch verantwoord is. Geen van drieën hebben ze haast. Nederland staat gelijk aan eindeloos doorgezaagd worden door Bas de Haan over de gebeurtenissen van twintig jaar geleden. Net zo lang tot een van hen breekt en een verhaal vertelt dat overeenkomsten heeft met dat van Noa. Het is zoeken naar een speld in een hooiberg, maar Bas – zoals ze hem zijn gaan noemen – heeft van het begin af aan duidelijk gemaakt dat áls er een speld is, hij hem zal vinden. Gemma, Claire en Patricia hebben hun verhalen echter eindeloos doorgesproken en op elkaar afgestemd. Ze weten wat ze aan elkaar hebben en vertrouwen elkaar als nooit tevoren. De enige zwakke schakel in het verhaal is Erik. Als hij ook zijn mond houdt, dan heeft de politie niks. De honkbalknuppel waarmee hij Simon destijds heeft neergeslagen, is in de week na het incident letterlijk in rook opgegaan in de vuurkorf waar ze met zijn vieren omheen hebben gezeten. Dat is tevens de laatste keer geweest dat ze elkaar hebben gezien. Bij dat knapperende vuur hebben ze de afspraak gemaakt voor altijd te zwijgen en nooit meer contact te zoeken. Hoe anders zijn de dingen gelopen.

'Wat denk jij dat er met Noa gaat gebeuren?' vraagt Gemma aan Claire.

'Ik vraag me af of ze ooit nog terugkeert in de maatschappij. Het OM maakt een goede kans om er voor de moord op dat echtpaar Hoensbroek tbs met dwangverpleging uit te slepen. Ze hebben het moordwapen gevonden en haar DNA zit erop. Samen met de beelden van een bewakingscamera die er schijnen te zijn, is het denk ik een uitgemaakte zaak,' antwoordt Claire met een bedachtzame blik in haar ogen. 'Op de plek waar Simon lag begraven hebben ze ook haar DNA gevonden, maar ik betwijfel of die zaak ooit voor de rechter komt.'

'Denk je dat ze ons DNA daar ook nog kunnen aantreffen?'

'Als dat zo was, dan hadden we dat al wel gehoord. Uit alles blijkt dat het enige "bewijs" dat ze tot nu toe tegen ons hebben, Noa's getuigenverklaring is, en die is niet bepaald betrouwbaar te noemen. Te veel zaken kan ze niet verklaren, of wil ze niet verklaren, en daarom is er eigenlijk geen zaak tegen ons. Het enige risico is echt Erik, daar hou ik mijn hart voor vast. Als hij gaat praten onder druk van de politie, dan is het een heel ander verhaal. Dan zijn we de pineut.'

'Zou hij zijn mond opendoen?'

'Toen ik hem laatst in de rechtbank zag, kwam hij behoorlijk labiel op me over. Als die vent een muis ziet staat hij al op tafel, laat staan als de politie hem het vuur na aan de schenen legt.'

Gemma zucht heel diep. 'Ik zit hier zó niet op te wachten.'

'Wij allemaal niet, Gem,' zegt Patricia. 'We hebben allemaal al genoeg aan ons hoofd.'

'Ik zou willen dat we Erik konden spreken voordat hij verhoord wordt. Onze verhalen op elkaar afstemmen. Hem ervan overtuigen dat wij onze mond houden en dat hij hetzelfde moet doen.'

'Ik heb best wat internationale contacten,' verzucht Claire, 'maar helaas niet tot in de gevangenis op de Kaaimaneilanden. We kunnen alleen maar hopen dat Erik zwijgt en net als wij ontkent dat hij ooit in die loods is geweest.'

'Zullen we buiten op de veranda gaan zitten? We moeten genieten van onze vrijheid zolang het nog kan,' oppert Gemma. 'En van het mooie weer.'

'Weet je zeker dat dat lukt?' Patricia kijkt bezorgd naar het van pijn vertrokken gezicht van Gemma.

'Pijn heb ik toch wel. Ik heb de afgelopen dagen genoeg binnengezeten en ik heb ernstige behoefte aan frisse lucht. Met wat kussens als ondersteuning is het vast vol te houden, en anders neem ik nog wel een extra pijnstiller met wijn.'

Patricia verzamelt alle kussens die op de bedden in het huis liggen en drapeert de berg op de loungebank die buiten op de veranda staat. Gemma kreunt als ze haar naar buiten helpen en veegt de tranen van pijn uit haar ogen als ze een comfortabele houding heeft gevonden. Net als Patricia weer naar binnen loopt om een kan met koud water te halen, gaat Claires telefoon. Ze kijkt naar het scherm.

'Anoniem nummer. Het zou Axel Müller weleens kunnen zijn.'

'Wie is dat?' vraagt Gemma.

'De Edwin Smulders van Duitsland. Hij doet een klusje voor me en ik hoop dat hij goed nieuws heeft.'

Claire neemt de telefoon op en haar ogen worden groot als ze Eriks stem hoort in plaats van die van Axel. Ze wappert opgewonden met haar vrije hand als Patricia de veranda op stapt en mimet 'Erik' naar haar vriendinnen.

'Erik, wat een verrassing. Ik had...'

'Ik heb weinig tijd, Claire, dus laten we meteen ter zake komen. Het heeft me een vermogen gekost om een bewaker om te kopen om dit telefoontje te kunnen plegen. Ik heb maximaal tien minuten. Overmorgen word ik naar Nederland gevlogen voor verhoor in de zaak-Dylan Post. Ik heb begrepen dat jullie al een gesprek hebben gehad met de inspecteur die mij ook gaat verhoren. Vertel me de ins en outs.'

Claire vat zo bondig en snel als ze kan alle beweringen van Noa samen.

'Wij hebben onze mond gehouden, Erik, en dat zullen we ook blijven doen. Er zijn buiten Noa geen getuigen en geen andere aanwijzingen dat we daadwerkelijk in die loods zijn geweest. Noa is niet toerekeningsvatbaar, dus aan de hand van haar getuigenis kunnen ze ons nooit veroordelen. Als jij je lippen ook stijf op elkaar houdt, dan kunnen ze ons niks maken. En Noa wordt toch wel opgeborgen in een tbs-kliniek voor de moord op het echtpaar Hoensbroek, en dat is een zegen voor de samenleving, want die vrouw is een gevaar voor zichzelf en haar omgeving. In zo'n kliniek krijgt ze eindelijk de hulp die ze zo hard nodig heeft.'

'Dus eigenlijk is het een nobele daad als we alle schuld op haar schuiven,' reageert Erik cynisch.

'Dat doen we niet. Waar het op neerkomt is dat het OM straks niet met honderd procent zekerheid kan aantonen dat Dylan gewurgd is, net zomin als dat ze dat kunnen met betrekking tot het scenario dat hij is doodgeslagen. Slechts een van deze twee kan de waarheid zijn, maar niet allebei. Dus welke is het? Voor beide opties hebben ze verdachten in het vizier – wij voor het doodslaan en Noa voor de verwurging – maar in beide gevallen kunnen ze die niet hard maken. Wij weten dat de verwurging heeft plaatsgevonden nadat jij Dylan die klap had gegeven, maar we kunnen dat niet tegen de politie zeggen

– dan zouden we in feite toegeven dat we hem inderdaad hebben neergeslagen en voor dood achtergelaten. Tegelijkertijd is Noa's verklaring niet afdoende om ons te arresteren, want er is verder geen enkel bewijs dat die theorie onderbouwt. Sterker nog, het enige bewijs dát er is gevonden, is dat knuffelkonijn en dat wijst juist in haar richting. Kortom: zolang wij allemaal onze mond houden, kunnen ze ons niks maken.'

'Veel keus hebben we zo te horen niet.'

'Nee, tenzij jij graag de bak in wilt draaien voor moord.'

'Nee, natuurlijk niet.'

'Doe dan niet zo seminobel.'

'Wat kun je toch een bitch zijn, Claire. Ik wilde bijna mijn excuses aanbieden omdat ik met je grote vriend Helmut Hartmann heb gepraat, maar ik geloof dat ik dat maar achterwege laat.'

'Dat was jij dus, ik dacht het al. Jij bent het die hem over die verkrachting heeft verteld. Weet je wel wat voor afschuwelijke artikelen er daarna zijn verschenen in de roddelbladen én de serieuze media in Duitsland? Waarom heb je dat gedaan?'

'Waarom deed jij zo lullig tegen mij toen bij de rechtbank? Dat kan ik ook wel vragen. Ik was verschrikkelijk boos op je toen ik de rechtbank verliet en toen ik naar mijn auto liep, stond daar ineens een man die me vroeg wat mijn connectie met jou was. Hij bood me veel geld als ik iets compromitterends over jou kon vertellen. Heel veel geld. En ik vatte ineens het plan op om dat geld te pakken en alle shit in Nederland achter me te laten en ergens anders opnieuw te beginnen. Op dat moment leek dat een perfect plan. Het was de uitweg waar ik al maanden voor gebeden had en waar ik eigenlijk niet meer op durfde te hopen. Wat kon ik anders? Ik had toch geen enkel perspectief meer? Mijn zaak balanceerde op de rand van de afgrond, mijn huwelijk stond er al niet beter voor en jij had me voor de zoveelste keer in mijn leven afgewezen. Ik had niets meer te verliezen.'

'Maar ik wel,' zegt Claire boos. 'Ik had wel wat te verliezen, Erik.'

'Dat weet ik en op dat moment kon me dat helemaal niks schelen.'

'Realiseer je je wel dat het feit dat je met Hartmann hebt gepraat over mijn verkrachting onze zaak ernstig bemoeilijkt? Dat het in zekere zin het verhaal van Noa over mijn verkrachting ondersteunt?'

'Ik heb natuurlijk niet het echte verhaal verteld. Ik ben niet compleet achterlijk. Ik heb gezegd dat je me dat in vertrouwen ooit hebt verteld en dat het in onze middelbareschooltijd was, toen je in je eentje naar huis fietste na een schoolfeest van drie vwo. Dat je je zo schaamde dat je het je ouders of de politie nooit hebt verteld. Je hoeft je denk ik niet al te veel zorgen te maken.'

'Dat valt nog maar te bezien. Hou in elk geval je mond en ontken alles, ongeacht hoeveel druk de politie op je legt. Dat is de enige manier voor ons allemaal om er enigszins ongeschonden uit te komen.'

'Om jullie maak ik me niet druk meer. Ik zal zwijgen om mijn eigen hachje te redden en...' De verbinding wordt abrupt verbroken.

'En?' Patricia en Gemma kijken haar gespannen aan.

'Ik denk dat hij zijn mond wel houdt en ons verhaal ondersteunt.'

Claire smijt haar toestel op tafel en masseert haar slapen.

'Pfff, ik zou een moord doen voor een wijntje,' verzucht Gemma.

'Moord maar raak, want je krijgt geen alcohol bij die pijnstillers.' Patricia geeft Gemma een glas water. 'Daar moet je het mee doen de komende dagen.'

Zelf neemt ze een grote slok witte wijn uit de fles die op tafel staat. 'Jij ook, Claire?'

'Straks misschien. Ik wil nog even helder blijven. Ik ga Axel Müller even bellen, want ik heb enorme behoefte aan goed nieuws en ik hoop dat hij me dat kan geven.' Claire trekt zich met haar telefoon terug in de villa.

'Ik ben benieuwd wat ze nu weer aan het bekokstoven is,' zegt Gemma grinnikend. 'Een saai leven heeft ze in elk geval niet, met dat werk van haar.'

'We zijn alle drie niet geboren voor middelmatigheid, Gem. Het is bij ons hollen of stilstaan, altijd al geweest. Jij moet als dit allemaal achter de rug is hollen om je deadline te halen en ik gun mezelf nog een paar maanden stilstaan om de dood van Michael te verwerken en te bedenken wat ik nou eigenlijk wil. Misschien ga ik wel een tijdje over de wereld reizen. Beetje eten, bidden en misschien ooit weer beminnen.'

Patricia zet de fles wijn weer aan haar mond en Gemma neemt van armoe maar een slok water. Uit het huis klinkt gekrijs en Claire komt dansend het terras op.

'Yes! Ik wist het wel. Nou ben je van mij!' Ze slaat haar vuist triomfantelijk in de lucht.

'Eh, Axel heeft je blij gemaakt?' vraagt Gemma.

'De overtreffende trap van blij. Kijk nou toch eens!'

Ze laat de foto's die Axel haar net heeft gestuurd aan Gemma en Patricia zien, en op hun gezichten verschijnt net zo'n grote lach als op dat van Claire. Gemma geeft Claire een high five en Patricia volgt. Daarna pakt ze Gemma's glas, gooit het water eruit en giet er een bodempje wijn in. Als ze alle drie een glas heffen brengt Claire een toost uit.

'Op geloof, hoop, liefde en vrijheid, maar vooral ook op vriendschap. Samen kunnen we alles aan, daar geloof ik net zo heilig in als in de foto's van Axel. We weten niet wat de toekomst gaat brengen, maar één ding weet ik zeker: jullie zullen vanaf nu altijd deel uitmaken van mijn toekomst.'

'*Forever friends*,' roepen ze alle drie tegelijk. Lachend ketsen ze hun glazen tegen elkaar.

33

Met trillende hand maakt Patricia de voordeur open van het huis waar ze met Michael heeft gewoond. Toen hij nog leefde, vond ze het fijn om naar huis te gaan, welkom te zijn. Nu hij er niet meer is, is het gevoel van thuiskomen weg. Het huis bestaat nog slechts uit kille muren waar de herinneringen tussen zweven. Herinneringen die elke dag iets meer verdampen, als mist die optrekt uit een drassig weiland. Alleen de belangrijkste en mooiste momenten zullen overblijven, de rest vervaagt. Ze haat het, maar ze kan het niet stoppen. Het is een proces dat met haar aan de haal gaat en dat ze alleen maar kan ondergaan. Ze denkt erover om het huis te verkopen en op zoek te gaan naar een knus appartement. Zoveel ruimte heeft ze in haar eentje niet nodig. Vandaag zal uitwijzen of ze het zoeken naar een kleinere woning doorzet of door omstandigheden voorlopig toch in haar huidige huis blijft zitten.

De hoofdpijn waar ze al de hele week mee rondloopt, zakt eindelijk af. Gisteren hebben ze te horen gekregen dat het OM Noa gaat vervolgen voor de moord op het echtpaar Hoensbroek en geen energie meer steekt in de zaak-Dylan Post. Er is te weinig feitelijk bewijs, en zoals afgesproken hebben Gemma, Claire, Erik en zijzelf hun kaken stijf op elkaar gehouden, zodat de politie het moet doen met Noa's onbetrouwbare getuigenis. Het OM durft het niet aan om een zaak te beginnen op basis van de getuigenis van iemand die ze op hetzelfde moment vervolgen voor een dubbele moord die mogelijk, waarschijnlijk zelfs, verband houdt met diezelfde zaak. Bovendien hebben ze stapels recentere zaken op de plank liggen die meer prioriteit hebben. Het feit dat Dylan Post geen familie heeft die om hem rouwt en gerechtigheid wil, speelt bij de beslissing van het OM, hoe triest ook, absoluut een rol. Dat laatste hebben ze gehoord van inspecteur Bas de Haan, die zich, duidelijk onder dwang en met grote tegenzin, uit de zaak heeft teruggetrokken.

Ook Erik is weer een vrij man. Hoewel zijn verdwijning – en het verdriet dat hij daarmee zijn gezin heeft aangedaan – geen schoonheidsprijs verdient, is die niet strafbaar. Er is veel diplomatie toegepast door de Duitse regering om de link tussen Hartmann en Erik onder de pet te houden. Een nieuw schandaal rond Hartmann is het laatste wat ze kunnen gebruiken. Het straalt te veel af op de regering en schaadt het vertrouwen in de politiek.

Patricia probeert alle gedachten die door haar hoofd spoken uit te bannen. Op eentje na. De enige die er echt toe doet. Ze loopt met haar handtas linea recta naar het toilet en haalt de predictor die ze zojuist heeft gekocht eruit. Ze is vandaag op de kop af een maand over tijd. Door al het gedoe in Sardinië en de verhoren in Nederland had ze het eerst niet zo in de gaten, maar nu ze weer thuis is en een beetje tot rust komt, des te meer. De avond voordat ze Michael dood in zijn bed vond, hebben ze nog gevreeën. Ze rekent nergens op, maar het zou kunnen. Haar menstruatie kan ook uitblijven door de hoge mate van stress die ze heeft gehad. Zelf functioneert ze sinds de dood van Michael voor haar gevoel op halve kracht en misschien geldt dat ook wel voor haar lichaam. En de misselijkheid is wellicht ook een teken van stress.

Patricia's handen trillen nog steeds als ze de predictor uit de verpakking haalt en de teststrip vijf seconden in haar urinestraal houdt. Daarna legt ze de test plat neer op het fonteintje en telt met haar ogen dicht tot zestig. Voor de zekerheid doet ze er daarna nog twintig tellen bij en ze opent haar ogen. In beide vakjes is een roze streep verschenen. Ze leest de gebruiksaanwijzing nog drie keer na en begint dan te huilen.

34

'Wat fijn dat u even tijd voor me kon vrijmaken, meneer Hartmann.' Claire glimlacht suikerzoet naar Hartmann, maar die kijkt haar nors aan. Georg Grössler, Hartmanns advocaat, neemt het woord. 'Wat kunnen we voor u doen, mevrouw Verbeek?'

Claire legt de envelop die ze zorgvuldig onder haar arm heeft geklemd voor Hartmann en Grössler neer. Maakt hem tergend langzaam open.

'Stukken die u wilt indienen voor de rechtszaak kunt u ook per post sturen,' zegt Grössler ongeduldig.

'Ik denk eerlijk gezegd dat het helemaal niet tot een rechtszaak gaat komen.'

'Dan vergist u zich toch lelijk. Ik laat mijn cliënt niet onbestraft belasteren en we zullen alle middelen aangrijpen om zijn blazoen schoon te vegen. Het is het woord van een vooraanstaand politicus tegen dat van een... van een...'

'Slet, hoer?' vult Claire aan. 'Mag ik u erop wijzen dat uw cliënt grote waarde hecht aan prostituees en dat hij regelmatig met ze, hoe zal ik dat zeggen, van gedachten wisselt?'

Grössler fronst zijn wenkbrauwen en Hartmann zelf trekt wat aan zijn te strak geknoopte stropdas. Claire haalt een stapeltje foto's op A4-formaat uit de envelop en spreidt ze zorgvuldig voor Hartmann en zijn raadsheer uit.

'Wat is dit?' vraagt de advocaat.

'Uw cliënt is mans genoeg om u dat zelf te vertellen, nietwaar, meneer Hartmann?' Hartmann ziet net zo wit als zijn overhemd en haalt snuivend adem.

'Ach, weet u wat, ik zal meneer Hartmann een beetje helpen.

Terwijl meneer Hartmann voor de buitenwereld op vakantie was met zijn vrouw en bloedjes van kinderen om zogenaamd bij te komen van alle laster die Angelika Krueger over hem had uitgestrooid, ging hij achter de schermen gewoon door met zijn ontoelaatbare gedrag. Terwijl vrouw en kinders een dagje gingen shoppen, voer hij uit met zijn jacht om een paar kilometer van de kust enkele prostituees op te pikken en daar een gezellig feestje mee te vieren. Betrapt met de broek op de knieën noemen ze dat, meneer Hartmann. Wat zouden uw vrouw en uw partijgenoten van deze foto's vinden, denkt u? Of de roddelbladen?'

'Wie zegt dat deze foto's echt zijn? Bewijst u dat maar eens. Met Photoshop is tegenwoordig alles mogelijk,' doet Grössler een halfslachtige poging om tot een tegenaanval over te gaan.

'Had ik er al bij gezegd dat alle aanwezige vrouwen bereid zijn om tegen Hartmann te getuigen, mocht u de authenticiteit van deze foto's in twijfel trekken? Elke handeling die hij met ze heeft uitgevoerd zal uitgebreid aan bod komen. Geen pretje om naar te luisteren als je niet pervers bent aangelegd en zeer pijnlijk voor zijn vrouw, geef ik u op een briefje. Ik denk eerlijk gezegd dat mevrouw Hartmann meteen een scheiding aanvraagt als ze deze foto's onder ogen krijgt.'

'Ik spoor die hoeren wel op en bied ze meer geld dan u hebt gedaan. Dan houden ze hun mond wel,' zegt Hartmann ijzig.

'Hou je mond, Helmut,' zegt Grössler, maar Hartmann laat zich niet de mond snoeren.

'Het blijven tenslotte hoeren, die doen alles voor geld en gaan in zee met de hoogste bieder.'

'Het zal u misschien verbazen, meneer Hartmann, maar ik of wie dan ook heeft deze vrouwen geen cent geboden om een verklaring af te leggen. Dat hebben ze gedaan uit medemenselijkheid en empathie voor Angelika Krueger. Voor u is iedere vrouw een hoer die in dienst staat van de man, maar deze vrouwen zijn het daar niet mee eens. Zij hebben bewust voor dit vak gekozen, maar Angelika Krueger en alle andere vrouwen die u in de loop van de jaren hebt lastiggevallen niet. Ze willen opkomen voor deze vrouwen en een statement maken. Een vrouw is geen gebruiksvoorwerp, tenzij ze daar zelf voor kiest.'

'Wat wilt u?' vraagt Grössler afgemeten.

'Een schikking. Een royale uiteraard.'

'Hoeveel?'

'Twee miljoen?'

'Twee miljoen?!' schreeuwt Hartmann. 'Waar moet ik dat vandaan halen?'

'Twee miljoen of een lange, slepende rechtszaak die u heel veel imagoschade gaat opleveren en het einde van uw politieke carrière betekent? Kiest u maar. Ik verwacht voor drie uur een telefoontje van u, anders is het aanbod van tafel.'

Claire staat op en loopt met opgeheven hoofd naar buiten. Ze rijdt terug naar kantoor en doet verslag aan Rupert en Angelika, en dan begint het lange wachten. Om vijf voor drie gaat dan toch haar telefoon. Het gesprek is kort en ze hangt op met een glimlach. Ze pakt de fles champagne die klaarstaat in de kantoorkeuken en zoekt er drie glazen bij. Geeft een roffel op Ruperts deur en loopt naar binnen met de fles en de glazen verborgen achter haar rug. Angelika draait zich om en kijkt haar gespannen aan. Claire tovert de champagne en de glazen tevoorschijn.

'Hij wil schikken.'

De drie vallen elkaar in de armen en algauw komt de rest van het kantoor erbij om mee te vieren. Het is een grootse overwinning en Claire staat in het middelpunt van de belangstelling, maar eigenlijk wil ze het liefst zo snel mogelijk weg. Weg uit de feestvreugde, weg uit het kantoor. Voordat ze vertrekt, neemt Rupert haar echter eerst nog apart, en wanneer ze even later in haar auto stapt, heeft ze alles waar ze altijd van heeft gedroomd. Maar het is niet het partnerschap dat Rupert haar zojuist heeft aangeboden, want dat heeft ze beleefd afgeslagen. En ook niet die loonsverhoging die bij een nieuwe fase in haar glanzende carrière hoort, want ze heeft haar baan opgezegd.

Ze glimlacht onwillekeurig. Dan start ze de motor en rijdt weg. Naar huis, waar Tobias en Mattis op haar wachten.

35

Vijf maanden later

'... en daarom is het mij een groot genoegen om de eerste twee exemplaren van mijn nieuwe thriller *Als ze zwijgt* uit te reiken aan mijn beste vriendinnen Claire en Patricia.'

Er klinkt luid applaus in boekhandel Paagman, waar Gemma haar nieuwe boek presenteert. Op haar gezicht verschijnt een grote glimlach als ze haar vriendinnen naar voren ziet lopen. Claire is wat aangekomen en ziet er uitgerust en gelukkig uit. Patricia's buikje begint al te tonen en op haar wangen heeft ze gezonde blossen. Tobias zit op de voorste rij met Mattis op zijn schoot en ze zwaait naar hen. De kleine man steekt enthousiast zijn handjes in de lucht en Tobias moet hem goed vasthouden om te voorkomen dat hij van zijn schoot valt.

Patricia neemt de microfoon van Gemma over. Duco staat met een tevreden gezicht naast zijn sterauteur en maant iedereen met een handgebaar tot stilte. Het applaus verstomt vrijwel meteen.

'Laat ik beginnen met te zeggen dat Claire en ik ontzettend vereerd zijn dat we het eerste en het tweede exemplaar van *Als ze zwijgt* in ontvangst mogen nemen. We hebben vanaf de eerste versie mogen meelezen en ik verzeker jullie dat het Gemma's beste boek tot nu toe is. Spannend, duister en een emotionele achtbaan met een zeer onvoorspelbare twist aan het einde. Ik raad iedereen die het beste boek van het jaar niet wil missen aan om het zo meteen te kopen.'

Patricia geeft de microfoon door aan Claire.

'Ook ik wil graag nog even wat zeggen. Patricia en ik zijn ongelooflijk trots op Gemma, dat het haar ondanks de ernstige verwondingen die ze in Sardinië opliep toch is gelukt om haar deadline voor dit fantastische boek te halen.'

Gemma heeft het er moeilijk mee, al die aandacht. Haar fysieke wonden zijn geheeld, maar de mentale littekens nog niet, en ze is sinds de gebeurtenissen op Sardinië een stuk minder goed van vertrouwen. Ze heeft dan ook erg opgezien tegen vandaag – zoveel mensen, zoveel potentiële gekken en mogelijk gevaar – en het liefste had ze de verschijning van het boek in stilte voorbij laten gaan, zonder presentatie. Alleen wat zorgvuldig geselecteerde pers te woord staan en het verder rustig aan doen om weer op te laden voor het schrijven van een nieuw boek. Duco wilde daar echter niets van weten. Er móést een presentatie komen. Ze mocht haar fans niet teleurstellen. En toegegeven, nu ze er eenmaal is, kan ze er toch wel van genieten. De hartelijke ontvangst van Nadine en Fabian Paagman levert daar een grote bijdrage aan en de aanwezigheid van Claire, Patricia en Tobias doet de rest. Patricia zal binnenkort tijdelijk bij haar intrekken, in elk geval tot na de bevalling. Zodra ze haar appartement in Brussel heeft verkocht, zal ze zich weer voorgoed in Nederland vestigen. Gemma heeft Duco zover gekregen om haar aan te nemen als vertegenwoordiger bij de uitgeverij. 'Als je praatjes kunt verkopen, kun je ook boeken verkopen.'

Gemma verheugt zich op het gezelschap van haar vriendin en op de komst van de kleine. Door al het littekenweefsel in haar buik is het niet verstandig om zelf ooit nog aan kinderen te beginnen en de gedachte dat ze 'tante' wordt van Patricia's kindje, verzacht deze pijn een beetje. Het geeft haar toch de kans om mee te genieten van wat babygeluk. Elke nacht vervloekt ze Noa om wat ze haar met haar brute aanval heeft ontnomen, maar overdag voelt ze vooral heel veel medelijden met de vrouw die al kapot was gemaakt voordat haar leven goed en wel begonnen was. Nu zit ze op een gesloten afdeling tot ze wordt opgenomen in het Pieter Baan Centrum voor onderzoeken die uiteindelijk tot een advies zullen leiden over haar toerekeningsvatbaarheid. Dat advies zal een belangrijke rol spelen in het uiteindelijke proces. Gemma weet nog niet of ze te zijner tijd naar de zittingen toe zal gaan, of ze de confrontatie met Noa aankan, maar misschien is het juist goed om wel te gaan en haar demon nog één keer onder ogen te zien. Als een soort definitieve afsluiting van een periode die haar de helft van haar leven nachtmerries heeft bezorgd. Om Simon eens en voor altijd te begraven. De opluchting over dat hij echt niet meer leeft – en naar alle waarschijnlijkheid indertijd ook niet door haar en haar vriendinnen en Erik is gedood – en dat het Noa was die achter de bedreigingen zat, voelt ze nog dagelijks. Nu ze dit weet, kan ze eindelijk stoppen met over haar schouder kijken en bang zijn, hoewel ze daar in de praktijk nog wel moeite mee blijft hebben. Het moet slijten, net zoals het schuldgevoel waar ze al twintig jaar mee rondloopt. De toekomst moet uitwijzen of ze in staat is het helemaal van zich af te schudden.

'Kom, je moet aan de bak,' fluistert Duco in haar oor.

Geflankeerd door Claire en Patricia begeeft ze zich naar de signeertafel die midden in de winkel staat opgesteld. Al snel staan de eerste fans aan haar tafel en heeft ze geen tijd meer om na te denken. Met iedereen die een handtekening wil voert ze korte gesprekjes. Ze deelt knuffels uit en poseert voor foto's totdat ze kramp krijgt in haar kaken van het bijna onafgebroken glimlachen.

Dan hoort ze een bekende stem en haar lach verstomt. Die van Patricia en Claire ook.

'Dag Gemma.'

'Dag Erik,' zegt ze zo neutraal mogelijk. 'Ik had niet gedacht jou hier aan te treffen.'

Na het laatste telefoontje op Sardinië heeft hij niks meer van zich laten horen. Hij steekt haar een exemplaar van *Als ze zwijgt* toe en Gemma zet er werktuigelijk een krabbel in zonder persoonlijke boodschap. Ze reikt hem het boek aan en kijkt al langs hem heen naar de volgende in de rij, maar hij pakt het boek niet aan en blijft voor haar tafel staan.

'Mijn vrouw en ik leven op dit moment apart. De avonden zijn lang en ik heb genoeg tijd om te lezen.'

'Wat wil je nou, Erik?' bemoeit Claire zich ermee. 'Dat we medelijden hebben met je? Dat gaat niet gebeuren. Je hebt het allemaal over jezelf afgeroepen. Dat je met Hartmann hebt gepraat...'

'Dat had ik nooit moeten doen, maar ik was om meerdere redenen in paniek. Vergeet niet dat ik jullie ook een keer gered heb uit een nogal benarde situatie. Is dat niet genoeg om quitte te staan?'

Tobias komt aanlopen. Hij geeft Mattis aan Claire en pakt Erik bij zijn arm.

'Dit is niet het moment, vriend. Er staan mensen te wachten op Gemma en je houdt de boel op. Als je wilt praten, dan moet dat op een ander tijdstip en zeker niet in het openbaar.'

'En u bent?'

'Claires man.'

Gemma ziet Eriks gezicht betrekken. Hij rukt zich los en wil weglopen.

'Erik, je boek voor de lange, eenzame avonden,' roept ze hem na.

Hij draait zich om, grist het uit haar handen en loopt alsnog weg. Gemma kijkt hem na en ziet dat Tobias hem naar de uitgang begeleidt. Daar voeren ze een kort gesprekje en dan schudt Tobias Erik de hand. Erik loopt de deur uit. Voorgoed weg uit hun leven.

Gemma hoort Claire lachen en dat is het moment om zich weer volledig te concentreren op haar fans. Dat zijn de mensen die haar passie voor haar werk voeden en haar met hun enthousiaste reacties omhoogtillen tot ze boven zichzelf uitstijgt. Over een paar weken hoopt ze de aankoop van een schattig schrijfhuisje rond te hebben, waar ze zich na de geboorte van Patricia's kindje kan terugtrekken om te werken aan een nieuw boek. Ze heeft Sardinië als droomplek verruild voor Ibiza. Ze heeft behoefte aan een nieuwe plek die niet besmet is met nare herinneringen, om haar creativiteit ongeremd te laten stromen.

Als twee uur later de boekhandel langzaam leegstroomt, zet ze Tobias en Mattis af bij hun hotel en neemt ze haar vriendinnen mee naar Scheveningen. Na een korte strandwandeling en wat geslenter op de boulevard, duiken ze een restaurant in om een hapje te eten, maar vooral om te toosten op de toekomst, die er voor hen alle drie weer rooskleurig uitziet.

One minute of fame

Een kort verhaal door Gemma Kastelijn

Ik denk aan dat arme meisje. Zestien jaar en al vijf dagen vermist. Je hoeft geen politieagent te zijn om te weten dat in zo'n geval elk uur telt. Elk uur niet gevonden, is een uur dichter bij de dood. Ze is hier niet zo gek ver vandaan voor het laatst gezien. Fietsend in haar eentje, grote koptelefoon op haar hoofd. Haar lange blonde haren, waaiend in de wind, zachtjes zingend, vanbinnen swingend. Althans, dat stel ik me zo voor. Als ze lacht heeft ze kuiltjes in haar wangen, blauwe ogen die helder en onderzoekend de wereld in kijken. Dat laten de foto's met noodkreten op social media zien. Annabel, een meisje dat nog een heel leven voor zich heeft. Laten we daar nog maar even van uitgaan, de andere optie is te erg.

'Wat ben je afwezig, zus.'

Timo's groene ogen met gouden sproetjes rond de irissen, boren zich in de mijne. Mijn ogen zien er hetzelfde uit, maar hebben een andere blik. Die van Timo zijn altijd gestrest, een beetje samengeknepen, als de ogen van een roofdier. De scoringsdrift hangt altijd als een donkere wolk boven zijn hoofd. De tijd dat hij kieskeurig was, is voorbij. Het maakt niet uit wat voor rotzooi hij in zijn lijf krijgt of op welke manier het binnenkomt, als het maar verdooft.

'Het is al begonnen in de baarmoeder, toen moest jij me al zo nodig voorbijstreven. Daar heb ik een groot minderwaardigheidscomplex aan overgehouden.' Die wijsheid heeft hij opgedaan in tien sessies regressietherapie. Timo en ik zijn een tweeeiige tweeling en het zit hem al zijn hele leven dwars dat ik vijf minuten eerder ben geboren dan hij. Alles is altijd mijn schuld: zijn verslavingen, dat hij geen geld heeft, al zijn veroordelingen voor diefstallen en andere kleine vergrijpen, dat hij hier nu voor de zoveelste keer intern moet afkicken. Allemaal terug te voeren op dat ene moment, dertig jaar geleden, toen ik hem voorbijzwom, de wereld in. Hoewel zijn beweringen natuurlijk onzin zijn, loop ik al van jongs af aan rond met een schuldgevoel. Heb ik altijd het gevoel dat ik iets goed moet maken, hem moet redden omdat ik de 'oudste en de wijste' ben. Timo is een deel van mij en wat hij ook uitvreet, dat zal nooit veranderen. Ik zeg weleens gekscherend dat hij mijn donkere kant is. Want zo voelt het. Dag en nacht. Ondanks alles houd ik van hem en ga ik nog steeds voor hem door het vuur.

Onze ouders zijn allang afgehaakt, die konden het niet meer opbrengen. Toen hij ze begon te bestelen en elk woord een leugenachtige basis kreeg, was na jarenlang gedoe en gezeik de maat definitief vol. 'Dat jong is een stuk verdriet, maar jij bent ons zonnetje.' Hoe vaak ik dat niet te horen heb gekregen van mijn vader. Dus dat is wat ik probeer te zijn: een zonnetje. Altijd blij, braaf en liefdevol om te compenseren voor Timo. Of ik gelukkig ben? Dat vraag ik me eigenlijk nooit af. Ik heb een modus gevonden om me staande te houden in de wereld, net als Timo. Maar waar hij de verdoving buiten zichzelf zoekt, zit die van mij binnenin. Als een sluier die mijn beschadigde persoonlijkheid verbergt en mijn echte ik gevangenhoudt.

Timo knakt de botjes in zijn handen. Een tic die hij al sinds zijn vroege jeugd heeft. Hij weet dat ik een hekel aan dat geluid heb, dat het me rillingen bezorgt. Het is een van zijn manieren om aandacht te vragen, me bij de les te houden. 'Waar zit je toch met je gedachten?'

'Er is hier in de buurt een meisje verdwenen. Afgelopen zaterdag is ze voor het laatst gezien. Het is overal op het nieuws. Daar dacht ik aan, en dat ik hoop dat ze snel gevonden wordt.'

Timo kijkt me onbewogen aan. 'Is het nou zo moeilijk om

dat ene uurtje dat je hier per week bent, even met je volle aandacht bij mij te zijn? Is dat nou zo moeilijk?'

'Hoe was je weekend?' vraag ik.

Er verschijnt een sluw lachje op zijn gezicht. 'Interessant.'

'Vertel eens, wat heb je gedaan?'

'Lol gemaakt.'

Ik zucht. Dit soort nietszeggende gesprekken hebben we te vaak.

Hij schuift zijn mouwen omhoog. Op zijn rechterpols zitten een paar flinke krassen.

'Hoe kom je daaraan? Heb je gevochten?'

Hij antwoordt met een knipoog en begint te neuriën. Het is een liedje van lang geleden. Hij zit me te stangen. Bij het refrein aanbeland, begint hij te zingen. 'Annabel, het wordt niets zonder jou, Annabel...'

Ik vlieg overeind. 'Ik moet gaan. Het was fijn je even gesproken te hebben.'

'Je bent er net.'

'Ik moet nog wat dingen doen.'

'Aan dat meisje denken in plaats van aan je broer, bedoel je? Wat kan jou dat kind nou schelen? Je kent haar niet eens. Ik wil dat je aan mij denkt.'

Hij staat op. Loopt naar me toe. Zijn ogen zijn op dezelfde hoogte als die van mij. Hij trekt me tegen zich aan, legt zijn hand op mijn hoofd en houdt me net iets te stevig vast. Geeft me een kus op mijn kruin. Ik beeld me in dat we een gewone broer en zus zijn die elkaar een knuffel geven. Zoals broers en zussen dat doen. Zonder bijbedoelingen, zonder angst, zonder jaloezie, zonder de constante dreiging die altijd om hem heen hangt, zonder emotionele chantage en zonder schuldgevoel. Schuldgevoel is vergif voor elke intermenselijke relatie. Dat heb ik dan weer opgestoken van míjn therapeut, die ik in het geheim af en toe bezoek. Ik beeld me in dat Timo een echte man is, sterk en krachtig, die mij beschermt in plaats van andersom. Dat hij de schuilplek is die ik altijd voor hem ben.

Mijn gevoel komt in opstand. De realiteit ligt te ver af van mijn droom. Hij drukt me zo hard tegen zich aan dat ik bijna geen lucht krijg. Zijn handen knijpen in mijn bovenarmen en dan ineens laat hij me los.

'Nou, ga maar dan. Ik ga wel weer in mijn eentje tegen de muren opvliegen. Ik ben het gewend dat niemand zich wat van me aantrekt, zelfs mijn eigen zus niet. Geniet van je vrijheid, hè. Vrijheid die ik ook wel zou willen hebben. Maar ja...' Hij geeft me een harde zet. 'Ga dan!'

'Misschien kun je wat gaan schilderen?' opper ik. 'Je emoties uiten op het doek?'

'Tot volgende week?' vraagt hij.

'Ik denk het wel.'

'Daar kan ik niks mee. Je komt wel of je komt niet. Het is belangrijk voor me om te weten waar ik aan toe ben. Ik heb houvast nodig, ijkpunten, dingen om naar uit te kijken. Je wilt toch niet dat het weer misgaat met me?'

'Je ziet me zaterdag, Timo,' geef ik toe.

'Dag Sisi.'

Ik heet Ciska, maar ik ben opgehouden met hem dat te vertellen. Als ik zijn kamerdeur achter me heb dichtgetrokken, wil ik niets liever dan linea recta het gebouw uit rennen. Dat vreselijke, steriele, deprimerende gebouw dat me verstikt. Maar niemand kan het pand binnenkomen of verlaten zonder uitgebreide check van de beveiliging. Als ik eindelijk buiten sta, zijn mijn wangen nat van de tranen. De kater die ik na elk bezoek aan Timo krijg, overspoelt me. De vraag waarom ik mezelf dit aan blijf doen ook. Waarom lukt het me niet om los te komen van mijn broer? Alleen genetisch gezien mag hij die naam dragen, het is een holle kreet zonder inhoud.

Ik stap in mijn auto en start pas als ik weer wat ben gekalmeerd. Als mijn stem weer normaal klinkt, bel ik Katinka. Zij is míjn zonnetje. De lichtvoetige manier waarop ze door het leven danst, is het tegenwicht dat ik nodig heb. We leerden elkaar in onze puberteit kennen op de manege. De manege is jaren geleden gesloopt, maar onze vriendschap is niet stuk te krijgen. Ik heb haar nog niet verteld dat Timo weer in een afkickkliniek zit. Dat ik hem elke week bezoek en daar zo ongelooflijk verdrietig van word. Katinka neemt meteen op.

'Appeltaart met slagroom bij De Punt,' zegt ze en ze grinnikt schor.

'Veel te lang geleden.'

'Morgenochtend elf uur?'

'Lijkt me een prachtige tijd. En ga je me dan ook vertellen naar welk ruig feestje je geweest bent en met wie?'

'Restje verkoudheid, eerlijk gedeeld met Ramon. Spannender wordt het niet.' Ramon is Katinka's man. Een stel voor de eeuwigheid, zoals ze zelf altijd zegt.

'Hoe gaat het met Ramon?'

'Ach, je weet hoe mannen zijn als ze wat mankeren. Grote kinderen, ultiem zielig. Ramon doet ook lekker mee met dat cliché.'

'Je bent toch wel een beetje lief voor hem geweest?'

'Zeker, je kent me. Ik ben gedoseerd meegegaan in zijn ellende.'

Als vanzelf verschijnt er een lach op mijn gezicht.

'Erg hè, van dat meisje? Er is net een persconferentie gaande over dat ze haar gevonden hebben.'

'Dood?' Mijn stem stokt.

'Ja. En verkracht. Ze verdenken iemand uit die kliniek die in de buurt zit. Er is DNA gevonden onder haar nagels. Als de uitslag daarvan bekend is, hopen ze snel tot arrestatie over te gaan.'

De krassen op Timo's pols. Hij had een 'interessant' weekend gehad. Het liedje van Hans de Booij. Mijn mond wordt droog.

'Heeft Timo ook niet een paar keer in die kliniek gezeten?'

'Ja. Maar, eh, hoe kan dat dan dat ze iemand uit de kliniek verdenken? Niemand komt daar ongezien het gebouw uit of het terrein af. Ze gaan juist zo prat op hun strenge beveiliging.'

'Blijkbaar werkt het in de praktijk toch wat minder fantastisch.'

Het zweet breekt me uit en ik zet de airco harder. Ik sluit mijn ogen en probeer mijn lichaam niet te voelen.

'Trouwens, over Timo gesproken, ik zag hem zaterdag nog in de Efteling. Hij zag er goed uit.'

Mijn hart slaat over. 'Weet je zeker dat hij het was?'

'Duizend procent, hoezo?'

Yes, yes, yes! Timo was niet in de buurt toen dat meisje van haar fiets werd getrokken. 'Niks, zomaar. Zeg, ik moet ophangen. Zie je morgen om elf uur.'

Ik krijg de zin nog net uit mijn mond en dan stort ik in. Ik schreeuw van opluchting en laat Katinka's woorden nogmaals de revue passeren. Timo was zaterdag in de Efteling. Hij was niet, níét in de buurt toen dat meisje van haar fiets werd getrokken. Die krassen op zijn pols zijn niet van haar. Hij zat me te stangen met dat liedje.

En ja hoor, daar is het weer, het schuldgevoel. Timo is een junk, maar geen verkrachter, geen moordenaar. Hoe heb ik ook maar even kunnen denken dat mijn broer tot zoiets gruwelijks in staat is? Even heb ik de neiging om de kliniek te bellen en te informeren of Timo afgelopen zaterdag uit hun zicht is geweest. Want dat hij zomaar de hort op kan, is natuurlijk niet de bedoeling. Buiten de poort is er kans om te scoren en dat kan zijn hele afkickprogramma in gevaar brengen.

Ik heb mijn telefoon al in mijn hand, maar gooi hem dan naast me neer. Natuurlijk kan ik niet naar de kliniek bellen. Ik wil mijn broer niet in de problemen brengen. Ik heb hem vandaag al een keer verraden door de ergste dingen te denken, en als goedmakertje gun ik hem dan maar zijn uitje.

De schemering is ingevallen als ik met een glas wijn op de bank zit. Ik overdenk mijn bezoekje aan Timo als mijn telefoon gaat. Ik krijg het op slag koud als ik zie dat het de kliniek is. Er zal toch niks met hem zijn? Nerveus neem ik op en probeer de informatie die door de telefoonlijn kruipt tot me door te laten dringen. Timo is net gearresteerd op verdenking van verkrachting en moord op de zestienjarige Annabel. Zijn DNA is onder haar nagels gevonden.

'Maar dat kan helemaal niet. Hij heeft het niet gedaan. Hij was zaterdag in de Efteling. Ik heb een getuige die hem daar heeft gezien.' Ik praat niet maar schreeuw. 'Hij is onschuldig!'

Of ik langs wil komen in de kliniek. De politie is er nog en wil me dit vast graag zelf horen zeggen, suggereert de medewerker die ik aan de lijn heb. Ik stem in. Grijp mijn autosleutels en tas en scheur met piepende banden de straat uit. Onderweg bel ik Katinka nog een keer. Ik moet twee keer bellen voordat ze opneemt.

'Tink, je moet me helpen. Timo is net gearresteerd als verdachte in de zaak-Annabel. Je moet getuigen dat je hem in de Efteling hebt gezien. Als jij vertelt dat je hem daar hebt gezien, dan... Hij heeft het niet gedaan.'

Het blijft heel erg stil aan de andere kant van de lijn. 'Katinka? Je helpt me toch wel?'

'Op tv, Cis, ik zag hem op tv. In een item over de Efteling en andere pretparken, niet in het echt! Ik lag zaterdag met een kop vol snot op de bank wat te zappen en toen zag ik hem voorbijkomen bij RTL4.'

Ik weet precies om welk fragment het gaat. De heropening van de Python, begin 2018, Timo stond met zijn neus vooraan. Hij heeft me het fragment oneindig vaak laten zien. Zijn *one minute of fame* mocht niet ongemerkt voorbijgaan.

'Hij was dus niet in de Efteling.' Mijn stem klinkt zo zacht dat Katinka zegt dat ze me niet verstaat. Ik hang op. Nooit gedacht dat juist de Efteling het sprookje waar ik in probeerde te geloven om zeep zou helpen. Terwijl mijn droom uit elkaar spat, gaat Timo's wens in vervulling. Aandacht is alles wat hij wil, waar hij voor leeft. Als mensen hem vroeger vroegen wat hij wilde worden, was zijn antwoord steevast: beroemd. Dankzij Annabel krijgt hij zijn 'fame' en dat zal meer dan een minuut zijn.